SAMUEL BJØRK
Federgrab

D1322135

GOLDMANN
Lesen erleben

Buch

Ein Botaniker macht eine grauenvolle Entdeckung: Bei einer Expedition in den Wald findet er die Leiche eines siebzehnjährigen Mädchens – nackt, gebettet auf einen Untergrund aus Federn, umkränzt von einem Pentagramm aus Lichtern und mit einer weißen Blume zwischen den Lippen. Die Tote weist seltsame Verletzungen auf, doch das Merkwürdigste ist, dass in ihrem Magen ausschließlich Tierfutter zu finden ist. Die Ermittlungen von Kommissar Holger Munch und seiner Kollegin Mia Krüger drehen sich im Kreis, bis der Computernerd des Teams, Gabriel Mørk, von einem mysteriösen Hacker kontaktiert wird, der ihm einen verstörenden Film zeigt. Das Video enthüllt neue Details über das Schicksal des Mädchens. Und am Rande der Aufnahmen sind die Konturen des Mörders zu erkennen – er ist verkleidet wie eine Eule …

Weitere Informationen zu Samuel Bjørk
sowie zu lieferbaren Titeln des Autors
finden Sie am Ende des Buches.

Samuel Bjørk
Federgrab

Thriller

Aus dem Norwegischen
von Gabriele Haefs

GOLDMANN

Die Originalausgabe erschien 2015 unter dem Titel
»Uglen« bei Vigmostad & Bjørke, Norwegen.

 Dieses Buch ist auch als E-Book erhältlich.

MIX
Papier aus verantwor-
tungsvollen Quellen
FSC® C083411

FSC
www.fsc.org

Verlagsgruppe Random House FSC® N001967

1. Auflage
Deutsche Erstausgabe Okrober 2016
Copyright © der Originalausgabe 2015 by Samuel Bjørk
Copyright © der deutschsprachigen Ausgabe 2016
by Wilhelm Goldmann Verlag, München,
in der Verlagsgruppe Random House GmbH,
Neumarkter Str. 28, 81673 München
Published by agreement with Ahlander Agency
Umschlaggestaltung: UNO Werbeagentur, München
Umschlagmotiv: plainpicture/Briljans/Peter Gerdehag;
FinePic®, München
Redaktion: Nike Karen Müller
AG · Herstellung: Str.
Satz: omnisatz GmbH, Berlin
Druck und Bindung: CPI books GmbH, Leck
Printed in Germany
ISBN: 978-3-442-20525-7
www.goldmann-verlag.de

Besuchen Sie den Goldmann Verlag im Netz

An einem Freitag des Jahres 1972, als der Pastor in Sandefjord für den Abend die Kirche abschließen wollte, traf ein
so besonderer Besuch ein, dass der Geistliche es für angeraten hielt, sein Büro ein wenig länger offen zu halten.

Er hatte die junge Frau noch nie gesehen, der junge Mann
dagegen war ihm bekannt. Es war der älteste Sohn des an-
gesehensten Bürgers der Stadt, ein Reeder, der nicht nur
zu den Reichsten des Landes gehörte, sondern zudem eine
Stütze der Kirche war, und dessen Spenden unter anderem
zehn Jahre zuvor den Ankauf des großen Altarbildes aus
grob behauenem Mahagoni ermöglicht hatten. Geschaffen
hatte das Bild, das siebzehn Szenen aus dem Leben Jesu
zeigte, der Künstler Dagfin Werenskiold, und der Pastor
war ungeheuer stolz auf diesen Schatz.

Die beiden jungen Leute hatten einen nicht alltäglichen
Wunsch. Sie wollten heiraten und baten den Pastor, sie in
aller Stille zu trauen. So etwas kam zwar vor, aber die Um-
stände waren in diesem Fall so außergewöhnlich, dass der
Pastor die Bitte zuerst für einen Scherz hielt. Aber er kannte den Reeder, wusste, wie fromm und konservativ der alte
Herr war, und begriff dann auch, dass es dem jungen Paar
wirklich ernst war. Der Reeder war seit einiger Zeit schwer

krank, Gerüchten zufolge lag er bereits im Sterben. Der junge Mann, der hier vor dem Geistlichen saß, würde bald ein gewaltiges Vermögen erben, sein Vater hatte damit jedoch eine Forderung verbunden. Es durfte kein fremdes Blut in die Familie geholt werden. Die Frau, die sein Erbe zu seiner Gattin machte, durfte unter keinen Umständen ein Kind aus einer früheren Verbindung haben. Und das war das Problem. Die junge Frau, in die der Reederssohn leidenschaftlich verliebt war, hatte schon Kinder. Eine kleine Tochter von zwei Jahren und einen Sohn von vier. Die Kinder mussten verschwinden, und der Pastor musste das Paar trauen, die Frau behauptete, der konservative Reeder habe es so verlangt. Wäre das also möglich?

Der Plan der beiden sah so aus: Der junge Mann hatte eine entfernte Verwandte in Australien. Sie war bereit, sich um die Kinder zu kümmern. Bis die Formalitäten geklärt wären. Ein Jahr oder zwei, dann würden die Kinder zurückgeholt werden. Vielleicht würde der Reeder auch früher den Weg ins Himmelreich finden. Wie sah der Herr Pastor das wohl? Würde er großherzig genug sein, um den beiden jungen Leuten aus ihrer Notlage herauszuhelfen?

Der Pastor gab vor, sich die Sache zu überlegen, in Wirklichkeit aber stand sein Entschluss bereits fest. Der Briefumschlag, den der junge Mann diskret vor ihn auf den Tisch gelegt hatte, war dick, und warum sollte man einem jungen Paar in Not nicht helfen? Die Bedingung des alten Reeders war nun wirklich nicht hinnehmbar. Der Pastor erklärte sich bereit, das Paar zu trauen, und in einer kleinen Zeremonie, die bei verschlossener Kirchentür vor dem farbenfrohen Altarbild abgehalten wurde, wurden die beiden weniger als eine Woche darauf zu Mann und Frau.

Nicht ganz ein Jahr später, im Januar 1973, stand abermals Besuch im Pfarrbüro, diesmal war es die junge Frau allein. Sie war sichtlich besorgt und erzählte, sie wisse nicht, an wen sie sich sonst wenden solle. Etwas könne hier nicht stimmen. Sie habe kein Wort über die Kinder gehört. Ihr seien Bilder versprochen worden, Briefe, aber es sei nichts gekommen, nicht eine Zeile, ja, ihr kämen langsam Zweifel, ob diese Verwandte in Australien wirklich existierte. Die Frau erzählte ferner, dass ihr Ehemann nicht der war, für den sie ihn gehalten hatte. Sie sprachen nicht mehr miteinander, hatten nicht einmal ein gemeinsames Schlafzimmer, und er hatte zudem Geheimnisse, finstere Geheimnisse, Dinge, die sie nicht laut sagen konnte, an die sie fast nicht zu denken wagte. Ob der Pastor ihr wohl helfen könne. Der Pastor versuchte, sie zu beruhigen, sagte, natürlich werde er ihr helfen, er müsse sich die Sache noch überlegen, sie solle einige Tage darauf zurückkommen.

Am nächsten Morgen wurde die junge Frau tot aufgefunden, sie hing über dem Lenkrad ihres Wagens in einem tiefen Graben direkt unterhalb des luxuriösen Familiensitzes auf Vesterøya, gleich außerhalb von Sandefjords Ortskern. In der Zeitung wurde angedeutet, sie habe sich in angetrunkenem Zustand hinters Steuer gesetzt, und die Polizei gehe von einem Unfall aus.

Nachdem er im Auftrag der Familie den Beerdigungsgottesdienst verrichtet hatte, beschloss der Pastor, dem jungen Reeder einen Besuch abzustatten. Er erklärte wahrheitsgemäß, dass die junge Frau am Tag vor dem Unfall bei ihm gewesen sei. Dass sie sich um ihre Kinder gesorgt habe. Dass hier etwas, na ja, vielleicht nicht so war, wie es sein sollte? Der junge Reeder hörte zu und nickte. Erklärte, seine Frau sei in letzter Zeit leider sehr krank gewesen. Habe Medikamente nehmen müssen. Zu viel getrunken. Der Herr Pastor habe das tragische Ende ja selbst gesehen. Danach schrieb der junge Reeder eine Zahl auf ein Blatt Papier und schob es über den Tisch. Sei diese Stadt nicht eigentlich ein wenig zu klein für den Pastor? Könnte es besser sein, dem Herrn in einer anderen Stellung zu dienen, vielleicht nicht so weit von der Hauptstadt entfernt? Einige Minuten darauf hatten sie sich über die Einzelheiten geeinigt. Der Pastor erhob sich, und es war das letzte Mal, dass er den mächtigen jungen Reeder sah.

Einige Wochen darauf packte er seine Koffer.

Und setzte nie wieder einen Fuß nach Sandefjord.

Das kleine Mädchen lag so still wie nur möglich unter der Decke auf dem Sofa und wartete darauf, dass die anderen Kinder einschliefen. Ihr Entschluss stand jetzt fest. In dieser Nacht sollte es passieren. Sie würde sich nicht mehr fürchten. Nicht mehr warten. Sie war sieben Jahre alt und bald groß. Sie würde es tun, wenn es etwas dunkler war. Sie hatte die Schlaftablette nicht genommen. Sie hatte sie nur unter der Zunge liegen lassen, da hatte die Tablette die ganze Zeit gelegen, auch als sie Tante Juliane gezeigt hatte, wie brav sie alles gemacht hatte.

»Lass sehen.«

Zunge raus.

»Braves Mädchen. Nächste.«

Ihr Bruder machte das schon lange so. Seit er damals in den Erdkeller eingesperrt worden war. Jeden Abend hatte er es gemacht, hatte die Tablette einfach unter die Zunge geschoben, ohne zu schlucken.

»Lass sehen.«

Zunge raus.

»Braver Junge. Nächster.«

Drei Wochen da unten in der Finsternis, weil er nicht um Entschuldigung bitten wollte. Alle Kinder wussten, dass er nichts angestellt hatte, aber die Erwachsenen hatten ihn trotzdem eingesperrt. Seit damals war er ein anderer. Jeden Abend einfach die Tablette unter die Zunge geschoben, ohne zu schlucken, und im Dämmerzustand, wenn ihre eigene Tablette anfing zu wirken, hatte sie gesehen, wie sich sein Schatten aus dem Zimmer schlich und verschwand.

Einige Male hatte sie von dem Ort geträumt, zu dem er ging. Einmal war er ein Prinz gewesen, der in ein fremdes Land ziehen musste, um eine Prinzessin aus einem langen Schlaf wachzuküssen. Ein andermal ein Ritter, der einen Drachen mit einem magischen Schwert erschlug. Das Schwert hatte vorher fest in einem Felsblock gesteckt, sodass nur ein ganz besonderer Held es herausziehen konnte. Aber in Wirklichkeit? In Wirklichkeit wusste sie nichts.

Die Kleine wartete, bis sie hörte, dass die anderen Kinder schliefen, dann schlich sie sich vorsichtig aus dem Haus. Es war jetzt Winter und noch immer warm, auch wenn sich die Dämmerung zwischen den Bäumen verdichtete. Die Kleine schlich barfuß über den Hof und hielt sich im Schatten, bis sie das Wäldchen erreicht hatte. Nachdem sie sich davon überzeugt hatte, dass niemand ihr gefolgt war, lief sie zwischen den hohen Bäumen auf das Tor zu, das mit der Aufschrift »Trespassers will be prosecuted« versehen war. Hier wollte sie anfangen zu suchen.

Sie hatte gehört, wie ihr Bruder und einer der anderen Jungen darüber getuschelt hatten. Dass es einen Ort gab, wo man allein sein könnte. Einen verfallenen alten Schuppen, eine kleine Hütte, versteckt an der Grundstücksgrenze, aber sie hatte dieses Häuschen noch nie gesehen. Sie standen jeden Morgen um sechs auf und gingen um neun Uhr schlafen. Immer pünktlich, dasselbe Programm, niemals anders, mit nur zweimal fünfzehn Minuten Pause zwischen Unterricht, Hausaufgaben, Yoga, Kleiderwäsche und allem anderen, was zu tun war. Die Kleine lächelte, als sie die Grillen zirpen hörte und spürte, wie das weiche Gras ihre Fußsohlen kitzelte, als sie vom Weg abbog und sich vorsichtig am Zaun entlang zu der Stelle bewegte, wo in ihrer Vorstellung die kleine Hütte stehen könnte. Aus irgendeinem Grund hatte sie keine Angst. Sie fühlte sich fast ein wenig erleichtert, die furchtbare Angst würde sich erst später einstellen, im Moment war sie einfach froh, wie ein freier Schmetterling, ganz allein mit ihren Gedanken in dem schönen Wald, der so gut roch. Sie lächelte noch glücklicher und ließ die Finger über eine Pflanze gleiten, die einem Stern ähnelte, es war ein bisschen so wie in einem der Träume, die sie oft hatte, wenn die Tabletten nicht so stark waren. Sie duckte sich unter einem Ast und zuckte nicht einmal zusammen, als es einige Meter weiter im Gebüsch raschelte. Vielleicht ein Koalabär, der sich von seinem Baum gewagt hatte, oder ein Känguru, das über den Zaun gesprungen war? Sie lachte leise und dachte, wie schön es wäre, einen Koala zu streicheln. Sie wusste, dass diese Tiere scharfe Krallen hatten und eigentlich durchaus nichts zum Schmusen waren, aber sie versuchte trotzdem, sich vorzustellen, wie es wäre, das weiche Fell warm zwischen ihren Fingern, die feuchte Schnauze, die an ihrem Hals kitzelte, sie vergaß fast, warum sie überhaupt hier war, aber dann erwachte sie plötzlich und blieb ganz still stehen, nur wenige Meter von der Hüttenwand entfernt. Das kleine Mädchen legte den Kopf schief und schaute neugierig die plötzlich aufgetauchten grauen Bretter an. Dann stimmte es ja doch. Das, worüber die anderen getuschelt hatten. Es gab einen Ort im Wald. Einen Ort, wo man sich verstecken konnte. Ganz allein sein. Sie *schlich auf die graue Wand zu und spürte ein wunderbares Prickeln auf der Haut, als sie sich der Tür näherte.*

Das kleine Mädchen wusste noch nicht, dass der Anblick, der auf sie wartete, sie für immer verändern, sie in den kommenden Jahren jede Nacht in ihre Träume verfolgen würde, bis unter die Decke auf dem harten Sofa, bis ins Flugzeug um den halben Erdball, nachdem die Polizei sie herausgeholt hatte, während sie alle weinten, bis unter die Decke in dem weichen Bett in dem neuen Land, wo alle Geräusche anders waren. Sie wusste nichts davon, als sie die Hand zur Holzklinke streckte und die ächzende Tür langsam aufzog.

Drinnen war es dunkel. Ihre Augen brauchten einige Sekunden, um wieder richtig sehen zu können, aber es konnte keinen Zweifel geben. Erst nur der Umriss, dann deutlicher, er war es, der dort saß.

Ihr Bruder.

Er trug keine Kleider. Er war nackt, aber sein ganzer Körper war bedeckt mit … Federn? Er saß zusammengekrümmt in einer Ecke, eine vogelähnliche verzerrte Gestalt aus einer anderen Welt, mit etwas im Mund. Ein kleines Tier. Eine Maus? Ihr Bruder war mit Federn bedeckt und hielt eine tote Maus zwischen den Zähnen.

Und dieses Bild sollte ihr Leben verändern. Der Bruder, der sich umdrehte und sie ansah, mit überraschtem Blick, als wisse er nicht, wer sie war. Das Licht, das durch das verdreckte Fenster auf die mit Federn bedeckte Hand fiel, die sich langsam durch die Luft bewegte. Der Mund, der zu einem Lächeln über den glänzend weißen Zähnen wurde, als er die Maus herauszog und seinen toten Blick in den des Mädchens bohrte, ehe er seine Federn rascheln ließ und sagte:

»Ich bin die Eule.«

• Teil I •

Der Botaniker Tom Petterson nahm die Fototasche aus dem Auto und ließ sich Zeit, um den Ausblick auf den spiegelblanken Fjord zu genießen, ehe er sich auf den Weg durch den Wald machte. Es war Anfang Oktober, und die kühle Samstagssonne hüllte die Landschaft um ihn herum in wunderschönes Licht, sanfte Strahlen über dem gelben und roten Herbstlaub, das sehr bald fallen und Platz für den Winter machen würde.

Tom Petterson liebte seinen Beruf. Vor allem wenn er draußen arbeiten konnte. Er war von der Bezirksregierung von Oslo og Akershus angestellt worden, um Exemplare der Art Drachenkopf zu registrieren, eine gefährdete Pflanze, die am Oslofjord wuchs. Jetzt war über seinen Blog ein Tipp gekommen, und dem wollte er an diesem Tag nachgehen, wollte Anzahl und genaue Position der frisch entdeckten Exemplare dieser überaus seltenen Pflanze festhalten.

Der krautartige Lippenblütler Drachenkopf war eine zehn bis fünfzehn Zentimeter große Pflanze mit blauen, dunkelblauen oder dunkellila Blüten, die im Herbst vertrockneten und eine Dolde aus braunen Früchten entwickelten, die an eine Kornähre erinnerte. Der Drachenkopf war nicht nur selten, er war noch dazu die Wohnstatt des noch viel selteneren Drachenkopfglanzkäfers, eines kleinen blau schimmernden Käfers, der ausschließlich auf diesen Drachenkopfblüten lebte. Ein Wunder der Natur, dachte Tom Pettersson und gestattete sich ein Lächeln, als er vom Pfad abbog und der Wegbeschreibung folgte, die der aufmerksame Hobbybotaniker ihm geschickt hatte. Einige Male, er sagte es niemals laut, denn er war in dem Glauben erzogen, dass es absolut keinen Gott gebe, seine Eltern hatten das sehr genau genommen, aber ja, manchmal dachte er es doch: *Schöpfung*. Dieses ganze Kleine und Große, das auf so sinnreiche Weise zusammenhing. Die Vögel, die jeden Herbst nach Süden flogen, gewaltige Entfernungen, jedes einzelne Mal an denselben Ort. Die Blätter, die jedes Jahr zur selben Zeit die Farbe änderten und Bäume und Boden zu lebenden Kunstwerken machten. Nein, wie gesagt, er sagte es niemals laut, dachte es aber oft.

Tom Petterson arbeitete am Institut für Biowissenschaft der Universität Oslo. Dort hatte er studiert, und nach dem Examen war ihm eine Stelle angeboten worden. Im vergangenen Herbst war auf den Gängen sogar von der Stellung des Institutsleiters gemurmelt worden. Aber Tom Petterson hatte nicht versucht, die zu erlangen. Institutsleiter? Nein, der Posten hatte für seinen Geschmack viel zu viel mit Verwaltungsaufgaben zu tun. Ihm gefielen seine Stellung, die Ausflüge in die Natur, deshalb war er Botaniker geworden, nicht um bei Besprechungen herumzusitzen.

Er hatte den Auftrag hocherfreut angenommen, als von der Bezirksregierung aus angerufen worden war. Der Beschützer des Drachenkopfes, ja, der wollte er nur zu gerne sein. Der Botaniker lächelte, als er daran dachte, was er einige Jahre zuvor auf Snarøya entdeckt hatte. Eine große

Ansammlung von Pflanzen auf dem Spielplatz der Millionäre. Nicht alle waren natürlich gleichermaßen begeistert gewesen, und die, die sich bei der Fundstelle Grundstücke gekauft hatten, wollten ihre Villen und Swimmingpools in Ruhe bauen dürfen, aber der Drachenkopf war durch die Berner Konvention unter Naturschutz gestellt und durfte absolut nicht gestört werden. Er bückte sich nach rechts unter zwei großen Tannen hindurch und folgte einem Bachlauf aufwärts zu der Stelle, wo angeblich die Pflanzen standen. Tom Petterson war ein leidenschaftlicher Umweltschützer, und es hatte ihn gefreut zu sehen, dass ausnahmsweise einmal eine kleine Pflanze den Sieg über die Bagger errungen hatte.

Er stieg über einen Bach und blieb plötzlich stehen, als er vor sich im Gestrüpp ein Rascheln hörte. Petterson hob schussbereit die Kamera. Ein Dachs? Hatte er da einen Dachs gesehen? Dieses scheue Tier, das durchaus nicht so verbreitet war, wie viele glaubten? Er folgte dem Geräusch und stand bald auf einer kleinen Lichtung, zu seiner Enttäuschung, ohne etwas zu sehen. Ihm fehlte für seinen Blog ein gutes Dachsbild, und es würde auch eine schöne kleine Geschichte ergeben, drei Drachenköpfe und ein Dachs, ein perfekter Samstagsausflug.

Mitten auf der Lichtung lag etwas.

Ein blauweißer nackter Körper.

Ein Mädchen.

Ein Teenager?

Tom Pettersson zuckte dermaßen zusammen, dass ihm die Kamera ins Heidekraut fiel, ohne dass er es bemerkte.

Im Heidekraut lag ein totes Mädchen.

Federn?

Großer Gott.

Im Wald lag ein nackter Teenager.

Umgeben von Federn.

Mit einer weißen Lilie im Mund.

Tom Petterson machte auf dem Absatz kehrt, bahnte sich keuchend einen Weg durch das Dickicht, fand den Weg, lief so schnell er konnte zum Auto und wählte die 112.

· 2 ·

Kommissar Holger Munch von der Mordkommission saß vor seinem alten Haus in Røa im Auto und bereute, die Einladung angenommen zu haben. Er hatte bis vor zehn Jahren mit seiner damaligen Frau Marianne in dem weißen Einfamilienhaus gewohnt und es seither nicht mehr betreten. Der beleibte Ermittler steckte sich eine Zigarette an und kurbelte das Autofenster herunter. Er hatte vor einige Tagen seinen alljährlichen Gesundheitscheck hinter sich gebracht, und der Arzt hatte ihm wieder empfohlen, weniger fett zu essen und mit dem Rauchen aufzuhören, aber das hatte der fünfundfünfzig Jahre alte Polizist durchaus nicht vor, jedenfalls nicht Letzteres. Holger Munch brauchte Zigaretten, um denken zu können, und wenn er gern etwas tat, dann genau das, sein Gehirn benutzen.

Holger Munch liebte Schach, Kreuzworträtsel, Mathematik, alles, was die Gehirnzellen auf Trab brachte. Er saß oft vor seinem Rechner und chattete mit seinen Freunden über Magnus Carlsens Schachpartien oder über die Lösung von größeren oder kleineren mathematischen Rätseln, zum Beispiel eines, das soeben per Mail von seinem Freund Juri gekommen war, einem Professor aus Minsk, den er vor einigen Jahren im Internet kennengelernt hatte.

> Eine Metallstange steht in einem See. Die Hälfte der Stange ist
> unter der Erde. Ein Drittel der Stange ist unter Wasser. 8 Meter
> der Stange ragen über das Wasser. Wie lang ist die ganze Stange?
> Gruß, J.

Munch fand die Antwort nach kurzem Nachdenken und wollte gerade eine Mail schicken, als sein Telefon klingelte. Er schaute auf das Display. Mikkelson. Sein Chef unten im Präsidium am Grønland-Platz. Munch ließ das Telefon einige Sekunden lang klingeln, spielte mit dem Gedanken, das Gespräch anzunehmen, entschied sich dann aber dagegen. Er drückte auf die Taste mit dem roten Hörer und steckte das Telefon wieder in die Tasche. Jetzt war Familienzeit. Das war vor etwas mehr als zehn Jahren sein Fehler gewesen. Er hatte sich nicht genug Zeit für die Familie genommen. Hatte rund um die Uhr gearbeitet, und wenn er dann ein seltenes Mal nach Hause kam, war er in Gedanken anderswo gewesen. Und nun stand er wieder vor diesem Haus, in dem sie jetzt mit einem anderen wohnte.

Holger Munch kratzte sich am Bart und schaute in den Spiegel, auf das große rosa Geschenk mit dem Goldband, das auf der Rückbank lag. Marion, seine Enkelin, hatte Geburtstag. Sein kleiner Augenstern wurde sechs. Deshalb hatte er sich bereit erklärt, nach Røa zu kommen, obwohl er eigentlich beschlossen hatte, niemals wieder einen Fuß in diese vier Wände zu setzen. Munch nahm einen langen Zug von seiner Zigarette und berührte die Senke an seinem Ringfinger, wo bis vor Kurzem noch der Trauring gesessen hatte. Er hatte ihn erst zehn Jahre nach der Trennung abgelegt. Hatte das vorher nicht über sich gebracht. Marianne. Sie war seine große Liebe gewesen. Er hatte sich vorgestellt, dass sie immer zusammenbleiben würden, und nach der Trennung hatte er nie auch nur ein einziges Date gehabt. Nicht dass sich keine Möglichkeiten geboten hätten. Nicht nur eine Frau hatte ein Auge auf ihn geworfen, nur hatte er eben niemals Lust gehabt. Es war ihm nicht richtig vorgekommen. Aber nun hatte er es getan. Den Trauring abgelegt. Der lag nun zu Hause im Badezimmer im Medizinschränkchen. Er hatte es nicht über sich gebracht, den Ring wegzuwerfen. Obwohl es zehn Jahre her war, durfte man doch wohl hoffen? Oder war das ein Fehler? Sollte er das tun, was ihm mehrere seiner Freunde immer schon geraten hatten? Im Leben weitergehen? Ausschau nach einer anderen halten?

Holger Munch seufzte tief, zog abermals an seiner Zigarette und schaute sich wieder das große rosa Geschenk an. Er hatte vielleicht auch diesmal übertrieben. Seine Tochter Miriam hatte im Laufe der Jahre schon oft mit ihm geschimpft, weil sie meinte, er verwöhne die kleine Marion. Kaufe ihr alles, worauf sie zeigte. Er hatte etwas gekauft, was nicht politisch korrekt war, von dem er jedoch wusste, dass seine Enkelin es sich mehr wünschte als alles andere. Eine Barbie-Puppe mit einem großen Barbie-Haus und einem Barbie-Auto. Er konnte förmlich hören, wie Miriam zu einem Vortrag ausholte. Über verwöhnte Kinder. Über Frauenkörper, Vorbilder und Ideale, aber bei aller Liebe, es war doch nur eine Puppe. Es war doch wirklich nichts dabei, wenn das kleine Mädchen sie sich so sehr wünschte?

Abermals klingelte sein Telefon, abermals war es Mikkelson, und abermals drückte Munch auf das rote Symbol. Als das Telefon zum dritten Mal klingelte, hätte er sich fast gemeldet. *Mia Krüger*. Er sandte seiner jungen Kollegin einen lieben Gedanken, nahm das Gespräch aber trotzdem nicht an. Familienzeit. Später zurückrufen. Vielleicht irgendwann am Abend einen Kaffee im Justisen? Das könnte er nach der Familienrunde dann sicher brauchen. Mit Mia reden. Er hatte schon lange nicht mehr mit ihr gesprochen und merkte, dass sie ihm fehlte.

Nur wenige Monate zuvor hatte er die junge Kollegin von einer Insel vor der Küste von Trøndelag zurückgeholt. Sie hatte sich von der Umwelt isoliert, ohne Telefon, er hatte nach Værnes fliegen, sich ein Auto mieten und sich von den Kollegen vor Ort mit dem Boot hinbringen lassen müssen. Er hatte die Unterlagen über einen Fall bei sich gehabt. Und die hatten Mia dann zurück in die Hauptstadt geholt.

Holger Munch brachte allen in seiner Einheit großen Respekt entgegen, aber Mia Krüger war etwas ganz Besonderes. Er hatte sie noch vor Ende ihrer Ausbildung von der Polizeischule geholt, Anfang zwanzig war sie gewesen, auf einen Hinweis des Rektors hin, eines alten Kollegen. Holger Munch hatte sich in einem Café mit ihr getroffen, eine zwanglose Begegnung außerhalb des Polizeigebäudes. Mia Krüger. Ein junges Mädchen in weißem Pullover und in einer engen schwarzen Hose, mit langen dunklen Haaren, fast wie eine Indianerin, mit den klarsten blauen Augen, die er jemals gesehen hatte. Er war sofort von ihr begeistert gewesen. Intelligent, selbstsicher und ruhig. Sie schien zu merken, dass er sie testen wollte, aber sie hatte dennoch höflich gelächelt, mit einem Funkeln in den Augen. *Hältst du mich für blöd, oder was?*

Mia Krüger hatte vor vielen Jahren ihre Zwillingsschwester Sigrid verloren. Sie hatten Sigrid nach einer Überdosis Heroin tot in einem Keller in Tøyen gefunden. Mia hatte Sigrids Freund verantwortlich gemacht, und bei einer Routinedurchsuchung eines Wohnwagens am Tryvann viele Jahre später waren sie durch einen Zufall auf ihn gestoßen, zusammen mit einem neuen Opfer. Im Affekt hatte Mia Krüger ihn erschossen, hatte ihm zwei Kugeln in die Brust verpasst. Holger Munch war dabei gewesen und wusste, dass diese Tat leicht als Notwehr hätte gelten können, doch nachdem er sie verteidigt hatte, war er versetzt und Mia war in eine Klinik eingewiesen worden. Nach fast zwei Jahren auf der Wache in Hønefoss war Munch endlich als Leiter der Ermittlungsgruppe in die Mariboes gate zurückgerufen worden. Er hatte auch Mia zurückgeholt, doch nachdem der aktuelle Fall aufgeklärt worden war, hatte der Chef unten in Grønland gemeint, sie wirke weiterhin labil. Mikkelson hatte sie abermals beurlaubt und ihr untersagt, sich im Büro zu zeigen, solange sie nicht von einem Psychologen für gesund erklärt worden sei.

Munch drückte einen weiteren Anruf seines Chefs weg, blieb sitzen und musterte sein Spiegelbild. Was machte er hier eigentlich? Zehn Jahre her, und hier saß er vor dem ehemals gemeinsamen Haus, in dem sie nun mit einem anderen Mann wohnte, noch immer mit einer Art Hoffnung, dass alles wieder in Ordnung kommen könnte.

Du bist ein Idiot. Holger Munch. Es sollten noch ganz andere zum Psychologen gehen.

Munch seufzte und stieg aus. Draußen war es jetzt kälter. Der Sommer war eindeutig vorüber, der Herbst auch, wie es schien, auch wenn der Oktober gerade erst angefangen hatte. Er zog seinen Dufflecoat enger über seinem Bauch zusammen, fischte das Telefon aus der Tasche und schickte Juri die Antwort.

48 meter :-) HA.

Er zog ein letztes Mal an der Zigarette, nahm das große Geschenk vom Rücksitz, atmete zweimal tief durch und ging langsam über den Kiesweg auf das weiße Einfamilienhaus zu.

• 3 •

Mia Krüger sah, dass sich der Mund des Mannes mit dem dünnen Schnurrbart hinter dem großen Schreibtisch bewegte, aber sie brachte es nicht über sich zuzuhören. Die Wörter kamen nicht bei ihren Ohren an. Sie vermisste die Möwen. Den Geruch der Wellen, die über die Felsen schlugen. Die Stille. Und wieder fragte sie sich, warum sie sich das hier zumutete. Eine Therapie zu machen. Über sich selbst zu reden. Als ob das helfen könnte. Sie zog eine Pastille aus der Tasche und bereute ein weiteres Mal, hier zugesagt zu haben. Sie hätte sofort kündigen müssen.
Labil und nicht für den Dienst geeignet.
Scheiß-Mikkelson, der von nichts eine Ahnung hatte, der nie aktiv an einem Fall mitgearbeitet hatte, der nur auf seinem Posten saß, weil er wusste, wie man den Politikern in gewisse Öffnungen kroch.
Mia seufzte und versuchte noch einmal zu verstehen, was der Mann hinter dem Schreibtisch gesagt hatte, es

wurde offenbar eine Antwort von ihr erwartet, aber sie hatte die Frage nicht gehört.

»Was meinen Sie?«, fragte sie und dachte an das dünne junge Mädchen mit dem rasierten Hinterkopf und dem blonden Pony, das aus der großen Tür in das Zimmer gekommen war, wo man warten sollte, umgeben von Zeitschriften, deren Titelseiten für sie keinen Sinn ergaben. *Mit Mentaltraining gesund werden. In 1–2–3 in Form.*

»Tabletten?«, fragte der Psychologe, sicher zum dritten Mal, ließ sich im Sessel zurücksinken und nahm die Brille ab.

Ein Zeichen der Nähe. Dafür, dass sie sich hier sicher fühlen konnte. Mia seufzte und legte sich die Pastille auf die Zunge. Wusste er nicht, mit wem er redete, oder was? Sie hatte schon als kleines Kind das Innere von Menschen gesehen. Deshalb fehlten ihr die Möwen. In denen gab es nichts Böses. Nur Natur. Die Wellen, die über die Felsen schlugen. Das Geräusch von Stille und Nichts überall.

»Gut«, sagte Mia und hoffte, dass das richtig war.

»Sie haben also damit aufgehört?«, fragte der Psychologe und setzte die Brille wieder auf.

»Hab sie nicht viele Wochen genommen.«

»Und Alkohol?«

»Schon lange keinen Tropfen mehr«, sagte Mia, abermals ohne die Wahrheit zu sagen.

Sie sah auf die Uhr an der Wand über seinem Kopf, auf die Zeiger, die viel zu langsam vorrückten und ihr sagten, dass sie noch eine ganze Weile hierbleiben musste. Sie schickte noch einen hasserfüllten Gedanken an Mikkelson und einen an diesen Psychologen mit Praxis im besten Osloer Westend, nahm diesen Gedanken dann aber zurück.

Es war nicht die Schuld des Psychologen. Der wollte ihr nur helfen. Und er hatte einen guten Ruf. Mattias Wang. Eigentlich hatte sie Glück gehabt, sie hatte sich einfach einen Namen aus dem Internet gefischt, nachdem sie beschlossen hatte, einen Versuch würde es wert sein. Sie wollte keinen von denen, die mit der Polizei zusammenarbeiteten. Schweigepflicht unten in Grønland? Nicht sehr wahrscheinlich, nicht wenn es um sie ging, Mia Krüger.

»Wir sollten wohl ein bisschen über Sigrid reden?«

Mia hatte ihr Visier ein wenig geöffnet, ließ es jetzt aber wieder sinken. Er konnte so freundlich und kompetent sein, wie er wollte, aber Mia war nicht hier, um über ihr Innerstes zu reden. Sie wollte wieder arbeiten. Ihre Stunden beim Psychologen hinter sich bringen. Sich das Papier holen, das sie brauchte. *Sie wirkt vollständig gesund, gute Gespräche, kennt ihre Probleme. Ich empfehle Rückführung in den Dienst mit augenblicklicher Wirkung.*

Sie lächelte in Gedanken und zeigte dort Mikkelson einen ausgestreckten Finger.

Ungeeignet zum Dienst.

Fuck you, das war natürlich das Erste, was sie gedacht hatte, aber nach fünf Wochen allein in der neuen Wohnung, die sie in Bislett gekauft hatte, umgeben von Pappkartons, die sie nicht öffnen mochte, gefangen in einem Körper, der noch immer nach den Tabletten schrie, mit denen sie ihn so lange gefüllt hatte, hatte sie nachgegeben. Sie hatte alle verloren, die sie geliebt hatte. Sigrid. Mama, Papa, die Großmutter. Auf dem Friedhof bei Åsgårdstrand fehlte nur sie allein. Eigentlich wollte sie diese Welt einfach verlassen. Von diesem ganzen Elend befreit sein. Aber nach einer Weile hatte Mia begriffen, dass sie ihre Kollegen eigentlich sehr gernhatte. Die Zeit im Dienst, nach dem Aufenthalt auf der Insel, hatte ihr ein Gefühl gegeben, dass es vielleicht möglich sein könnte, dass es vielleicht doch einen Sinn haben könnte zu leben. Es jedenfalls zu versuchen. Eine Zeitlang. Es waren feine Menschen. Gute Menschen. Menschen, die ihr wichtig waren.

Munch. Curry. Kim. Anette. Ludvig. Gabriel Mørk.

»Sigrid?«, fragte der Mann hinter dem Schreibtisch noch einmal.

»Ja?«, fragte Mia.

Nun gab es wohl kein Entrinnen.

Sigrid Krüger.

Schwester, Freundin und Tochter.

Geboren 11. November 1979. Gestorben 18. April 2002.

Zutiefst geliebt. Zutiefst vermisst.

Der Psychologe nahm wieder die Brille ab und ließ sich wieder im Sessel zurücksinken.

»Wir sollten bald mal über sie reden, finden Sie nicht?«

Mia zog den Reißverschluss ihrer Lederjacke zu und zeigte auf die Uhr an der Wand.

»Unbedingt.« Sie nickte und deutete ein Lächeln an. »Aber das muss bis zum nächsten Mal warten.«

Mattias Wang sah fast ein wenig enttäuscht aus, als er feststellte, dass die Zeiger das Ende der Stunde ankündigten.

»Ja, schön«, sagte er und legte den Kugelschreiber auf den Notizblock vor sich auf den Tisch. »Nächste Woche, selbe Zeit?«

»Okay.«

»Es ist doch wichtig, dass …«, sagte der Mann mit dem Schnurrbart, aber Mia war schon auf dem Weg hinaus.

· 4 ·

Holger Munch verspürte eine gewisse Verärgerung, aber auch eine Art Erleichterung, als er zum ersten Mal seit zehn Jahren sein altes Zuhause betrat. Verärgerung, weil er sich dazu bereit erklärt hatte, Marions Geburtstag hier oben zu feiern. Erleichterung, weil es ihm davor gegraust hatte, sich den alten Erinnerungen zu stellen, er hatte nicht so recht gewusst, wie er damit umgehen sollte, aber das Haus, in dem er jetzt stand, hatte keine Ähnlichkeit mehr mit dem alten. Sie hatten renoviert. Einige Wände herausgerissen. In anderen Farben gestrichen. Munch ertappte sich zu seiner Überraschung bei dem Gedanken, dass sein früheres Zuhause eigentlich recht gut aussah, und je mehr er sich umblickte, umso ruhiger wurde er. Er konnte auch keine Spur von Rolf entdecken, dem Lehrer aus Hurum. Vielleicht würde es doch kein so ganz furchtbarer Nachmittag werden?

Marianne hatte ihn in der Tür empfangen, mit derselben Miene wie immer, wenn sie sich treffen mussten, ob nun zu Konfirmationen, Geburtstagen oder Beerdigungen, immer mit einem höflichen und freundlichen »Hallo«. Keine Umarmung, keine Zuneigungsbeweise, aber ohne Bitterkeit, Enttäuschung oder Hass in den Augen wie die ersten Male nach der Scheidung. Nur ein knappes, aber dennoch freundliches Lächeln, *willkommen, Holger, setz dich doch schon mal ins Wohnzimmer, ich muss noch den Kuchen für Marion verzieren, sechs Kerzen. Stell dir das vor, dass sie schon so groß ist!*

Munch hängte seinen Dufflecoat im Flur auf und wollte das Geschenk ins Wohnzimmer bringen, als er einen Freudenschrei hörte, gefolgt von eifrigen Schritten auf der Treppe aus dem ersten Stock.

»Opa!«

Marion kam auf ihn zugerannt und umarmte ihn fest.

»Ist das für mich?«, fragte die Kleine und starrte das rosa Geschenk aus großen Augen an.

»Herzlichen Glückwunsch zum Geburtstag«, sagte Munch lächelnd und streichelte die Haare seiner Enkelin. »Na, wie fühlt es sich an, sechs Jahre alt zu sein?«

»Nicht viel anders eigentlich, fast genau wie gestern mit fünf«, sagte Marion altklug und strahlte, ohne das Geschenk aus den Augen zu lassen. »Darf ich das jetzt aufmachen, Opa, sofort? Ach bitte, darf ich?«

»Wir müssen eigentlich erst noch das Geburtstagslied singen«, sagte Miriam, die jetzt auch aus dem ersten Stock heruntergekommen war.

Sie kam auf Munch zu und umarmte ihn.

»Wie schön, dass du kommen konntest, Papa. Geht es dir gut?«

»Mir geht's gut«, sagte Munch und half ihr, das große Geschenk ins Wohnzimmer zu bringen, zu einem Tisch, auf dem schon mehrere Geschenke lagen.

»Ach, alles ist für mich, können wir nicht bald …«, bettelte die Kleine, es war deutlich, dass sie fand, sie warte schon viel zu lange.

Munch schaute zu seiner Tochter hinüber und erntete ein Lächeln. Es tat ihm gut, ihren Blick zu sehen. Ihr Verhältnis war nach der Scheidung gelinde gesagt alles andere als gut gewesen, aber seit einigen Monaten schien der Hass, den Miriam ihm in all den Jahren entgegengebracht hatte, langsam zu verschwinden.

Zehn Jahre. Ein kühles Verhältnis zwischen Vater und Tochter. Wegen der Scheidung. Weil er zu viel gearbeitet hatte. Und dann, seltsamerweise, hatte seine Arbeit sie wieder näher zusammengebracht, als ob es auf der Welt doch so etwas wie Gerechtigkeit gäbe. Keine sechs Monate zuvor, ein großer Fall, vielleicht einer der schwersten der Einheit, und Miriam und Marion waren sogar darin verwickelt gewesen. Die fünf Jahre alte Marion war von einem kranken Menschen entführt worden, und man hätte meinen können, das hätte zu einer noch größeren Distanz zwischen Munch und seiner Tochter geführt, aber das Gegenteil war der Fall gewesen. Miriam hatte ihn überhaupt nicht verantwortlich gemacht, sie war einfach nur überglücklich gewesen, weil die Einheit den Fall gelöst hatte. Eine Art neuer Respekt. Er glaubte, das in ihrem Blick zu bemerken, sie sah ihn jetzt anders, begriff, welch wichtige Aufgabe er hatte. Sie hatten beide eine Therapie gemacht, Miriam und Marion, bei einem hervorragenden Polizeipsychologen, um diese schrecklichen Erlebnisse zu verarbeiten, aber zum Glück schienen diese die Kleine nicht zu sehr zu belasten. Zu jung vielleicht, um zu verstehen, wie schlimm es wirklich hätte kommen können. Es hatte wohl einige Nächte gegeben, in denen Marion weinend aus bösen Träumen erwacht war, aber das hatte sich rasch gegeben. Für die Mutter war es natürlich schwerer. Miriam hatte die Therapie noch eine Weile ohne Marion fortgesetzt. Vielleicht ging sie noch immer hin, so eng war ihre Beziehung nicht, dass sie ihm alles gesagt hätte, aber sie waren auf dem richtigen Weg. Ein Schritt nach dem anderen.

»Wo ist Johannes?«, fragte Munch, als sie auf dem Sofa Platz genommen hatten.

»Ach, er hat Bereitschaftsdienst, und das Krankenhaus hat angerufen. Er musste los. Er kommt zurück, so schnell es geht. Die Arbeit, weißt du. Nicht so einfach, wenn man eine wichtige Persönlichkeit ist«, sagte seine Tochter und zwinkerte ihm zu.

Munch erwiderte ihr Lächeln.

»Dann wäre der Kuchen so weit«, sagte Marianne und kam ins Wohnzimmer.

Holger Munch musterte sie verstohlen. Er wollte nicht starren, aber er konnte sie doch nicht aus den Augen lassen. Sie erwiderte für einen Moment seinen Blick, und Munch hatte plötzlich Lust, sie zurück in die Küche zu locken und in den Arm zu nehmen, wie in alten Zeiten, aber er konnte sich zusammenreißen.

»Kann ich jetzt nicht aufmachen? Die Geschenke sind doch viiiiiel wichtiger als das blöde Lied.«

»Wir müssen aber singen und die Kerzen auspusten, weißt du«, sagte Marianne und fuhr ihrem Enkelkind über die Haare. »Und dann müssen wir warten, bis alle da sind, damit alle deine schönen Geschenke sehen.«

Marianne, Miriam, Marion und er. Holger Munch hätte sich eigentlich keinen besseren Rahmen für einen schönen Nachmittag wünschen können. Aber als wäre die Erklärung seiner Exfrau, dass sie noch warten müssten, ein Stichwort in einem Theaterstück gewesen, das ein Ereignis auslöste, ging die Haustür auf, und da stand Rolf, der Lehrer aus Hurum, mit einem Lächeln um den Mund und einem riesigen Blumenstrauß in der Hand.

»Hallo, Rolf«, sagte Marion, lief zur Tür und umarmte ihn.

Munch verspürte einen kleinen Stich, als er sah, wie sich

die kleinen Arme um den Mann legten, den er nicht leiden konnte, aber das war schnell vorbei. Marion war ihm wichtiger als alles andere auf der Welt, und für sie war das Leben ja immer so gewesen. Opa, allein. Oma und Rolf, zusammen.

»Sieh mal, wie viele Geschenke ich kriege!«

Sie zog den Lehrer aus Hurum ins Wohnzimmer, damit er sich den Gabentisch ansehen konnte.

»Wie schön«, sagte Rolf und strich ihr übers Haar.

»Sind die auch für mich?«, fragte Marion und zeigte auf den großen Blumenstrauß.

»Nein, die sind für Oma«, sagte der Lehrer und warf Marianne einen Blick zu, die jetzt lächelnd in der Tür stand.

Munch sah den Blick, mit dem seine Exfrau Rolf bedachte. Und dann war es eigentlich vorbei. Das gute Gefühl, die Idylle. Die Pseudoidylle. Er stand auf, gab dem Lehrer die Hand und sah zu, wie der Mann, den er eigentlich hasste, der Exfrau den riesigen Blumenstrauß überreichte und sie auf die Wange küsste.

Zum Glück wurde er von Marion gerettet, deren Gesicht vor Spannung jetzt schon knallrot war und die einfach nicht mehr länger warten wollte.

»Jetzt muss aber endlich die Singerei kommen«, sagte die Kleine laut und erinnerte Munch unbewusst und freundlich daran, warum er überhaupt da war.

Sie sangen rasch, denn Marion hörte ja doch nicht zu. Sie blies die Kerzen auf dem Kuchen aus und machte sich über die Geschenke her.

Eine knappe halbe Stunde darauf war sie fertig und saß erschöpft vor den vielen Gaben. Die Barbie-Sachen hatten ihren Geschmack voll getroffen, sie war Munch um den Hals gefallen, und obwohl er einen missbilligenden Blick von Miriam erwartet hatte, weil er Marion schon wieder verwöhnte und nicht die richtigen Geschenke brachte, kam nichts. Seine Tochter lächelte nur, wie zum Dank, und gab ihm das Gefühl, dass alles in Ordnung war.

Dann ging schon wieder Munchs Telefon. Mikkelson, und jetzt kam er wie gerufen. Munch bat um Entschuldigung, ging nach draußen auf die Treppe, steckte sich die ersehnte Zigarette an und meldete sich.

»Ja?«

»Gehst du neuerdings überhaupt nicht mehr ans Telefon, oder was?«, grunzte eine gereizte Stimme am anderen Ende der Leitung.

»Familienkram«, antwortete Munch.

»Wie reizend«, sagte Mikkelson sarkastisch. »Es tut mir wirklich leid, in die Idylle zu platzen, aber ich brauche dich.«

»Was ist los?«, fragte Munch neugierig.

»Ein junges Mädchen«, sagte Mikkelson, jetzt ein wenig ruhiger.

»Wo?«, fragte Munch.

»Hurum. Ein Spaziergänger hat sie vor einigen Stunden gefunden.«

»Und wir sind sicher?«

»Womit denn?«

»Dass es ein 233 ist?«

Munch zog lange an der Zigarette. Er konnte die kleine Marion hinter der Tür lachen hören. Jemand jagte sie durch das Haus, sicher der Idiot, der seinen Platz eingenommen hatte. Munch schüttelte gereizt den Kopf. Geburtstagsfeier in dem alten Haus. Was hatte er sich dabei eigentlich gedacht?

»Leider ja«, antwortete Mikkelson. »Ich brauche dich sofort da draußen.«

»Alles klar, bin schon unterwegs«, sagte Munch und legte auf.

Er warf die Zigarette weg und lief schon die Treppe hinunter, als die Tür aufging und Miriam herauskam.

»Alles in Ordnung, Papa?«, fragte seine Tochter und sah ihn besorgt an.

»Was? Ja, sicher … nur … der Job.«

»Okay«, sagte Miriam. »Ich wollte auch bloß …«

»Was denn?«, fragte Munch ungeduldig.

»Dich auf die große Mitteilung vorbereiten«, sagte seine Tochter, ohne ihm in die Augen zu blicken.

»Was denn für eine Mitteilung?«

»Sie wollen heiraten«, sagte Miriam, noch immer, ohne ihn anzusehen.

»Wer?«

»Mama und Rolf. Ich habe versucht, ihr zu klarzumachen, dass heute vielleicht nicht ganz der richtige Zeitpunkt dafür ist, es zu sagen, aber ja …«

Miriam sah ihn jetzt an.

»Kommst du rein, oder?«

»Hab einen Fall«, sagte Munch schroff und wusste nicht, was er noch sagen sollte.

»Du musst also los?«, fragte Miriam.

»Ja«, nickte Munch.

»Warte, ich hol deine Jacke«, sagte Miriam und kam mit seinem Dufflecoat zurück.

»Dann sag ihnen meinen herzlichen Glückwunsch«, sagte Munch trocken und ging auf sein Auto zu.

»Ruf mich an, ja? Ich würde gern etwas mit dir besprechen, was für mich schon wichtig ist, irgendwann, wenn du Zeit hast, ja?«, rief Miriam hinter ihm her.

»Klar, Miriam, ich rufe an«, sagte Munch, lief über den Kiesweg, setzte sich in seinen schwarzen Audi und ließ den Motor an.

· 5 ·

Es war noch keine fünf, aber dennoch schon fast dunkel, als Holger Munch bei den Polizeisperren am Rand von Hurumlandet ankam. Er hielt seinen Ausweis ins Fenster und wurde rasch von einem jungen Dienstanwärter weitergewinkt, dem es offenbar etwas peinlich war, ihn nicht gleich erkannt zu haben.

Munch hielt einige Hundert Meter hinter der Absperrung am Straßenrand und stieg aus. Er schlüpfte in seine Jacke und steckte sich eine Zigarette an.

»Munch?«

»Ja?«

»Olsen, Einsatzleiter.«

Munch ergriff die behandschuhte Hand des hochgewachsenen Polizisten mittleren Alters, den er noch nie gesehen hatte.

»Wie ist die Lage?«

»Das Opfer wurde an die sechshundert Meter oberhalb der Straße hier in nordnordwestlicher Richtung gefunden«, sagte Olsen und zeigte am dunklen Wald nach oben.

»Wen haben wir gerade vor Ort?«

»Kriminaltechnik. Rechtsmedizin. Einer von deinen … Kolstad?«

»Kolsø.«

Munch öffnete den Kofferraum seines Audi, nahm seine Stiefel heraus und wollte sie gerade anziehen, als sein Telefon klingelte.

»Munch?«

»Hier ist Kim. Bist du angekommen?«

»Ja, stehe unten auf der Straße. Wo bist du?«

»Oben beim Zelt. Vik ist fertig und verliert hier langsam die Geduld, aber ich habe gesagt, sie müssen sie liegen lassen, bis du da bist. Ich komm dich jetzt holen.«

»Ja, schön. Wie sieht es denn aus?«

»So was wie Schlaf können wir eine Weile vergessen. Das hier war ein kranker Teufel.«

»Wie meinst du das?«, fragte Munch und spürte plötzlich, wie ihn ein Gefühl des Unbehagens überkam.

Kranker Teufel?

Holger Munch hatte fast dreißig Jahre als Mordermittler hinter sich und fast alles gesehen, Dinge, die gewöhnliche Menschen um ihre Nachtruhe bringen würden, doch er verlor nur selten die Fassung, konnte meistens ein distanziertes professionelles Verhältnis dazu behalten, was er im Dienst sah, und hätte jemand anders diese Bemerkung gemacht, wäre er nicht weiter besorgt gewesen. Mia hätte es sagen können, der alles tief unter die Haut ging, oder Curry, dessen Stimmung dauernd wechselte, aber Kim? Munch gefiel das überhaupt nicht.

»Soll ich erzählen, oder willst du es dir selbst ansehen?«, fragte Kim jetzt.

»Die Kurzversion bitte«, sagte Munch und steckte sich einen Finger ins Ohr, als ein Streifenwagen plötzlich die Sirene einschaltete und dicht an ihm vorbeifuhr.

»Bist du noch dran?«, rief Kim.

»Ja, ja, sag den letzten Satz noch mal.«

»Weiblicher Teenager, vermutlich sechzehn oder siebzehn«, sagte Kim jetzt. »Nackt. Sieht aus wie ein, wie soll ich sagen … Ritual? Es liegen jede Menge Federn um sie rum. Und Kerzen stehen da …«

Munch steckte wieder den Finger ins Ohr, als ein weiterer Streifenwagen mit eingeschaltetem Blaulicht hinter dem anderen herfuhr.

»… aufgestellt wie eine Art Symbol.« Kim war wieder verschwunden. Munch warf einen gereizten Blick zu Einsatzleiter Olsen hinüber, der seinerseits telefonierte und in Richtung Absperrung gestikulierte.

»Ich kann dich nicht hören«, sagte Munch.

»Eine Art Sternenformation«, sagte Kim noch einmal.

»Was?«

»Nackter weiblicher Teenager. Ihr Körper ist zu einer seltsamen Haltung verdreht. Die Augen stehen weit offen. Hier liegen überall Federn herum …«

Wieder war Kims Stimme weg. »Ich höre dich nicht«, rief Munch und steckte sich wieder den Finger ins Ohr.

»… eine Blume.«

»Was?«

»Jemand hat ihr eine Blume in den Mund geschoben.«

»Eine was?«

»Ich höre dich nicht mehr«, sagte Kim durch lautes Rauschen hindurch. »Ich komme runter.«

»Okay, ich stehe bei …«, rief Munch in die Leitung, aber Kim hatte bereits aufgelegt.

Munch schüttelte den Kopf und zog ausgiebig an seiner Zigarette, als Einsatzleiter Olsen vor ihm auftauchte.

»Zwei Presseleute sind zu nah herangekommen, aber jetzt haben wir endlich die ganze Umgebung absperren können.«

»Gut.« Munch nickte. »Habt ihr schon mit der Runde angefangen? Bei den Häusern da oben?«

»Ja«, sagte Olsen und nickte ebenfalls.

»Weiß irgendwer was?«

»Soviel ich weiß, bisher nicht.«

»Na gut, wir dürfen auch den Campingplatz weiter oben an der Straße nicht vergessen, der ist sicher über Winter geschlossen, aber die Wohnwagen stehen ja da. Wer weiß, vielleicht haben wir Glück.«

Der Einsatzleiter nickte noch einmal und verschwand.

Munch zog seine langen Stiefel an und holte eine Mütze aus der Jackentasche. Er warf die Zigarette weg und steckte sich mit kalten roten Fingern eine neue an, er hatte Mühe, das Feuerzeug zu betätigen. Verdammt, war nicht der Sommer eben noch da gewesen? Es war nicht mal fünf Uhr nachmittags und schon finster wie in der kalten Nacht.

Kim kam aus dem Wald auf ihn zu, mit finsterer Miene hinter einer großen Taschenlampe.

»Bist du bereit?«

Bereit?

Kim war wirklich nicht so wie sonst. Es war deutlich, dass der Anblick dort oben im Wald ihm auf eine Weise zusetzte, die Munch noch nervöser machte.

»Geh dicht hinter mir her. Das Gelände ist hier verdammt unwegsam, okay?«

Munch nickte und folgte dem sonst so gelassenen Kollegen zu dem Pfad, der durch den Wald nach oben führte.

Miriam Munch stand vor der Wohnung in der Møllergate und überlegte, ob sie klingeln sollte oder nicht.

Es war die Wohnung von Julie. Eine ihrer alten Freundinnen. Julie hatte mehrere SMS geschickt und gemeint, Miriam müsse unbedingt kommen. Die beiden hatten sich vor ein paar Jahren sehr nahegestanden, damals hatten sie sich in der Hausbesetzerszene herumgetrieben und sich bei Amnesty International engagiert, zwei aufrührerische junge Mädchen, die das ganze Leben noch vor sich hatten und wirklich glaubten, es könne helfen, gegen die Übermacht zu protestieren. Jetzt schien das eine Ewigkeit her zu sein. Eine ganz andere Zeit. Ein ganz anderes Leben. Miriam seufzte und näherte ihren Finger langsam dem Klingelknopf, zog ihn dann aber zurück, blieb stehen und überlegte. Marion war bei Oma und Rolf. Zum Übernachten. Sie würde das ganze Wochenende nach ihrem Geburtstag dort verbringen, das hatte sie unbedingt so gewollt. Johannes war wie immer im Dienst, die Wohnung zu Hause war leer und wenig verlockend. Es war nicht so, dass sie nicht mehr ausgegangen war, seit sie Marion hatte, sie hatte schon ihr Sozialleben, nein, was sie zögern ließ, war etwas anderes. Sie betrachtete ihre Schuhe und fand plötzlich, dass sie albern aussah. Kleid und feine Schuhe. Sie konnte sich nicht erinnern, wann sie sich das letzte Mal so zurechtgemacht hatte. Sie hatte zu Hause über eine Stunde vor dem Spiegel gestanden, hatte sich mehrmals umgezogen, sich geschminkt, sich die Sache anders überlegt, sich ausgezogen, sich abgeschminkt, sich aufs Sofa gesetzt, den Fernseher eingeschaltet, versucht, etwas zu finden, das ihr Ruhe gab, aber das war ihr nicht gelungen. Also hatte sie den Fernseher wieder ausgeschaltet, sich abermals geschminkt, in immer neuer Kleidung eine weitere Runde vor dem Spiegel gedreht, und jetzt stand sie hier. Nervös wie ein kleiner Teenie, mit Schmetterlingen im Bauch, und sie wusste nicht mehr, wann es ihr zuletzt so gegangen war.

Was machst du hier eigentlich?

Sie schüttelte über sich selbst den Kopf. *Sie war doch glücklich.* In Gedanken hatte sie in den vergangenen Wochen diesen Satz so oft wiederholt. *Du bist glücklich, Miriam.* Du hast Johannes. Du hast Marion. Du hast das Leben, das du haben willst. Aber dennoch konnte sie es nicht verhindern. Dass sie Gedanken dachte, die sie nicht denken durfte. Sie hatte es versucht, aber diese Gedanken wollten sich nicht vertreiben lassen. Abends, kurz vor dem Einschlafen, den Kopf auf dem Kissen. Morgens, in dem Augenblick, wenn sie erwachte. Vor dem Badezimmerspiegel, während sie sich die Zähne putzte. Wenn sie Marion zur Schule brachte und ihr an dem großen schmiedeeisernen Tor zum Abschied winkte. Dieselben Gedanken, wieder und wieder, und dieses Bild im Kopf. Ein Gesicht. *Das Gesicht.* Die ganze Zeit dasselbe Gesicht.

Nein, das geht nicht.

Jetzt hatte sie sich entschieden.

Bis hierher und nicht weiter.

Sie holte Atem und lief schon die Treppe hinunter, als plötzlich hinter ihr die Tür geöffnet wurde und Julie auftauchte.

»Miriam? Wo willst du denn hin?«

Die Freundin hatte offenbar schon tüchtig gebechert, sie winkte mit einem vollen Glas Rotwein und lachte laut.

»Ich hab dich vom Fenster aus gesehen, aber ich dachte, du hättest dich vielleicht verlaufen. Komm schon, hier sind jede Menge Leute.«

Julie trank ihr zu und winkte Miriam wieder nach oben.

»Hab mich im Stockwerk geirrt«, log Miriam, stieg langsam die Treppe wieder hoch und umarmte ihre Freundin.

»Süße«, kicherte Julie und küsste sie auf die Wange. »Jetzt komm schon rein.«

Die Freundin, mit der sie vor wenigen Jahren alles geteilt hatte, zog Miriam in die Wohnung und stieß die Tür mit einem Tritt zu.

»Nein, du brauchst die Schuhe nicht auszuziehen, komm schon, dann kannst du alle kennenlernen.«

Miriam ließ sich widerwillig ins Wohnzimmer führen. Die Gäste saßen auf Fensterbänken, auf Sofas und auf dem Boden, die kleine Wohnung war völlig überfüllt. Die Luft war gesättigt vom Geruch nach Tabak und weniger legalen Stoffen, und Miriam sah Flaschen und Gläser in allen Formen und Farben. Ein junger Mann mit grünem Hahnenkamm hatte die Stereoanlage mit Beschlag belegt und ließ so laut die Ramones laufen, dass es von den Wänden widerhallte und dass Julie brüllen musste, um sich Aufmerksamkeit zu verschaffen, eine Aufmerksamkeit, auf die Miriam gern verzichtet hätte, die ihr aber trotzdem zuteilwurde.

»He, Kåre, heeee.« Julie stieß einen Pfiff aus. »Weg mit dem Pseudopunk!«

Miriam sagte nichts und kam sich plötzlich viel zu aufgetakelt vor, als sie Hand in Hand mit der Freundin in der Türöffnung stand.

»He, allesamt, heeeeh!«, rief Julie noch einmal, als der Mann mit dem Hahnenkamm widerwillig die Anlage leiser drehte. »Das ist meine liebe alte Freundin Miriam. Sie ist in die Reihen der Snobs übergewechselt, also versucht, euch heute Abend wie Menschen zu benehmen, nicht wie Affen. Okay?«

Sie lachte laut über ihren eigenen Witz und hob abermals das Rotweinglas.

»Und ja, he, he, ich war noch nicht fertig. Miriams Vater ist bei der Polizei. Ja, ihr habt richtig gehört, ihr Vater ist kein geringerer als der Superdetektiv Holger Munch, also weg mit dem Gras, sonst kann die Drogenfahndung über uns hereinbrechen. Genau, Geir, du warst gemeint.«

Sie hob das Glas in Richtung eines Typen mit Isländer und Dreads, der mit einem riesigen Joint zwischen den Lippen grinsend auf der Fensterbank herumlümmelte.

»So, jetzt kannst du wieder lauter drehen«, sagte sie zu dem Hahnenkamm. »Aber bitte, wenn du schon Punk laufen lassen musst, dann richtigen, Black Flag oder Dead Kennedys oder so, stimmt's, Miriam?«

Miriam zuckte mit den Schultern und hätte sich am liebsten unter dem Teppich verkrochen, aber zum Glück schien es niemanden so richtig zu interessieren, was hier gesagt wurde. Zwei Sekunden danach toste die Musik wieder los, und alle machten sich über ihre Gläser her, als ob nichts passiert wäre, während Julie Miriam in die Küche zog und ihr aus einem Karton mit Rotwein, der auf der Anrichte stand, ein großes Glas vollschenkte.

»Wie schön, dass du gekommen bist«, sagte die Freundin lächelnd und umarmte Miriam noch einmal ausgiebig. »Ich bin schon beschwipst, tut mir leid.«

»Ist schon gut«, sagte Miriam und ließ ihren Blick durch die Küche wandern.

Das Gesicht war nicht im Wohnzimmer gewesen, und hier war es auch nicht. Vielleicht hatte sie sich unnötig Sorgen gemacht. Ein Fest. Ein ganz normales Fest. Das war alles. Absolut in Ordnung. Einfach nett. Sie war oft genug bei Ärzten zum Essen gewesen. Hatte oft genug über Autos und Wochenendhäuser geredet, über Silberbesteck und edles Porzellan. Sie war falsch angezogen, aber ansonsten war alles wie in alten Tagen. Nur eine Party.

»Stimmt das?«

Miriam drehte sich nach Julie um, aber die Gastgeberin war wieder im Wohnzimmer und beugte sich vor der Stereoanlage über den Hahnenkamm.

»Stimmt das?«, wiederholte der junge Mann und lächelte zaghaft.

»Was denn?«, fragte Miriam und ließ abermals ihre Blicke durch den Raum schweifen.

»Dass Holger Munch dein Vater ist? Der Polizist? Mordermittler, das ist er doch?«

Miriam verspürte bei dieser Frage eine gewisse Gereiztheit. Sie hatte das schon so oft gehört, hatte damit umgehen müssen, seit sie klein gewesen war, *ihr Papa ist bei der Polizei, wir dürfen Miriam nichts sagen.*

Der junge Mann, der die Frage gestellt hatte, trug ein weißes Hemd und eine runde Brille, und er hatte keinerlei Hintergedanken. Er war nur neugierig, ohne böse Absichten.

»Ja, der ist mein Vater«, sagte Miriam und merkte zum ersten Mal seit langer Zeit, dass es absolut in Ordnung war, das zu sagen.

»Cool«, sagte der mit der runden Brille, nippte an seinem Glas und suchte nach Worten.

»Doch, ganz schön cool«, sagte Miriam und ließ ein weiteres Mal ihren Blick über den Rand ihres Rotweinglases schweifen.

»Und was machst du so?«, fragte er.

»Wie meinst du das?«, entgegnete Miriam ein wenig abweisend, aber das bereute sie sofort.

Der Mann war schüchtern und ein bisschen ungeschickt. Er versuchte nur, ein Gespräch in Gang zu bringen, vielleicht sogar etwas, das ein bisschen wie ein Flirt aussehen sollte, was er offenbar absolut nicht beherrschte. Fast tat er ihr ein wenig leid, wie er so dastand und sich an sein Glas klammerte in der Hoffnung, dass das hier vielleicht sein großer Abend werden könnte. Von der Kleidung her wirkte er ebenso fehl am Platz wie Miriam, weißes Hemd, Bügelfalte und auf den ersten Blick blank geputzte teure italienische Schuhe, die aber nur ein billiger Abklatsch waren. Sie schämte sich wegen letzterer Beobachtung. Einige Jahre zuvor hätte sie selbst auf der Fensterbank gesessen, mit einem Joint zwischen den Lippen, oder sie wäre eine von denen gewesen, die mit zerzausten Haaren und gen Himmel gehobener Flasche am Tisch standen, während sie jetzt wusste, was ein Paar Schuhe von Scarosso war.

»Ich habe eine kleine Tochter«, sagte sie freundlich. »Ich habe ein bisschen Journalismus studiert und werde vielleicht damit weitermachen, aber im Moment bin ich einfach Vollzeitmama.«

»Ach so«, sagte der Mann mit der runden Brille und sah sie mit dem leicht enttäuschtem Blick an, den sie so oft schon in Bars und Cafés registriert hatte.

Miriam Munch war eine schöne junge Frau, und es fehlte nie an Interessenten und Angeboten. *Ich habe eine fast sechs Jahre alte Tochter,* reichte oft genug, um die Herren mit eingekniffenem Schwanz von dannen trotten zu lassen.

»Und was machst du?«, fragte sie, aber jetzt schien die Luft aus dem Flirtballon entwichen zu sein, und der junge Mann schaute schon in eine andere Richtung.

»Er entwirft saugute Plakate, oder nicht, Jacob?«

Und dann war es plötzlich doch da.

Das Gesicht.

»Jacob, das ist Miriam. Miriam, das ist mein Freund Jacob, ich sehe, ihr habt euch schon bekannt gemacht, das ist ja schön.«

Das Gesicht zwinkerte ihr zu und lächelte.

»Ach, du bist das also, die …«, sagte er, wirkte ein wenig verlegen und wollte offenbar so schnell wie möglich das Weite suchen.

»Ich glaube, ich brauche noch einen«, murmelte er, zeigte auf sein Glas und verschwand.

»Die? Wieso denn die?«, fragte Miriam belustigt.

»Ach, du weißt schon«, sagte das Gesicht und lachte kurz.

»Schönes Kleid, übrigens, nett, hier auch mal jemanden mit Geschmack zu sehen.«

»Danke«, sagte Miriam und deutete einen Knicks an.

»Also?«, fragte das Gesicht.

»Also was?«, fragte Miriam.

»Ist es hier nicht ein bisschen voll?«

»Viel zu voll«, kicherte Miriam.

»Ich hab gehört, unten im Internasjonalen haben sie eine ziemlich gute Margarita«, sagte das Gesicht lächelnd.

»Ich hätte nicht gedacht, dass ich das jemals sagen würde«, lachte Miriam. »Aber ein Schluck Tequila wäre mir jetzt durchaus recht.«

44

»Dann ist das abgemacht«, sagte das Gesicht augenzwinkernd, stellte sein Glas auf die Anrichte und ging ruhig vor ihr her durch das lärmende Gedränge.

• 7 •

Kommissar Jon Larsen, unter seinen Freunden besser als Curry bekannt, versuchte, seine Wohnungstür aufzuschließen, aber er hatte Schwierigkeiten, den Schlüssel ins Schlüsselloch zu bugsieren.

Er hatte seiner Freundin schon mehrmals versprochen aufzuhören. Sie hatten lange gespart. Hatten seit über einem Jahr jeden Monat zweitausend Kronen auf ein Konto eingezahlt. Fidschi, dahin wollte Sunniva. Drei Wochen im Paradies. Exotische Cocktails mit Papierschirmchen trinken. Mit knallbunten Fischen in azurblauem Wasser baden. Sich extra dafür freinehmen, und jetzt hatte er alles wieder ruiniert.

Curry fluchte leise, konnte endlich den kleinen Schlüssel in das fast unsichtbare Loch praktizieren und die Wohnung so leise wie überhaupt nur möglich betreten. Er versuchte, seine Jacke aufzuhängen, verfehlte aber den Haken und stand schwankend im Flur, während er überlegte, ob er ins Schlafzimmer gehen oder sich selbst lieber gleich aufs Sofa verbannen sollte. Dort musste er immer schlafen, wenn er so nach Hause kam wie jetzt, sternhagelvoll und unfähig zu irgendwelchen Erklärungen, nachdem er alle Ersparnisse aus dem Fenster geworfen hatte. Noch ein Pokerabend, auch diesmal ohne Gewinn, Verlust sogar, ein großer Verlust, schon wieder. Er hatte den ganzen Abend gute Karten gehabt, hatte bei einem hohen Straight alles gesetzt, nur um auf einen Flush zu stoßen, grinsende Zähne auf der anderen Seite des Tisches, doch dann hatten all seine Jetons plötzlich den Besitzer gewechselt. Und da hatte er sich doch einfach betrinken müssen, konnte sie das nicht begreifen? Nach acht Stunden am Spieltisch? Nachdem er den ganzen Abend wie ein, ja, wie ein Gott gespielt hatte? Im richtigen Moment eingestiegen war. Im richtigen Moment erhöht hatte. Im richtigen Moment geblufft hatte. Die Tischrunde hatte genickt, *heute Abend spielt Curry wie ein Mann,* aber am Ende war alles zum Teufel gegangen. Ein Augenblick des Übermuts, fast vierzigtausend im Topf, verdammt, die würde er nicht verlieren, das hier war sein Abend, endlich, und dann war es doch so gekommen wie sonst.

Verdammt.

Er lehnte sich mit dem Rücken an die Wand, zog die Schuhe aus, taumelte ins Wohnzimmer und peilte das Sofa an.

In letzter Zeit war es so viel gewesen, begriff sie das nicht? So viel, und da brauchte er das hier, seinen Freiraum. Fidschi, das war ihre Kiste, das mit den Cocktails hörte sich ja gut an, aber mussten sie um die halbe Welt fliegen, um einen zu trinken? Er stand nicht so sehr auf Baden und Strand, wurde gleich am ersten Tag in der Sonne knallrot, musste im Schatten sitzen. Curry schaffte es jetzt, ein bisschen wütend zu werden, als er durch das Wohnzimmer taumelte und seinen untersetzten Leib auf das weiße IKEA-Sofa fallen ließ. Er legte den Kopf auf ein Sofakissen und versuchte, sich zuzudecken, kam aber nur bis zu den Knien. Er wurde vom Telefon geweckt, dass er eingeschlafen war, hatte er nicht bemerkt.

»Hallo?«

Es war Tag. Die müde Oktobersonne schien ihm ins Gesicht, machte es unmöglich, sich der Wirklichkeit zu entziehen. Er hatte sich wieder volllaufen lassen und alles Geld verbraucht, das sie gespart hatten, für einen hohen Straight gegen einen Scheißflush.

»Bist du wach?«, fragte Munch.

»Wach?«, murmelte Curry, ohne den Kopf vom Kissen heben zu können.

Munch wirkte gestresst und überaus schlecht gelaunt.

»Wir trommeln alle zusammen, kannst du in einer Stunde zu einem allgemeinen Briefing kommen?«

»Sonntag?«, gähnte Curry.

»Bist du einsatzfähig?«, fragte Munch erbarmungslos.

»Ich bin ...«, begann Curry.

»In einer Stunde im Büro?«

»Natürlich«, murmelte Curry und setzte sich halbwegs auf, dann erinnerte ihn sein Körper an den Vorabend und zwang ihn, sich sofort wieder hinzulegen.

»Muss nur ... den Sonntagsspaziergang absagen ... Sunniva und ich wollten in den Wald hoch, frische Luft schnappen, aber das ...«

Curry schaute sich im Wohnzimmer um, durch Augen, die sich nicht ganz öffnen ließen, er suchte nach seiner Verlobten, die aber nicht zu Hause zu sein schien.

»Tut mir leid, die Familienidylle zu stören, aber du musst herkommen«, sagte Munch trocken.

»Was ... ist passiert?«

»Nicht am Telefon. Eine Stunde, okay?«

»Ja, klar, bin gleich da, muss nur schnell ...«, sagte der verkaterte Polizist, aber Munch hatte bereits aufgelegt.

Curry schleppte sich in die Küche, fand drei Kopfschmerztabletten und spülte sie mit einem Liter Wasser hinunter. Taumelte weiter zur Dusche und brauchte das ganze heiße Wasser auf.

In der Mariboes gate 13 gab er gerade den Eingangscode ein, als Anette kam. Curry mochte Anette. Sie war eher still, aber sie war eine verdammt gute Polizeijuristin und immer klar und offen. Manche meinten zwar, dass sie bei Mikkelson zu sehr schleimte, aber Curry hatte das noch nie beobachtet.

»Hallo«, sagte Anette und ging vor ihm in den Fahrstuhl.

»Selber«, murmelte Curry.

Whisky- und Zigarrenstimme, das hörte er jetzt, und er räusperte sich.

»Spät geworden?«, fragte Anette und grinste unter ihrem blonden Pony.

»Nein … wieso denn?«

»Du hast eine Fahne«, sagte Anette.

»Zwei Drinks, das war alles«, nuschelte Curry, als der wacklige Fahrstuhl langsam mit dem Aufstieg in den zweiten Stock begann.

»Also, was ist los?«, fragte er und versuchte ein Lächeln.

»Junges Mädchen draußen in Hurum gefunden«, sagte Anette knapp.

»Ach ja, und … Spuren?«, fragte Curry, als sie im zweiten Stock ankamen.

Anette sah ihn mit einem seltsamen Blick an, schüttelte den Kopf und ging vor ihm ins Büro.

Curry nahm das als Hinweis darauf, dass er an diesem Tag wohl besser die Klappe hielt. Er holte sich aus der Küche einen großen Kaffee, den er ins Besprechungszimmer balancierte.

Er nickte allen im Team kurz zu. Kim Kolsø, Ludvig Grønlie, Gabriel Mørk, der Neuen, die Munch vor kurzer Zeit eingestellt hatte, wie hieß sie noch mal? Irgendwas mit Y? Kurz geschnittene blonde Haare, kein schlechter Schnitt, aber die Kleidung für seinen Geschmack ein wenig zu jungenhaft. Ylva, das war es. Curry suchte sich einen Stuhl hinten im Raum und stellte seinen Kaffee vorsichtig auf den Tisch.

Munch hatte schon oben auf dem Podium Platz genommen und hielt die Fernbedienung für den Beamer in der Hand.

»Machst du das Licht aus, Ludvig?«, fragte er kurz und drückte auf einen Knopf der Fernbedienung.

An der Wand hinter ihm erschien ein Foto. Es zeigte ein nacktes Mädchen, das mit weit offenen Augen dalag. Curry fuhr zusammen. Katernerven. Die schlugen jetzt mit voller Wucht zu, und er bereute. Er hätte lügen sollen. Sich krankmelden. Auf dem Sofa bleiben. Er merkte, wie ihm der Schweiß ausbrach, seine Hände zitterten, er konnte seine Finger nicht unter Kontrolle halten. Curry klammerte sich an seinen Becher und hoffte, dass die Kollegen nichts bemerkten.

»Gestern um 12.40 wurde am Waldrand von Hurum landete die Leiche eines jungen Mädchens entdeckt«, sagte Munch. »Ein Stück entfernt von dem Pfad, der nach Haraldsfjellet hochführt. Sie wurde von Tom Petterson gefunden, einem sechsundvierzig Jahre alten Botaniker, der an der Universität Oslo angestellt ist. Petterson sollte irgendeine Pflanze fotografieren und stieß durch Zufall auf die Tote.«

Curry hatte in seinem Leben schon viel gesehen, er hielt sich gewissermaßen für immun, aber das hier war etwas ganz anderes, und seine Katernerven waren wirklich keine Hilfe. Das nackte Mädchen. Ihr Körper war seltsam verkrümmt, ein Arm zeigte nach oben, der andere lag in unnatürlicher Haltung an ihrer Seite.

Munch drückte wieder auf den Knopf. Ein neues Bild erschien.

»Der Pathologe meint, dass sie erwürgt wurde, möglicherweise am Fundort, und dann so drapiert, wie wir sie gefunden haben. Wir werden nachher näher auf die Details eingehen, aber es kann schon jetzt sinnvoll sein, uns das hier zu merken …«

Munch drückte jetzt schneller, und eine Bilderserie erschien hinter ihm auf dem Bildschirm.

»Federn.«

Neues Bild.

»Licht.«

Neues Bild.

»Die Perücke.«

»Diese Figuren auf dem Boden.«

Neues Bild.

»Die Position der Arme.«

Neues Bild.

»Die Tätowierung. Ein Pferdekopf, darunter die Buchstaben A und F.«

Curry bekam den Kaffee nicht runter und spuckte ihn wieder zurück in den Becher. Er registrierte nicht mehr, was um ihn herum vor sich ging. Vor seinen Augen verschwamm alles, und er brauchte plötzlich ganz dringend frische Luft. Jetzt kam es, eine Lawine, die sich gelöst hatte, er musste sich gewaltig zusammenreißen, um nicht auf die Tischplatte zu sinken. Schwarzgebrannter Schnaps? Hatte er so was getrunken? Kein Wunder, dass es ihm so schlecht ging. Und wo steckte eigentlich Sunniva? Wusste sie, was passiert war? War sie wieder zu ihrer Mutter nach Hause gefahren, diesmal endgültig?

»Und nicht zuletzt das hier.«

Munchs Stimme war weit weg.

Neues Bild.

»Die Blume im Mund.«

»Fucking Psycho«, fluchte Kim Kolsø hinter Curry.

Curry konnte sich fast nicht mehr beherrschen. Der gestrige Abend wollte seinen Körper verlassen. Curry starrte verzweifelt die Tür an, er wollte hinausstürzen, aber seine Beine gehorchten nicht. Er blieb schwer atmend sitzen und klammerte sich wieder an den Becher.

»Der vorläufige Bericht des Pathologen«, sagte nun Munch, ohne die Reaktionen im Raum zu beachten, »beinhaltet jede Menge Ungereimtheiten, die wir uns noch vornehmen, aber wir sollten uns zuerst Folgendes ansehen.«

Neue Bilder. Curry schaffte es nicht, alles in sich aufzunehmen.

»Blutergüsse an Knien und Ellbogen. Jede Menge Blasen an den Handflächen. Das Mädchen ist zudem unverhältnismäßig dünn. Sehr dünn, wie ihr sehen könnt, fast magersüchtig, und die Erklärung dafür ist vielleicht das hier.«

Munch ließ das letzte Bild stehen und blätterte in seinen Unterlagen.

»Der Pathologe sagt, dass ihr Magen nur Pellets enthielt.«

»Was?«

Ungläubiges Gemurmel.

»Tierfutter?«, fragte Ludvig Grønlie.

»Ja.« Munch nickte.

»Aber verdammt ...«

»Pellets?«

»Wie kann das denn sein ...?«

»Ich begreife das nicht ...«, sagte die Neue, Ylva. Sie wirkte geschockt.

»Nichts in ihrem Magen erinnert an normale Kost«, sagte Munch.

»Ja, schon, aber ich verstehe nicht ...«

»Tierfutter«, sagte Ludvig Grønlie noch einmal.

»Das ist wie gesagt nur der vorläufige Bericht«, sagte Munch. »Vik hat uns für morgen mehr versprochen. Bis dahin ...«

»Wie kann sie denn nur Tierfutter im Magen haben?«, fragte Ylva und schaute verwirrt in die Runde.

Munch wollte antworten, aber nun klingelte sein Telefon. Er schaute auf das Display und nahm den Anruf an.

»Hallo, Rikard, hast du meine Nachricht erhalten?«, fragte er laut, damit die anderen wussten, warum er mitten in der Besprechung telefonierte.

Mikkelson. Der Chef unten auf Grønland. Curry hatte noch nie gehört, dass Munch seinen Chef mit Vornamen anredete. Er sah, dass auch mehrere von den anderen Blicke wechselten und verständnislos mit den Schultern zuckten.

Munch schob sich eine Zigarette zwischen die Lippen und wies auf den Raucherbalkon, um allen zu zeigen, dass sie fünf Minuten Pause machen konnten.

· 8 ·

Mia Krüger kniete in ihrer Wohnung auf dem Boden, hatte die Tablettendosen vor sich aufgereiht und versuchte, einen Grund zu finden, sie nicht zu öffnen.

Sie war die ganze Nacht ruhelos in der leeren Wohnung auf und ab gewandert, die Arme um den kalten Leib geschlungen, und dann war sie auf der Matratze vor dem Fenster ohnmächtig geworden.

Und sie hatte so schön geträumt. Von Sigrid. Denselben Traum wie schon so oft. Ihre Zwillingsschwester lief in einem weißen Kleid in Zeitlupe durch einen weizengelben Acker, lächelnd, winkend.

Komm, Mia, komm.

Und es war so gut gewesen. Sie war so ruhig geworden. So warm. Der Traum hatte ihr das Gefühl gegeben, dass das Leben eigentlich schön war. Aber dann war sie plötzlich aufgewacht. Von den Geräuschen der Stadt. Und in dieser überschattenden Dunkelheit, und jetzt begriff sie nicht ganz, warum sie sich zu diesem Versuch bereit erklärt hatte. Zu leben. Sie hatte sich doch entschieden, oder etwa nicht? Deshalb war sie doch nach Hitra gezogen? Um das alles hier zu verlassen. War es nicht so? Sie hatte sich doch längst entschieden, musste sie das alles wirklich noch einmal durchmachen?

Komm, Mia, komm.

Ja.

Du musst es doch versuchen?

Nein.

Komm, Mia, komm.

Mia kam für einen Moment zu sich und merkte, dass sie furchtbar fror und vor Kälte am ganzen Leib zitterte. Sie zog die Decke enger um sich und streckte einen dünnen weißen Arm nach den kleinen Tablettendosen aus. Versuchte zu lesen, was darauf stand, konnte aber nichts entziffern. Sie hatte kein Licht gemacht. Sie war nicht einmal sicher, ob sie die Stromrechnung bezahlt hatte.

Mia stand auf, um sich etwas zu trinken zu holen. Sie hatte sich solche Mühe gegeben, hatte alle Flaschen weggestellt in dem Versuch zu leben, gesund und glücklich, hatte sie unten im Badezimmer im Korb für schmutzige Wäsche versteckt.

Ich trinke nicht.

Ich habe nur Flaschen versteckt, unter schmutzigen Kleidern, die ich waschen müsste, in einer Waschmaschine, die ich nicht einmal angeschlossen habe, in einem Mietshaus in einer Stadt, in einer Welt, zu der ich überhaupt nicht gehören will.

Sie entdeckte ihr Gesicht im Badezimmerspiegel und sah sich so, wie sie sich vor einigen Monaten zuvor gesehen hatte, in dem Haus draußen vor der Küste von Trøndelag.

Damals hatte sie fast nicht den Mut gehabt, den Kopf zu heben, um ihrem Blick zu begegnen, aber das tat sie jetzt, starrte sich an, eine Art Gespenst in der Spiegelfläche.

Mia Mondkind.

Eine Indianerin mit blitzblauen norwegischen Augen. Lange schwarze Haare, die über die schmalen weißen Schultern fielen. Die Narbe am linken Auge. Ein drei Zentimeter langer Schnitt, ein Zeichen, das niemals verschwinden würde. Der kleine Schmetterling, der genau über dem Rand ihrer Unterhose am Hüftknochen tätowiert war,

nach einer Nacht voll jugendlicher Torheit in Prag. Sie
strich über das kleine Silberarmband am rechten Handgelenk. Sie hatten beide so eins zur Konfirmation bekommen, sie und Sigrid. Ein Kinderarmband, ein Herz, ein Anker und ein Buchstabe. M an ihrem. S an Sigrids. An dem
Abend, als das Fest zu Ende war und die Gäste nach Hause gegangen waren, hatten sie in ihrem Zimmer zu Hause
in Åsgårdstrand gesessen, und dann hatte Sigrid plötzlich
vorgeschlagen zu tauschen.

Willst du meins, und ich krieg deins?

Mia hatte das silberne Armband seit damals nie abgelegt.

Mia Mondkind.

So hatte die Großmutter sie genannt.

*Du bist etwas ganz Besonderes, weißt du das? Die
anderen Kinder sind auch wunderbar, aber du weißt so
vieles, Mia, nicht wahr? Du kannst Dinge sehen, die andere
nicht so ganz wahrnehmen.*

Die Großmutter, die gar nicht ihre richtige Großmutter
gewesen war, die sie aber doch als ihre Nächste angenommen hatte. Sigrid und Mia. Mia und Sigrid. Ein reizendes
Zwillingspaar, von einem älteren Ehepaar adoptiert, von
Eva und Kyrre Krüger, denn ein Mädchen, das zu jung war,
hatte sie nicht behalten wollen, nicht behalten können.

Mama, Papa, Oma. Sigrid.

Vier Gräber auf demselben Friedhof, und nur sie fehlte
noch. Mia schob den Arm in den Wäschekorb, zog eine
Flasche heraus und ging fröstelnd und in Unterwäsche damit zur Decke auf dem Boden vor der Reihe mit den Tablettendosen.

Die Therapie?

Fuck that.

Sie hatte es versucht, oder nicht?

Mattias Wang. Mit dünnem Schnurrbart, in Oslos bestem Westend, freundlich und nett, smart und kompetent, nach allen Regeln der Kunst ausgebildet, aber er begriff trotzdem rein gar nichts.

Weißt du, was ich glaube, Mia?

Mia drehte den Verschluss auf.

Nein?

Und führte die Flasche an den Mund.

Ich glaube, deine Arbeit macht dich krank.

Sie spürte, wie sich die Wärme in ihrem Hals ausbreitete.

Wie meinst du das?

Fast wie im Traum. Sigrid auf dem Feld.

Na ja, ich weiß nicht so genau, aber etwas an dir fällt auf, du bist anders als andere Polizisten.

Mia trank noch einen Schluck und spürte, wie die Wärme weiter durch ihren Körper wanderte.

Inwiefern?

Jetzt spielte es keine Rolle mehr, dass sie fast nackt war.

Du engagierst dich zu sehr. Das bringt dich fast ums Leben, glaube ich.

Mia hüllte sich dennoch in die Decke. Die gab ihr Sicherheit und Geborgenheit, war eine Freundin, die ihr dabei helfen konnte, was jetzt getan werden musste.

Was denn, Mattias?

Fünf Dosen mit weißen Tabletten.

Dieses Böse. Alles, was du durchmachen musst. Alles, was du sehen musst. Alles, was du fühlen musst. Für die anderen ist es ein Job. Für dich ist es, ja, ich weiß nicht … als ob du das alles selbst erlebst, als ob das Schreckliche

56

dir angetan wird, oder ist es zu dramatisch, wenn ich das so sage?

Mia hob wieder die Flasche an den Mund.

Ich glaube, du irrst dich.

Fünf Verschlüsse, die geöffnet werden können.

Ja, natürlich, wir hatten ja noch nicht viele Sitzungen, ich kann wirklich nicht behaupten, dass ich dich kenne oder überhaupt etwas weiß, das war nur mein, wie soll man sagen, mein spontaner Eindruck davon, wer du bist.

Mia ließ diesmal die Flasche lange an ihren Lippen ruhen.

Wir reden nächste Woche mehr darüber, ja?

Nein.

Ich glaube, wir werden eine Lösung finden, glaubst du nicht, Mia?

Nein.

Mia Krüger stellte die Flasche weg und strich mit den Fingern über das kleine Silberarmband an ihrem Handgelenk.

Nein.

Das glaube ich nicht.

Und dann begann sie langsam, die Deckel von den Tablettendosen auf dem kalten Linoleumboden aufzuschrauben.

• 9 •

Holger Munch ärgerte sich, als er in seinem schwarzen Audi nach Bislett fuhr. Im Ulevålsvei musste er vor einer roten Ampel halten und zusehen, wie ein lächelndes junges Paar einen Kinderwagen über die Kreuzung schob. Er steckte sich eine Zigarette an und schüttelte den Kopf. Wie war er eigentlich hier gelandet? Vor nicht allzu langer Zeit war er das noch gewesen. Marianne und er. Mit Miriam im Kinderwagen. Und warum musste er immer daran denken? Heiraten? Er hatte nun wirklich andere Sorgen. Eine Siebzehnjährige. Ermordet und nackt im Wald zurückgelassen. Auf einem Bett aus Federn. Mit einer Blume im Mund. Und er war vor Mikkelson auf die Knie gefallen, vielleicht ärgerte ihn das am meisten. Er hatte begriffen, was er tun musste, sowie er das weiße Zelt im Wald betreten und dort das Mädchen gesehen hatte. *Er musste Mia Krüger zurückholen.* Er hatte ein hervorragendes Team, das schon, die besten Ermittler des Landes, aber niemand war wie Mia.

Er wurde aus seinen Gedanken gerissen, weil das Auto hinter ihm hupte. Munch schaltete und bog in Richtung Bislett-Stadion ab. Heiraten? Wozu in aller Welt sollte das gut sein?

Er hatte gehalten und wollte aussteigen, als sein Telefon klingelte.

»Munch?«

»Ludvig hier.«

»Ja?«

»Ich glaube, wir haben sie.«

»Schon?«

»Ich glaube ja.«

Munch hatte Ludvig Grønlie und dessen neue Assistentin Ylva die Liste der vermissten Personen durchgehen lassen.

»Großartig, Ludvig. Wer ist sie?«

»Wir brauchen noch die Bestätigung, aber ich bin ziemlich sicher, dass sie es ist. Sie heißt Camilla Green. Wurde vor drei Monaten vermisst gemeldet, die Beschreibung stimmt, Größe, Augenfarbe, Tätowierung, aber etwas ist hier komisch.«

»Wie meinst du das?«

»Deshalb hat es ein bisschen gedauert«, erwiderte Ludvig.

Munch lächelte kurz und nahm sich eine Zigarette. Ein bisschen gedauert. Erst vor zwei Stunden hatte er im Team die Aufgaben verteilt. Er hatte ein schlechtes Gewissen, weil er sofort gedacht hatte, dass er Mia brauchte. Er hatte ein Team aus den allerbesten Ermittlern des Landes, und niemals hätte er auf Ludvig verzichten können.

»Lass hören«, sagte er und stieg aus.

»Camilla Green«, sagte Ludvig und las offenbar irgendwo ab. »Geboren am 13. April 1995. Grüne Augen. Mittelblonde schulterlange Haare. Eins achtundsechzig. An die siebzig Kilo. Waise. Vermisst gemeldet von Helene Eriksen, Leiterin von einer … Gärtnerei Hurumlandet.«

»Siebzig Kilo?«, fragte Munch, nahm seinen Ordner aus dem Auto und schloss ab. »Das kann sie doch kaum sein, oder? Die, die wir gefunden haben, ist extrem dünn.«

»Weiß ich«, sagte Ludvig eilig. »Aber ich habe hier ein Bild von ihr, und danach muss sie es eigentlich sein. Camilla Green. Alles andere stimmt. Die Tätowierung und alles.«

Ludvig bezog sich auf eins der Bilder, die Munch in seinem Ordner liegen hatte. Ein Pferdekopf mit den Buchstaben A und F darunter, der dem Mädchen auf die rechte Schulter tätowiert war.

»Na gut, und wann ist sie vermisst gemeldet worden, hast du gesagt?«

»Am 19. Juli. Aber diese Helene Eriksen, die sie als vermisst gemeldet hat, hat sie offenbar, ja, wie nennt man das, als nicht mehr vermisst gemeldet. Nur einige Tage später.«

»Meinst du, sie hat sie wiedergefunden?«

Ludvig schwieg einige Sekunden, als würde er etwas nachschauen.

»Nein, nicht gefunden. Sie hat die Vermisstenmeldung einfach zurückgezogen.«

»Das ergibt doch keinen Sinn«, sagte Munch und warf einen Blick nach oben zu Mias Wohnung.

Beide Fenster waren dunkel. Er hatte versucht, Mia anzurufen, aber sie war nicht ans Telefon gegangen, und deshalb war er jetzt hergefahren.

»… aber sie meldet sich nicht«, sagte Ludvig.

»Wer?«

»Diese Helene Eriksen, hier steht eine Nummer, aber sie geht nicht ans Telefon.«

»Na gut«, sagte Munch und überquerte die Straße. »Waise, hast du gesagt? Aber irgendwer muss doch für sie verantwortlich sein, was wissen wir denn sonst über sie?«

»Ich habe hier nicht mehr«, sagte Ludvig. »Nur diesen Betrieb, Gärtnerei Hurumlandet.«

»Und das ist?«

Munch ging zur Haustür und sah sich das Klingelbrett an, sinnlos natürlich. Mia würde dort doch niemals ihren Namen anbringen. Er trat ein paar Schritte zurück und schaute noch einmal zu ihren Fenstern hoch. Seltsam eigentlich. Sie wohnten gar nicht so weit auseinander, es war nur einige Minuten von seiner Wohnung in der Thereses gate bis hierher, aber er hatte sie noch nie zu Hause besucht. Na ja, vielleicht war das nicht seltsam, sondern eher dumm, vielleicht, er warf die Zigarette auf die Erde, steckte sich eine neue an und verspürte wieder einen Stich seines schlechten Gewissens. Seit Mikkelson Mia beurlaubt hatte, hatten sie sich nur zweimal gesehen. Kurze, eher oberflächliche Treffen im Justisen. Mia hatte abwesend gewirkt, nicht viel gesagt. Eigentlich kein Wunder. Nach allem, was sie durchgemacht hatte. Zwei Telefongespräche. Einige Tassen Tee. Er hätte vielleicht mehr für sie tun müssen. Ein besserer Chef sein. Und Freund. Aber Mia war nun mal so, wollte ihre Privatsphäre, wollte nicht gestört werden, und da hatte er sie einfach in Ruhe gelassen.

»Wir haben noch nicht viel gefunden, aber das ist offenbar eine Art Heim für Jugendliche in Schwierigkeiten«, sagte jetzt Ludvig.

»Gärtnerei Hurumlandet?«

»Ja. Die haben eine Website, aber die ist ein bisschen …«

»Neunzigerjahre«, sagte Ylvas Stimme im Hintergrund.

»Kaum aktualisiert«, sagte Ludvig.

»Aber es ist eine Gärtnerei?«

»Ja«, sagte Ludvig. »Soviel wir sehen können. Ein Ort für Jugendliche, die Probleme haben, sie arbeiten dort oder so, wie gesagt, mehr weiß ich im Moment auch noch nicht.«

»Gut«, sagte Munch. »Versuch weiterhin, sie zu erreichen, wie heißt sie noch gleich?«

»Helene Eriksen.«

»Okay, mach weiter, bis sie sich meldet. Und sieh nach, was du noch über Camilla Green finden kannst, du weißt ja, wo du suchen musst.«

»Sind schon dabei«, sagte Ludvig.

»Schön«, sagte Munch und legte auf.

Er wählte noch einmal Mias Nummer, doch sie meldete

sich noch immer nicht. Er spielte mit dem Gedanken, auf alle Klingelknöpfe ohne Namen zu drücken, um zu sehen, ob zufällig der richtige dabei war, aber dann wurde plötzlich die Tür geöffnet. Eine junge Frau in einem engen bunten Trainingsanzug kam heraus, und Munch konnte gerade noch seine Zigarette wegwerfen und die Treppe hochlaufen, ehe die Tür wieder ins Schloss fiel.

Zweiter Stock, das wusste er immerhin. Sie waren einmal gemeinsam vom Justisen nach Hause gegangen, und sie hatte nach oben gezeigt.

Da wohne ich. Mein Zuhause.

Sie war betrunken und sarkastisch gewesen.

Zuhause.

Es hatte nicht so geklungen, als würde sie das auch so meinen. Munch ging keuchend die Treppen zum zweiten Stock hoch. Zum Glück gab es dort nur zwei Wohnungen. Die eine hatte ein Türschild. *Hier wohnen Gunnar und Vibeke.* An der anderen Tür stand nichts.

Munch knöpfte seine Jacke auf, drückte zweimal auf den Klingelknopf und wappnete sich.

· 10 ·

Miriam Munch war in einer fremden Wohnung aufgewacht. Nicht in einem fremden Bett, nein, das nicht, er war ein Mann mit Manieren und hatte es nicht einmal vorgeschlagen. Er hatte eine Decke geholt und das Sofa für sie bereit gemacht, in der kleinen bezaubernden Wohnung, die so gar keine Ähnlichkeit mit ihrer eigenen hatte.

Ein ganz anderes Leben war das hier, ein Leben, das ihrem ähnelte, ehe sie von Johannes schwanger geworden war, ein freieres Leben. In der neuen Wohnung, die sie erst kürzlich in Frogner gekauft hatten, gab es italienische Fliesen auf dem Boden und Spots in der Badezimmerdecke. Der Kühlschrank hatte einen Eiswürfelspender und eine Schublade, in der sich das Gemüse besonders lange frisch hielt. Waschmaschine mit digitalem Display. Heizkörper, die mit einer App per Telefon reguliert werden konnten, weshalb sie zu perfekter Innentemperatur heimkehrten, wenn sie unterwegs gewesen waren. Das neue Auto, Miriam wusste nicht einmal die Marke, hatte alles, was offenbar dazugehörte, GPS, Allradantrieb, Airbags vorn und hinten, DVD-Bildschirme, Sonnendach und Skibehälter. Die Wohnung, in der sie jetzt erwachte, stand für etwas ganz anderes. Mit Klebeband an den Wänden angebrachte alte Poster. Ein Plattenspieler in einer Ecke. Überall Klamotten. Sie konnte den Luftzug vom Fenster spüren, als sie sich auf dem Sofa aufsetzte, es war kalt hier. Sie streckte die Hand nach der Zigarettenschachtel auf dem Tisch aus.

Oktober in Oslo. Der Winter würde bald kommen, und normalerweise hätte sie jetzt den Thermostat in der Küche hochgedreht, mit dem die Temperatur überall in der Wohnung reguliert wurde, damit Marion es warm hätte, wenn sie verschlafen aus ihrem Zimmer kam, damit sie nicht fror, wenn sie zum Frühstück am Küchentisch saß, und wieder war das schlechte Gewissen da. Sie war kein guter Mensch, oder doch? Sie war auf dieses Fest gegangen. Sie hatte ihn zu einem Drink ins Internasjonalen verleitet. Sie war noch dazu später mit ihm hergekommen, hatte die ganze Nacht auf einem fremden Sofa gesessen, Rotwein getrunken und stundenlang über Dinge geredet, von denen sie fast glaubte, noch niemals mit irgendwem gesprochen zu haben. Über ihren Vater. Die Scheidung. Wie es ihr damals wirklich ergangen war. Über Johannes. Dieses schleichende Gefühl, das sie in den letzten Jahren bemerkt hatte. Dass sie ihn ausgesucht hatte, um zu entkommen, um aufzubegehren, dass sie sehr jung mit einem Mann, der für das genaue Gegenteil dessen stand, was ihr Vater repräsentierte, ein Kind bekommen hatte.

Miriam steckte sich eine Zigarette an, zog umständlich das Telefon aus ihrer Tasche unter dem Tisch und spürte, wie sich das schlechte Gewissen abermals zu Wort meldete, als sie die Mitteilungen überflog, aber da stand nichts. Von Johannes. Kein: *Du fehlst mir.* Kein: *Wo bist du?* Nur eine Mitteilung von ihrer Mutter: *Kann Marion noch eine Nacht hierbleiben? Sie möchte morgen gern von uns in die Schule gebracht werden.*

Miriam schrieb eine Antwort. *Ok Mama, natürlich, gib ihr einen Kuss von mir.* Sie legte das Telefon auf den Tisch, blieb unter der Decke sitzen und sah sich noch einmal die Poster an.

Die Freiheit der Tiere ist unsere Freiheit.

Schluss mit Hof Løken.

Ein Plakat mit dem Bild einer Katze in einem Käfig, halb verhungert, auf einem Hof in Mysen. Norweger, die ihr Geld damit verdienten, dass sie Hunde und Katzen kauften und sie einsperrten, um sie dann ins Ausland für Tierversuche zu verkaufen.

So hatten sie sich kennengelernt.

Das Gesicht und sie.

Ziggy.

Miriam konnte sich nicht entscheiden, ob sie aufstehen, sich anziehen, mit einem Taxi nach Frogner fahren, sich darauf einstellen sollte, Johannes zu empfangen, wenn er vom Dienst im Krankenhaus zurückkam, wie eine gute Lebensgefährtin, eine gute Mutter, der Mensch, der sie sein müsste, oder ob sie sich einfach wieder unter der Decke verkriechen sollte, in dieser kleinen, aber so lebendigen Wohnung, die sie so sehr an das Leben erinnerte, das sie einmal gehabt hatte.

Schluss mit Hof Løken.

Dort hatten sie sich kennengelernt. Im Katzenheim draußen am Mossevei. Weil sie das Gefühl gehabt hatte, mit ihrem Leben etwas machen zu müssen. Statt nur Mama zu sein. Tove und Kari, zwei wunderbare Menschen, die an nichts anderes dachten als an die Katzen, die niemand haben wollte. Sie zu füttern. Ihnen klarzumachen, dass sie wichtig waren. Dass jemand sich um sie kümmerte, auch wenn andere Menschen sie als Ziergegenstände benutzt hatten, um sie dann am Straßenrand auszusetzen. Dass jemand sie liebte. Und das hatte ihr gereicht. Eine Pause im Alltag zu haben. Um für andere da zu sein.

Und dann hatte plötzlich er dort gestanden.

Das Gesicht.

Ziggy.

Dort draußen gab es viele Freiwillige, immer kamen Leute vorbei, manche nur einmal, andere häufiger, aber sie hatte sofort begriffen, dass er, Ziggy, etwas ganz Besonderes war.

Sie waren fast zu kleinen Mädchen geworden, Tove und Kari, als er zum ersten Mal gekommen war, mit geröteten Wangen, als ob ein Promi einen Besuch machte. Und anfangs hatte Miriam nicht begriffen, warum.

Aber jetzt wusste sie es.

Oh verdammt.

Miriam streckte die Hand nach einer neuen Zigarette

aus und gab sich gerade Feuer, als die Schlafzimmertür geöffnet wurde.

»Hallo.«

»Hallo«, sagte Miriam.

»Hast du geschlafen?«

Er rieb sich die Augen, kam auf Miriam zu, setzte sich in den Sessel ihr gegenüber und wickelte sich fester in die mitgebrachte Decke ein.

»Nicht viel, aber ein bisschen«, sagte Miriam und wurde rot.

»Gut«, lächelte er und streckte die Hand nach den Zigaretten auf dem Tisch aus.

Ziggy gab sich Feuer, legte den Kopf leicht schief, schaute sie über die Glut mit seinen schönen fröhlichen Augen an und fragte unumwunden: »Was sollen wir jetzt machen, Miriam? Hiermit?«

Sie fühlte sich plötzlich ein wenig unwohl. Sie sah wortlos ihre Zigarette an. Sie hatte gedacht, dieses berauschende Gefühl, eine ganze Nacht mit jemandem zusammenzusitzen, der ihr das Gefühl gab, sie selbst zu sein, würde verfliegen.

Wenn sie aufwachte, würde es verschwinden.

»Ich brauch einen Kaffee. Du auch?«

Gern.

»Nein, ich muss jetzt wohl los.«

Ich könnte den ganzen Tag hier verbringen.

»Ist schon klar«, sagte das Gesicht lächelnd. »Ich hab ja das Gefühl, dass ich dich nicht gehen lassen kann, ohne dir ein kleines Frühstück zu servieren, aber das entscheidest du natürlich selbst.«

Sag jetzt nichts mehr, sonst bleibe ich hier.

»Nein, ich muss jetzt wirklich los.«

»Natürlich. Du musst tun, was für dich das Beste ist.«

Und als sie sich angezogen hatte und vor der Wohnung stand, begriff Miriam Munch, dass es schwierig werden könnte.

Sie hatte sich verliebt.

So richtig.

Nicht nur aus Jux.

Ein großes Gefühl, das sich in ihr festgesetzt hatte, etwas absolut Verbotenes, das ihr dennoch unglaublich richtig vorkam.

Vielleicht wenn ich mich nie wieder bei ihm melde?

Sie winkte einem Taxi und versuchte, auf dem ganzen Weg nach Hause an diesem Gedanken festzuhalten.

Das legt sich schon wieder.

Und als sie die Tür zu der leeren Wohnung in Frogner aufschloss, hatte sie sich fast schon überzeugen können.

Das legt sich wieder.

Sie legte die Schlüssel auf den Tisch neben der Eingangstür, zog sich auf dem Weg ins Schlafzimmer aus, schmiegte sich unter die Decke und war eingeschlafen, ehe sie den Kopf auf das Kissen gelegt hatte.

· 11 ·

Holger Munch hatte noch einmal geklingelt, hatte geklopft und wollte schon gehen, als die Tür plötzlich geöffnet wurde und Mia in der Öffnung auftauchte.

»Was ist das denn für ein Zeitpunkt, um andere Leute zu wecken?«

Mia grinste und ließ ihn eintreten.

»Sonntag um vier?«, fragte Munch.

Er zog die Schuhe aus und suchte nach einem Haken, um seinen Mantel aufzuhängen, fand aber keinen, deshalb legte er den Mantel auf den Boden und folgte Mia ins Wohnzimmer.

»Entschuldige das Chaos«, sagte Mia. »Ich hab mich noch nicht richtig eingerichtet. Kann ich dir etwas anbieten? Tasse Tee? Ich gehe davon aus, dass du noch immer keinen Schnaps trinkst.«

Munch suchte nach einem Unterton in diesem Satz, einer Art Mitteilung, dass sie sich zu lange nicht mehr gesehen hätten, dass er sie schon längst hätte besuchen müssen, aber er fand keinen.

»Ich wollte gerade unter die Dusche, kann ich noch schnell?«

»Ja, klar.« Munch nickte.

»Nur zwei Minuten. Bin gleich wieder da.«

Mia grinste wieder und verschwand im Bad, während Munch mitten im Wohnzimmer stand und nicht recht wusste, was er mit sich anfangen sollte. Noch nicht richtig eingerichtet war eine Untertreibung. Die Wohnung erinnerte ihn an sein Zimmer in Hønefoss. Er hatte niemals ausgepackt, hatte es nicht über sich gebracht, das Zimmer zu einem Zuhause zu machen, und so sah es auch hier aus. Unter dem Fenster lag eine Matratze mit einer Decke und einem Kissen. Offenbar schlief Mia dort. Hier und da standen Pappkartons herum, einige schienen geöffnet und wieder geschlossen worden zu sein. Die Wände waren leer, nirgendwo war ein Bild zu sehen. Die Wohnung hatte große Ähnlichkeit mit seiner eigenen, siebzig Quadratmeter schätzte er, mit Wohnzimmer und offener Küchenlösung, einer Tür zu einem Balkon, einem Gang, der zu dem Raum führte, den er für das Badezimmer hielt, und vielleicht zwei Schlafzimmern, die Mia offenbar nicht benutzte.

Ein weißer Sessel war halbwegs montiert, die Beine lagen noch auf dem Boden, daneben die Bauanleitung, einen kleinen Tisch hatte sie immerhin zusammengeschraubt. Munch ließ sich in den unfertigen, viel zu niedrigen Sessel sinken, legte den Ordner auf den kleinen Tisch und stellte fest, dass ihm nicht gefiel, was er soeben hier gesehen hatte.

Sie hatte extrem verhärmt ausgesehen. Fast wie draußen auf Hitra. Er hatte damals eine Gänsehaut bekommen, und dieses Gefühl hatte er auch jetzt. Die sonst so starke Mia, voller Energie und mit klarem Blick, auf eine Spukversion ihrer selbst reduziert. Neben der Matratze auf dem Boden standen eine halb volle Flasche Armagnac und ein Glas, und in einer Ecke lagen drei leere Pizzakartons. Wieder hatte Munch ein schlechtes Gewissen. Er hätte sie natürlich schon längst besuchen müssen. Sie sah nicht gut aus. Bei ihrer letzten Begegnung, an dem Abend im Justisen, hatte sie ein wenig fröhlicher gewirkt, mit einer Art Glauben daran, alles würde in Ordnung kommen, aber nun war ihr Blick wieder so gewesen wie draußen auf Hitra. Abwesend. Leer.

Munch stand auf und holte seine Zigaretten aus dem Dufflecoat im Gang.

»Drinnen rauchen oder auf dem Balkon?«

Er rief das in Richtung Badezimmer, aber sie hatte die Dusche schon aufgedreht und er bekam keine Antwort, deshalb entschied er sich für den Balkon. Er blieb draußen stehen und fror, bis er den letzten Rest Tageslicht verschwinden und das Bislett-Stadion und den Rest der Stadt in tiefe Finsternis versinken sah.

Ein kranker Teufel.

Munch dachte nach. Nicht vor dem Team. Nüchtern. Besonnen. Ruhig. Konstruktiv. Deshalb war er der Chef, er zeigte den anderen niemals, was die Fälle mit ihm machten, aber er spürte, dass es jetzt heraufzog, dass das, was er draußen in Hurum gesehen hatte, ihn extrem beunruhigte. Sie hatten viele Fälle. Sie hatten immer Fälle. Und Munch hatte immer Mitleid mit dem Opfer, mit der Familie, mit den unfassbaren Tragödien, die Menschen überkamen, wenn sie jemanden verloren, aber die meisten Fälle hatten einen rationalen Zusammenhang. Streitereien mit unglücklichem Ende. Abrechnungen in den bekannten kriminellen Milieus der Stadt. Eifersucht. Meistens hatten die Fälle, an denen er arbeitete, doch etwas Menschliches. Es war natürlich nicht ganz richtig zu sagen, dass ein Mord menschlich sein konnte, aber in seinem Beruf, und er sagte das natürlich nie laut, dachte es aber häufig, war er immer erleichtert, wenn er einen Zusammenhang fand, den er verstehen konnte.

Diesmal nicht.

Das hier war ein kranker Teufel.

Munch holte seinen Mantel vom Gang, ging wieder auf den Balkon und steckte sich eine neue Zigarette an. Er sah Mia in ein Handtuch gewickelt aus dem Badezimmer kommen und in einem anderen Zimmer verschwinden, wo es wohl einen Kleiderschrank gab oder einen Karton mit Kleidern.

»Du kannst doch auch drinnen rauchen, wenn du die Tür offen lässt.«

Mia kam ins Wohnzimmer, sie trug eine enge schwarze Hose, einen weißen Rollkragenpullover und ein Handtuch um den Kopf, das sie lockerte, um sich damit die Haare trocken zu reiben.

»Ja, tut mir leid«, sagte Munch geistesabwesend, er war mit seinen Gedanken woanders gewesen.

»Wenn ich noch immer als Ermittlerin arbeite«, sagte Mia lächelnd und setzte sich auf die Matratze unter dem Fenster, »dann würde ich zu dem Schluss kommen, dass, wenn Holger Munch persönlich an einem Sonntagnachmittag mit einer Tasche voller Fotos herkommt, es bedeuten muss, dass draußen in der Welt etwas verdammt Übles passiert ist, dass die Truppe verzweifelt ist und dass ich vielleicht wieder im Dienst bin?«

Munch ließ sich wieder in den weißen Sessel ohne Beine sinken.

»Hat was gekostet«, sagte er und nickte.

»Und da soll ich dir jetzt dankbar sein, ist das so zu verstehen?«

Munch suchte abermals nach diesem Unterton in ihrer Stimme, aber auch jetzt fand er ihn nicht. Sie wirkte erleichtert, fast froh. Der leere Blick, der ihm in der Tür begegnet war, war ein wenig zum Leben erwacht, und sie schien sich über seinen Besuch zu freuen.

»Was haben wir also?«, fragte sie und legte das Handtuch zur Seite.

»Willst du sofort sehen oder erst hören, was ich meine?«

»Muss ich mich entscheiden?«, fragte Mia und nahm den Ordner vom Tisch.

Sie öffnete die Tasche und legte die Fotos vor sich auf die Erde.

»Wir haben sie gestern Mittag gefunden«, sagte Munch. »Draußen beim Hurumlandet. Ein paar Hundert Meter oben im Wald. Ein Spaziergänger, nein, ein Biologe, Botaniker, der irgendeine Pflanze fotografieren wollte, ist auf sie gestoßen, fand sie so, mitten in …«

»Ein Ritual«, sagte Mia abwesend.

Munch saß reglos da, während Mia die letzten Bilder auf dem Boden verteilte.

»Möglich, aber …«

»Was?«, fragte Mia und schaute für einen Moment von den Fotos auf.

»Soll ich still sein, oder willst du …?«, fragte Munch und hatte plötzlich das Gefühl, sie zu stören.

»Ja, nein, entschuldige, red einfach weiter«, murmelte Mia, öffnete die Armagnac-Flasche und füllte ein schmutziges Glas bis zum Rand.

»Wie es aussieht und wie du gesagt hast, wirkt es wie ein Ritual«, sagte Munch nun. »Die Perücke. Die Federn. Die Kerzen. Die Position der Arme.«

»Ein Pentagramm«, sagte Mia und hob das Glas an den Mund.

»Ja, das hat Ylva auch gesagt.«

»Ylva?«

»Ylva ist zu uns versetzt worden«, sagte Munch. »Und sie war gerade fertig auf der Akademie, deshalb …«

»Wie ich, oder?«, sagte Mia und richtete ihren Blick wieder auf die Bilder.

»Nein, du bist ja nie fertig geworden, oder?«, fragte Munch.

»Und wie lautet die Abmachung?«

»Mit Ylva?«

»Nein, mit mir«, sagte Mia und nahm ein Foto in die Hand.

»Wie meinst du das?«

»Mit Mikkelson. Wie sieht die Abmachung diesmal aus? Lass mich raten: Ich bin wieder dabei, wenn ich verspreche, mit der Therapie weiterzumachen.«

»Genau«, sagte Munch und machte Anstalten, sich zu erheben.

»Rauch hier nur, irgendwo steht ein Aschenbecher, ich glaube, oben in dem Schrank da«, sagte Mia und zeigte darauf, noch immer ohne den Blick von den Fotos zu lösen.

»Camilla Green«, sagte Munch, als er sich wieder gesetzt und sich Feuer gegeben hatte. »Siebzehn Jahre alt. Waisenhauskind. Vor drei Monaten von einer Art Anlaufstelle für Jugendliche mit Problemen, einer Gärtnerei, vermisst gemeldet.«

»Die Blume im Mund«, sagte Mia.

»Der vorläufige Obduktionsbericht zeigt, dass ihr Mageninhalt aus Tierfutter bestand.«

»Was?«, fragte Mia und sah ihn an.

»Pellets«, sagte Munch.

»Fuck«, sagte Mia und sah wieder die Fotos an.

Sie nahm noch einen großen Schluck aus ihrem Glas. Ihr Blick war jetzt konzentriert und fokussiert, wie Munch das schon oft gesehen hatte. Als sein Telefon klingelte und er auf den Balkon trat, bemerkte sie das nicht einmal.

»Ja, Munch?«

»Ludvig hier. Wir haben sie.«

»Wen?«

»Helene Eriksen. Die das Mädchen vermisst gemeldet hat. Sie kommt jetzt zur Vernehmung. Sie ist schon unterwegs.«

»Ich auch«, sagte Munch eilig und legte auf.

Als er die Wohnung wieder betrat, hatte Mia ihr Glas geleert und schon wieder gefüllt.

»Also?«, fragte Munch.

»Also was?«, fragte Mia und schickte ihm einen trüben Blick.

»Was glaubst du?«

»Ich komme morgen ins Büro. Jetzt will ich mit den Fotos allein sein.«

»Okay«, sagte Munch. »Und du bist sicher, dass du zurechtkommst? Ich soll nicht, na ja, dir etwas zu essen holen oder so?«

Mia winkte ab.

»Dann bis morgen.«

Mia nickte zerstreut.

Munch band seine Schnürsenkel, zog leise die Tür hinter sich zu, lief die Treppen hinunter, schloss die Autotür auf und fuhr in Richtung Mariboes gate.

· 12 ·

Die Frau war um die vierzig und mit einer roten Daunenjacke bekleidet. Sie stand unter der Straßenlaterne beim Bislett-Stadion und sah einen beleibten Mann in einem beigefarbenen Dufflecoat das Mietshaus verlassen. Der Mann hielt kurz inne, steckte sich eine Zigarette an, dann setzte er sich in einen schwarzen Audi und fuhr los.

»Worauf warten wir?«

Der zwanzig Jahre jüngere Mann neben ihr schaute sich nervös um und zog sich die Mütze über die Ohren.

»Ich friere.«

»Sei still«, sagte die Frau und schob die Hand in die Tasche, um sich davon zu überzeugen, dass es noch da war.

Das Armband.

»Das kann doch nicht so schwer sein«, sagte der jüngere Mann und gab der Selbstgedrehten in seinem Mundwinkel mit zitternden Fingern Feuer.

»Hast du nicht gesagt, dass sie uns Geld gibt?«

Die Frau in der roten Daunenjacke bereute jetzt, ihn mitgenommen zu haben, diesen Jungen, sie kannte ihn eigentlich kaum, das hier war etwas, das sie allein tun musste, etwas, das sie schon längst hätte tun müssen.

Sie holte tief Luft und schaute hoch zu der Wohnung im zweiten Stock, ein schwaches Licht hinter dem Fenster, also war sie zu Hause, das schon, aber es kam ihr trotzdem nicht richtig vor.

»Ich brauch 'nen Schuss«, sagte der Junge und hüstelte.

»Sei still«, sagte die Frau wieder und merkte es jetzt selbst.

Das Verlangen nach der Nadel, die das Elend vertreiben, ihr die Wärme geben würde, die sie brauchte.

»Lass sehen«, sagte der Junge und streckte die Hand aus.

»Was denn?«

»Das Armband. Du hast doch gesagt, dass sie uns dafür Geld gibt.«

Sie schaute wieder zu der Wohnung hoch und ließ den Jungen sehen, was sie in der Tasche hatte.

»Das da?«, fragte der Junge verwundert und hielt das Armband ins Licht der Straßenlaterne.

»Wie kann das denn irgendwas wert sein? Das sieht doch aus wie billiger Schrott, so was für Kinder. Scheiße, wir hätten doch einen Kiosk überfallen können, einen

7-Eleven oder so, rein und raus in fünf Minuten, was zum Teufel soll das hier denn bringen? Hör doch auf, bist du total bescheuert?«

Die Frau entriss ihm das Armband und verstaute es wieder in ihrer Jackentasche.

Silberarmband, ein Herz, ein Anker und ein Buchstabe, M.

»Sentimentaler Wert«, sagte sie leise und merkte, dass es jetzt richtig einsetzte, fast unerträglich stark.

Das Bedürfnis nach dem Schuss, der die Finsternis in ihrem Körper vertreiben würde.

»Senti-was?«

Der Junge schaute sich nervös um und zog abermals an seiner Zigarette.

»Scheiße, können wir uns nicht einfach einen Seven vornehmen? Oder fragen, ob Leffe uns einen auf Pump gibt? Er ist mir einen Gefallen schuldig, verdammt, ich bin sicher, dass wir den Schuss später bezahlen können, er wohnt ja auch hier um die Ecke, komm schon, ja? Das Armband da ist doch höchstens fünf Eier wert, was war das eigentlich für eine Idee, nein, ich hau jetzt ab, verdammt.«

Die Frau in der roten Daunenjacke hob den Blick, als eine Tür geöffnet wurde und die dunkelhaarige junge Frau auf den Balkon trat. Sie hielt ein Glas in der einen Hand. Und in der anderen etwas, das sie sich ansah. Ein Blatt Papier. Ein Foto. Sie blieb einige Sekunden lang stehen, schien in die Dunkelheit hinauszublicken, dann ging sie wieder hinein und zog die Tür hinter sich zu.

Mia Krüger.

Das hier hätte sie schon längst tun sollen.

Schon vor langer Zeit.

Denn sie war an jenem Abend dort gewesen.

»Komm doch endlich«, sagte der Junge, jetzt fast bettelnd, und warf seine Kippe weg. »Wir hauen ab, verdammt, ja? Ich bring das hier nicht mehr.«

»Sei still. Es geht nicht nur um das Geld.«

»Was?«, fragte der Junge.

»Es geht nicht nur um das Geld.«

»Aber verdammt, du hast doch gesagt, dass …«

»Wir waren befreundet«, fiel ihm die Frau gereizt ins Wort und bereute wieder, den Jungen mit in die Sache hineingezogen zu haben.

Sie hätte das hier allein tun müssen.

Und sie hätte es schon längst tun müssen.

»Befreundet? Du und die da oben?«

»Kannst du nicht mal den Mund halten?«

»Wenn du mit der befreundet bist, kannst du sie dann nicht einfach nach Kohle fragen? Mensch, Cisse, das ist doch nur noch idiotisch, ich hab doch gesagt, dass wir bei Leffe anschreiben lassen können, komm schon, ja?«

»Nein, nicht mit ihr. Mit Sigrid.«

»Sigrid, was für eine Sigrid?«

»Ihre Schwester.«

Der Junge zog einen dünnen Beutel Tabak aus der Tasche und versuchte, sich aus den verbliebenen Krümeln noch eine zu drehen.

»Ich war da«, sagte die Frau in der roten Daunenjacke, noch immer ohne den Blick von dem Schatten in der Wohnung loszureißen.

»Wo denn?«

»Ich habe ihn gesehen. Als er sie umgebracht hat.«

Er hielt die dünne Zigarette zwischen den Lippen und das Feuerzeug in der Hand, ohne sich Feuer zu geben.

»Scheiße, Cisse, jetzt machst du mich echt fertig. Wen umgebracht?«

Sigrid.

Sie hätte es schon längst tun müssen.

Ich war da.

Als er sie umgebracht hat.

»Scheiße, Cisse, ich brauch 'nen Schuss, du hast doch gesagt, wir holen uns hier ein bisschen Kohle? Hauen wir ab, oder was?«

Die Frau fuhr mit den Fingerspitzen wieder über das kleine silberne Armband in ihrer Tasche, als das Licht in der Wohnung über ihnen plötzlich erlosch und es oben dunkel wurde.

»Komm schon!«

»Kannst du nicht endlich die Fresse halten?«

»Nein, jetzt hauen wir ab, kommst du mit, oder nicht?«

»Du bist sicher, dass Leffe uns anschreiben lässt?«

»Klar, der ist mir noch was schuldig. Wozu stehen wir hier noch rum? Komm endlich!«

Die Frau in der Daunenjacke warf einen letzten Blick auf die dunklen Fenster der Wohnung und folgte dem gereizten jungen Mann in Richtung Pilestredet.

• Teil II •

• 13 •

Gabriel Mørk blieb am Kiosk an der Ecke Mariboes gate vor den Zeitungen stehen und erinnerte sich sehr gut daran, wie er zum ersten Mal hier gestanden hatte, genau an dieser Stelle, sechs Monate zuvor, reichlich nervös, weil er nun bei der Polizei arbeiten würde. Der junge Hacker hatte damals über keine polizeiliche Erfahrung verfügt, eigentlich hatte er gar keine Berufserfahrung gehabt, um ehrlich zu sein. Sie hatten seinen Namen von den GCHQ, MI-6 bekommen. Er hatte einen überaus schwierigen Code geknackt, den der britische Nachrichtendienst ins Netz gestellt hatte: *Can you crack it?* Es hatte sich als Rekrutierungsaufgabe entpuppt, und er war informiert worden, er habe zwar die richtige Lösung gefunden, doch der Nachrichtendienst dürfe nur britische Staatsbürger einstellen. Gabriel hatte das Ganze vergessen, doch eines Tages war dann ein Anruf gekommen. Von Holger Munch, der ihn nach einem kurzen Telefoninterview auf der Stelle angeheuert hatte.

Sechs Monate, jetzt kam es ihm fast wie eine Ewigkeit vor. Anfangs war er nervös gewesen, hatte sich überaus unwohl gefühlt, war aber freundlich aufgenommen worden, und jetzt kam er sich vor wie ein wichtiger Teil des Teams.

Polizei? Er hatte sich ein solches Leben nicht vorstellen können, aber jetzt wollte er nie mehr darauf verzichten.

Gabriel zog seine Karte hervor und öffnete die Tür zu dem gelben Gebäude. Ein junges Mädchen. Nackt draußen in Hurum im Wald. Mit einer Blume im Mund. Gabriel schauderte es bei dem Gedanken an die Fotos, die er gesehen hatte. Sie hatten zuletzt den Fall mit den kleinen Mädchen gehabt, die an Bäumen aufgehängt worden waren, und damals hatte er sich fast übergeben müssen. Sein erster Gedanke war gewesen, dass er sich gewaltig geirrt hatte. Weil er diese Stelle angenommen hatte, aber dann hatten sie den Fall ja lösen können.

Und er hatte dazu beigetragen.

Danach hatte Munch ihn in seinem Büro auf die Seite genommen und ihm gedankt, gesagt: »Ohne dich hätten wir das nicht geschafft, Gabriel.« Und er war so stolz gewesen, hatte sich zum ersten Mal in seinem kurzen Leben als Teil von etwas Wichtigem gefühlt.

Gabriel hielt seine Karte vor die Fahrstuhltür und wollte gerade auf den Knopf für den zweiten Stock drücken, als er hinter sich eine bekannte Stimme hörte.

»Warte auf mich.«

Gabriel drehte sich um und zuckte leicht zusammen, als er Mia auf sich zukommen sah.

»Danke«, sagte sie atemlos, als sich die Fahrstuhltüren hinter ihnen schlossen.

Mia Krüger.

»Bist du wieder da?«, fragte Gabriel und merkte, dass er ein wenig errötete, hoffte aber, dass sie das nicht bemerkte.

»Ja, sieht so aus. Hätte ihnen eigentlich sagen sollen, sie können sich zum Teufel scheren, findest du nicht?«

»Ja, vielleicht«, sagte Gabriel lächelnd.

»Hast du die Liste?«

»Was?«

»Ihre Anrufliste. Die von Camilla Green? Die aus dem Wald?«

»Nein«, sagte Gabriel. »So was dauert, aber sie ist unterwegs. Bürokratie und so.«

»Warum hackst du dich nicht einfach in das System und holst die Liste raus?«

»Munch hält sich gern an die Vorschriften«, sagte Gabriel verlegen.

»Ich weiß«, lachte Mia.

Sie ging vor ihm durch den Gang, hielt ihre Karte vor den Scanner, hielt die Tür für Gabriel auf und wollte sie gerade schließen, als Munch auftauchte.

»Elf, haben wir nicht elf gesagt? Elf ist elf, nicht Viertel nach.«

Munch schüttelte den Kopf und verschwand in einen anderen Raum.

»Der ist im Moment total mies drauf«, sagte Gabriel wie zu Munchs Entschuldigung.

»Sieht ganz danach aus«, sagt Mia, aber sie schien sich nichts weiter dabei zu denken.

»Elf ist elf, Leute, sind wir hier im Kindergarten, oder was? Wo stecken denn alle?«

Auch Gabriel ging nicht auf Munchs schlechte Laune ein und freute sich, dass Mia wieder da war.

14

Okay«, sagte Munch und nahm seinen üblichen Platz vor der Leinwand ein.

Gabriel Mørk sah nur lächelnde Gesichter, als Mia den Raum betrat.

»Mondkind«, sagte Ludvig lachend und umarmte sie.

Anette ging zu ihr und reichte ihr die Hand, während Kim Kolsø sitzen blieb, lächelte und den Daumen hob.

»Okay«, sagte Munch noch einmal. »Wie ihr seht, ist Mia wieder da, und darüber freuen wir uns sehr. Und falls ihr euch fragt, bei wem ihr euch dafür bedanken könnt, so bin ich das. Und nur, damit das gesagt ist, jetzt habe ich zum ersten und zum letzten Mal bei Mikkelson geschleimt, aber es war die Sache wert, finde ich.«

Munch rang sich ein kleines Lächeln ab, als er den Beamer einschaltete.

»Wo steckt Curry?«, fragte er, und jetzt fiel auch Gabriel auf, dass der Kollege fehlte.

»Kim? Ludvig?«

Munch schaute in die Runde, erntete aber nur Kopfschütteln.

»Hab nichts gehört«, sagte Kim.

»Na gut«, sagte Munch und drückte auf den Knopf.

Ein Bild erschien auf der Leinwand. Die Tote, jetzt lebendig, sie lächelte in die Kamera, auf einem Schul- oder Klassenfoto.

»Gestern Abend wurde bestätigt, dass es sich bei der draußen in Hurum gefundenen Toten um Camilla Green handelt. Siebzehn Jahre alt. Geboren 1995, aufgewachsen in Pflegefamilien. Ihre Mutter hat sie schon als kleines Kind verloren. Durch einen Verkehrsunfall, und ihr Vater ist Franzose, ein gewisser …«

»Laurent Clementz«, warf Ludwig dazwischen.

»Schön, danke, Ludwig. Bisher haben wir ihn noch nicht erreicht«, sagte Munch, »und laut Helene Eriksen hatte Camilla Green auch nur sehr wenig Kontakt zu ihm. Sie hat ihn als Kind offenbar einige Sommer lang besucht, aber danach hat sich das Jugendamt hier oben um sie gekümmert.«

»Entschuldige, was für eine Helene?«, fragte Ylva, die die Hand gehoben hatte.

»Natürlich, Ylva. Es war eine lange Nacht, und es tut mir leid, dass nicht alle über die neuesten Entwicklungen informiert sind.«

Er räusperte sich und trank einen Schluck aus der Mineralwasserflasche, die vor ihm auf dem Tisch stand.

»Helene Eriksen …«

Munch schaute zu Ludwig hinüber.

»Wir haben noch kein Foto von ihr, oder?«

Ludwig schüttelte den Kopf.

»Okay, jedenfalls, Camilla Green ist bei verschiedenen Pflegefamilien aufgewachsen, aber offenbar hat sie sich nirgendwo zu Hause gefühlt.«

Munch blätterte in seinen Aufzeichnungen.

»Ich glaube, ich habe hier vier Familien notiert, und sie ist von allen ausgerissen, bis sie dann mit fünfzehn zur Gärtnerei Hurumlandet gekommen ist.«

Munch schien mit einer Frage zu rechnen und machte eine beschwichtigende Geste.

»Ja, ja, Gärtnerei Hurumlandet, kommt alles, kommt alles. Jedenfalls … wo war ich?«

Munch unterdrückte plötzlich ein Gähnen und sah nicht aus, als ob er viel geschlafen hätte. Das konnte vielleicht die schlechte Laune erklären, mit der er Gabriel und Mia vor dem Fahrstuhl empfangen hatte.

»Helene Eriksen«, sagte Ylva.

»Ja, schön, danke«, erwiderte Munch. »Wir haben gestern die Geschäftsführerin der Gärtnerei Hurumlandet erreicht, Helene Eriksen, die Camilla Green vor drei Monaten als vermisst gemeldet hat. Ludvig und ich waren gestern mit ihr in der Rechtsmedizin, und sie konnte bestätigen, dass es sich bei der Toten, die wir gefunden haben, um Camilla handelt.«

Hier unterbrach Munch sich und schickte Ludvig erneut einen Blick.

»Wie ging es dann weiter?«

Ludvig seufzte und schüttelte den Kopf.

»Nicht so gut. Sie stand unter Schock.«

»Aber du hast sie nach Hause gebracht?«

Ludvig nickte.

»Und dort hat jemand auf sie gewartet, konnte sich um sie kümmern?«

Wieder nickte Ludvig.

»Ein gewisser Paulus, ihr Assistent, der scheint da draußen so was wie ihre rechte Hand zu sein.«

»Gut«, sagte Munch und blätterte wieder in den Unterlagen.

Schweigen machte sich breit, bis Munch wieder auf den Knopf drückte. Nun sahen sie ein Bild von der Fundstätte, sie hatten es schon einmal gesehen, Camilla lag im Heidekraut, nackt, in dieser seltsamen Haltung, mit der weißen Blume im Mund.

»Dieser Paulus«, nahm Munch den Faden wieder auf und wandte sich an Ludvig.

»Nein, von dem haben wir noch kein Foto.«

»Jedenfalls hat dieser Paulus offenbar früher auch in der Gärtnerei Hurumlandet gewohnt und bekleidet jetzt, wenn wir das richtig verstanden haben, eine Art Vertrauensposten. Er hat uns heute Morgen die Liste von allen Bewohnern, Angestellten, Lehrern und allen anderen geschickt, die etwas mit dieser Einrichtung zu tun haben.«

»Entschuldige«, sagte Ylva wieder. »Aber die Gärtnerei Hurumlandet? Was ist das für eine Einrichtung?«

»Okay«, sagte Ludvig und schaute auf die Unterlagen vor sich auf dem Tisch. »Gärtnerei Hurumlandet ist eine Einrichtung für Jugendliche mit Problemen. Sie wurde 1999 von Helene Eriksen gegründet und befindet sich in Privatbesitz, bezieht aber staatliche Unterstützung und arbeitet zudem mit anderen Einrichtungen und Behörden zusammen. Ich habe einige Telefongespräche geführt, und alle hatten nur Gutes zu berichten. Offenbar sind sie wirklich eine Hilfe für Kinder und Jugendliche, die anderswo nicht zurechtkommen, einige leben seit Jahren dort ...«

Er blätterte weiter.

»Wir haben wie gesagt noch nicht viel Zeit gehabt, aber die, mit denen ich gesprochen habe, schwärmen in den höchsten Tönen von der Einrichtung und nicht zuletzt von dieser Helene Eriksen, die für diese Kinder und Jugendlichen so etwas wie eine Mutter zu sein scheint. Ich werde mich heute noch weiter umhören, aber bisher habe ich noch nichts gefunden, das ihr Haus oder sie selbst in ein schlechtes Licht rücken könnte, eher ist das Gegenteil der Fall ...«

»Schön, Ludvig, danke. Äh ...«

»Ich jetzt?«, fragte Kim und grinste.

»Ja, bitte, Kim.« Munch nickte.

»Wir haben uns inzwischen in der Umgebung umgehört«, sagte Kim. »Sind von Haus zu Haus gegangen, haben die ganze Gegend durchkämmt, aber was technische Spuren angeht, haben wir nur wenig. Es ist ein beliebtes Wandergebiet, Fußspuren können wir also vergessen, sonst müssten wir die Schuhe von halb Buskerud untersuchen, und wir haben auch sonst am Fundort nichts entdeckt, was ich persönlich ja ein wenig seltsam finde, aber wir sind dran. Wir haben aus Svelvik, Røyken und Sande so viel Verstärkung angefordert wie möglich, und wir werden keine Ruhe geben, bis wir etwas gefunden haben, denn da draußen muss es irgendwas geben, was uns weiterhilft. Wir müssen weiträumig suchen, es kann also dauern, aber wir machen weiter. Ein paar Spuren haben wir ja trotz allem, die habt ihr ja schon gesehen. Die Federn, die Kerzen, die Blume im Mund, offenbar eine Lilie. Und dann haben wir noch eine Zeugenaussage.«

Er wischte ein paarmal über sein iPad.

»Eine gewisse Olga Lund, Rentnerin, die an der Straße bei dem Pfad wohnt, wo wir sie gefunden haben, glaubt, einen weißen Lieferwagen gesehen zu haben, mit einem Aufkleber an der Seite, der bei ihr vorbeigefahren ist, so hat sie sich ausgedrückt: gleich nach den Abendnachrichten, dann ist er denselben Weg zurückgekommen, wie sie sagt, kurz vor den Spätnachrichten.«

Die Anwesenden schmunzelten. Sie konnten die alte Dame vor sich sehen, die sich die Zeit nach ihren festen Sendungen im NRK einteilte.

»Aufkleber?«, fragte Mia, die nun zum ersten Mal den Mund aufmachte.

»Ja, das hat sie gesagt«, sagte Kim belustigt.

»Ein Logo?«

»Das hat sie sicher gemeint.«

»Aber wir wissen nicht, was für ein Logo.«

Kim bemühte wieder sein iPad.

»Hier steht nichts, ein Kollege da draußen hat es weitergegeben, aber ich wollte ohnehin mal hinfahren und selbst mit ihr sprechen.«

»Gut, danke, Kim. Gabriel?«

Gabriel Mørk war in Gedanken versunken gewesen und zuckte zusammen, als er seinen Namen hörte.

»Ja?«

»Die Anrufliste?«

»Bestellt und unterwegs«, sagte Gabriel und nickte.

»Schön.« Munch nickte ebenfalls.

Gabriel schaute zu Mia Krüger hinüber, und sie zwinkerte ihm zu.

»Okay«, sagte Munch. »Mia?«

Mia erhob sich und trat vor den Bildschirm. Munch reichte ihr die Fernbedienung und setzte sich auf einen Stuhl neben dem Rednerpult. Mia schob sich die langen dunklen Haare hinters Ohr, dann räusperte sie sich und klickte das erste Bild heran.

»Ich hatte noch nicht viel Zeit, sie mir anzusehen, ich habe sie erst gestern bekommen«, begann sie. »Aber es gibt da einiges, was ich für sehr wichtig halte. Wir müssen etliche Entscheidungen treffen, und das gilt vor allem für die Ermittlungsrichtungen.«

Es wurde still im Raum, als Mia sich zur Leinwand drehte und das Foto ansah.

»Es steht zweifellos fest, dass die Tat geplant war, und

zwar schon lange. Mir ist als Erstes aufgefallen, dass die Fundstätte aufwendig inszeniert ist, als wäre der Fundort eine Bühne, seht ihr das auch so?«

Mia zeigte zwei weitere Bilder, ohne eine Antwort abzuwarten.

»Die Perücke. Die Federn. Die Kerzen um sie herum. Dass sie nackt ist. Wie ihre Arme hingelegt worden sind. Die Blume im Mund. Ein Ritual. *Eine Opferung.* Das war natürlich mein erster Gedanke. Wie ihr seht ...«

Mia trat einen Schritt vor und zeigte auf verschiedene Details im Bild.

»Wie die Kerzen angeordnet sind. Dieses Fünfeck. Ein Pentagramm. Das gibt doch sofort zu denken. Das ist ja ein bekanntes Symbol. Das Tor zur Finsternis, zum Teufel, ich ziehe noch keine Schlüsse, ich sage nur, was ich gedacht habe, und für mich steht fest, dass wir es hier mit jemandem oder mit einer Gruppe zu tun haben, die sich damit beschäftigen. Mit Okkultismus. Satanismus.«

Mia blickte in die Runde und schien auf Fragen zu warten, doch es kam keine.

»Versteht ihr, was ich meine?«

Einige nickten kurz, aber noch immer machte niemand den Mund auf.

»Ich meine, da liegt ein Mädchen, splitternackt, auf einem Bett aus Federn, in einem Pentagramm aus Kerzen, und wenn ich das richtig verstanden habe, weist nichts auf Missbrauch hin, oder?«

Mia schaute zu Munch hinüber, der den Kopf schüttelte, dann zeigte sie weitere Fotos.

»Jungfrau«, sagte sie dann und zeigte eine Großaufnahme der Toten, die Gabriel fast nicht ansehen konnte.

»Darum geht es doch bei all diesen Ritualen. Ich meine nicht, dass Camilla Green Jungfrau war. Das sind ja heute nicht mehr viele Siebzehnjährige, aber dass sie nicht vergewaltigt worden ist, dass sie hier hindrapiert worden ist, zwischen diese Symbole, nackt und *rein,* ihr versteht, das dürfen wir nicht außer Acht lassen.«

Mia streckte die Hand nach Munchs Mineralwasserflasche aus, trank einen Schluck und versank in ihren Gedanken.

»Mia?« Munch räusperte sich vorsichtig.

»Was?« Mia sah ihn an.

»Ja. Tschuldigung.«

Sie drückte wieder auf den Knopf, und ein neues Bild kam zum Vorschein.

»Also, ich hatte ja nicht viel Zeit, um mich in diese Fotos zu vertiefen, und das, worüber ich hier rede, ist nur das, was wir von *außen* sehen. Ich versuche nur zu beschreiben, was wir sehen, wir als Zuschauer, versteht ihr, was ich meine?«

Mia hob wieder den Kopf und blickte unsicher in die Runde. Hier und dort wurde genickt, obwohl Gabriel Mørk wusste, dass die anderen, so wie er selbst, sich vorkamen wie ehrerbietige Studierende in einer Vorlesung.

»Jemand hat sie also hier abgelegt. Nackt. Den Fundort arrangiert. Sie zur Schau gestellt. Eine Siebzehnjährige. Camilla Green. Und dann war mein nächster Gedanke … ob wir sie finden sollten? Sollte sie vorgeführt werden? Das ist eine wichtige Frage.«

»Genau«, sagte Munch und räusperte sich.

»Das wäre erst mal das eher Technische«, sagte Mia. Sie drückte noch einige Male auf den Knopf, bis sie das Bild gefunden hatte, das nicht vom Fundort stammte, sondern wie ein Klassenfoto aussah.

»Camilla Green war ein gesundes, gewöhnliches Mädchen. Sie hatte zwar Probleme, war ein Pflegekind, wohnte in dieser …«

»Gärtnerei Hurumlandet«, warf Munch ein.

»Genau, aber technisch gesehen hat das nichts mit dem Fall zu tun. Also ihre Vergangenheit. Denn seht mal her …«

Neue Bilder.

»Bei ihrem Verschwinden war Camillas Körpergewicht normal. Aber als sie gefunden wurde, sah sie so aus.«

Gabriel musste wegschauen.

»Dünn. Ausgehungert. Mit blauen Flecken und Wunden auf den Knien.«

Mia klickte weiter.

»Und an den Ellbogen …«

Und weiter.

»… in den Handflächen. Sie ist vor drei Monaten verschwunden. Als gesunder Teenager. Jetzt taucht sie auf und sieht so aus. Was sagt uns das? Rein kriminaltechnisch?«

Mia schaute sich um.

»Sie wurde gefangen gehalten«, sagte Kim Kolsø.

»Das glaube ich auch«, sagte Mia und trank noch einen Schluck Mineralwasser.

Gabriel konnte das Bild nicht mehr ertragen. Gefangen gehalten? Er merkte, dass er nicht der Einzige hier war, der das nur schwer an sich heranlassen konnte.

»Fragen?«, sagte Mia jetzt.

Es dauerte eine Weile, bis sich jemand zu Wort meldete.

»Ich denke an das … Tierfutter«, sagte Ylva zögernd. Sie war kreideweiß im Gesicht.

»Ein Tier«, sagte Mia.

»Wie meinst du das?«

»Ich meine, denkt ihr nicht genauso?«

»Ein Tier?«, wiederholte Kim ungläubig.

»Ja, glaubst du nicht?«

»Ich weiß nicht, was ich glauben soll, Mia«, sagte Kim leise. »Was meinst du mit ›ein Tier‹?«

»Sie ist wie ein Tier behandelt worden«, sagte Mia und trank noch einen Schluck Wasser.

»Aber warum …?«

Mia zuckte mit den Schultern.

»Wie gesagt, ich habe diese Bilder gestern erst bekommen. Das sind nur meine ersten Gedanken dazu.«

Munch bedeutete Mia mit einem Nicken, dass sie sich wieder setzen konnte.

»Okay, sehr gut«, sagte er, als Mia zu ihrem Platz zurückkehrte.

Es blieb still im Raum. Munch erhob sich und trat wieder neben die Leinwand. »Dann brauchen wir wohl erst mal eine Pause oder in meinem Fall eine Zigarettenpause«, stellte er fest. »Zwei rasche Züge, dann machen wir weiter, das hier ist spannend.«

Niemand sagte etwas, aber Gabriel sah, dass Kim sich ein Lächeln nicht verkneifen konnte.

Munch war der Einzige im ganzen Team, der rauchte, und diese Pausen waren nur für ihn wichtig.

Munch zog seinen Mantel an und begab sich auf den Raucherbalkon, während die anderen auf ihren Plätzen blieben.

»Spannend?«, fragte Kim verwundert. »Was ist denn heute mit dem los?«

Mia zuckte mit den Schultern.

»Das …«, sagte Ludwig, machte den Mund aber so schnell wieder zu, wie er ihn geöffnet hatte.

»Was, Ludwig?«, fragte Kim und schaute Ludwig fragend an.

»Er sollte euch das besser selbst sagen«, murmelte Ludwig. »Wenn er überhaupt vorhat, es uns zu erzählen, das weiß ich nicht genau.«

»Was denn?«, fragte Mia neugierig.

Ludwig schien abermals zu zögern, dann zog er ein Blatt aus seinen Unterlagen und schob es zu ihr hinüber.

»Diese Listen haben wir vor einer Stunde bekommen.«

»Welche Listen?«

»Die von den Angestellten. Bei der Gärtnerei Hurumlandet.«

»Oh verdammt«, sagte Mia.

»Wieso verdammt?«, fragte Kim Kolsø.

»Rolf Lycke«, murmelte Mia.

»Wer zum Henker ist Rolf Lycke?«, fragte Kim und nahm ihr das Blatt wieder ab.

»Der Freund von Marianne.«

»Von welcher Marianne?«

»Marianne Munch«, sagte Ludwig leise.

»Seine Exfrau?«, fragte Kim überrascht.

»Genau.« Ludwig nickte. »Marianne Munchs Lebensgefährte Rolf Lycke. Der arbeitet da draußen als Lehrer.«

Ludwig schob das Blatt wieder zurück in den Stapel, als Munch vom Rauchen zurückkam und seinen Dufflecoat auszog.

15

Isabella Jung stand in ihrem Zimmer vor dem Spiegel und war schrecklich nervös. Sie hatte sich noch nie so gefühlt. Wirklich noch nie. Das war eigentlich seltsam. Als der Psychologe ihr einige Monate zuvor vorgeschlagen hatte hierherzukommen, war sie wie immer gewesen, *whatever,* so auf die Tour, *ist mir doch egal,* aber jetzt war sie ganz anders.

Sie hatte ihr ganzes Leben in allen möglichen Einrichtungen verbracht. Auch da oben, in Hammerfest. Sie nannte es »da oben«, denn sie war nicht von dort, konnten sie das nicht begreifen? Sie wollte doch bei Papa in Fredrikstad sein, aber Papa war nicht gut genug, das ging also nicht. Sagte das Jugendamt. Was machte es ihr denn aus, dass er ein bisschen trank, dass er nicht immer zu Hause war? Ihr Essen konnte sie sich ja wohl selbst machen? Ihre Schultasche packen, den Weg zum Bus finden? Aber nein, sie musste zu Mama.

Mama.

Isabella Jung schauderte es ein bisschen bei diesem Gedanken, und sie fragte sich, ob sie sich anders schminken sollte, sich vielleicht etwas Hübscheres anziehen, eine Bluse oder so, vielleicht nicht die Jacke mit der Kapuze und die löchrige Hose, auch wenn sie im Grunde wusste, dass solche Dinge Helene restlos egal waren.

Mama.

Sie fluchte innerlich. Diese grausige Person war ja wohl keine Mama. Begriffen die das denn nicht? Dass Papa viel besser war? Eine Mama sollte sich um ihre Kinder kümmern. Schöne Dinge sagen. Loben. Nicht die ganze Zeit klagen. Wegen allem schimpfen. Sagen, sie sei hässlich. Unfähig. Werde es nie zu etwas bringen. Tauge zu nichts, egal wie gut sie in der Schule war, wie sehr die Lehrer sie lobten, egal wie ordentlich sie ihr Zimmer aufräumte. Schimpfen, immer nur schimpfen, nie eine Umarmung, nie ein liebes Wort, nie, und dann war sie in den Heimen gelandet, erst in einem, dann in noch einem, und am Ende war sie weggelaufen, mit dreizehn. War den ganzen Weg per Anhalter gefahren. Vierzehnhundert Kilometer. War ohne Probleme nach Hause nach Fredrikstad gelangt. So schwer konnte das doch nicht sein! Sie kam doch allein zurecht, wenn sie nur nicht bei Mama zu sein brauchte. Was spielte es denn für eine Rolle, dass Papa betrunken gefahren war und ins Gefängnis musste? Sie kam doch allein zurecht. Aber nein, das durfte sie nicht. Sie hatten sie wieder geholt, und diesmal war sie in einem Heim in Oslo gelandet, weil sie nicht aß, sie war dünn wie ein Strich.

Danach hatte sie angefangen, auf die anderen alle zu pfeifen.

Whatever.

Mir doch egal.

Aber sie hatte Gerüchte gehört. Von den Mädchen im Heim. Dass es hier draußen gut war. In der Gärtnerei Hurumlandet. Dass es hier nicht so war wie sonst überall. Und als der Psychologe dann den Vorschlag gemacht hatte, hatte sie widerwillig Ja gesagt, und jetzt stand sie vor dem Spiegel, fast überrascht darüber, wie sehr sie sich wünschte, dass die bevorstehende Besprechung gut verlaufen würde, dass sie bleiben dürfte.

Am ersten Tag war sie nicht so positiv gewesen. Sie hatte gedacht, das hier würde so sein wie immer, wie überall. Denn auch hier gab es Regeln. Das Gelände bestand aus einem Hauptgebäude, wo es Büros und Klassenzimmer gab. Denn sie mussten zur Schule gehen, das mussten sie, und auch wenn der Stundenplan zu bewältigen war, hatte sie in den letzten Jahren doch genug von Lehrern gehabt. Dann gab es das größere Haus, wo die Mädchen wohnten, das kleinere war für die Jungen. Dann gab es noch die drei großen Treibhäuser und etliche kleine Gebäude hier und dort, Geräteschuppen, eine Garage für die Autos. Am ersten Tag war Isabella von Helene herumgeführt worden und hatte auch die Karte mit den Grenzen des Bereichs gesehen, in dem sie sich frei bewegen durften. *Klar doch,* hatte sie gesagt, *natürlich lass ich mir hier vorschreiben, wohin ich gehe.* Dann gab es die praktischen Regeln. Alle mussten um sieben aufstehen, um acht gab es Frühstück, dann wurde entweder in den Treibhäusern gearbeitet oder es gab Unterricht bis zum Mittagessen, je nachdem, welcher Wochentag es war, dann wieder Arbeit bis sechs, danach hatten alle frei bis elf, um elf mussten sie ins Bett und die Lampen ausknipsen. Niemand durfte das Gelände verlassen, wenn kein besonderer Grund vorlag, Blumen zu liefern zum Beispiel, die jemand bestellt hatte. Und sie hatten keinen Zugang zu Internet oder Fernsehen, das ging nur zwischen acht und zehn Uhr abends. Telefonieren war auch verboten. Die Handys wurden erst nach dem Abendessen ausgeteilt und vor dem Schlafengehen wieder eingesammelt. Nach der ersten Runde hatte Isabella wie gesagt gedacht, *hier bleibe ich nicht lange,* aber dann war eben alles anders gekommen.

Schon nach wenigen Tagen hatte sie eine Art Ruhe gefunden. Das musste an der Stimmung hier draußen liegen. Niemand nervte. Niemand klagte. Alle hier schienen sich ganz einfach wohlzufühlen. Isabella Jung hatte bald begriffen, dass das Helenes Verdienst war. Helene war nicht wie alle anderen Erwachsenen, so herablassend, *du bist krank, mit dir stimmt etwas nicht, ich weiß das besser als du, du musst auf mich hören.* Helene war überhaupt nicht so. Helene war fast die ganze Zeit freundlich, nicht auf eine blöde aufgesetzte Weise, sie war einfach so. Wenn sie ihnen etwas beibringen oder zeigen wollte, ließ sie sich immer Zeit, hatte immer Verständnis und Geduld, ließ sie immer mehrmals probieren, und wenn sie es vielleicht anders machen wollten, durften sie das. Schon nach wenigen Wochen hatte Isabella in ihrem kleinen Zimmer im Bett gelegen und gedacht:

Hier will ich bleiben.

Sie hatte sich zum ersten Mal seit langer Zeit fast glücklich gefühlt. In vielen anderen Heimen, in denen sie gewesen war, hatte sich niemand dafür interessiert, was sie machte, solange sie sich an die Regeln hielt. Sie konnte morgens spät aufstehen. Abends aufbleiben, solange sie wollte. Stundenlang Internet, Fernsehserien, YouTube, Facebook, Chats, eine Zeitlang hatte sie solange vor dem Bildschirm gesessen, dass es ihr vor den Augen geflimmert hatte, fast so, dass ihr Gehirn nicht mehr mitmachen wollte. Und sie hatte jedenfalls nie gedacht, dass sie so krankhaft früh aufstehen würde, um sieben, um den ganzen Tag zu arbeiten. Aber sie fand es wunderbar.

Sie hatte es gemerkt, als sie das große Treibhaus zum ersten Mal betreten hatte. Dort, wo es die Orchideen gab. Das Gefühl, nach Hause zu kommen, irgendwie. Für die

Orchideen war Paulus verantwortlich. Paulus sah so gut aus. Blaue Augen und lange braune Locken, und genau wie Helene war er nett und hilfsbereit. Anfangs war es schwierig gewesen, alles zu verstehen, zu lernen, wie sie ihre Aufgaben erledigen sollte, aber inzwischen freute sie sich fast darauf, morgens aufzustehen. Ab und zu wurde sie sogar noch vor sieben Uhr wach, ganz von selbst, ohne Wecker, und konnte es kaum erwarten, hinaus ins Treibhaus zu kommen.

Isabella beschloss, sich doch nicht fein zu machen, sondern zog ihre normale Hose und die Kapuzenjacke an, warf einen letzten Blick in den Spiegel und verließ ihr Zimmer. Sie hatte sich entschieden, vor langer Zeit, als die Kinder in der Schule in Hammerfest sie aus irgendeinem Grund schikaniert hatten, sie wusste nicht einmal mehr, weshalb. *Ich bin ich, und wenn anderen das nicht gefällt, dann ist das ihr Problem.* Seither hatte sie versucht, nach dieser Regel zu leben, auch wenn das nicht immer ganz einfach war.

Erst als sie die Tür hinter sich geschlossen hatte, sah sie die Blume auf dem Boden. Eine weiße Lilie? Warum lag eine weiße Lilie vor ihrer Tür? Sie hob die Blume vom Boden auf und musterte sie, und dann erst entdeckte sie den Zettel an der Tür.

Ich mag dich.

Isabella Jung schaute sich eilig auf dem Gang um und spürte, wie ihre Wangen heiß wurden.

Jemand hatte eine Blume auf den Boden gelegt. Einen Zettel an ihre Tür gehängt. Hier draußen gestanden und nicht einmal gewagt anzuklopfen, sondern sich einfach wieder weggeschlichen.

Ich mag dich.

Es gab auch eine Zeichnung. Eine Art Signatur. Wer immer die Blume dort abgelegt hatte, war so schüchtern gewesen, dass er nicht gewagt hatte, seinen Namen zu schreiben, er hatte stattdessen etwas gezeichnet. Isabella konnte die Zeichnung zuerst nicht deuten, aber dann sah sie, was sie darstellen könnte. Einen Vogel, es sah wirklich aus wie ein Vogel, mit großen Augen, vielleicht eine Eule? Isabella hielt sich die Blume unter die Nase, schaute sich eilig noch einmal um und merkte, dass ihr Herz ein wenig schneller schlug.

Jemand mag mich?

Ein heimlicher Verehrer?

Isabella Jung ging zurück in ihr Zimmer, legte Blume und Zettel vorsichtig unter ihr Kopfkissen, dann zog sie abermals die Tür hinter sich zu und lief mit leichten Schritten die Treppe hinunter.

Sie kam nur bis zur Tür des Wohnhauses, dann ging ihr auf, dass etwas passiert sein musste.

Da stand Cecilie, eine von denen, die sie hier draußen am meisten mochte, mit Tränen in den Augen, die Arme um Synne gelegt, ein anderes Mädchen, das Isabella auch mochte.

»Was ist los?«

»Hast du das nicht gehört?«, schluchzte Cecilie.

»Nein, was denn? Sag schon!«

»Sie haben Camilla gefunden.«

»Camilla Green?«

Cecilie nickte.

»Sie ist tot. Jemand hat sie umgebracht. Sie haben sie draußen im Wald gefunden.«

»Was? ... Das ist nicht wahr«, stammelte Isabella.

»Helene sagt, alle sollen sofort in den Unterrichtsraum kommen«, weinte Cecilie.

»Aber ...? Wieso ...?«

Sie wurden von Paulus unterbrochen, der sie von der anderen Seite des Hofplatzes rief: »Helene wartet auf euch, Mädels! Kommt ihr?«

Ihm versagte beinahe die Stimme, so traurig hörte er sich an.

Isabella Jung legte energisch den Arm um Cecilie und strich ihr behutsam übers Haar, als die drei jungen Mädchen eng umschlugen und langsam zum Haupthaus hinübergingen.

· 16 ·

Es war inzwischen sechs Uhr, und die Dunkelheit hing schwer über der Hauptstadt, als Munch und Mia mit dem schwarzen Audi zur Gärtnerei Hurumlandet hinausfuhren. Wenn es nach Mia gegangen wäre, wären sie viel früher aufgebrochen, gleich nach der Besprechung, denn sie mussten doch beim Fundort anfangen, mit dieser Helene Eriksen sprechen, sich einen Eindruck von Camilla Greens Leben verschaffen, aber Munch hatte gesagt *Nein, nicht vor sechs*.

Helene Eriksen wollte erst alle informieren, deshalb warteten Mia und Munch. Sie wollte allen, die Camilla Green gekannt hatten, die tragische Nachricht mitteilen, ehe die Polizei auftauchte. Und deshalb waren jetzt nur sie beide unterwegs, *damit nicht die ganze Horde auf einmal angetrampelt kommt,* wie Munch sich ausgedrückt hatte. In diesem Punkt war Mia seiner Meinung. Eine Gruppe von Jugendlichen mit schwieriger Vergangenheit, da war es ja wohl nicht unvorstellbar, dass einige auch einen schlechten Draht zur Polizei hatten, zu Autoritäten überhaupt. Dann ein Einsatzkommando mit heulenden Sirenen zu schicken könnte leicht mehr Schaden anrichten als nützen, wenn es um die Informationen ging, die sie brauchten, aber wenn es nach Mia gegangen wäre, hätten sie viel früher fahren können, wie gesagt. Denn sie spürte, dass sie irgendetwas übersehen hatte. Irgendetwas nicht erfasst. Auf den Fotos. Mia wusste nicht, was, aber sie spürte, dass sie es eilig hatten. Dass sie keine Zeit zu verlieren hatten.

Zu ungeduldig.

Das war sie vielleicht. Munch war viel bedächtiger, viel ruhiger. Auch wenn er sich an diesem Tag seltsam verhalten hatte, doch seit Ludvig ihr die Liste gezeigt hatte, wusste sie ja, weshalb.

Sie zog eine Pastille aus ihrer Jackentasche und kurbelte das Autofenster herunter, als Munch sich wieder eine Zigarette ansteckte und auf die E 18 bog. Es war um fünf Uhr schon dunkel gewesen, eine dichte, alles überschattende Dunkelheit. Mia gefiel diese Jahreszeit nicht, die hatte sie noch nie gemocht. Diese Kälte. Diese Schwärze. Als ob die Welt nicht schon unmenschlich genug wäre, mussten sie auch noch Monate lang ohne Licht leben. Sie kam jetzt wieder auf sie zu, die Wärme aus ihrem Traum von Sigrid auf dem Feld, aber sie verdrängte alles, schauderte ein wenig bei dem Gedanken, dass sie weniger als vierundzwanzig Stunden zuvor die Deckel abgeschraubt und den Inhalt der ersten Dose hinuntergeschluckt hatte.

Er hatte sie wieder gerettet. Aus purem Zufall. Wenn

Munch nicht gerade in diesem Augenblick an die Tür geklopft hätte, wäre sie nicht mehr unter den Lebenden. Sie hatte den Finger in den Hals gesteckt und sich erbrochen. Mia schämte sich jetzt dafür. Sie hatte sich doch versprochen, es zu versuchen, und dann hatte sie so schnell aufgegeben.

Mia beugte sich vor und drückte auf das digitale Schaltbrett, drehte die Heizung voll auf und überlegte, aber es führte ja kein Weg daran vorbei, es brachte nichts, die Unwissende zu spielen.

»Wann willst du es mir eigentlich sagen?«, fragte sie.

»Was denn?«, gab Munch zurück.

»Hör auf, Holger, ich habe die Liste doch gesehen. Das haben wir alle, und ich weiß nicht, wie du dir das jetzt vorstellst.«

»Was denn?«, fragte Munch noch einmal, obwohl Mia sehen konnte, dass er genau wusste, wovon die Rede war.

»Rolf«, sagte Mia. »Rolf arbeitet da draußen als Lehrer.«

Munch sah aus, als ob er sich noch eine Zigarette anzünden wollte, aber er verzichtete darauf und starrte auf die Windschutzscheibe.

»Du weißt, das bedeutet, dass du diesen Fall eigentlich abgeben musst? Denn wenn Mikkelson das erfährt, wirst du abgezogen, ich weiß nicht, Holger, was denkst du dir eigentlich dabei? Du bist total befangen und sagst den anderen im Team nichts und …«

»Okay, okay.«

Er unterbrach sie mit einer unwirschen Handbewegung und starrte wieder die Windschutzscheibe an, ehe er antwortete.

»Sie wollen heiraten«, sagte er, ohne Mia anzusehen.

»Wer?«

»Marianne und Rolf.«

Mia schüttelte den Kopf.

»Was zum Teufel hat das mit dem Fall zu tun?«

Munch verstummte.

»Ach, hör doch auf, Holger, so dumm bist du nicht«, seufzte Mia.

»Wie dumm?«

»Muss ich das sagen?«

»Musst du *was* sagen?«

Munch wirkte gereizt, oder vielleicht eher resigniert. Er fuhr auf die linke Fahrspur und überholte einen Lastwagen, ehe er wieder nach rechts überwechselte, die Hand nach der Zigarettenschachtel auf dem Armaturenbrett ausstreckte und sich eine ansteckte.

Mia seufzte. »Ich brauche ja keine Psychologin zu sein, um zu verstehen, was du denkst, aber das ist doch wirklich zu dumm, oder?«

»Was denn?«, fragte Munch, obwohl er auch diesmal genau wusste, was Mia jetzt sagen würde.

»Wenn Rolf Lycke auf irgendeine wundersame Weise in diesen Fall verwickelt ist, dann wird Marianne ihn natürlich verlassen, und dann ist der Weg zurück offen. Ich meine, hör auf, Holger, ja? Ein Hollywoodfilm mit miesem Drehbuch und Happy End? Das passt doch nicht zu dir.«

Sie lächelt ihn vorsichtig an und freute sich, als er nach kurzem Zögern ihr Lächeln erwiderte.

»Manchmal gehst du mir wahnsinnig auf die Nerven, weißt du das?«

»Ja, ja, weiß ich. Aber irgendwer muss dir das doch sagen.«

Munch schüttelte den Kopf. »Er hat einen riesigen Blumenstrauß mitgebracht«, sagte er und seufzte.

»Das tut mir leid«, sagte Mia. »Aber das alles ist verdammt noch mal zehn Jahre her!«

»Das weiß ich, Mia.«

»Was machen wir jetzt?«

»Wieso?«

»Na, weil er da draußen angestellt ist. Weil du befangen bist und eigentlich den Fall abgeben musst.«

Munch trat auf das Gaspedal und überholte einen weiteren Lastwagen, ehe er wieder seufzte und sagte:

»Wir checken ihn und nehmen ihn so schnell wie möglich aus dem Fall raus.«

»Das müsste klappen«, sagte Mia. »Es liegt doch auf der Hand, dass er nichts damit zu tun hat.«

»Natürlich nicht.«

»Wir lassen uns das also bestätigen und streichen ihn von der Liste.«

»Genau«, sagte Munch.

»Das müsste reichen.«

»Klar reicht das.«

»Problem gelöst«, sagte Mia.

»Wo zum Teufel steckt eigentlich Curry?«, fragte Munch, als sie Asker erreichten und die Abzweigung zur Bezirksstraße 167 fanden.

Es war klar, dass er jetzt das Thema wechseln wollte, und Mia war ihm da gern behilflich. Sie hatte die Bestätigung und die Antwort erhalten, die sie gebraucht hatte. Munch war jetzt irgendwie anders, das war er wirklich. Sie wusste, wie wichtig Marianne ihm immer noch war, aber dass er die Trennung so schwernahm, nach zehn Jahren noch, überraschte sie, und sie fühlte mit ihm.

»Keine Ahnung«, sagte sie. »Er geht nicht ans Telefon.«

»Er muss doch verdammt noch mal zur Arbeit erscheinen. Er weiß doch genau, was wir auf dem Tisch haben«, brummte Munch.

»Ich weiß, aber wie gesagt, ich kann ihn nicht erreichen. Hab auch bei Sunniva eine Nachricht hinterlassen, aber die meldet sich auch nicht.«

»Kann mir nicht leisten, noch einen zu verlieren«, murmelte Munch verbissen.

»Wie meinst du das?«

»Hast du das nicht gehört?«

»Was denn?«

Munch sah sie an.

»Kim.«

»Was ist mit Kim?«

»Es kann sein, dass er uns verlässt«, seufzte Munch.

»Ach?«, fragte Mia überrascht. »Wieso denn?«

»Er hat Versetzung beantragt. Nach Hønefoss.«

»Kim? Aufs Land?« Mia lachte. »Warum um alles in der Welt will er das denn?«

»Er will offenbar heiraten«, murmelte Munch. »Das scheint gerade in Mode zu sein.«

»Wen denn heiraten?«

»Erinnerst du dich an die Lehrerin da oben? Die beiden Brüder?«

»Natürlich«, sagte Mia. »Die das kleine Mädchen im Baum gefunden haben. Torben und Tobias?«

Munch nickte.

»Emilie Isaksen. Sie und Kim sind zusammen, so richtig, und sie wollen die beiden Jungen adoptieren.«

»Das ist aber schön«, sagte Mia.

Munch lachte auf.

»Ja, ja, das schon, schön für die beiden, aber nicht für uns, oder? Ich weiß nicht, was wir ohne Kim machen sollen, und wenn dieser verdammte Curry dann nicht zur Arbeit erscheint …«

»Du wirst schon einen guten Ersatz finden, das schaffst du doch immer.«

»Der darf erst weg, wenn dieser Fall geklärt ist, das habe ich ganz deutlich gesagt«, brummte Munch.

»Was glaubst du also?«, fragte Mia, als die Autoscheinwerfer das Schild vor ihnen trafen.

Gärtnerei Hurumlandet, 500 m.

»Unter uns?«

»Ja?«

»Ich hab ein verdammt schlechtes Gefühl. Hier gibt es etwas, das spüre ich, weißt du, was ich meine?«

»Eine Finsternis«, sagte Mia leise.

Munch nickte langsam und fuhr durch eine Allee auf ein paar Lichter zu, die vielleicht zu einem Treibhaus gehörten.

· 17 ·

Die Wände von Helene Eriksens kleinem Büro strahlten Trauer aus. Mia dachte dankbar an Holger, der dieser blonden Frau und den anderen Bewohnern Zeit gelassen hatte, um den ersten Schock zu verarbeiten. Im Moment wünschte Mia, sie hätten überhaupt nicht zu kommen brauchen, denn die hochgewachsene Frau, die vor ihnen saß, war am Boden zerstört und brachte kaum ein Wort heraus.

»Ich möchte mich dafür bedanken, dass Sie so kurzfristig Zeit für uns haben«, sagte Holger, räusperte sich und knöpfte seinen Mantel auf. »Und natürlich auch für Ihre Hilfe gestern Abend, mir ist klar, was das für ein Schock war für Sie, und es tut mir leid, dass wir Sie jetzt mit Fragen belästigen müssen, die Ihnen vielleicht als vollkommen belanglos erscheinen in Anbetracht dieser tragischen Geschehnisse. Für uns ist es natürlich wichtig, die Ermittlungen so schnell wie möglich aufnehmen zu können, und ich weiß, das bringt Camilla nicht zurück, es kann die Trauer von allen hier nicht lindern, aber der Täter soll bestraft werden, für sein Verbrechen, und das ist unsere Aufgabe, deshalb …«

»Natürlich«, unterbrach ihn Helene Eriksen und nickte kurz.

Mia konnte sich diese Frau gut als Chefin vorstellen. Sie hatte Charisma und wirkte autoritär.

»Gut«, sagte Holger und nickte. »Wir haben schon eine Liste mit allen Bewohnern und Angestellten hier draußen bekommen, von Ihrem Assistenten …«

»Paulus«, sagte Helene Eriksen.

»Ja, Paulus, danke.« Munch lächelte. »Und was wir außerdem brauchen, ist eine ausführlichere Übersicht über die Patienten …«

»Die Bewohner«, sagte Helene Eriksen und räusperte sich.

»Ja, natürlich, entschuldigen Sie«, sagte Munch und nickte. »Eine ausführlichere Übersicht über die Bewohner hier, bisher haben wir nur die Namen, aber wir brauchen auch Zugang zu Vorgeschichte, Herkunft, genauere Auskünfte darüber, wer sie sind und was sie durchgemacht haben, warum sie jetzt hier sind, wenn Sie verstehen.«

Helene Eriksen dachte kurz nach, dann nickte sie.

Eine stolze Glucke, die auf ihre Küken aufpasst.

Mia Krüger merkte, dass ihr Respekt vor dieser Frau

noch wuchs, und ihr war klar, dass das, was Ludvig gesagt hatte, wirklich zutraf.

Munch blätterte in seinem Block. »Also, nur um das aus der Welt zu schaffen. Sie haben Camilla am 19. Juli als vermisst gemeldet, aber einige Tage darauf haben Sie diese Meldung zurückgezogen, warum?«

»Ich komme mir jetzt natürlich idiotisch vor. Aber Camilla war immer schon so, ich meine … so war sie eben.«

Helene Eriksen schwieg einen Moment, und Mia sah, dass sie mit den Tränen kämpfte, weil sie über Camilla Green in der Vergangenheit sprechen musste.

»Wie denn?«, fragte Munch und kam ihr zu Hilfe.

»Labil, oder nein, nicht labil, entschuldigen Sie, das war nicht richtig. Besonders. Camilla war etwas Besonderes«, sagte Helene Eriksen. »Nicht so begeistert von Regeln und Autoritäten. Sie ist oft weggelaufen, kam aber immer zurück, wenn sie wollte, alles musste nach ihren Bedingungen vor sich gehen, so war sie eben, wenn Sie verstehen.«

»Alles klar«, nickte Munch. »Aber noch mal zurück zur Vermisstenmeldung …«

»Wir haben hier ziemlich strenge Regeln«, sagte Helene Eriksen und räusperte sich. »Die einen mögen das, die anderen nicht, aber so ist es eben, so läuft das hier. Wer etwas bekommen will, muss auch etwas geben.«

Helene versuchte zu lächeln.

»Und … Camilla …?«, fragte Munch.

»Camilla kam am 18. Juli nicht wie abgemacht zur Nachmittagsschicht, und sie war auch nicht in ihrem Zimmer, als wir am nächsten Morgen nachgesehen haben, und da habe ich mich für die Vermisstenmeldung entschieden.«

»Und warum haben Sie die Meldung zurückgezogen?«

»Ich bekam einige Tage danach von ihr eine SMS.«

»Was stand darin?«, fragte Munch.

Helene Eriksen seufzte und schüttelte den Kopf.

»Dass wir sie nicht suchen sollten. Dass es ihr gut ging. Dass sie nach Frankreich zu ihrem Vater gefahren war.«

»Und das haben Sie geglaubt?«

Die Frage kam von Mia, und sie merkte sofort, dass sie vielleicht ein wenig zu schroff geklungen hatte.

»Wie meinen Sie das?«

»Nichts an dieser Mitteilung hat Ihnen das Gefühl gegeben, dass etwas nicht stimmen könnte?«

Helene Eriksen schaute zu Munch hinüber, für einen Moment ein wenig unsicher.

»Nein, ich …«

»Natürlich macht Ihnen hier niemand einen Vorwurf«, sagte Munch.

»Ich hätte es vielleicht begreifen müssen«, sagte Helene Eriksen und starrte die Tischplatte an. »Aber sie war eben so …«

»Labil?«, fragte Munch.

»Nein, nein … das war doch das falsche Wort … eigensinnig«, sagte die blonde Frau und sah wieder auf. »Eigensinnig ist besser. Camilla ließ sich nicht gern sagen, was sie zu tun hatte.«

»Diese Mitteilung kam Ihnen also plausibel vor?«, fragte Mia.

»Ja.«

»Haben Sie irgendeine Vorstellung?«, fragte Mia nun. »Wer das getan haben kann?«

»Nein, absolut nicht«, stammelte Helene Eriksen und schaute wieder Munch an.

»Keiner von den Bewohnern hier draußen, keiner von den Angestellten hat einen besonderen Hintergrund? Jemand, der es so schwer gehabt haben kann, solche Probleme hatte, so anders ist als andere, dass es ihm Freude machen könnte, Camilla auf ein Bett aus Federn zu legen und ihr eine Blume in den Mund zu stecken?«

»Nein ... ich meine, wie sollte ich denn ...« Helene Eriksen sah ihre Besucher jetzt erschrocken an.

»Keine spontane Idee?«, fragte Mia, ohne auf Munchs Blick zu achten. »Als Sie Camilla gesehen haben. Was ist Ihnen da durch den Kopf gegangen?«

Helene Eriksen schwieg einen Moment lang. »Nichts«, sagte sie dann leise. »Ich weiß es nicht.«

Munch warf Mia abermals einen strengen Blick zu und schien gerade etwas sagen zu wollen, aber dann wurde an die Tür geklopft und ein junger Mann steckte seinen Lockenkopf herein.

»Helene, wir müssen ...«

Er verstummte mitten im Satz, als er sah, dass sie nicht allein war.

»Ach, Entschuldigung, ich ...«

»Nein, ist schon gut, Paulus«, sagte Helene Eriksen lächelnd. »Was ist los?«

»Einige von den Mädchen, die ... ja, also ich wusste doch nicht, dass ...«, stammelte der Junge und warf abermals Mia und Holger einen Blick zu.

»Hat das Zeit bis später?«, fragte Helene Eriksen freundlich.

»Ja, sicher, aber ...«, stotterte der Junge.

»Wir können warten«, sagte Munch. »Kein Problem.«

Der Mann im Türrahmen sah Helene an, warf einen raschen, besorgten Blick auf Mia und Munch, dann wandte er sich wieder an seine Chefin.

»Wäre schon gut … ja, jetzt. Wenn das geht?«

»Ist das wirklich in Ordnung für Sie?«, fragte Helene Eriksen und sah Mia und Munch an.

»Natürlich«, sagte Munch und nickte. »Wir haben alle Zeit der Welt.«

»Danke«, sagte Helene und stand auf. »Ich bin gleich wieder da.«

Dann waren die Ermittler plötzlich allein in dem kleinen Büro.

Munch schüttelte den Kopf.

»Was?«, fragte Mia und zuckte mit den Schultern.

»Manchmal …«, begann Munch seufzend.

»Sie weiß etwas.«

»Hol dich der Teufel, Mia«, sagte Munch und stützte den Kopf in die Hände.

»Was?«, fragte Mia wieder und machte eine fragende Geste.

»Kannst du nicht …? Ich meine …«

»Was?«

Munch schüttelte wieder den Kopf und starrte die Wand hinter dem Schreibtisch an, den Helene Eriksen soeben verlassen hatte.

»Sie weiß etwas«, sagte Mia noch einmal, aber dann öffnete sich die Tür und die hochgewachsene Frau kam zurück ins Zimmer.

»Tut mir leid. Wo waren wir?«, fragte Helene Eriksen und setzte sich wieder hinter ihren Schreibtisch.

»Die Unterlagen über die Patienten«, sagte Munch mit einem Blick in seine Notizen.

»Bewohner«, sagte Helene Eriksen.

»Ja, natürlich, tut mir leid«, sagte Munch. »Wann können wir Einsicht nehmen?«

»Ich muss noch mit unserem Anwalt sprechen«, sagte Helene Eriksen. »Ja, um sicherzugehen, dass wir alles richtig machen, dass wir nicht unbefugt irgendwelche Informationen herausgeben, wenn Sie verstehen?«

Sie lächelte sie an, und ihr Blick war jetzt klarer.

»Sehr gut«, sagte Munch und nickte. Er warf Mia einen kurzen strengen Blick zu und schlug die letzte Seite seines Notizblocks auf.

· 18 ·

Gabriel Mørk saß vor den Bildschirmen in seinem Büro in der Mariboes gate und war zufrieden mit sich selbst. Der junge Hacker brachte Holger Munch zwar großen Respekt entgegen, aber bei der Besprechung hatte etwas gefehlt. Vielleicht lag das am Alter. Holger Munch war Mitte fünfzig, eigentlich nicht so alt, aber der Ermittler schien zu vergessen, dass sie in einer anderen Zeit lebten als zu Beginn seiner Laufbahn.

Eine junge Frau von siebzehn Jahren, Camilla Green, war draußen in Hurumlandet tot aufgefunden worden, und niemand hatte ein Wort über soziale Medien verloren. Gabriel hatte schon etwas einwenden wollen, hatte sich dann aber dagegen entschieden. Munch war in einer seltsamen Stimmung gewesen, vielleicht weil der Liebhaber seiner Exfrau auf der Liste mit den Angestellten dieser Gärtnerei stand. Egal, Gabriel hatte nicht das Gefühl gehabt, dass es der richtige Zeitpunkt sei, um seinem Chef eine Lektion darüber zu erteilen, wie die Welt heutzutage funktionierte.

Besser, Munch fand das selbst heraus. Und kassierte dabei vielleicht sogar ein kleines Lob. Gabriel trank einen Schluck von der Cola, die neben seiner Tastatur stand, und schob sich ein neues Kaugummi in den Mund. Facebook, Twitter, Tumblr, reddit, Instagram. Munch war ein überaus fähiger Ermittler, und Gabriel konnte durchaus verstehen, warum gerade er die Einheit in der Mariboes gate leitete, aber sein intelligenter Chef lebte in der Steinzeit, wenn es um das Internet ging oder darum, wie junge Menschen heutzutage miteinander kommunizierten.

Gabriel hatte auf Facebook viele Camilla Greens gefunden, aber kein Foto dort gehörte zu dem Mädchen auf den Bildern, die sie gesehen hatten. Ein Mädchen aus South Carolina im Bikini, eine ältere Dame aus Florida mit einem Bild ihrer Katze, eine Schwedin, eine Frau aus Ungarn, aber keine von ihnen war die Camilla Green, die er suchte. Anfangs hatte er es seltsam gefunden, dass sie nicht bei Facebook war, aber dann hatte er ein wenig mit dem Namen gespielt und nach einigen Versuchen mit verschiedenen Variationen hatte er sie gefunden.

Cam Green.

Ein Konto auf Facebook, eins bei Instagram. Das waren seine Funde. Er sah sich die Bilder bei Instagram noch einmal an, während er versuchte, den Polizisten in sich zu aktivieren, seine Entdeckungen zu analysieren. Denn etwas hier war seltsam, das war ihm sofort aufgefallen. Das Konto war sehr überschaubar. Es gab nur wenige Statusmeldungen auf Facebook. Nicht viele Bilder auf Instagram.

Sehr ungewöhnlich für eine Siebzehnjährige. Keine Selfies. »Langweile mich« unter dem Bild einer gähnenden Camilla, in ihrem Zimmer in der Gärtnerei Hurumlandet, wie er annahm. »Morgen Whirlwind reiten« unter einem Bild, auf dem sie lächelnd den Daumen hob, im selben Bett, mit demselben Hintergrund. Etliche Bilder von Pferden. Zwei Likes. Einige Kommentare. »Herzlichen Glückwunsch zum Geburtstag!« und »Du fehlst mir, Süße!«. Daraufhin war Gabriel weiter zurückgegangen, bis er das Datum gefunden hatte, an dem die Konten eingerichtet worden waren.

30. Juni.

Die Konten waren neu. Beide eingerichtet am 30. Juni. Nur drei Wochen vor ihrem Verschwinden.

Gabriel trank noch einen Schluck Cola und versuchte, wie Munch zu denken. Warum hatte Camilla Green nur drei Wochen vor ihrem Verschwinden zwei Konten in sozialen Netzwerken eingerichtet? Es musste irgendwas passiert sein. Es musste einen konkreten Grund geben.

Gabriel sah noch einmal die Bilder durch und fuhr zusammen, als plötzlich an die Tür geklopft wurde und Mia Krüger hereinschaute.

»Hast du zu tun? Habe ich dich auf frischer Tat ertappt?«

»Was?«, murmelte Gabriel.

»Geheimnisse?«, fragte Mia grinsend. »Kein Schmuddelkram?«

»Doch, doch«, sagte Gabriel, als er sich wieder gefasst hatte. »Ich sammle Bilder für Curry.«

»Alles klar«, lachte Mia und öffnete den Reißverschluss ihrer Jacke. »Was hat er denn diesmal bestellt?«

»Asiatinnen in Tracht auf Kamelen«, entgegnete Gabriel

und spürte, dass die Hitze in seinen Wangen glücklicherweise ein wenig nachließ.

»Echt?«, fragte Mia, ließ sich in einen Stuhl fallen und legte die Füße auf den Schreibtisch.

»Nein«, sagte Gabriel lächelnd.

»Dann ist ja gut«, lachte Mia. »Dem ist doch fast alles zuzutrauen.«

»Kann sein«, sagte Gabriel, nun etwas verlegen, als Mia seinen Blick erwiderte.

»Du hast sie also gefunden?« Mia deutete mit dem Kinn auf die Bildschirme mit den Fotos.

»Ja«, sagte Gabriel.

»Munch ist kein Weltmeister im Internet, stimmt's? Gut, dass wir dich haben«, sagte Mia und stupste freundschaftlich seine Schulter an.

»Sicher«, murmelte Gabriel und hoffte, dass er nicht schon wieder feuerrot wurde.

»Was haben wir denn?«, fragte Mia und wandte sich den Bildschirmen zu.

»Ein Konto auf Facebook und eins auf Instagram«, sagte Gabriel und rief beide Websites auf, damit Mia sie sich genauer ansehen konnte.

»Ich kann ja nicht behaupten, dass ich mich da auskenne«, sagte Mia.

»Das sind neue Konten«, sagte Gabriel und räusperte sich.

»Ach so, wie neu sind die denn?«, fragte Mia

»Sie wurden drei Wochen vor ihrem Verschwinden eingerichtet«, antwortete Gabriel. »Camilla Green hat ihre alten Konten gelöscht, neue angelegt und ist drei Wochen darauf verschwunden.«

»Und was bedeutet das? Ich meine, für dich, du kennst

dich ja damit aus. Warum legt sich jemand neue Konten zu?«

»Das kann mehrere Gründe haben«, sagte Gabriel jetzt ruhiger.

»Welche denn?«, fragte Mia neugierig.

»Na ja, das kann auch Zufall sein, oder es hat einfach keine Bedeutung«, meinte Gabriel. »Jedenfalls hat Facebook das alte Konto unzugänglich gemacht, und ich komme da einfach nicht ran.«

Mia hob die Augenbrauen und zuckte mit den Schultern. Es war deutlich, dass sie den Umgang mit sozialen Medien nicht gewohnt war.

»Dann schauen wir uns einfach noch mal die Fotos an«, fügte Gabriel hinzu. »Und das, was Camilla so gepostet hat.«

»Gepostet?«, fragte Mia lächelnd. »Das tut ihr also?«

»Wie meinst du das?«

»Alles Mögliche posten, das treibt ihr da drinnen also?«

Gabriel fand, diese Frage gehörte doch eher zu jemandem in Munchs Alter anstatt zu Mia, aber er wusste auch, dass das bei Mia nichts mit dem Alter zu tun hatte. Sie war in sozialen Medien nicht aktiv. Sie war eine öffentliche Person, die lieber privat war. Vor einigen Jahren hatte es auf Facebook eigene Fansites für Mia Krüger gegeben.

»Ja, wenn wir nicht nach Asiatinnen in Tracht suchen«, lachte Gabriel.

Mia grinste, ohne den Bildschirm aus den Augen zu lassen. »Pferde?«, fragte sie und tippte ein Bild an.

»Ja, offenbar ist sie gern geritten«, sagte Gabriel.

»Whirlwind«, sagte Mia und zeigte auf die Facebook-Mitteilung. Vermutlich ein Pferd. Oder ein Kamel.«

Gabriel lächelte und spürte, wie die Hitze in seine Wangen zurückkehrte.

Mia erhob sich und blieb nachdenklich vor den Bildschirmen stehen.

»Okay«, entschied sie dann. »Kommst du mit rüber? Wir haben ihre Sachen aus der Gärtnerei bekommen.«

»Camillas Sachen?«

»Ja«, sagte Mia und nickte. »Passt zu dem Pferdekram hier. Ich glaube, das ist ein Ansatzpunkt. Kommst du?«, fragte sie schließlich.

»Ich komme«, sagte Gabriel und folgte ihr durch den Gang zum Besprechungsraum.

· 19 ·

Der junge Hacker Skunk steckte in einem Dilemma, wie er es noch nie erlebt hatte.

Er zog sich die Mütze tiefer über die struppigen schwarzen Haare mit dem breiten weißen Streifen in der Mitte, dem er seinen Spitznamen verdankte, und überquerte die Straße, um sich in den Schatten zu halten.

Normalerweise wäre er nie auf diese Idee gekommen. Zur Polizei zu gehen. Natürlich nicht. Das lag doch auf der Hand. In seiner Welt war es eine Todsünde, eine Behörde einzubeziehen. Skunk hielt sich für einen Anarchisten, einen Freiheitskämpfer im Internet, und auch wenn er in den letzten Jahren lockerer geworden war und die Frontlinie des Untergrundes verlassen hatte, um sich seinen eigenen, jetzt sehr lukrativen Geschäften zu widmen, galten doch noch immer dieselben Regeln. Keine Polizei. Überhaupt keine Behörde. Natürlich nicht. Aber jetzt? Nach dem Film, den er am Vorabend gesehen hatte? Er begriff nicht, welche andere Wahl er haben könnte.

Verdammt.

Er setzte die Kapuze auf, steckte sich eine Zigarette an und suchte sich einen anderen Weg als sonst bei seinen seltenen Wanderungen durch die Stadt. Skunk ging nicht oft aus dem Haus. Es gab keinen Grund dazu. Er hatte in seinem Keller in Tøyen alles, was er benötigte. In seinem Bunker. Wo niemand ihn finden konnte. Aber er brauchte jetzt einen klaren Kopf. Wieder überquerte er die Straße, senkte den Kopf, als ein Auto vorüberfuhr, wandte sein Gesicht ab und wartete, bis das Auto verschwunden war, ehe er weiterging, und versuchte, seine Gedanken zu ordnen.

Es hatte ihm Angst gemacht.

Das, was er gesehen hatte.

Verdammt, warum hatte er nicht auf seine Intuition gehört. Und die Finger von diesem Server gelassen. Er hatte eine Nase für solche Dinge, eine Art Spinnengespür, wo er hingehen konnte und wohin nicht, wenn er im Netz unterwegs war, und dieses Gespür hatte ihn auch diesmal gewarnt, aber er hatte nicht hören wollen. Die Herausforderung war zu verlockend gewesen. Dort unten an den dunklen Orten wurde schon seit Monaten über diesen Server getuschelt, und am Ende war die Versuchung zu groß gewesen, aber jetzt bereute er es. Was er gefunden hatte, der Film, den er gesehen hatte, ließ sich nicht in Worte fassen. Er hatte schon krasse Sachen erlebt, aber das hier?

Verdammt.

Skunk zog wieder an seiner Zigarette, drehte sich um und lief den Weg zurück, den er gerade gekommen war. Er schüttelte über sein Verhalten den Kopf. Paranoid? Das sah ihm gar nicht ähnlich. In seinen bald zehn Jahren als Hacker auf der falschen Seite dessen, was manche als Gesetz bezeichneten, hatte er nie Angst gehabt. Nicht ein einziges Mal. Er hatte immer alles unter Kontrolle. Stürzte sich nicht blindlings in ein Projekt. Hinterließ niemals Spuren. Er war kein Amateur. Spielte nicht herum, wie die Clowns, die gern hier und da einbrechen, um danach damit zu prahlen. Er fluchte leise, warf seine Zigarette weg, ging wieder auf die andere Straßenseite und ging ziellos weiter, wobei er sich immer wieder umblickte und nach möglichen Verfolgern Ausschau hielt.

Skunk spürte, dass der junge Anarchist wieder mit ihm durchging, als er den Tøyenpark erreichte. Er hatte durchaus kein schlechtes Gewissen. Weil er tat, was er eben tat. Er betrachtete es als Pflicht. Etwas, das seine Fähigkeiten von ihm verlangten. Er war alles andere als ein Robin Hood, er behielt das Geld selbst, aber die Menschen, von denen er es nahm, waren so unehrlich, dass sie es nicht besser verdienten. Das Ganze war so einfach wie genial. Er fand eine Firma, die er nicht leiden konnte, und holte sich Information über die lichtscheuen Transaktionen, die die meisten betrieben, Korruption, Bestechungen, Verstöße gegen die Umweltvorschriften, ja, eigentlich alles Mögliche, und ließ sie dafür bezahlen.

Skunk schüttelte den Kopf und spürte wieder den Anarchisten in sich. Wenn die norwegische Bevölkerung gewusst hätte, was sie so trieben, diese großen beliebten Firmen, bei denen sie jeden Tag einkauften, deren Produkte in allen Läden lagen und die als Stützen der Gesellschaft galten, wie die wirklich ihr Geld verdienten, wie sie so reich geworden waren, dann hätten die Leute vielleicht aufbegehrt, aber so war es nun einmal nicht.

Opium für das Volk.

Skunk war kein Kommunist, er hielt sich an keine Ideologie, aber in diesem Punkt hatte er recht, dieser Karl Marx. Gebt dem Volk Religion oder idiotische Unterhaltung, dann begreifen die Menschen nicht, dass sie nur Sklaven des Systems sind.

Es war niemals schwer. Nie bekam er Probleme. Wenn er etwas fand, und das war fast immer der Fall, schickte er einfach eine anonyme Mail mit seinen Funden und verlangte Geld, sonst würde er sich an die Medien wenden. Virtuelle Erpressung. Bei Idioten, die es nicht besser verdienten. Und immer bezahlten sie. Immer hatten sie Dreck am Stecken. Immer. Skunk hatte durchaus kein schlechtes Gewissen, und natürlich bekam er das Geld, das er verlangte, die Firmen wollten um jeden Preis vermeiden, dass der Dreck an ihrem Stecken Aufmerksamkeit erregte.

Aber das hier war anders.

Das, was er jetzt gefunden hatte.

Dieser Film.

Verdammt, warum hatte er nicht die Finger davon gelassen.

Es war nicht einfach eine illegale Transaktion in einen alten Sowjetstaat, um sich das Monopol für den Verkauf eines Produkts auf dem Telemarkt zu sichern. Nicht nur eine Überweisung an einen afrikanischen Potentaten, der bereits Millionen an Entwicklungshilfe für Eigenbedarf abzweigte, für Gegenleistungen, Entwicklung eines Ölfelds, Verkauf von Waffen, Landminen, Munition, damit eine norwegische Firma Geld verdienen konnte.

Das hier war nicht so.

Das hier war …

Verdammt.

Skunk warf einen Blick über die Schulter, um sicherzugehen, dass niemand in der Nähe war, und steckte sich noch eine Zigarette an, um Klarheit in seine Gedanken zu bringen.

Zur Polizei gehen.

Verdammt, nein.

Eigentlich nicht.

Aber er sah keine andere Lösung, und er hatte ja, doch, er hatte Gabriel.

Gabriel Mørk. Sie hatten zusammen angefangen, es war nur ein Spiel. Vor den Computern in seinem Kinderzimmer, inspiriert von zwei Jungen in Australien in den Achtzigerjahren, Electron und Phoenix, in einer Zeit, als es eigentlich noch kein Internet gab und die Maschinen nur zehn Megabyte Speicherkapazität hatten, mit Prozessoren, die kaum größer waren als Taschenrechner, mit denen sie aber trotzdem überall Zugang gefunden hatten. NASA, CIA, damals war es ein Spaß gewesen, sie hatten zusammen den Kick erlebt, er und Gabriel, jedes Mal, wenn sie es geschafft hatten, eins von den als unüberwindlich ausgegebenen Systemen zu knacken, aber dann hatte Gabriel plötzlich umgesattelt.

Zu ehrlich. Zu moralisch. Deshalb waren sie auseinandergeglitten. Gabriel hatte eine ganz andere Position eingenommen und gemeint, sie sollten ihre Fähigkeiten zu etwas Gutem einsetzen, nicht um zu zerstören, kein Chaos schaffen, sie hatten sich beim letzten Mal in die Haare gekriegt, über einem Bier in Teddy's Soft Bar, sie waren im Streit auseinandergegangen, und seither hatten sie nicht mehr miteinander geredet. Dann hatte er irgendwann gehört, dass Gabriel für die Polizei arbeitete.

Auch das noch. Für die Polizei? Den Feind!

Die Sache gefiel ihm überhaupt nicht.

Aber im Moment wusste er nicht, was er sonst tun sollte.

Fucking Scheiß.

Skunk zog wieder an seiner Zigarette und überlegte ein letztes Mal. Doch, es musste sein.

Gabriel Mørk. Es gab keinen anderen Weg. Skunk warf die Zigarette weg, überzeugte sich wieder davon, dass er nicht verfolgt wurde, und machte sich auf den Weg zurück zu seinem Bunker.

· 20 ·

Mia Krüger winkte dem Kellner, bat um ein Guinness und einen Jägermeister und wartete, bis er wieder gegangen war. Dann schlug sie ihren Ordner auf.

Lorry. Die alte ehrwürdige Kneipe unten im Hegdehaugsvei, Mia saß neuerdings häufiger hier, wenn ihre nahe gelegene Wohnung zu einsam und kalt wurde.

Sie hatte einen Tisch gefunden, der ihr gefiel, ganz hinten in einer Ecke, wo sie sich verstecken und mit ihren Gedanken allein sein konnte, während sie zugleich Leben um sich herum hatte. Mia war immer gern hier gewesen. Während ihrer Ausbildung an der Polizeihochschule war sie viel hier gewesen. Nischen mit roten Ledersitzen und weißen Tischdecken. Kellner mit weißen Hemden und schwarzen Fliegen. Ein buntes Publikum, vom Geschäftsmann im Anzug bis zu heruntergekommenen Künstlern und Autoren.

Hier konnte man sich verstecken, und nicht zuletzt war es eines der wenigen Lokale in Oslo, wo keine Musik lief. Mia mochte diese Stille, die leisen Stimmen über klirrenden Gläsern, ohne das ewige Generve aus Lautsprechern.

Mia trank einen großen Schluck Bier und studierte das erste Foto. Eine nackte junge Frau. Camilla Green, siebzehn Jahre alt. In ein Pentagramm aus Kerzen gelegt. Auf ein Bett aus Federn. Mit einer blonden Perücke. Mit einer Blume im Mund. Mia leerte das Bier und merkte, dass der Alkohol seine Wirkung tat, sie bestellte Nachschub und zog einen Kugelschreiber und einen Block aus ihrer Tasche.

19. Juli. Drei Monate.

Dünn. Schrammen und Blasen.

Tierfutter im Magen.

Drei Monate verschwunden, ehe sie gefunden worden war.

Die Stimmen um sie herum verebbten langsam, während sie sich immer tiefer in die Fotos versenkte.

So musste es sein.

Jemand hatte sie gefangen gehalten.

Hier. In Norwegen. Während andere Menschen morgens aufstanden, ihren Lieben zum Abschied winkten, zur Arbeit gingen, in der Mittagspause plauderten, die Kinder vom Kindergarten abholten, zu Abend aßen, die Hausarbeit erledigten, sich die Nachrichten ansahen, sich in ihre Betten legten, die Nachttischlampen ausknipsten und auf einen weiteren gewöhnlichen Tag warteten, war die siebzehn Jahre alte Camilla Green irgendwo eingesperrt gewesen, hatte fast verhungern müssen, hatte furchtbare Angst gehabt, war ganz allein gewesen.

Mia Krüger trank noch einen Schluck Guinness, presste die Lippen aufeinander und versuchte so gut sie konnte, sich davon nicht fertigmachen, sich nicht dahin zurückschicken zu lassen, wo sie vor weniger als vierundzwanzig Stunden gewesen war. Von diesem Bösen. Dieser Finsternis.

Komm, Mia, komm.

Nein.

Doch, komm, Mia.

Nein, nicht jetzt.

Wir können zusammen sein.

Nein, Sigrid, ich muss …

»Noch mal das Gleiche?«

Mia Krüger wurde von dem Kellner aus ihren Gedanken gerissen, der vor ihr stand.

»Was?«

»Noch eins?«, fragte der ältere Mann mit der Fliege und zeigte auf die leeren Gläser vor ihr.

»Ja, bitte«, sagte Mia und brachte ein kleines Lächeln zustande.

Der Kellner nickte höflich, brachte zwei neue Gläser und verschwand wieder.

Verdammt.

Mia legte den Ordner mit den Fotos wieder in ihre Tasche und hob mit zitternden Fingern das kleine Schnapsglas an den Mund.

Verdammte Pest.

Vielleicht hatte sie es nicht mehr. Dieses Besondere. Diese Fähigkeit, Dinge zu sehen, die andere nicht sahen. Der Grund, warum Munch sie von der Polizeihochschule geholt hatte, noch vor ihrem Abschluss. Vielleicht hatte er recht, der Psychologe mit dem dünnen Schnurrbart.

Ich glaube, deine Arbeit macht dich krank.

Du engagierst dich zu sehr.

Das bringt dich fast um, glaube ich.

Mia legte den Stift auf den Block und zog ihre Jacke an. Nickte den Türstehern zu und trat auf die Straße, um frische Luft zu schnappen. Sie fand dort draußen einen Stuhl, setzte sich und sah zu, wie zwei betrunkene Geschäftsmänner eine rauchten und irgendeine Transaktion diskutierten, die sie an diesem Tag abgewickelt hatten.

Er schmückt sie.

Sie hatte versucht, das zu verdrängen, aber es gelang ihr nicht.

Er schmückt sie. Blonde Perücke. Blume im Mund. Er macht sie schön. Macht sie bereit. Camilla. Sie ist nackt. Die Jungfrau. Er will sie zu etwas benutzen. Hier ist etwas, das wir nicht sehen.

Mia ging schwankend an den Türstehern vorbei zurück zu ihrem Tisch, wo sie den Stift wieder auf die Papiere legte.

Er?

Oder waren es mehrere?

Sie winkte dem Kellner, der sofort Nachschub brachte. Mia merkte, dass die Lösung in greifbare Nähe rückte, während der Alkohol die Nervosität aus ihrem Körper vertrieb. Der Stift glitt leichter über das Papier. *Hier ist etwas.* Ihr Telefon vibrierte auf dem Tisch, auf dem Display stand »Holger«, aber sie ließ es klingeln.

Etwas, das wir nicht gesehen haben.

Mia trank einen Schluck Bier und versuchte, weiter vorzudringen. Die Perücke. *Weshalb diese Perücke?* Camilla war nicht blond. Lag es daran? Blond? Musste sie blond sein? Weil …? Siebzehn Jahre. Jung. Skandinavisch. Blond. Dünn? Hatte er sie ausgehungert, weil er sie dünner haben wollte? War sie deshalb gefangen gehalten worden? Weil sie so aussehen sollte? Genau so? Mia ließ den Stift jetzt schneller über das Blatt gleiten, während sie alles um sich herum immer bruchstückhafter wahrnahm. *Sie muss so aussehen. Sonst hat es keinen Sinn. Sie darf erst zwischen die Kerzen gelegt werden, wenn sie so aussieht. Deshalb liegt sie dort. Die Perücke. Blond und dünn. Es ist nicht Camilla, die dort liegt. Es ist eine andere. Wer liegt dort? Wer bist du?*

Mia leerte ihren Jägermeister fast ohne es zu bemerken, und ihr Stift jagte weiter über das Blatt.

Ein Geschenk.

Die Kerzen und die Federn.

Das ist die Verpackung.

Die Blumen.

Sie ist ein Geschenk für jemanden.

»Das Gleiche?«

Mia sah verwirrt von ihren Notizen auf. Sie war einer Sache auf der Spur gewesen, tief irgendwo an einem Ort, aber die Wirklichkeit hatte sie abermals eingeholt.

»Noch mal das Gleiche?«, fragte der Kellner lauter.

»Ja«, sagte Mia barsch und versuchte, den Weg dahin zurückzufinden, wo sie eben gewesen war, aber das Gefühl war jetzt verschwunden, nur angetrunkene Gäste in ihren Nischen, über ihren Biergläsern, und nun merkte sie, wie viel sie getrunken hatte, sie konnte nur mit Mühe das Display ihres Telefons erkennen.

Munch.

Er hatte sechsmal angerufen.

Und eine SMS geschickt.

Wo bist du? Ruf an.

Sie suchte seine Nummer und versuchte, sich zusammenzureißen, als sie in weiter Ferne den Summton hörte. Mia wusste nicht so ganz, warum, aber etwas war mit Munch. Etwas, das ihr ein schlechtes Gewissen machte. Weil sie so viel trank. Weil sie deprimiert war. Weil sie eigentlich nur verschwinden wollte. Er hatte so große Hoffnungen in sie gesetzt, das war vielleicht der Grund. Sie erinnerte sich noch gut an ihr Treffen in einem Café, damals, als er sie von der Polizeihochschule geholt hatte. Er hatte es so dargestellt, dass sie ganz großes Glück hätte, wenn sie einen Platz in der neuen Ermittlungseinheit bekäme, die er leiten sollte, aber während des Gesprächs war deutlich geworden, dass er sie um jeden Preis haben wollte, und deshalb hatte sie sich dabei überhaupt nicht unsicher gefühlt. Er war schon in Ordnung so, ihr Holger. Er sprach nicht gern über Gefühle, war aber trotzdem fast durchschaubar. Für sie jedenfalls. Das mochte sie an ihm. Lieb. Ein feiner Mensch. Deshalb hatte sie so ein schlechtes Gewissen. Er hatte auf sie gesetzt. An sie geglaubt.

Komm, Mia, komm.

Der Kellner brachte gerade neue Getränke, als Mia Munchs tiefe Stimme im Ohr hatte.

»Ja?«, brummte Munch.

»Ja?«

»Ja, was?«

»Das sage ich auch, du hast angerufen?«, murmelte Mia und hoffte, dass sie sich einigermaßen nüchtern anhörte.

»Ja«, antwortete Munch abwesend und klang, als ob er seine Anrufe fast vergessen hatte.

»Was Neues?«, fragte Mia.

»Äh, sorry, ja«, antwortete Munch.

»Was passiert?«

»Zwei Anrufe vor ein paar Stunden, einen von *Dagbladet* und einer von *VG*«, sagte Munch, jetzt konzentriert. »Und die Katze ist aus dem Sack, um das mal so zu sagen, sie werden morgen ein Foto vom Fundort bringen. Vielleicht liegt das jetzt gleich schon im Netz.«

»Vom Fundort?«, fragte Mia. »Woher haben sie das denn?«

»Keine verdammte Ahnung«, brummte Munch. »Aber wir können offenbar nichts daran ändern, also sollten wir uns vorbereiten. Ich habe mit Anette gesprochen, sie macht das morgen über Grønland. Wir haben um neun eine Pressekonferenz, und dann sehen wir weiter. Und ja …«

Munch unterbrach sich, als müsste er sich erst überlegen, was er sagen wollte.

»Ja, was?«

»Wir haben alles im Griff, aber es ist wichtig, dass …« Munch räusperte sich.

»Was denn?«

Munch verstummte wieder.

»Du musst dich bedeckt halten«, sagte er dann schnell.

»Wie meinst du das?«, fragte Mia.

»Wir müssen dich da raushalten.«

»Woraus, wieso?«

»Du bist ja offiziell noch beurlaubt, also du weißt ja, wie das ist, und wenn die Zeitungen erfahren, dass du mitmachst, obwohl du beurlaubt bist, dann …«

Mia begann sich zu ärgern und griff nach ihrem Bierglas.

»Bist du noch dran?«, fragte Munch leise.

»Ja, ja«, sagte Mia kurz. »Mikkelson hat dich in die Mangel genommen?«

»Das schon, aber …«

Munch schien die ganze Situation unangenehm zu sein, und Mia sah keinen Grund, ihn nun auch noch unter Druck zu setzen.

»Ich kann gut unsichtbar sein, wenn du das willst. Kein Problem«, sagte sie.

»Danke«, erwiderte Munch erleichtert. »Du weißt …«

»Ja, ich weiß«, sagte Mia. »Ich bin labil und bringe die Truppe in Verruf.«

»Nein, so war das doch nicht gemeint, aber … Danke«, sagte Munch erleichtert.

»Kein Stress, denk da nicht dran, Holger. Also, heute Nacht im Netz und morgen auf den Titelseiten?«

»Sieht so aus«, murmelte Munch, froh über den Themenwechsel.

»Aber sie bringen doch wohl kein Bild von der Leiche?«

»Nein, nein, aber sie bringen den Fundort.«

»Ein Foto von der Fundstelle?«

»Ich kenne keine Details, aber ich gehe davon aus, dass sie das Pentagramm haben, die Kerzen, die Federn, auf denen sie gelegen hat. Scheißaasgeier.«

»Können wir feststellen, woher die kommen?«

»Die Bilder, die sie haben?«

»Ja?«

»Hab Ludvig darauf angesetzt, und ja, übrigens …«

Mia trank wieder einen Schluck Bier und sah in der Tür ein bekanntes Gesicht. Ein stämmiger Hüne mit Glatze, im Streit mit einem Türsteher, der ihn nicht ins Lokal lassen wollte.

»Ludvig hat die Antwort auf die Federn.«

»Was?«, fragte Mia und erhob sich.

»Die Federn vom Fundort«, sagte Munch. »Die stammen von einer Eule.«

»Einer Eule? Alle Federn?«

»Ja, offenbar. Ich weiß auch nicht, woran sie den Unterschied erkennen, aber …«

»Wir reden morgen weiter«, fiel Mia ihm ins Wort. »Hier passiert gerade was, okay?«

»Was? Ja, okay. Besprechung um zehn.«

»Ist gut.«

»Schön, und danke für, ja, du weißt schon«, murmelte Munch.

»Kein Problem«, sagte Mia, die schon zum Handgemenge bei der Tür unterwegs war.

»Mia«, rief Curry grinsend und streckte ihr die Arme entgegen.

»Der kommt hier nicht rein.«

»Bin gar nicht betrunken, verdammt«, nuschelte Curry und riss seinen Arm aus dem Griff des Türstehers.

»Ist schon in Ordnung«, sagte Mia und nickte. »Ich nehme ihn mit, ich hole nur noch schnell meine Sachen.«

»Ich bin nicht betrunken, verdammt«, wiederholte Curry, stolperte über seine eigenen Beine und schlug der Länge nach hin.

»Der hat hier Hausverbot! Wir wollen den hier nicht mehr sehen«, bellte der Türsteher, als Mia mit ihrer Tasche zur Tür zurückkam.

»Wie kann ich denn hier Hausverbot haben? Ich war doch noch nie hier. Und betrunken bin ich auch nicht. Ihr solltet mich mal betrunken sehen, da …«

»Komm, Curry«, sagte Mia, lächelte den Türsteher entschuldigend an und führte den Kollegen aus dem Lokal.

• Teil III •

• 21 •

Der Mann mit dem weißen Fahrradhelm ging nicht gern aus dem Haus, aber an diesem Tag musste er, denn er hatte nichts mehr im Kühlschrank. Er hatte gehofft, sie würden länger vorhalten, die Lebensmittel, die er bei seinem letzten Besuch im Laden besorgt hatte, er wusste nicht mehr genau, wann das gewesen war, es war jedenfalls schon eine Weile her. Vermutlich am Dienstag, oder war es April gewesen? Nein, nicht April, da war er ziemlich sicher, der April kam nach dem März, und der März war lange her. Im März hatte die Müllabfuhr alles geholt, was er in den grünen Container beim Schuppen geworfen hatte. Nein, nicht im März, dienstags, dienstags wurde der Müll abgeholt, denn da versteckte er sich immer im Badezimmer, das wusste er also. Nicht im März. Dienstags saß er im Badezimmer, damit sie nicht ins Haus kommen konnten, um zu telefonieren oder aufs Klo zu gehen, denn das hatten sie einmal getan. Und der Müllmann mit den Handschuhen hatte auf den Rand der Klobrille gepisst und darüber gelacht, dass er im Haus den Fahrradhelm trug, und seither versteckte er sich immer im Badezimmer, wenn sie kamen.

Jeden Dienstag. Im März. Nein, nicht nur im März, in jedem Monat. Oktober. Jetzt war Oktober. Er hatte vor einigen Tagen den Kalender umgedreht. Ja, das hatte er, daran erinnerte er sich genau. Von September auf Oktober. Denn der September hatte ein Bild von einer Möwe gehabt. Und die Möwe war nicht mehr da, da war jetzt ein Fuchs. Ein ganz schön schlauer Fuchs, er hatte eine weiße Schwanzspitze und hatte ihm zugezwinkert, als er am Küchentisch saß und die letzte Dose Thunfisch aß. Die ihm klargemacht hatte, dass der Kühlschrank leer war und dass er, auch wenn er das nun wirklich nicht wollte, bald wieder mit dem Rad zum Laden fahren und hoffen müsste, dass sie ihn nicht wie sonst auslachen würden.

Heimlich. So machten sie das. Nicht wenn er im Laden war, nein, dann nicht, dann kam es sogar vor, dass sie freundlich taten. Das Mädchen mit dem Kaugummi und die andere Frau, die immer an der Kasse saß, wenn er ihnen die Liste zeigte, die er über die Dinge geschrieben hatte, die er brauchte, dann taten sie freundlich. Gingen mit ihm durch den Laden und halfen ihm, alles in seinen Korb zu legen, Knäckebrot und Makrele in Tomate und Koteletts, dann lachten sie nicht. Sie lachten auch nicht, wenn er bezahlen wollte und es nicht schaffte, das Geld in seiner Brieftasche zu der Zahl zu machen, die auf der Kasse stand. Dann nicht, dann spielten sie freundlich und halfen ihm zählen, aber danach. Wenn er den Laden verlassen hatte und tat, als fahre er schon nach Hause, während er in Wirklichkeit hinter dem Container für die leeren Flaschen oder hinter dem Wagen mit der Aufschrift »Hurumlandet Kolonial« hervorlugte, dann lachten sie über ihn, lachten schallend und schlugen sich auf die Schenkel. Er brauchte vierundzwanzig Minuten für eine Strecke, wenn es nicht zu glatt war, aber das war es heute, deshalb merkte er, dass er sich mehr als sonst grauste, als er sein Fahrrad aufschloss und es vorsichtig auf die Straße hinausschob.

Diesmal brauchte er fast fünfunddreißig Minuten. So glatt war das. Oktober, nicht mehr September, aber dennoch war es fast Winter. Vielleicht war es seine Schuld? Der Mann mit dem weißen Fahrradhelm hatte sich in der vergangenen Woche schon einige Male überlegt, dass es durchaus seine Schuld sein könnte, wenn es so kalt war. Am Himmel wurde es wärmer, das hatte er gelesen, das Eis an Nordpol und Südpol würde schmelzen, wenn man den Müll nicht richtig sortierte. Normalerweise nahm er das sehr genau, Lebensmittelabfall in den Lebensmittelabfallcontainer, Plastik in den Plastikcontainer, er mischte nie Papier oder Pappe in den Restmüll und schrubbte Milchkartons und Konservendosen immer gründlich, ehe er sie wegwarf, aber vor einigen Wochen war er krank gewesen. Sein Kopf hatte wehgetan, und er hatte mitten am Tag Fieberträume gehabt, und dann hatte er es einfach vergessen, hatte alles in dieselbe Tonne geworfen, und als er das entdeckt hatte, war es schon zu spät gewesen. Danach hatte er vier Tage lang nichts gegessen in der Hoffnung, dass er seinen Fehler damit wiedergutmachen könnte, aber dann wäre er fast in Ohnmacht gefallen, und da hatte er doch wieder etwas essen müssen. Als er am nächsten Tag aufgewacht war, war der Hofplatz vereist gewesen, und seither schwitzte er furchtbar unter den Armen, und er versteckte sich hinter den Küchenvorhängen, wenn er unten auf der Straße Lichter sah, er hatte Angst, sie könnten herausgefunden haben, was er gemacht hatte. Und sie könnten kommen und ihn bestrafen. Aber zum Glück war keiner der Wagen von der Straße abgebogen und zum Haus hochgefahren. Eigentlich kam nie jemand. Nur der Müllwagen, dienstags, wenn er sich im Badezimmer versteckte, sonst war er allein in dem kleinen weißen Haus.

Der Mann mit dem weißen Fahrradhelm befestigte mit dem einen Schloss das Vorderrad am Fahrradständer und wickelte die Kette, die er im Rucksack hatte, um das Hinterrad. Er brauchte einige Minuten, um sich davon zu überzeugen, dass beide Schlösser richtig fest saßen, ehe er sich auf den langen Weg zur Tür machte. Er ging niemals geradewegs hinein, nein, das hatte er einmal versucht, und es hatte richtig böse geendet, er war in Gedanken anderswo gewesen und hatte einfach die Tür geöffnet und war in den Laden gestiefelt, und nein, das war nicht gut gegangen. Drinnen waren Wölfe gewesen, riesige graue Wölfe mit großen Augen und gewaltigen Schlünden, und er hatte sich derart erschreckt, dass er ein Gestell mit Sonnenbrillen umgestoßen hatte, und auf dem Weg hinaus war er gegen die Tür geprallt, und dann war der Krankenwagen gekommen, und wieder hatten alle über ihn gelacht, alle Krankenschwestern und Ärzte, die ihm das Gesicht mit Nadel und Faden genäht hatten, und seit damals wusste er, dass es besser war, vorsichtig zu sein. Deshalb machte er immer einen kleinen Bogen, erst einmal vorbei an den Glastüren, damit er hineinschauen konnte, und dann rasch weiter zu den Werbeplakaten, denn dort konnte man so tun, als betrachte man die aktuellen Sonderangebote, ohne sich zu blamieren. Grillwürste zu 19,90. Drei Packungen Windeln zum Preis von zwei. Keine Wölfe heute. Der Mann mit dem weißen Fahrradhelm atmete erleichtert auf, aber er wartete trotzdem einige Minuten und warf noch einen Blick in den Laden, sicherheitshalber, dann fasste er sich ein Herz und legte die letzten schweren Schritte zur Eingangstür zurück.

Eine Klingel über ihm, wie immer, aber darauf hatte er sich vorbereitet, deshalb fuhr er diesmal nicht zusammen. Er nahm einen Korb aus dem Gestell, blieb stehen und hielt Ausschau im Laden. Der war leer, zum Glück, keine Wölfe, keine funkelnden Zähne, nur das Mädchen mit dem Kaugummi, das sich an der Kasse hinter einer Illustrierten versteckte. Der Mann mit dem weißen Fahrradhelm zog seine Einkaufsliste aus der Tasche und ging, so schnell er konnte, zwischen den Regalreihen weiter. Milch. Ja. Eier. Ja. Lachsfilet. Ja. Er fühlte sich jetzt langsam besser, die Waren auf seiner Liste ließen sich heute leicht in den Korb legen, keine davon sagte *nein*, wie sie es manchmal taten. Bananen, ja. Hähnchen, ja. Jetzt musste er ein bisschen lächeln, es war fast wie ein Glückstag, alles ging so gut! Er aß gern Hähnchen, aber die wollten nicht immer in den Korb, manchmal musste er nur Kartoffeln essen, aber heute war es überhaupt nicht schwer. Das Hähnchen wollte heute gern, es sprang ganz freiwillig aus der Gefriertruhe und legte sich zufrieden zwischen Möhren und Kartoffelpüree. Vielleicht war es doch nicht seine Schuld? Dass der Winter so früh gekommen war? Der Mann mit dem weißen Fahrradhelm lächelte, packte die letzten Waren von seiner Liste in den Korb und ging stolz damit zur Kasse.

Das Mädchen legte die Illustrierte weg und machte eine dicke Blase, und sie sah ihn nicht dumm an, nein, sie lächelte wirklich ein wenig. Der Mann mit dem weißen Fahrradhelm merkte, dass sein Herz unter der Daunenjacke ein wenig heftiger schlug, als er anfing, die Waren auf das Band zu legen. Sie hatte es sicher durchschaut. Dass heute sein Tag war. Dass es nicht seine Schuld war, das mit dem Wetter.

»Tüte?«, fragte das Mädchen, als sie alle Waren in die Kasse eingegeben hatte.

»Nein danke«, sagte der Mann mit dem weißen Fahrradhelm lächelnd und zufrieden und wollte gerade die Waren in seinen Rucksack legen, als er sie plötzlich entdeckte.

Am Gestell vor der Kasse.

Die Zeitungen.

Oh nein.

»Karte oder bar?«

Der Mann mit dem weißen Fahrradhelm blieb wie angewurzelt stehen.

Auf beiden Titelseiten.

Das Foto.

Woher hatten sie bloß ...?

»Entschuldigung. Wie wollen Sie bezahlen?«

»Das Hähnchen ist freiwillig gekommen«, murmelte er, ohne den Blick von den Zeitungen im Gestell zu nehmen.

»Wie meinen Sie das?«, fragte die Kassiererin.

»Das Hähnchen«, sagte der Mann.

»Ja?«, fragte das Mädchen unsicher.

»Es ist freiwillig gekommen. Das tut es ja nicht jedes Mal.«

»Nein, okay ...«, sagte die Kassiererin. »Aber wollen Sie mit Karte oder bar zahlen?«

»Nein, ich habe einen Rucksack.«

»Rucksack?«

»Das ist nicht meine Schuld.«

»Wie meinen Sie das?«

»Ich habe die Katze nicht getötet.«

»Die Katze?«

Das Mädchen mit dem Kaugummi hatte jetzt andere Augen.

»Den Hund auch nicht.«

»Den Hund? Zahlen Sie mit Karte oder …«

Jetzt kam ein Wolf. Ein dicker Wolf mit Brille. Aus irgendeiner Tür hinten im Laden. Der Wolf kam näher und näher, und der Mann mit dem weißen Fahrradhelm wäre am liebsten aus dem Laden gerannt, aber seine Füße wollten ihm nicht gehorchen, die klebten einfach am Beton fest.

Er schloss die Augen und steckte sich die Finger in die Ohren, heute war Dienstag, und es war sicher besser, sich im Badezimmer zu verstecken, vor allem im März, denn dann kam der Müllwagen, nein, nicht März, Oktober, das hatte der Fuchs gesagt.

»Hallo, Jim, bist du das?«

Der Mann mit dem weißen Fahrradhelm öffnete die Augen, und dann war es doch kein Wolf. Es war der nette Mann. Der nette bärtige Mann, dem der Laden gehörte.

»Das Hähnchen wollte in den Korb«, sagte der Mann mit dem weißen Fahrradhelm und nickte, während der nette Mann mit dem Bart zu der Kassiererin hinüberschaute, die nur mit den Schultern zuckte.

»Gibt es Probleme mit dem Bezahlen?«

Das Mädchen mit dem Kaugummi legte den Finger an die Schläfe und schüttelte den Kopf, aber der nette Mann mit dem Bart sah sie streng an, und sie ließ den Finger wieder sinken.

»Komm, dann packen wir deine Sachen ein, Jim«, sagte der nette Mann, dem der Laden gehörte, und half ihm, alles in den Rucksack zu stecken.

»Ich hab den Hund nicht getötet«, sagte der Mann mit dem weißen Fahrradhelm leise.

»Da bin ich ganz sicher«, sagte der nette Mann mit dem

Bart und brachte ihn zur Tür, und die ging jetzt leichter auf, fast wie von selbst.

»Denk heute nicht ans Bezahlen, Jim, das erledigen wir ein andermal, okay?«

Der nette Mann lachte nicht laut mit den Zähnen, obwohl er Probleme mit seinem Fahrradschloss hatte.

»Du weißt doch, dass ich dir die Sachen gern nach Hause bringe, nicht wahr? Du brauchst bloß anzurufen, dann kommen wir zu dir, okay?«

»Es ist sehr wichtig, allein zurechtzukommen.«

»Das stimmt natürlich. Und du schaffst das doch sehr gut, Jim. Aber wenn mal was ist, dann ruf einfach an, okay?«

»Der Fuchs hat eine weiße Schwanzspitze, deshalb ist Oktober«, sagte der Mann mit dem weißen Fahrradhelm, ehe er fest in die Pedale trat und nach Hause fuhr, diesmal mit einem neuen Rekord, weniger als zweiundzwanzig Minuten, obwohl es sehr, sehr glatt war, vor allem mitten auf der Straße.

· 22 ·

Curry wachte von einem Pfeifton in weiter Ferne auf und streckte die Hand nach dem Wecker auf dem Nachttisch aus. Seine Finger trafen den Knopf, und das Geräusch war weg. Curry glitt lächelnd zurück in den Schlaf, zog die Daunendecke fester um sich und drehte sich zu Sunniva um, um ihre Wärme zu spüren. So lag er unendlich gern. In diesem kurzen Moment, diesen wenigen Minuten, wenn sie so taten, als ob sie beide nicht zur Arbeit müssten. Wenn sie den Wecker ausstellten und vorgaben, dass sie freihatten und selbst entscheiden konnten, was sie tun wollten, keine Forderungen, keine Chefs, nur sie beide unter der Decke. Ihre warme weiche Haut an seiner, wenn sie die Nase in seine Halsgrube schmiegte und sich an ihn drückte, als ob er sie beschützen sollte. Curry lächelte und zog sie an sich. Sunniva. Er hatte es schon bei der ersten Begegnung gewusst. Dass er sie wollte. Die Frau mit den langen roten Haaren und dem wunderschönen Lächeln, die immer ihren Kaffee am selben Kiosk kaufte wie er, jeden Morgen, er auf dem Weg zur Polizeihochschule, sie als Krankenschwester unterwegs zur Arbeit. Er hatte eines Tages seinen Mut zusammengenommen und sie ins Kino eingeladen, und zu seiner großen Überraschung hatte sie mit Ja geantwortet.

Curry schlug die Augen auf und starrte einen Haufen Pappkartons auf dem Linoleumboden an, in einer Wohnung, die nicht seine war, und nun kehrte die Wirklichkeit zurück. Er hatte in Straßenkleidung geschlafen, auf einer dünnen Matratze, nicht zu Hause, nein, sie hatte das Schloss auswechseln lassen, das hatte sie getan, und sein Schlüssel passte nicht mehr. Das Pfeifen wollte nicht aufhören. Curry erhob sich langsam und benommen von der Matratze und folgte dem Geräusch im Halbschlaf hinaus auf den Gang und zum Gesicht eines Mannes, der vor Mias Wohnungstür stand.

»Mia Krüger?«, fragte der Mann mit dem dünnen Schnurrbart und schaute auf einen Zettel in seiner Hand.

»Seh ich so aus?«, murmelte Curry und merkte, dass er noch immer betrunken war.

Zwei Tage im Suff. Nachdem sie gesagt hatte, dass sie nicht mehr wollte. Sunniva.

»Äh ja, nein«, sagte der Mann und schaute sich um, sichtlich überrascht von dem Anblick, der sich ihm bot.

Fuck you, Jon. Und diesmal ist es verdammt noch mal mein Ernst, jetzt ist es fucking genug. Alles Geld. All unser Geld! Weißt du, wie viel ich dafür geschuftet habe? Ist dir das überhaupt klar?

»Finden Sie, ich sehe aus wie Mia Krüger?«

Curry konnte sich jetzt selbst riechen und hoffte, dass dieser fremde Kerl das nicht merken würde. Zwei Tage im Suff in denselben Klamotten, ohne zur Arbeit zu gehen, ihm war doch alles scheißegal gewesen.

»Ich kann gern später noch mal vorbeikommen«, sagte der Typ im Blaumann und wirkte sogar verlegen. »Aber im Keller sind Pilze …«

»Was?«, fragte Curry und konnte sich kaum auf den Beinen halten, der enge Gang bewegte sich unter seinen Füßen.

»Und das ist die letzte Wohnung«, sagte nun der kleine Mann vor der Tür. »Die Eigentümergenossenschaft hat …«

»Okay«, nickte Curry und hielt sich an einem Haken fest, als der Boden sich unter ihm noch rascher bewegte.

Kurz darauf stand er vor dem Bislett-Stadion, in Schuhen und Mantel, er hatte dem Typen im Blaumann die Wohnungsschlüssel gegeben und ihn gebeten, sie einfach in den Briefkasten zu werfen. Er suchte in seinen Jackentaschen nach der Tabaksdose und schob sich einen Priem unter die Oberlippe, und dabei winkte er einem freien Taxi, das langsam durch die Bislettgate fuhr.

Es war eng im Fahrstuhl. Er war schon eine Million Mal damit gefahren, aber an diesem Tag war es anders, fast wie eine Sardinenbüchse, er war froh, als die Tür endlich aufging.

»Hallo?«

Curry schlich durch den Raum, aber es war ganz still. Er schaute beim Aufenthaltsraum vorbei, holte sich eine Tasse Kaffee, tunkte die Lippen in den bitteren Trunk, als er weiter zum Besprechungszimmer balancierte.

»Hallo?«

»Hallo, du bist ja doch da.«

Plötzlich stand Ylva vor ihm im Gang.

»Wie meinst du das, doch da?«, fragte Curry und trank einen Schluck Kaffee, versuchte nüchtern zu wirken, und offenbar gelang ihm das.

»Mia hat gesagt, du bist krank und kannst nicht kommen«, sagte Ylva und ging vor ihm her durch den Gang.

»Ja, eine leichte Grippe«, presste Curry zwischen den Zähnen hervor. »Musste trotzdem kommen, konnte es zu Hause nicht aushalten, wenn du verstehst. Wie ist es hier, was Neues?«

Er folgte Ylva zu ihrem Platz und blieb stehen, während sie irgendetwas eintippte, sorgte dafür, weit genug wegzubleiben, damit sie seine Ausdünstungen nicht wahrnahm.

Oh verdammt.

Er zog das Telefon aus der Tasche, sah nach, ob jemand angerufen hatte, nichts, Totenstille, kein Wort von Sunniva, obwohl er sie eine Million Mal angerufen und ebenso viele Nachrichten hinterlassen hatte.

Komm schon, können doch drüber reden?

Geh ans Telefon!

Kannst du mich anrufen?

Ruf an, ja? Sobald du kannst.

Du fehlst mir.

Ruf mich an, please!

»Anette war heute Morgen um neun auf einer Pressekonferenz, und Munch hat um zehn eine Besprechungsrunde abgehalten, hat Mia dir schon alles gesagt, oder soll ich dich auf den aktuellen Stand bringen?«

Ylva lächelte und rückte ihre Brille gerade, dann ging sie zum Rechner am Fenster.

»Nein, nein.« Curry schüttelte den Kopf und trank einen Schluck Kaffee. »Auf den aktuellen Stand, natürlich, aber ja, wo stecken die denn alle?«

»Möchtest du eine kurze Version der Morgenbesprechung? Auch wenn du auf dem aktuellen Stand bist?«

Curry lächelte und nickte. Sie war gar nicht so schlecht, diese Neue. Auch wenn sie ein wenig jungenhaft angezogen war und nicht ganz seinem Geschmack entsprach. Er folgte ihr in den Besprechungsraum.

»Wo waren wir stehen geblieben?«, fragte Ylva und zeigte auf die große Tafel am Fenster. »Hast du das mit Anders Finstad mitgekriegt?«

»Was?«, fragte Curry.

Ylva kratzte sich am Kopf und drehte sich zu ihm um.

»Soll ich die ganze Besprechung durchgehen?«

»Äh, ja bitte«, sagte Curry und zog sich einen Stuhl heran.

»Wie ist dein letzter Stand?«, fragte Ylva.

»Nacktes Mädchen erwürgt im Wald mit Blume im Mund.«

»Camilla Green«, sagte Ylva.

»Wir haben sie identifiziert?«

»Ja«, sagte Ylva, ohne ihm das Gefühl zu geben, er sei ein Idiot, dass er nicht einmal so viel wusste. »Camilla

Green, siebzehn Jahre, Bewohnerin einer Art Heim, eines Rehabilitierungshauses für junge Menschen, eigentlich für Pflegekinder, soll ich alle Einzelheiten durchgehen, oder willst du …«

»Nein, nein, mach es kurz«, sagte Curry.

»Okay«, sagte Ylva und wandte sich wieder der Tafel zu.

»Also, Camilla Green. Vor drei Monaten von dieser Gärtnerei Hurumlandet als vermisst gemeldet, aber dann haben sie die Meldung zurückgezogen, weil sie mitgeteilt hatte, es gehe ihr gut, und sie sollten nicht nach ihr suchen.«

»Wie denn mitgeteilt?«, fragte Curry neugierig und merkte, wie der Polizist in ihm erwachte.

»Per SMS«, sagte Ylva, zog ein Blatt Papier von der Tafel und legte es vor ihn hin.

»Das ist die Anrufliste?«

»Ja.« Ylva nickte. »Gabriel hat sie gestern von der Telenor bekommen, und seltsam, oder ja, was Munch und Kim und Mia heute diskutiert haben, ist, dass die SMS aus der Gärtnerei geschickt worden ist.«

»Wie meinst du das?«

»Gabriel kennt sich doch mit so was aus, aber also, er hat gesagt, der Sendemast …«

»Ja?«

»Camilla ist verschwunden, und sie haben sie als vermisst gemeldet«, sagte Ylva. »Aber dann kam eine Mitteilung von ihr, dass es ihr gut gehe und dass sie nicht nach ihr suchen sollten.«

»Und die Nachricht wurde von dort geschickt? Aus der Gärtnerei Hurumlandet?«, fragte Curry neugierig.

»Genau«, Ylva nickte. »Sagt dieser Sendemast.«

Curry stand auf und trat vor die Tafel mit den Bildern.

»Also was … Du hast einen Namen genannt, haben wir schon einen Verdächtigen?«

»Anders Finstad«, sagte Ylva und tippte auf ein Schwarz-Weiß-Foto eines Mannes in mittlerem Alter, der einen Reithelm trug und offenbar vor einem Stall stand.

»Und das ist wer?«, fragte Curry.

»Die Tätowierung?«, fragte Ylva zurück.

»Welche Tätowierung?«, entgegnete Curry und kam sich ziemlich blöd dabei vor. Zwei Tage im Suff, Gläser in beiden Händen, Selbstmitleid, während ein Irrer frei herumlief. Sie waren schon weit gekommen, er selbst aber hatte nicht einen Scheiß dazu beigetragen.

»AF, siehst du das?«

»Ja«, sagte Curry und fuhr mit dem Finger über das Bild.

»Und den Pferdekopf?«

»Ja?«

»Anders Finstad«, sagte Ylva. »Camilla hat Pferde geliebt. Dieser Finstad hat in der Nähe der Gärtnerei, wo sie gewohnt hat, einen Reitstall.«

»Und?«, fragte Curry.

»Wir haben ihn im Archiv. Sechsundsechzig Jahre. Frühere Anklagen wegen Übergriffen. Hat zwei Mädchen im Reitstall aufgefordert, sich vor einem Pferd den Oberkörper frei zu machen, während er Fotos machte. Die Mädchen waren zwölf und vierzehn.«

»Und?«

»Nichts«, sagte Ylva. »Guter Anwalt, keine ausreichenden Beweise, was weiß ich, aber jedenfalls konzentriert sich jetzt alles auf ihn, Anders Finstad. Camilla war Mitglied in seinem Reitstall. Hatte sogar Chancen, beim Springreiten in die Juniornationalmannschaft zu kommen.«

»Unser Opfer?«

Ylva nickte.

»Mia ist jetzt da unten, der Rest ist in der Gärtnerei.«

»Stehen noch Autos im Keller?«, fragte Curry.

»Wie meinst du das?«

»Haben die alle Dienstwagen genommen?«

»Nein, ich weiß nicht«, sagte Ylva. »Bist du denn jetzt noch krankgemeldet oder wieder dabei?«

»Ich dachte, dafür ist Grønland zuständig.«

»Nix.« Ylva seufzte. »So ist es vielleicht, die Neue im Team zu sein, oder?«

»Das musst du mit Anette klären«, sagte Curry mit einem Augenzwinkern, nahm einen Autoschlüssel aus dem Schrank, stellte die leere Kaffeetasse im Aufenthaltsraum ab und fuhr mit dem Fahrstuhl hinunter in die Garage.

· 23 ·

Munch wurde rasch durch die Sperren vor der Abfahrt zur Gärtnerei Hurumlandet gewinkt, und als der Blitzlichtregen aus den Pressekameras sein Auto traf, war er froh, dass er Mia zum Reitstall geschickt hatte.

Er schüttelte den Kopf und warf einen Blick in den Rückspiegel, während er durch die Allee zur Gärtnerei fuhr. Helene Eriksen hatte ihn am frühen Morgen angerufen, und sie hatte nicht übertrieben. Es wimmelte hier nur so von Presseleuten, *wie ein Heuschreckenschwarm, die kriechen durch alle Spalten. Die Mädchen haben Angst, was sollen wir tun?*

Munch schmunzelte, als er vor dem Hauptgebäude hielt

und aus dem schwarzen Audi stieg. Er merkte, dass diese Helene Eriksen ihm gefiel. Heuschrecken. Das hätte er auch so sagen können.

Munch steckte sich eine Zigarette an, als Kim Kolsø die Treppe vor dem weißen Hauptgebäude herunterkam.

»Scheißzirkus«, sagte Kim mit einer Kopfbewegung Richtung Allee.

»Wir haben alles im Griff«, sagte Munch. »Wie ist hier die Lage?«

»Gut«, sagte Kim und schaute sich um. »Wir haben zwei Klassenzimmer und ein Büro, ein bisschen spartanisch zwar, aber wir sind dran. Ludvig freut sich offenbar, weil er nicht im Haus ist, Doppel-Jensen ist hier, ich habe die Liste erstellt, um die du gebeten hast, und wir nehmen uns jetzt die Wichtigsten vor.«

Munch hatte Grønland um Verstärkung gebeten, und die Kripo hatte für Mikkelson ein Team abgestellt, Jensen und Jensen, besser bekannt als Doppel-Jensen, nicht Munchs erste Wahl, aber damit musste er leben.

»Curry ist unterwegs, wir setzen ihn mit denen zusammen«, murmelte Munch und zog genervt an seiner Zigarette.

»Ach, hat Mia nicht gesagt, dass er krank ist?«

»Scheint ihm wohl besser zu gehen.«

»Gut«, sagte Kim und ging vor seinem Chef die Treppe hoch und in das improvisierte Vernehmungszimmer.

»Wen nehmen wir uns zuerst vor?«, fragte Munch, legte seine Jacke ab und rieb sich die Hände warm.

Draußen war es noch immer kalt. Munch dachte kurz an Mia. Er war wirklich kein Freund von Kälte und Dunkelheit, wusste aber, dass seine junge Kollegin noch viel mehr darunter litt. Die Dunkelheit schien sich in ihrem Kopf einzunisten und erst im Frühjahr wieder zu verschwinden. Er wandte sich der Liste zu, die Kim ihm vorgelegt hatte und las den ersten Namen.

»Benedikte Riis?«, fragte Munch und sah seinen Kollegen fragend an. »Ich dachte, wir haben beschlossen, dass wir uns zuerst diesen Paulus vorknöpfen?«

Kim zuckte verlegen mit den Schultern.

»Den hat Ludvig übernommen.«

»Warum das denn?«

»Er wollte das unbedingt.«

»Der Junge? Paulus? Wieso denn?«

»Er stand mitten auf dem Hof, als wir gekommen sind«, sagte Kim. »Sah nicht so aus, als ob er viel geschlafen hätte. *Ihr glaubt sicher, ich war's, weil ich eben bin, wer ich bin. Ich möchte zuerst verhört werden.*«

»Sieh an«, murmelte Munch.

»Also hab ich ihn Ludvig überlassen. Damit der Junge ein bisschen zur Ruhe kommen kann.«

»Weil ich bin, wer ich bin? Wie meint er das denn?«, fragte Munch.

»Er geht wohl davon aus, dass wir uns sein Vorstrafenregister angesehen haben«, sagte Kim.

»Kleinkram, war das nicht so?«, fragte Munch ein wenig verwundert.

»Das schon. Ein bisschen Hasch, Einbruch in einem Laden, ein gestohlenes Auto zu Schrott gefahren, alles schon eine Weile her. Vielleicht hat er was auf dem Kerbholz, wovon wir nichts wissen. Ein schlechtes Gewissen hat er jedenfalls, deshalb hat Ludvig ihn übernommen, die sitzen noch immer da drinnen, wie gesagt.«

»Okay«, sagte Munch und blätterte in den Papieren, die vor ihm lagen. »Und diese Benedikte Riis ist wer?«

»Die letzte, die Camilla Green lebend gesehen hat. Sie hat offenbar etwas Wichtiges zu erzählen. Ich glaube, Helene Eriksen hat versucht, es aus ihr rauszuholen, aber sie will erst den Mund aufmachen, wenn sie mit der Polizei sprechen kann.«

»Ach was?«, sagte Munch noch einmal und runzelte die Stirn. »Na gut, dann her mit ihr.«

· 24 ·

Anders Finstad stand schon auf der Treppe, als Mia Krüger auf den Hofplatz fuhr. Reitstall Hurum. Eine lange Allee mit hohen majestätischen Birken, umgeben von bereiften Feldern und ein scheinbar gut erhaltener Betrieb. Ein prachtvolles weißes Hauptgebäude, ein mit Kies bestreuter Hofplatz, ein sehr schönes Haus aus rotem Klinker, das der Stall zu sein schien. Mia Krüger stieg aus dem Wagen und merkte, dass dieser Ort ihr ein gutes Gefühl gab. Hier gab es kein offenes Meer, das war es nicht, aber sie hatte trotzdem ein Gefühl wie auf Hitra. Hier draußen herrschte Ruhe. Ein imposanter Reitstall, den offenkundig jemand liebte, umgeben von stiller und schöner Natur.

»Hallo«, sagte der Mann auf der Treppe und ging mit schnellen Schritten auf sie zu.

»Anders Finstad.«

»Mia Krüger«, sagte Mia und nahm seine kalte Hand, offenbar stand er schon eine ganze Weile hier draußen.

Der ältere Mann lächelte schwach.

»Ja, ich weiß, wer Sie sind«, sagte er und nickte. »Unter anderen Umständen würde ich sagen, dass ich mich von Ihrem Besuch sehr geehrt fühle.«

»Na gut«, sagte Mia lächelnd und überlegte, ob das ein Versuch sein sollte, sie zu entwaffnen. Finstad wirkte auf den ersten Blick wie sein Besitz, ein Mann, dem Äußerlichkeiten wichtig waren, ohne dass das auf irgendeine Weise aufgesetzt wirkte.

»Was für eine Tragödie«, sagte Anders Finstad, als er sie in einen Raum geführt hatte, den Mia für eine Art Aufenthaltsraum hielt.

Er zeigte auf einen Stuhl.

»Kann ich Ihnen etwas anbieten, oder wollen wir ...«

»Gleich zur Sache kommen?«, fragte Mia und hängte ihre Lederjacke über die Rückenlehne.

»Ja ...«, sagte Finstad und sah aus, als habe er auf diese Frage gehofft.

Er setzte sich ihr gegenüber auf einen Stuhl und starrte auf die weiße Tischdecke, ehe er Mut zu fassen schien.

»Ich habe es natürlich begriffen«, sagte er und hob den Blick.

»Was haben Sie begriffen?«, fragte Mia.

»Dass Sie glauben würden, dass ich es war.«

»Wer hat gesagt, dass wir das glauben?«, fragte Mia.

»Tun Sie das nicht?«, fragte Finstad überrascht.

Mia tat der höfliche, gut gekleidete Mann vor ihr ein bisschen leid. Er hatte dunkle Ringe unter den Augen und nestelte nervös am Tischtuch herum.

»Im Moment glauben wir gar nichts, wir ermitteln in alle Richtungen«, sagte Mia. »Aber natürlich, Sie haben Camilla gekannt. Sie war Reitschülerin hier ...«

»Das würde ich nicht so sagen.«

»Wie meinen Sie das?«

»Camilla war …« Finstad ließ sich zurücksinken und suchte nach Worten.

»Was war sie?«

»Etwas Besonderes«, sagte Finstad schließlich. »Sie war niemandes Schülerin, um es mal so auszudrücken. Es war unmöglich, Camilla zu sagen, was sie tun sollte. Sie war überaus eigensinnig, hatte einen starken Willen.«

Jetzt lächelte Finstad und blickte ins Leere, als ob er sie irgendwo vor sich sähe.

»Sie war also nicht Ihre Schülerin? Hier im Reitstall?«

»Was? Doch, ja, auf dem Papier, aber ja, Sie konnten Camilla einfach nicht sagen, was sie tun sollte. Feines Mädchen. Das nun wirklich. Hab es gleich gesehen, als Helene zum ersten Mal mit ihr hier war. Haben Sie das schon einmal erlebt? Dass Ihnen Menschen begegnen, die einfach charismatischer sind als andere …?«

»Sie haben sie gerngehabt?«, fragte Mia.

»Was? Ja, alle hatten Camilla gern.«

»Sie auch?«

»Ach ja.«

»Sehr gern?«

»Ach ja«, sagte Finstad wieder, erwachte dann aber plötzlich und begriff, worauf Mia mit ihren Fragen hinauswollte.

»Oh nein, nein, nicht so …«

Finstad unterbrach sich und schien auf die nächste Frage schon gewartet zu haben.

»September 2011«, sagte Mia. »Sie wissen, wovon ich rede?«

»Natürlich«, sagte Finstad, noch immer, ohne sie anzusehen.

»Zwei Mädchen, Schülerinnen von Ihnen, zwölf und vierzehn Jahre alt.«

»Ich weiß …«

»Fotos mit nacktem Oberkörper vor einem Pferd?«

Finstad schlug die Hände vors Gesicht.

»Ich bin nicht stolz darauf …«, begann er.

»Aber Sie haben es getan?«

»Ich bin auch nur ein Mensch. Jeder kann Fehler machen, oder nicht?«

Er sah sie jetzt an, und Mia merkte, dass ihre anfängliche Sympathie für den Mann plötzlich in Abscheu umschlug.

»Fehler machen? Sie finden es also richtig, von kleinen Mädchen Nacktbilder zu machen, wollen Sie das damit sagen?«

»Was?«, fragte Finstad perplex.

»Sie sind in den Stall gegangen. Haben eine Kamera mitgenommen. Haben Ihre Macht über unschuldige Mädchen ausgenutzt, haben sie aufgefordert, ohne Kleider vor einem Pferd zu posieren, und das soll also verzeihlich sein, ist das so zu verstehen?«

Mia spürte zum ersten Mal, dass der Alkohol vom Vorabend in ihrem Schädel sein Unwesen trieb. Verdammter Curry. Er hatte sie die halbe Nacht wach gehalten. Sunniva. Glücksspiel. Nicht zum ersten Mal, und es würde sicher auch nicht das letzte Mal sein. Sie hatte ihn am Ende ins Bett schaffen können und es nicht über sich gebracht, ihn zu wecken, als der Wecker klingelte. Jetzt kam es angeschlichen. Machte sie wütend und gereizt, nicht so professionell, wie sie sein müsste.

»Sie sind pädophil und finden das verzeihlich, ist das so zu verstehen?«

»Was?«, wiederholte Finstad.

»Sie haben gehört, was ich gesagt habe«, sagte Mia.

»Aber das ist doch nicht passiert!«

»Das liegt gegen Sie vor«, sagte Mia kurz.

»Nein, aber«, stammelte Finstad. »Haben Sie nicht alle Unterlagen bekommen?«

Mia hatte von Munch nicht alle Details erfahren, sagte aber nichts dazu.

»Sie haben zwei Mädchen nackt vor einem Pferd fotografiert.«

»Nein, nein, nein«, sagte Finstad. »Haben Sie nicht alle Details über diese idiotische Angelegenheit? Das darf doch nicht wahr sein!«

Sie hatte auch Tabletten genommen. Um schlafen zu können. Die ganze Nacht mit Curry auf sein und nur noch drei Stunden bis zur Besprechung. Sie hatte einige im Badezimmer genommen und war weg gewesen, fast ohne es zu merken.

»Worauf sind Sie also nicht stolz?«, fragte Mia, räusperte sich und riss sich zusammen.

»Wie meinen Sie das?«, fragte Finstad und wirkte jetzt ziemlich verunsichert.

»Sie haben gesagt, Sie sind nicht stolz. Auf was?«, sagte Mia.

»Natürlich. Dass ich sie hintergangen habe.«

»Wen hintergangen?«

»Meine Exfrau?«, sagte Finstad und sah Mia jetzt fragend an. »Steht das nicht in Ihren Unterlagen?«

Mia räusperte sich wieder und merkte, dass sie allmählich sauer wurde auf Munch. Er hatte sie hergeschickt, offenbar ohne die nötigen Informationen über diesen Mann, der ehrlich und rechtschaffen wirkte.

»Das schon«, log sie. »Aber ich muss trotzdem fragen.«

»Dass sie sich auf diese Weise an mir rächen wollte?«, fragte Finstad. »Dass sie alles erfunden hat? Um sich zu rächen? Weil ich sie hintergangen habe? Dass sie später alles zugegeben hat? Dass die Anklage zurückgezogen wurde?«

»Doch, doch, das wissen wir, aber ich muss Ihnen diese Fragen stellen.«

»Sicher, schon klar«, sagte Finstad.

»Es tut mir leid«, sagte Mia aufrichtig.

»Nicht doch«, sagte der gut angezogene Mann und lächelte sie an. »Aber ich bereue es wirklich. Es war nicht richtig von mir. Ich bin eigentlich nicht so, aber, ja …«

»Das geht mich nichts an«, sagte Mia und versuchte, ihn so freundlich anzusehen, wie sie konnte.

Sie merkte, dass die Kopfschmerzen jetzt richtig einsetzten. Scheiß-Munch. Und Scheiß-Curry.

»Was für eine Tragödie«, sagte Anders Finstad und schaute wieder seine Hände an. »Sie war ein ganz besonderer Mensch. Das war sie.«

»War sie oft hier?«

»Camilla, ja.« Finstad nickte. »Zeitweise fast jeden Abend. Sie war eine der wenigen hier, die einen eigenen Schrank haben. Habe ich schon gesagt, dass sie sehr begabt war? Sie hatte so gut wie noch nie auf einem Pferd gesessen, als sie zum ersten Mal hier war. Ich weiß noch …«

»Schrank?«, fiel Mia ihm ins Wort.

»Die besonders eifrigen Reiterinnen haben einen. Alle Sachen sind hier, ist am praktischsten so.«

»Kann ich den sehen?«

»Natürlich.«

Er stand auf, trat vor Mia aus dem Haus und zeigte ihr den Weg zum Stall.

· 25 ·

Isabella Jung hatte es oft gedacht, aber ihr Vater hatte immer gesagt, man dürfe nie vom ersten Eindruck ausgehen. Sie hatte versucht, danach zu leben, nicht ihrem ersten Eindruck zu folgen, aber jetzt war sie sich ihrer Sache ganz sicher, sie konnte Benedikte Riis nicht ausstehen.

Sie saßen alle im Fernsehraum, während sie darauf warteten, dass eine nach der anderen zur Vernehmung gerufen wurde. Und Benedikte Riis war als Erste an die Reihe gekommen, natürlich. Sie hatte unbedingt die Erste sein wollen, weil sie *Camilla am besten gekannt* habe, *ihr am nächsten gestanden* sei, *sie als Letzte lebend gesehen* habe, und Isabella Jung war sich ziemlich sicher, dass das Blödsinn war, denn Benedikte Riis stand keiner anderen nahe als sich selbst. Isabella hatte noch nie so einen ichbezogenen Menschen erlebt, ihre beste Freundin war vermutlich ihr Spiegelbild, und gerade jetzt hätte Isabella der Zicke gern gesagt, sie solle die Klappe halten, tat es aber nicht, aus Respekt vor den anderen im Raum. Die letzten Tage waren für alle ohnehin eine große Belastung gewesen. Isabella Jung war hart im Nehmen, war ihr ganzes Leben allein zurechtgekommen, aber andere hier wurden nicht so leicht damit fertig, dass dieser friedliche Ort sich plötzlich in ein Wespennest verwandelt hatte. Überall Polizei.

Und die vielen Presseleute. Ehe die Sperren aufgestellt worden waren, schienen die aus allen Ritzen zu quellen, und zwei Mädchen waren zusammengebrochen. Zum Glück waren die uniformierten Polizisten dann verschwunden. Jetzt hatten sie nur noch Ermittler in zivil im Haus. Der Alltag war abgesagt worden. Alles stand Kopf. Die Klassenzimmer waren voller Fragen, nicht nach norwegischen Regierungsbezirken und englischen Verben, sondern nach Camilla Green. Benedikte Riis war wie gesagt die Erste gewesen, jetzt war sie wieder da und hielt in dem kleinen Fernsehraum Hof.

»Ich habe es ganz offen gesagt«, sagte Benedikte Riis, »Camilla und ich waren unzertrennlich, wir haben alles geteilt, und wenn *ich* nichts weiß, dann weiß niemand etwas, versteht ihr, was ich meine?«

»Was soll irgendwer wissen?«, fragte Cecilie mit schwacher Stimme.

Die Kleine aus Bergen saß verängstigt in einer Sofaecke, ein Kissen auf dem Schoß, sie schien sich an etwas festhalten zu müssen.

»Hallo? Wissen, was passiert ist, zum Teufel. Bist du blöd, oder was?«

Benedikte Riis hielt sich den Finger an die Schläfe, und Isabella konnte sich nur noch mit Mühe beherrschen.

»Und was hast du gesagt?«

Das war Wenche. Eine von denen, die Isabella nicht so gut kannte. Dunkle kurze Haare, jede Menge Tätowierungen, aus Oslo, ein bisschen tougher als die, mit denen Isabella sich am besten verstand. Gerüchte besagten, sie sei mit einem Biker zusammen gewesen, einem von den Bandidos, und sie sei verhaftet worden bei dem Versuch, in einem

Kinderwagen mit der Dänemarkfähre Heroin zu schmuggeln, aber wenn Isabella hier draußen eins gelernt hatte, dann nicht auf Gerüchte zu hören. Sie hatte das Gefühl, dass alle hier sich ein bisschen tougher gaben, als sie waren, abgesehen von Synne und Cecilie, mit denen Isabella vor allem zusammen war.

Eine Eule?

Es war so viel so schnell passiert, dass sie den Zettel an ihrer Tür fast vergessen hatte. Und die weiße Lilie.

Ich mag dich.

Die Zeichnung darunter.

Ihr Herz hatte einen kleinen Sprung gemacht, als sie die gesehen hatte. Ein heimlicher Verehrer. Der *sie* mochte. Konnte das …? Konnte das der sein, von dem sie es glaubte?

Isabella wurde aus ihren Gedanken gerissen, weil Benedikte Riis' unerträgliche Visage sich aus irgendeinem Grund dicht vor ihrem Gesicht befand.

»Und du sagst auch nichts darüber, ist das klar?«

Benedikte richtete den Zeigefinger auf sie, und alle Mädchen im Zimmer sahen jetzt Isabella an.

»Was?«, fragte Isabella.

»Oh Jesus, bist du taub, oder was?«, seufzte Benedikte.

»Nein«, sagte Isabella ruhig und unterdrückte abermals den Drang, aufzuspringen und dieser nervigen Person eine zu scheuern.

»Ich habe gesagt, keine von uns darf es verraten, das müssen wir uns verdammt noch mal versprechen, klar?«

Sie schaute sich im Zimmer um, und die Zuhörerinnen reagierten. Sogar die total verängstigte Cecilie nickte zaghaft.

»Was denn?«, fragte Isabella.

»Dass sie sich immer in den Wald geschlichen hat«, seufzte Wenche, die sich auf die Fensterbank gesetzt hatte und sich eine Zigarette ansteckte, obwohl alle wussten, dass hier drinnen das Rauchen verboten war.

»Nachts«, fügte Sofia hinzu.

»Das wusste ich nicht«, sagte Isabella.

»Nein, denn du bist grün hier, und nur damit das mal gesagt ist, bild dir ja nicht ein, dass Paulus dich mag, bloß weil er dir bei den Orchideen hilft. Paulus hilft allen bei den *Orchideen,* oder?«

Benedikte Riis lachte laut, und Wenche und Sofia stimmten ein.

»Ich verspreche jedenfalls, nichts zu sagen«, sagte Cecilie leise, sie hatte das Sofakissen fast bis zum Kinn hochgezogen.

»Gut«, sagte Benedikte und nickte.

»Warum soll ich nichts darüber verraten?«, fragte Isabella und spürte, wie der Trotz in ihr aufstieg.

»Weil ich es sage«, sagte Benedikte und hielt ihr den Zeigefinger dicht vors Gesicht.

»Ich mach, was ich will, verdammt noch mal«, sagte Isabella Jung und stand auf.

»Das tust du nicht, dann wird es …«

Benedikte wurde unterbrochen, weil sich die Tür öffnete und Helene hereinkam.

Die blonde Chefin wirkte erschöpft. Normalerweise hätte sie Wenche zusammengestaucht, weil die mit einer Zigarette im Mund auf der Fensterbank saß, an diesem Tag aber geschah das nicht.

»Isabella?«, fragte Helene Eriksen mit schwacher Stimme.

»Ja?« Isabella drehte sich um.

»Du bist dran. Die wollen jetzt mit dir reden.«

• 26 •

Mia Krüger wünschte, mehr geschlafen und nicht die ganze Nacht mit dem Versuch verbracht zu haben, Curry zu trösten, denn dann würde sie mit der Situation besser fertig. Denn als Anders Finstad das Stalltor öffnete, war sie plötzlich wieder sechzehn.

Das hier erinnerte sie an Sigrid.

Mia blieb wie erstarrt im Eingang stehen.

»Die Schrankschlüssel, natürlich, tut mir leid«, sagte der Reitstallbesitzer.

»Kein Problem«, sagte Mia lächelnd.

»Warten Sie hier, ich bin gleich wieder da.«

»Ich hab es nicht eilig«, erwiderte Mia und trat ein paar Schritte von der Türöffnung zurück, während Finstad über den Hofplatz davoneilte.

Zweimal die Woche. Auf der Rückbank im Volvo des Vaters. Ein Reitstall bei Horten. Sie hatten ihr zugesehen, die ganze Familie, Sigrid stolz auf dem schwarzen Pferd, während ihre blonden Haare unter dem Helm flatterten. Sigrid ritt so gern. Anblick und Gerüche brachten die Erinnerungen zurück, und aus irgendeinem Grund wurde Mia davon schlecht.

Warum war sie so …?

Sie tastete sich an der Wand entlang, konnte gerade noch um die Ecke biegen, dann konnte sie ihre Übelkeit nicht länger unterdrücken und erbrach sich. Sie hatte nicht viel im Magen. Mia blieb zusammengekrümmt stehen und rang nach Atem.

Aber zum Teufel?

Es flimmerte vor ihren Augen. Sie hatte in letzter Zeit nicht viel gegessen. Nur getrunken. Tabletten eingeworfen. Sich nicht um sich selbst gekümmert.

»Hier sind Sie?«

Mia schaffte es mit großer Mühe, ein kleines Lächeln aufzusetzen und sich wieder aufzurichten.

»Da sind sie«, sagte Finstad und hielt ein Schlüsselbund hoch.

»Ich müsste nur kurz zur Toilette«, murmelte Mia mit zusammengekniffenem Mund.

»Natürlich«, sagte Finstad, »die ist gleich rechts neben der Eingangstür. Ich zeig sie Ihnen.«

»Das geht schon, ich finde den Weg«, sagte Mia und ging, so schnell sie konnte, zurück über den Hofplatz. In dem kleinen Badezimmer kniete sie sich vor die Kloschüssel und atmete tief durch.

Verflucht.

Irgendwann kam sie wieder auf die Beine, spülte sich über dem Waschbecken den Mund aus und wusch sich das Gesicht, dann musterte sie ihr Spiegelbild. Sie sah leichenblass aus. Wie ein Gespenst. Mia Krüger fürchtete sich nicht oft, aber jetzt spürte sie die Furcht in sich aufsteigen. Ihr Körper hatte reagiert. Heftig. Auf die Erinnerungen an Sigrid im Stall. Sigrid auf dem Rücken des prachtvollen Pferdes.

»Wir sollten wohl ein bisschen über Sigrid reden?«

Vielleicht hatte er doch recht gehabt. Der Psychologe. Er hatte sich gemeldet. *Du hast den letzten Termin verpasst, soll ich einen neuen vorschlagen?* Aber sie hatte nicht geantwortet. Warum sollte sie auch? Sie arbeitete doch wieder. Deshalb war sie bei ihm gewesen. Nicht um ihr Leben auszubreiten. Mia blieb vor dem Spiegel stehen, bis sie merkte, dass so etwas wie Normalität zurückkehrte. Vielleicht hätte sie es doch tun sollen? Sich öffnen? Die ganze Trauer. Das ganze Elend. Die Sehnsucht. Nach Mama, nach Papa, nach Oma. Nach Sigrid. Sie fand in einem Medizinschränkchen neben dem Waschbecken eine Flasche Vademecum und spülte sich gründlich den Mund aus. Sie musterte sich abermals im Spiegel und schüttelte den Kopf.

Nein, nicht ums Verrecken würde sie vor einem Psychologen ihre Seele umstülpen.

Wieder spritzte sie sich kaltes Wasser ins Gesicht.

Natürlich nicht.

Nie im Leben.

Ein Zufall, sonst nichts. Nicht genug geschlafen. Zu viel Stress. Dieser Fall und zu allem Überfluss auch noch dieser blöde Curry. Das hier hatte nichts mit ihrer Psyche zu tun. Sie hatte alles unter Kontrolle. Mia nickte ihrem Spiegelbild zu.

Alles unter Kontrolle.

Sie blieb vor dem Spiegel stehen, bis die Farbe in ihr Gesicht zurückgekehrt war, dann ging sie zurück über den Hofplatz.

»Alles in Ordnung?«, fragte Anders Finstad und sah sie mit leichter Besorgnis an.

»Was?«, fragte Mia lächelnd und folgte ihm in den Stall. »Ja, natürlich. Ist das ihr Schrank?«

Jetzt wieder Polizistin.

»Ja«, sagte Finstad. »Soll ich ihn öffnen?«

»Bringt ja nichts, die Tür von außen zu bewundern, was?«, fragte sie und zwinkerte.

Finstad machte sich ein wenig an den Schlüsseln zu schaffen, ehe er den richtigen gefunden hatte, während Mia ihre Einweghandschuhe aus der Jackentasche zog.

»Soll ich?«, fragte Finstad, als er das Schloss für sie geöffnet hatte.

Er war neugierig auf den Inhalt des Schranks.

»Ich hole Sie, wenn ich Fragen habe«, sagte Mia und wartete, bis er den Stall verlassen hatte. Dann öffnete sie die Schranktür.

Eine rote Reitjacke. Ein Paar kniehohe schwarze Stiefel. Eine beige Hose auf einem Kleiderbügel. Innen an der Schranktür hing ein Zettel. Ein handgeschriebener kleiner Zettel.

Ich mag dich.

Mit einer winzigen Zeichnung darunter.

Ein Vogel.

Das war die ganze Zeit in ihrem Hinterkopf gewesen, ohne dass sie richtig Zeit gehabt hatte, darüber nachzudenken, da Curry plötzlich sternhagelvoll ins Lorry getorkelt war. Darüber, was Munch ihr am Vorabend erzählt hatte. Die Federn am Fundort.

Eulenfedern.

Mia zog das Telefon aus ihrer Jacke und wählte Munchs Nummer. Er meldete sich nicht, deshalb schrieb sie ihm rasch eine Nachricht: Sofort anrufen.

Ich mag dich.

Eine Zeichnung.

Ein Vogel.

Eine Eule.

Mia nahm eine Pastille aus einer Jackentasche, blieb vor dem Schrank stehen und lächelte.

· 27 ·

Es hätte ihn nicht überraschen dürfen, das Licht, aber das tat es trotzdem. Es wollte nicht durch die Wolkendecke durchbrechen, obwohl es mitten am Tag war. Holger Munch steckte sich eine Zigarette an und sah, wie seine kalten Finger von der orangefarbenen Glut angeleuchtet wurden, und wieder kam ihm dieser Gedanke, den er in letzter Zeit so oft hatte. Dass hier oben eigentlich keine Menschen wohnen dürften. So weit im Norden. Ein historischer Irrtum. Die norwegische Bevölkerung bestand aus Nachkommen von Menschen, die sich irgendwann in grauer Vorzeit verirrt haben mussten, warum hätten sie sich sonst diese Kälte ausgesucht, diese Dunkelheit, wo die Erde doch voller Sonne und Strände war, voller fruchtbarer Gegenden, Gärten Eden? Daran erinnerte auf dem dunklen Hofplatz nur wenig. Er schlug die Kapuze seines Dufflecoats hoch und versuchte, in den stundenlangen Gesprächen mit den Mädchen einen roten Faden zu finden. Keine hatte bisher etwas geliefert, was ihnen bei den Ermittlungen weiterhelfen konnte. Alle waren außer sich vor Angst, und obwohl die Mädchen so verschieden waren, war ihnen gemeinsam, dass sie offenbar allesamt nicht gern mit der Polizei redeten.

Munch zog die Jacke fester um sich zusammen und machte noch einen Zug an seiner Zigarette, als die Tür des Hauptgebäudes geöffnet wurde, Helene Eriksen die Treppe herunterkam und auf ihn zuging.

»Sie wissen, dass Sie im Haus rauchen können, so viel Sie wollen«, sagte Helene Eriksen und versuchte ein kleines Lächeln, für das sie sich merklich anstrengen musste.

Sie hatte bei ihrer ersten Begegnung am Boden zerstört gewirkt, und es war deutlich, dass die Ereignisse der letzten Tage ihr keine Hilfe gewesen waren. Der kleine Funke von Leben, den er in ihren Augen gesehen hatte, war ganz erloschen, und sie musste Munch einfach leidtun.

»Sie können auch Kaffee haben«, sagte sie vorsichtig. »Es war sicher ein langer Tag für Sie, das war es ja für uns alle.«

»Hab aufgehört mit Kaffee«, sagte Munch höflich. »Aber ja, eine Tasse Tee könnte mir guttun.«

»Den hab ich auch«, sagte Helene Eriksen und ging vor ihm her die Treppe hoch und in einen kleinen Raum im Erdgeschoss.

»Meine Freistatt«, sagte die blonde Heimleiterin, als Munch sich gesetzt hatte. »Manchmal ist es gut, einen Ort zu haben, an dem man man selbst sein kann.«

Munch legte den Mantel über die Sessellehne und merkte, dass ihm diese Frau, die er gerade erst kennengelernt hatte, immer besser gefiel. Menschen helfen. Ein Heim für Jugendliche in Schwierigkeiten leiten. Ein guter Mensch mit einem großen Herzen.

»Hab keine große Auswahl«, sagte Helene Eriksen und stellte eine Schale voller Teebeutel vor ihn auf den Tisch.

»Ist doch gut so«, sagte Munch. »Egal was, Hauptsache, es vertreibt diese Kälte aus dem Leib.«

»Ja, nicht wahr«, sagte Helene Eriksen und setzte sich in den Sessel ihm gegenüber.

Munch griff sich irgendeinen Teebeutel und füllte seinen

Becher aus dem Wasserkocher, den sie vor ihn hingestellt hatte.

»Darf ich eine?«, fragte sie und zeigte auf die Zigarettenschachtel auf dem Tisch.

»Natürlich.«

»Ich rauche eigentlich nicht«, sagte Helene Eriksen verlegen und steckte sich eine Zigarette zwischen die Lippen. »Hab schon längst damit aufgehört, und es ist ein Mist, wirklich, aber jetzt, ja …«

»Schon klar«, sagte Munch und beugte sich über den Tisch, um ihr das Feuerzeug hinzuhalten.

Helene Eriksen ließ sich zurücksinken und blies den Rauch an die Decke. Sie schien kurz nachzudenken, als habe sie etwas auf dem Herzen, aber sie blieb stumm.

»Wir nähern uns«, sagte Munch, um sie zu beruhigen. »Bald lassen wir Sie in Ruhe, wir sind weit gekommen, haben heute mit fast allen auf der Liste gesprochen.«

»Haben Sie etwas herausgefunden?«

»Ich kann mit Ihnen nicht über Details reden, das verstehen Sie hoffentlich«, sagte Munch. »Aber, ja, ich glaube, wir haben, was wir brauchen.«

»Schön«, sagte Helene lächelnd. »Wenn ich irgendwie helfen kann, dann ja, natürlich. Jederzeit. Sagen Sie einfach Bescheid, ja?«

»Vielen Dank, Helene. Sie waren eine große Hilfe. Das wissen wir zu schätzen.«

»Das ist gut«, sagte sie und zog kurz an der Zigarette, drückte sie im Aschenbecher aus und lächelte Munch noch einmal an.

»Früher zwanzig pro Tag, aber jetzt schaffe ich nur ein paar Züge.«

Helene Eriksen starrte vor sich hin, und Munch dachte plötzlich an Mia, an ihre erste Vernehmung hier draußen.

Sie weiß etwas, hatte Mia gesagt.

Er räusperte sich kurz, drückte seine Kippe aus und stand auf.

»Vielen Dank, aber wir müssen weitermachen. Noch immer etliche Namen auf der Liste.«

»Ja, natürlich«, sagte Helene Eriksen und ging mit ihm aus dem Zimmer.

»Ach, eins noch«, sagte Munch, als sie auf dem Gang standen.

»Ja?«

»Ich habe den Listen mit den Bewohnern und Angestellten entnommen, dass alle heute hier sind, richtig?«

»Richtig.«

»Es ist nur …«, sagte Munch.

»Ja?«

»In einem Punkt bin ich ein wenig unsicher, also vielleicht ist er ja hier, aber wir haben ihn noch nicht vernehmen können.«

»An wen denken Sie da?«

»Rolf Lycke«, sagte Munch und räusperte sich kurz.

»Rolf?«, fragte Helene Eriksen verwundert.

»Ja, arbeitet der hier nicht als Lehrer?«

Helene Eriksen schien nicht ganz zu begreifen, was er meinte.

»Rolf? Der steht auf Ihrer Liste?«

»Genau. Stimmt das nicht?«

Helene schüttelte kurz den Kopf.

»Nein, nein, der hat schon lange aufgehört.«

»Aber früher war er hier?«

»Ja, aber nur für kurze Zeit. Er war, ich würde schon sagen, sehr fähig, wir hätten ihn gern behalten, aber es war nicht die Art Stelle, die er sich wünschte, glaube ich. Ich will zwar nicht schlecht über meine Mädchen reden, aber rein akademisch gesehen ist das Niveau hier nicht so wahnsinnig hoch, darf ich das so sagen? Ich glaube, Rolf Lycke strebte nach Höherem. Wenn Sie mit ihm reden müssen, kann ich das natürlich in die Wege leiten, ich glaube, ich habe seine Nummer noch irgendwo, soll ich?«

»Nein, nein, ich halte mich an die Listen hier«, lehnte Munch dankend ab.

»Okay«, Helene nickte.

Munch erhob sich, als es in seiner Jackentasche vibrierte. Er hatte das Telefon während der Vernehmungen ausgeschaltet, aber wie immer vergessen, auch die Vibrierfunktion zu deaktivieren. Auf dem Display stand *Anette Goli*.

»Ja?«

»Ich glaube, wir haben ihn. Hast du Mia erreicht? Sie wollte dringend mit dir sprechen, sie hat da in diesem Reitstall etwas entdeckt, aber das spielt jetzt keine Rolle mehr ...«

Die Überflieger-Polizeijuristin redete so schnell, dass Munch höchsten die Hälfte verstand.

»Was hast du gesagt?«, fragte er.

»Wir haben ihn«, sagte Anette noch einmal.

»Wen?«

»Wir haben ein Geständnis.«

»Was?«

»Ja«, sagte Anette. »Er ist eben eingetroffen. Wir haben ihn in den Arrest gesteckt. Er sitzt unten in Grønland. Er hat den Mord gestanden.«

»Ich komme sofort«, sagte Munch, drückte das Gespräch weg, schnappte sich den Dufflecoat und lief auf den Hofplatz zu seinem schwarzen Audi.

· 28 ·

Munch öffnete die Tür und stellte fest, dass Mia schon dort saß, in der kleinen Kammer neben dem Vernehmungsraum. Anette Goli lehnte mit verschränkten Armen an der Wand. Mia saß in einem Sessel und aß einen Apfel, sie trug noch immer ihre Lederjacke, und er konnte seiner jungen Kollegin ansehen, dass sie nicht ganz überzeugt war.

»Was wissen wir über ihn?«, fragte Munch, hängte seinen Mantel auf und setzte sich in den Sessel vor dem Spiegelfenster.

»Jim Fuglesang«, sagte Anette Goli. »Zweiunddreißig Jahre alt. Wohnt in Røyken. Keine vierzig Autominuten von der Gärtnerei entfernt. Hat sich vor einer knappen Stunde hier in der Rezeption gemeldet. Hat den Mord an Camilla Green gestanden.«

»Fuglesang? Kann man wirklich so heißen?«, fragte Munch und schaute zu dem Mann im Nachbarzimmer hinüber.

»Ja. Ich habe ihn in den Registern nachgesehen. Er heißt so. Das ist kein Witz. Hat früher bei der Post gearbeitet. Frührentner, ich weiß nicht, warum, aber ich habe Ludvig darauf angesetzt.«

»Warum trägt er einen Fahrradhelm?«

»Er will ihn nicht abnehmen«, sagte Anette und zuckte mit den Schultern.

»Ich glaub das nicht«, sagte Mia und biss wieder in ihren Apfel.

»Warum nicht?«, fragte Munch.

»Hör doch mal, Holger. Die Zeitungen haben die Sache heute Nacht gebracht. Wie oft haben wir das schon erlebt? Leute, die gern mal ein Geständnis machen? Ich weiß verdammt noch mal nicht, warum, aber manche tun alles, um sich Aufmerksamkeit zu verschaffen. Ich begreife ehrlich gesagt nicht, warum wir hier sind, hast du meine Nachricht nicht gekriegt, Holger?«

Munch merkte, dass seine jüngere Kollegin sichtlich genervt war.

»Hatte den ganzen Tag Vernehmungen«, murmelte er.

»Die Zeichnung aus dem Reitstall«, sagte Mia, ohne den Mann mit dem weißen Fahrradhelm aus den Augen zu lassen.

»Welche Zeichnung?«, fragte Munch.

Mia gab keine Antwort.

»Anette?«, fragte Munch und drehte sich um.

Die blonde Polizeijuristin schüttelte den Kopf und wirkte jetzt selbst ein wenig verärgert über die Andeutung, sie habe Mia und Munch grundlos hergeholt. Sie hielt einen Ordner in der Hand, den sie Mia offenbar noch nicht gezeigt hatte, weil sie auf Munch warten wollte.

»Ich bin ja auch nicht ganz blöd«, sagte Anette und legte zwei Fotos auf den Tisch.

»Jim Fuglesang. Zweiunddreißig Jahre. Frührentner. Trägt einen weißen Fahrradhelm, den er nicht abnehmen will. Meldet sich. Gesteht den Mord. Und ja, natürlich, ich bin ja auch nicht neu hier, mir ist das mit den falschen Geständnissen schon klar. Ich hätte euch auch nicht angerufen, wenn er nicht das hier mitgebracht hätte.«

Sie tippte auf die Bilder, die sie ihnen gerade gezeigt hatte. Mia löste zum ersten Mal ihren Blick von dem Mann im Nebenraum und studierte die Fotos.

»Verdammt«, sagte Munch.

»Nicht wahr?«, fragte Anette triumphierend.

»Was zum …?«, fragte Mia und drehte sich zu Anette um.

»Ja, genau«, frohlockte Anette und kreuzte wieder die Arme.

Zwei Fotos. Unscharf, aber die Motive waren ganz deutlich, es gab keinen Zweifel.

»Das begreife ich nicht«, sagte Mia.

»Ich hab doch gesagt, dass wir ihn haben«, triumphierte Anette grinsend.

»Gut«, sagte Munch und stand auf. »Dann wollen wir uns mal anhören, was dieser Irre zu sagen hat.«

• 29 •

Gabriel Mørk saß im Besprechungsraum, während Ludvig die Fotos an der Wand befestigte. Er hatte es noch niemandem gesagt, denn er wollte nicht wie ein aufgeregter Schuljunge wirken, aber er hatte einen überaus spannenden Arbeitstag hinter sich, vielleicht den besten überhaupt, seit er hier war.

Er war unterwegs gewesen. Er war bei den Vernehmungen in der Gärtnerei Hurumlandet dabei gewesen, was sonst eigentlich Munch, Mia und Kim vorbehalten war, aber der Umfang des Falls oder eher die Anzahl an Personen, die vernommen werden mussten, hatte Munch veranlasst, sie alle hinzuschicken, außer Ylva, die im Büro die Stellung hielt und beim Aufbruch der anderen ziemlich neidisch gewirkt hatte.

Gabriel konnte sie gut verstehen. Er hatte sich in den ersten Monaten auch wie ein Außenseiter gefühlt, Routinen und Insidersprüche zwischen den anderen im Team, Zusammenhänge, die er nicht verstand, aber jetzt war es anders. Ein bisschen eigentlich wie eine Taufe. Er lächelte, trank einen Schluck von der Cola vor ihm auf dem Tisch, als Ylva hereinkam und einen Stuhl neben seinen schob.

»Ihr macht es trotzdem?«, fragte die kurzhaarige junge Frau mit einer Kopfbewegung Richtung Ludvig, der soeben ein Bild eines Mädchens aus der Gärtnerei aufgehängt und ihren Namen daruntergeschrieben hatte.

Isabella Jung.

»Wieso denn trotzdem?«, fragte Gabriel.

»Wir haben ihn doch, oder?«

»Das wissen wir noch nicht mit Sicherheit«, sagte Ludvig, befestigte ein weiteres Bild neben dem vorigen und schrieb einen anderen Namen darunter.

Paulus Monsen.

»Anette wirkte ziemlich überzeugt«, sagte Ylva, und wieder hatte Gabriel das gute Gefühl, nicht der Benjamin im Team zu sein, als Ludvig sich umdrehte und Ylva ansah.

»Das ist schon oft passiert«, sagte der ältere Kollege und nahm ein neues Foto.

»Was denn?«, fragte Ylva.

»Dass jemand die Verantwortung für einen Mord auf sich nimmt, den er gar nicht begangen hat«, sagte Gabriel mit einem raschen Blick auf den erfahrenen Ermittler vor der Tafel.

»Genau«, sagte Ludvig und hängte ein weiteres Bild neben die anderen.

Benedikte Riis.

»Sie schien sich ziemlich sicher zu sein«, murmelte Ylva und schob sich ein Stück Kaugummi in den Mund. »Anette, meine ich.«

»Schön wär's«, sagte Ludvig und hängte noch ein Foto auf, diesmal über die anderen.

Helene Eriksen.

»Hat irgendwer was gehört?«, fragte Ylva.

»Noch nicht«, sagte Ludvig und griff zum nächsten Foto.

Cecilie Markussen.

»Ich hoffe, sie haben ihn. Und der Fall ist schon gelöst«, sagte Ylva und blies eine Kaugummiblase.

»Schön wär's. Aber bis wir das genau wissen, halte ich es für wichtig, hier weiterzumachen. Ganz schön viele Leute«, sagte Ludvig mit einem Seufzer und betrachtete seine fast vollendete Bildcollage.

»Ganz schön chaotisch«, sagte Ylva.

»Findest du?«, fragte Ludvig und sah sie an.

»Ach ja, nein«, sagte Ylva verlegen. »Nicht deine Wand, nein, das habe ich nicht gemeint, ich meine den ganzen Fall. Sehr chaotisch, so viele Personen. Schwer zu sagen, wo man anfangen soll, wenn ihr versteht, was ich meine.«

Ludvig hängte das letzte Foto auf und trat einen Schritt zurück, um zu sehen, ob er mit seinem Werk zufrieden sein konnte.

»Wen sehen wir uns hier an?«, fragte Ylva und schaute neugierig zur Bilderwand hinüber.

»Helene Eriksen«, sagte Ludvig. »Die Chefin da draußen, sie hat den Laden auch gegründet.«

Ylva nickte.

»Paulus Monsen. Helenes, ja, wie soll ich sagen, rechte Hand. Fünfundzwanzig. Ehemaliger Bewohner, jetzt eine Art Bursche für alles.«

»Okay.«

»Zwei Lehrkräfte«, sagte nun Ludvig und zeigte auf die Bilder. »Karl Eriksen. Eva Dahl.«

»Und wie waren die?«, fragte Ylva.

»Munch und Kim haben die Lehrer übernommen«, sagte Ludvig, »wir wissen es also noch nicht. Eigentlich ein bisschen schade.«

»Wieso denn schade?«, fragte Ylva.

»Dass wir keine Nachbereitung hatten und alles gemeinsam durchgehen konnten. Ein bisschen konfus das Ganze, will mir scheinen, aber gut.«

Der grauhaarige Mann trat wieder einen Schritt zurück und musterte die Fotowand.

»Nur Mädchen?«, fragte Ylva.

»Was?«, fragte Ludvig, der für einen Moment in seine Gedanken versunken gewesen war.

»Die da draußen wohnen? Dürfen da nur Mädchen wohnen?«

»Das glaube ich eigentlich nicht«, sagte Ludvig. »Gabriel, wie sieht das aus?«

»Nein, es gibt ein Haus für Mädchen und eins für Jungen, aber im Moment wohnen da aus irgendeinem Grund nur Mädchen, so genau wissen wir das nicht, oder, Ludvig?«

Ludvig schüttelte den Kopf und kratzte sich im Nacken.

»Diese acht Mädchen sind also die Bewohnerinnen?«, fragte Ylva und zeigte auf die Fotowand.

In Gabriels Tasche piepste es. Er warf einen raschen Blick auf sein iPhone, wollte eigentlich lieber hören, was Ludvig zu sagen hatte, aber als er die soeben eingegangene Mitteilung sah, vergaß er die Fotos und die anderen im Raum.

Phoenix an Electron, bist du da?

Gabriel brauchte einige Sekunden, um zu begreifen, was er da gelesen hatte.

Skunk?

Die Antwort kam schon nach wenigen Sekunden.

Bin unten. Wichtig.

Unten?

Gabriel schrieb eilig eine Antwort.

Unten wo? Wichtig was?

Auch diesmal antwortete Skunk sofort.

Mariboes gate 13. Hab was für dich. Mädchen mit Blume im Mund.

Mädchen mit Blume im Mund?

Camilla Green? Was zum Teufel hatte Skunk mit der zu tun?

Gabriel sprang auf, murmelte eine Entschuldigung, verließ das Zimmer und hastete die Treppen hinunter.

· 30 ·

Zehnter Oktober. Es ist 17.05. Anwesend im Raum sind der Leiter der Ermittlungseinheit in der Mariboes gate 13, Holger Munch, und Ermittlerin Mia Krüger.«

»Können Sie Ihren vollständigen Namen sagen?«, bat Mia den Mann mit dem Fahrradhelm und zeigte auf das Aufnahmegerät.

Mia wirkte aufgekratzt und ein wenig gereizt, und Munch hätte gern gesagt, sie solle sich beruhigen, verzichtete dann aber darauf.

»Jim«, sagte der Mann.

»Ihr vollständiger Name«, sagte Mia und zeigte wieder auf das Aufnahmegerät.

Der Mann mit dem weißen Fahrradhelm sah sie an.

»Das ist doch mein Name?«, fragte er zaghaft und schaute zu Munch hinüber.

»Den ganzen Namen, auch den Nachnamen.«

»Jim Fuglesang«, sagte der Mann mit dem Helm und starrte wieder die Tischplatte an.

»Sie wissen, dass Sie einen Anwalt dazurufen können?«, fragte Munch und ignorierte den Blick, den Mia ihm zuwarf.

»Was?«

»Einen Rechtsbeistand«, sagte Munch. »Möchten Sie einen Anwalt dabeihaben?«

»Das Hähnchen wollte in den Korb«, sagte der Mann mit dem weißen Fahrradhelm.

Munch zuckte mit den Schultern.

»Sie verzichten also auf die Anwesenheit eines Anwalts?«

Der Mann auf der anderen Seite des Tisches sah Munch an, als ob er nicht ganz begriffen habe, was der meinte.

»Ich hab sie getötet«, sagte der Mann mit dem Helm und setzte sich plötzlich aufrechter hin.

»Wen?«, fragte Mia und beugte sich ein wenig vor.

»Wen?«, fragte Jim Fuglesang und schien nicht so recht zu begreifen.

»Ja, Jim, wen haben Sie getötet?«

Mia hatte sich jetzt ein wenig beruhigt. Ewas an diesem

Mann, der vor ihnen saß, machte es unmöglich, böse auf ihn zu sein. Er sah aus, als ob er gar nicht wüsste, was hier mit ihm passierte.

»Wen haben Sie getötet, Jim?«, fragte Mia noch einmal, diesmal in sanfterem Tonfall.

»Die aus der Zeitung.«

»Welche aus der Zeitung, Jim?«, fragte Munch ruhig.

»Die auf den Federn.«

»Camilla?«

Jim ließ sich mit der Antwort Zeit.

»Ja.« Er nickte zaghaft und schaute wieder die Tischplatte an.

»Haben Sie sie gekannt?«

»Wen?«

»Camilla Green?«

Der Mann mit dem weißen Fahrradhelm sah noch immer aus, als habe er keine Ahnung, wovon Munch redete, aber er nickte trotzdem.

»Woher haben Sie sie gekannt, Jim?«, fragte Mia.

»Es war Sommer«, sagte er. »Da war ein Eichhörnchen. Eichhörnchen mag ich.«

»War das draußen im Wald?«, fragte Mia. »Haben Sie Camilla draußen im Wald gesehen? Ganz zufällig?«

Jim Fuglesang schmunzelte und schien in Gedanken an einen ganz anderen Ort gereist zu sein.

»Den Schwanz mag ich, der ist so buschig und weich, und wenn es so mit den Armen macht. Also mit den Tannenzapfen, wenn es isst. Sie wissen schon.«

»Sie haben also im Wald ein Eichhörnchen gesehen? Im Sommer?«, fragte Munch seufzend und merkte, dass er so langsam die Geduld verlor.

»Ach ja, viele«, sagte der Mann lächelnd. »Die sitzen immer in den hohen Kiefern unten beim Tümpel. Sie wissen doch, da, wo das rote Boot liegt?«

»Haben Sie sie da gesehen?«, fragte Mia. »Unten beim Tümpel?«

»Wen?«, fragte Jim Fuglesang wieder.

»Hören Sie …«, seufzte Munch, verstummte aber, als Mia ihm ein Zeichen gab.

»Sie waren unten beim Weiher«, nahm Mia den Faden wieder auf. »Und haben den Eichhörnchen zugesehen?«

»Ja, da sind die immer«, sagte der Mann.

»Und Sie waren allein dort?«

»Ja«, sagte Jim Fuglesang und nickte. »Das mag ich am liebsten.«

Munch wusste nicht, worauf Mia hinauswollte, er ließ sie aber trotzdem weitermachen.

»Und Camilla, die aus der Zeitung, war nicht da?«

»Nein, die war nicht da, nur das Eichhörnchen. Es sah aus wie eine Mama, das hab ich gedacht, denn ich dachte, ich hätte ein Eichhörnchenkind gesehen, das war nur zuerst, danach habe ich nur das andere gesehen, und dann, ja, wenn sie sich ein bisschen bücken.«

Jim Fuglesang senkte ein wenig den Kopf, schaute vorsichtig hin und her und legte den Finger an die Lippen.

»Ganz still, sonst laufen die weg.«

»Also, beim Weiher?«, fragte Mia und lächelte ein wenig. »Haben Sie diese hier beim Tümpel gemacht?«

Sie öffnete den Ordner, nahm die beiden Fotos heraus, die Anette ihnen gezeigt hatte, und schob sie über den Tisch.

Der Mann mit dem weißen Fahrradhelm reagierte, er hob den Blick von den Bildern und starrte die Wand an.

»Maria Theresa«, sagte er und fing an, sich leichte Schläge auf den Fahrradhelm zu verpassen.

»Camilla«, seufzte Munch und konnte sich jetzt nicht länger beherrschen.

»Maria Theresa«, sagte Fuglesang noch einmal und schien jetzt ganz verschwinden zu wollen. »Vier weiße Steine.«

»Camilla«, sagte Munch, lauter diesmal.

»Vierzehn Minuten bei gutem Wetter. Sechzehn Minuten zurück.«

»Hören Sie«, sagte Munch gereizt, aber Mia bedeutete ihm wieder zu schweigen.

»Wir hatten einmal im Garten ein Eichhörnchen«, sagte sie. »Als ich klein war. Wir hatten Sonnenblumenkerne auf das Vogelbrett gestreut, und als wir nachsehen wollten, ob Vögel gekommen waren, saß da ein Eichhörnchen.«

Jim Fuglesang hielt inne, starrte aber weiterhin die Wand an.

»Meine Schwester und ich«, fuhr Mia fort, »wir haben Körner gestreut, und dann kam es wieder. Wir saßen hinter den Wohnzimmervorhängen und warteten, es kam jeden Tag fast um dieselbe Zeit. Aber wissen Sie, was wir damals schwierig fanden?«

»Nein?«, fragte Jim Fuglesang neugierig und drehte sich zu Mia und Munch um.

»Wir wussten nicht, ob wir es A-Hörnchen oder B-Hörnchen nennen sollten.«

Munch wusste nicht so recht, was er von der Sache halten sollte, aber er ließ Mia einfach weitermachen.

»Meine Zwillingsschwester war für A-Hörnchen, aber ich wollte lieber B-Hörnchen.«

»A-Hörnchen und B-Hörnchen haben Micky Maus den

ganzen Weihnachtsbaum ruiniert«, sagte Jim Fuglesang und lachte.

»Das weiß ich«, antwortete Mia lächelnd.

»Er hat sie nicht erwischt, und da wurde er böse. Und er hatte alles so schön für Weihnachten geschmückt, aber dann war alles kaputt.«

»Ja. Wir haben uns nie entscheiden können, aber wir haben Fotos gemacht, und darüber freue ich mich jetzt.«

»Vom Eichhörnchen?«, fragte Jim.

»Ja.« Mia nickte. »Wir haben sie in unser Zimmer gehängt, damit wir sie jeden Abend vor dem Schlafengehen ansehen konnten.«

»B-Hörnchen war das dicke und witzige«, sagte der Mann mit dem Helm grinsend und sah für einen Moment aus, als wollte er wieder in seine eigene Welt abdriften, doch Mia holte ihn zurück.

»Sie fotografieren auch gern, ja?«

»Ja«, nickte Jim.

»Und Sie haben diese Bilder hier gemacht?«, fragte Mia weiter und legte ruhig die Hand auf die Fotos vor ihnen auf dem Tisch.

Wieder nickte der Mann mit dem weißen Fahrradhelm und konnte Mia jetzt ansehen.

»Wissen Sie, was ich glaube, Jim?«, fragte Mia. »Wir vergessen das mit Camilla. Das mit dem Mädchen auf den Federn.«

»Ja?« Fuglesang war überrascht.

»Ja, wir vergessen sie, sie ist nicht so wichtig«, sagte Mia. »Sie haben Camilla nicht umgebracht, warum hätten Sie das tun sollen? Sie kannten sie ja nicht einmal, und Sie sind doch lieb, niemals würden Sie so etwas tun, oder?«

»Nein, niemals.« Jim Fuglesang schüttelte den Kopf.

»Sie haben sie nicht einmal gekannt, oder?«

»Nein, ich bin ihr nie begegnet.«

»Sie hatten nur ein bisschen Angst, oder? Als Sie die Zeitungen gesehen haben, und das ist doch auch kein Wunder, oder? Ich hätte an Ihrer Stelle auch ein bisschen Angst gehabt, du nicht, Holger?«

»Doch, natürlich«, würgte Munch hervor.

»Da sehen Sie, Jim. Wir hätten alle Angst gehabt, denn Sie hatten diese Fotos, nicht wahr?«

»Ich war das nicht«, beteuerte Jim, jetzt mit Tränen in den Augen.

»Natürlich waren Sie das nicht«, sagte Mia resolut.

»Ich hab die Katze nicht getötet.«

»Natürlich haben Sie die Katze nicht getötet.«

»Und den Hund auch nicht.«

»Natürlich den Hund auch nicht«, sagte Mia. »Sie würden doch niemandem etwas antun, oder, Jim?«

»Nein«, sagte Fuglesang und wischte sich eine Träne ab.

»Ich finde, das haben Sie gut gemacht«, sagte Mia.

»Was denn?«

»Dass Sie mit den Fotos zu uns gekommen sind. Sie helfen uns. Natürlich waren Sie das nicht. Aber wir wüssten gern, wo Sie die Fotos gemacht haben, verstehen Sie?«

»Von Hund und Katze?«, fragte der Mann mit dem Fahrradhelm.

Zwei Fotos. Fast identisch. Kerzen, zu einem Pentagramm aufgestellt. Betten aus Federn. Auf dem einen lag eine Katze. Auf dem anderen ein Hund. Beide tot. Und die Pfoten in derselben seltsamen Haltung drapiert wie Camilla Greens Hände. Eine nach oben. Eine am Körper.

»War das in der Nähe des Eichhörnchens?«, fragte Mia vorsichtig.

»Da waren Wölfe im Laden«, sagte der Mann mit dem weißen Fahrradhelm, der sie jetzt wieder zu verlassen schien.

»Jim?«, fragte Mia. »Unten beim Weiher. Bei dem roten Boot?«

Der Anblick der Fotos schien den Mann aus der Fassung zu bringen. Er fing wieder an, sich auf den Helm zu schlagen, und starrte abermals zur Wand hinüber.

»Maria Theresa«, murmelte er.

»Jim«, sagte Mia noch einmal eindringlich.

»Vier weiße Steine.«

»Jim, wissen Sie noch, wo Sie diese Bilder gemacht haben?«

»Das rote Boot«, sagte Fuglesang und fing an, sich stärker auf den Helm zu schlagen.

»Camilla«, sagte Munch ungeduldig.

»War das am selben Ort?«, fragte Mia. »War das zur selben Zeit?«

»Maria Theresa«, wiederholte der Mann mit dem Fahrradhelm. »Vier weiße Steine. Das Hähnchen wollte in den Korb.«

»Jim?«, fragte Mia wieder. »Wo haben Sie diese Bilder gemacht? Wann haben Sie diese Bilder gemacht? War das am selben Ort? War das zur selben Zeit?«

»Dienstags ist es besser, sich im Badezimmer zu verstecken«, sagte der Mann mit dem Helm und war wieder ganz in seiner Welt.

In diesem Moment wurde an die Tür geklopft, und Anette Goli schaute herein.

Mia Krüger sah die blonde Polizeijuristin gereizt an.

»Ludvig hat sie erreicht«, sagte Anette und nickte Munch zu. »Können wir das auf dem Gang besprechen?«

Munch schaute Mia an, und die schüttelte wütend den Kopf.

»Na gut.«

Der Ermittler stand auf, verließ den Raum und zog vorsichtig die Tür hinter sich zu.

• 31 •

Im Justisen war zum Glück nicht viel los, und sie hatten einen Tisch gefunden, wo sie ungestört waren. Munch wollte natürlich lieber draußen sitzen, um rauchen zu können, aber es war zu kalt.

Er legte den Mantel ab und nahm Mia gegenüber Platz, die schon ein Bier vor sich stehen hatte und über ihren Notizen grübelte. Er bestellte ein Mineralwasser und dachte, sie hätten vielleicht besser zuerst die Nachbesprechung mit der ganzen Mannschaft abhalten sollen, aber irgendwie mochte er diese Treffen. Mia und er im Justisen. Es musste reichen, dass er für den nächsten Morgen zu einer Besprechung gebeten hatte. Sie hatten ohnehin alle einen langen Tag hinter sich.

»Also?«, fragte Munch.

»Also was?«, fragte Mia zurück und leerte ihr Bier, ohne von ihren Notizen aufzusehen.

»Jim Fuglesang. Nicht unser Mann, das sehen wir doch beide so?«

Mia schüttelte den Kopf und schien keine Lust zum Reden zu haben.

»Natürlich nicht«, sagte sie dann, noch immer ohne ihn anzusehen.

Patient in der Klinik Dikemark. Viele Aufenthalte. Manchmal zu Hause in seiner Wohnung, aber betreut. Ludvig hatte natürlich, wie immer, die richtigen Anrufe getätigt, die richtigen Personen gefunden, und obwohl Munch mit dem Gedanken gespielt hatte, Jim Fuglesang über Nacht dazubehalten, hatte er sich am Ende entschieden, ihn denen anzuvertrauen, die ihn abholen kamen.

»Ich kapier verdammt noch mal diese Fotos nicht«, sagte Mia und hob zum ersten Mal den Blick von ihren Notizen.

Sie winkte dem Kellner und bat um noch ein Bier und einen Jägermeister, dann nagte sie ein wenig an ihrem Kugelschreiber und blickte ins Nichts.

»Ich meine, ich habe schon viele seltsame Dinge gesehen.«

»Dasselbe Ritual, aber mit einer Katze? Und einem Hund?«, fragte Munch und sah sie an.

Holger Munch war ohne Frage einer der fähigsten Ermittler des Landes, aber ab und zu kam er sich vor wie ein Assistent von Mia Krüger. Mit der Aufgabe, sie auf die richtige Spur zu bringen. Er seufzte leise, wünschte sich eine Zigarette, und dann fiel ihm ein, dass er vergessen hatte, die SMS zu beantworten, die Miriam ihm geschickt hatte.

Müsste mal mit dir sprechen, Papa. Wichtig. Kannst du anrufen?

Das musste warten. Seit sie draußen im Wald Camilla Green gefunden hatten, hatte er keine Minute Ruhe gehabt.

»In derselben Haltung. Auf einem Bett aus Federn. Eine

Katze. Und ein Hund. Aber jetzt lassen wir das mal«, sagte er und trank einen Schluck aus der Flasche, die vor ihm stand.

»Was?«, fragte Mia nicht mehr ganz so geistesabwesend.

»Ich habe gesagt, wir lassen das jetzt mal beiseite«, sagte Munch noch einmal.

»Warum denn?«, fragte Mia.

»Na, wir haben es doch«, sagte Munch. »Zwei Fotos. Die gleiche Art von Fundstätte. Federn. Katze. Hund. Sogar Pfoten, die im selben Winkel drapiert sind wie bei Camilla Green. Okay, was haben wir sonst noch?«

Mia leerte den Jägermeister, trank einen Schluck Bier und legte den Stift aus der Hand. »Den Zettel, den ich in Camillas Schrank gefunden habe«, sagte sie. »Hast du das Bild bekommen, das ich dir geschickt habe?«

Munch nickte.

»Ich mag dich. Eine Eule.«

»Jedenfalls eine Zeichnung von etwas, das aussieht wie ein Vogel«, sagte Munch. »Ich konnte nicht erkennen, ob das eine Eule war.«

»Ich meine, Eulenfedern.«

»Doch, schon.« Munch nickte. »Aber Ludvig hat ja gesagt, das ist nur vorläufig, die Technik ist jetzt schon weitergekommen.«

»Aber dennoch«, meinte Mia und trank einen großen Schluck Bier.

»Sehe ich auch so«, sagte Munch und nickte. »Wir haben die Telefonlisten, die Gabriel besorgt hat.«

Mia nickte. »Die Mitteilung, dass es ihr gut geht, und die aus der Gärtnerei geschickt wurde.«

»Nicht unbedingt von dort. Aber aus der Nähe.«

»Derselbe Sendemast?«

»Ja.«

»Camilla war verschwunden. Und jemand hat ihr Telefon gehabt und mitgeteilt, alles sei in Ordnung, von einem Ort in der Nähe der Stelle, wo sie verschwunden ist.«

»Wenn sie das nicht selbst geschrieben hat«, sagte Munch.

»Glauben wir das denn?«

»Na ja, ich weiß nicht, ich versuche nur in mehrere Richtungen zu denken.«

Mia nickte. »Nehmen wir mal an, dass sie diese SMS nicht selbst geschickt hat. Das heißt, dass die Person, die wir suchen, Zugang zur Gärtnerei hat.«

»Oder in der Nähe wohnt«, meinte Munch.

»Genau«, sagte Mia.

Munch sah, dass Mia wieder dabei war, in Gedanken zu versinken, und nutzte die Gelegenheit, sich zu entschuldigen und zum Rauchen nach draußen zu gehen.

Dort standen schon andere, frierend unter den Heizlampen, aber Munch fand eine Ecke für sich und zog das Telefon aus der Jackentasche.

Müsste mal mit dir sprechen. Wichtig.

Er suchte sich mit kalten Fingern Miriams Nummer, landete aber nur bei ihrem Anrufbeantworter.

Hallo, hier ist der Anschluss von Miriam Munch. Ich kann leider im Moment nicht ans Telefon gehen …

Munch wählte die Nummer noch einige Male, erreichte aber weiterhin nur den Anrufbeantworter. Er rauchte seine Zigarette zu Ende, dann ging er wieder zu Mia, die sich bereits noch ein Bier und einen Jägermeister bestellt und ihre schmalen Schultern über die Notizen gesenkt hatte.

»Dieser Finstad«, sagte Munch, um sie aus ihren Gedanken zu reißen.

»Was?«

»Anders Finstad. Die Bilder von diesen Mädchen?«

»Ich hatte das Gefühl, dass er in Ordnung ist. Sich kümmert. Alles war gediegen, gepflegt. Mit viel Liebe, man konnte das den Gebäuden förmlich ansehen, verstehst du?«

Munch konnte ihr nicht ganz folgen, verließ sich aber auf ihr Urteil, auch wenn ihre Augen jetzt vom Alkohol glasig wurden.

»Das stimmte also, das mit der Exfrau?«

»Was weiß denn ich, aber ich hatte jedenfalls das Gefühl, dass er die Wahrheit sagte.«

Sie trommelte mit den Fingern auf den Tisch und schob sich die langen dunklen Haare hinters Ohr.

»Er ist also raus?«

»Nein, nicht raus, aber er steht auch nicht an erster Stelle, meine ich. Wen hast du?«

»Auf der Liste?«

»Ja. Aus der Gärtnerei.«

Munch merkte, dass er jetzt müde wurde. Es war wirklich ein langer Tag gewesen.

»Helene Eriksen?«, fragte Mia. »Rein oder raus?«

Munch riss sich zusammen und überlegte.

»Ich finde sie sehr sympathisch, aber rein.«

»Dieser Paulus?«

»Bleibt weiterhin auf der Liste«, sagte Munch und nickte.

»Und dann diese Mädchen.« Mia überflog ihre Notizen. »Isabella Jung? Benedikte Riis? Cecilie Markussen?«

Munch unterdrückte ein Gähnen.

»Zu früh, um etwas zu sagen. Wenn du mich fragst, dann rein mit allen, wir sehen nach der Besprechung morgen früh weiter.«

Mia leerte ihren Jägermeister und erhielt eine Nachricht auf ihrem Handy.

»Fuck«, fluchte sie.

»Was?«, fragte Munch.

»Curry«, sagte Mia und seufzte.

»Was ist es denn diesmal?«

»Hat gesoffen«, sagte Mia. »Braucht wieder einen Schlafplatz.«

»Probleme zu Hause?«, fragte Munch und leerte sein Wasser.

»Wieder Streit mit Sunniva«, murmelte Mia und schüttelte den Kopf. »Diesmal offenbar richtig.«

»Sieh an«, sagte Munch.

»Tut mir leid, aber ich wusste nicht so recht, was ich dir sagen sollte.«

»Ich bin ja auch nicht von gestern. Aber …«

»Aber was?«

»Nein, aber was erwartest du?«, sagte Munch. »Ich weiß, dass du Jon gern magst, aber ich brauche Leute, auf die ich mich verlassen kann.«

»Kim verschwindet, Curry verschwindet. Vielleicht sind am Ende nur noch wir zwei übrig«, sagte Mia augenzwinkernd.

»Ist gerade nicht mein dringlichstes Problem, merke ich«, sagte Munch und erhob sich.

»Gehst du schon?«, fragte Mia.

»Ja. Muss schlafen. Wir machen morgen weiter.«

Er zog seinen Mantel an, und sein Telefon klingelte. Er

unterdrückte ein weiteres Gähnen und schaute auf das Display. Gabriel Mørk. Munch spielte mit dem Gedanken, das Gespräch wegzudrücken, nahm es dann aber an.

»Munch?«

Am anderen Ende war es still.

»Hallo?«

Noch immer kein Ton.

»Bist du da, Gabriel? Was ist los?«

Mia sah von ihren Unterlagen auf.

»Du musst kommen.«

»Was ist los? Was passiert?«

»Du musst kommen«, sagte Gabriel noch einmal.

»Wohin denn?«, fragte Munch.

»Ich muss dir etwas zeigen.«

Der Hacker schien total außer sich zu sein.

»Kann das nicht bis morgen warten?«

»Nein«, sagte Gabriel. »Absolut nicht.«

»Dein Ernst?«

»Ja.«

»Du bist im Büro?«

»Ja.«

»Gut, ich bin unterwegs«, sagte Munch und legte auf.

»Was?«, fragte Mia.

»Gabriel. Ich soll sofort ins Büro kommen. Kommst du auch?«

»Natürlich«, sagte Mia.

• Teil IV •

· 32 ·

Sunniva Rød lief die letzten Treppenstufen hoch, hängte ihre Jacke an die Garderobe. Sie nahm die Schwesterntracht aus dem Schrank und seufzte, als sie sie anzog. Sunniva arbeitete seit fast acht Jahren hier, und anfangs hatte sie diese enge altmodische Tracht durchaus niedlich gefunden, aber jetzt hatte sie sie reichlich satt. Nicht nur die Tracht, sondern die ganze Arbeit.

Sunniva seufzte und ging in den Pausenraum, um sich einen Kaffee zu kochen.

Fidschi. Azurblaues Meer, Palmen und Freiheit.

Sie hatten fast ein ganzes Jahr gespart, und sie hatte sich so gefreut. Den ganzen Winter nur Kälte und Dunkelheit, kein Urlaub, sie hatten sogar die Sommerferien ausfallen lassen, sie hatte jeden Dienst übernommen, der zu haben war, aber das hatte ihr nichts ausgemacht, denn im Januar würden sie nach Fidschi fliegen. Für einen ganzen Monat.

Und dann hatte er es verdammt noch mal wieder getan. Das ganze Geld verzockt. Sich volllaufen lassen und das Geld verzockt. Wieder. Und diesmal hatte sie genug. Es reichte. Sie liebte Curry sehr, das stand fest, aber jetzt konnte sie nicht mehr. Sie hatte ihre Zweifel gehabt, als sie sich kennenlernten, er war ein bisschen ungeschickt und prahlte gern, war etwas anders, als sie sich einen Liebhaber vorstellte, aber das hatte sich bald gelegt. Sie hatte sich verliebt. Sie waren ein Paar geworden. Sie passten zueinander, auch wenn er ab und zu nicht ganz perfekt war. Er arbeitete zu den seltsamsten Zeiten, aber damit konnte Sunniva leben. Sogar bei seinem Alkoholkonsum hatte sie ein Auge zugedrückt, aber das hier?

Nein, verdammt. Jetzt reichte es.

Die Reise zu den Fidschis?

Nein. Das war der Tropfen, der das Fass zum Überlaufen gebracht hatte. Sie hatte ihn vor die Tür gesetzt, und jetzt war ihr das auch egal. Es war ihre Wohnung. Ihr Vater hatte ihnen vor einigen Jahren Geld gegeben, als sie sich gern etwas kaufen wollten. Und jetzt gehörte sie nur ihr. Das war ein wunderbares Gefühl.

Sunniva verließ mit ihrer Kaffeetasse den Pausenraum und machte sich für die Morgenbesprechung bereit. Die Nachtschicht war zu Ende, die Vormittagsschicht würde bald beginnen, und alle sollten über die nächtlichen Ereignisse informiert werden. Das Helenenstift war ein Haus, in dem ältere Menschen ihre letzten Tage verbrachten, oder Wochen oder Monate, und meistens war es still hier. Ab und zu ein Arztbesuch. Umstellung der Medikamentendosen.

Nach der Morgenbesprechung nahm sie sich Zeit für einen zweiten Kaffee, ehe sie sich an ihre Morgenrunde machte. Sie brauchte das. Sie hatte nämlich an diesem Tag Torvald Sund auf ihrer Liste.

Den verrückten Pfarrer.

So nannten sie ihn. Sie wussten nicht genau, weshalb, aber der alte Mann hatte etwas an sich, etwas Düsteres in seinem Blick, sie hatte ein unbehagliches Gefühl, wenn sie in seine Nähe kam.

Sunniva setzte ein Lächeln auf und brachte das Frühstück in sein Zimmer. Zum Glück schlief der Pfarrer, deshalb stellte sie das Tablett auf den Nachttisch. Ein Butterbrot mit Lachs und Kapern. Kamillentee mit Honig und ein Glas Apfelsinensaft. An den Mahlzeiten im Helenenstift war nichts auszusetzen.

Sunniva wollte das Zimmer gerade wieder verlassen, als der Pfarrer plötzlich die Augen aufschlug.

»Ich komme nicht in den Himmel«, rief der alte Mann und starrte sie an.

»Doch, natürlich tun Sie das«, sagte sie beschwichtigend, als sie sich ein wenig gefasst hatte.

»Nein. Ich habe gesündigt.«

Der alte Mann wirkte vollständig weggetreten.

»Oh Gott, vergib mir. Oh Vater, lieber Vater, ich wusste nicht, ich wusste nicht, lass mich für meine Sünden büßen.«

Der Mann hob die dünnen Arme und sah zur Decke.

»Warum hört denn niemand?« Der Pfarrer stand mit dreimal zehn Gramm Diazepam auf der Medizinkarte. Sunniva schaute sich den Tropf an und stellte fest, dass er leer war. Die Nachtwache hatte nicht aufgefüllt. Sie schüttelte leicht gereizt den Kopf und nahm den Behälter vom Gestell.

»Nein«, murmelte der alte Mann plötzlich.

Sunniva sah ihn an.

»Nein, nein«, sagte der Pfarrer wieder und zeigte mit einem krummen Finger auf den Plastikbehälter in ihrer Hand.

Sie begriff erst nach einigen Sekunden, was er meinte.

»Wollen Sie keine Medizin?«

Der alte Mann schüttelte den Kopf und zeigte auf ein Buch auf seinem Nachttisch.

»Die Bibel? Soll ich Ihnen vorlesen?«

Der Pfarrer schüttelte den Kopf und sah sie mit Augen an, die jetzt ein wenig klarer wirkten.

Er murmelte etwas, das Sunniva zuerst nicht verstehen konnte, aber als er es wiederholte, begriff sie, dass sie den Nachttisch öffnen sollte.

Sie hängte den Tropf wieder an das Gestell, ging um das Bett herum, setzte sich vor den Nachttisch und öffnete ihn. Darin lag eine Zeitung. Eine alte Ausgabe der *VG*. Sunniva nahm die Zeitung und hielt sie hoch.

»Diese?«

Der alte Mann nickte. Er lächelte jetzt ein wenig.

»Die«, sagte er und zeigte darauf.

»Wer?«, fragte Sunniva.

»Die Kinder brennen«, flüsterte der alte Mann, und sein Blick war nicht mehr so klar.

»Torvald?« Sunniva legte ihm die Hand auf die Stirn. Sie war glühend heiß.

»Torvald?«

Keine Reaktion.

Der alte Mann war nicht mehr bei Bewusstsein, seine Augenlider waren langsam zugeglitten, und die Hand, mit der er auf das Bild gezeigt hatte, hing kraftlos herab.

Sunniva Rød legte die Zeitung wieder in den Nachttisch, zog die Decke über den alten Pfarrer, ging ins Depot und holte Nachschub für den Tropf, schob die Kanüle in die alte runzlige Hand, überzeugte sich davon, dass der alte

Mann tief schlief, zog vorsichtig die Tür hinter sich zu und setzte ihre Morgenrunde fort.

· 33 ·

Gabriel Mørk saß reglos auf einem Stuhl ganz hinten im Besprechungsraum. Er hatte seit vierundzwanzig Stunden nicht geschlafen, war aber kein bisschen müde. Er hatte sich nachts mehrmals übergeben, sein Magen war leer, aber er hatte keinen Hunger. Er stand unter Schock, das musste es sein. Als Skunk am Vorabend plötzlich vor dem Haus gestanden hatte und ihn sprechen wollte, war Gabriel natürlich ungeheuer neugierig gewesen, aber darauf war er nun doch nicht vorbereitet gewesen.

Munch stand vorn neben dem Beamer und sah total erschöpft aus. Sie hatten alle nicht geschlafen. Mia und Munch waren die ganze Nacht mit ihm zusammen gewesen. Anette war gegen drei Uhr gekommen, Curry kurz darauf. Die Einzigen, die ihn noch nicht gesehen hatten, waren Kim, Ylva und Ludvig, und das sollten sie nun, den grauenhaften Film noch einmal sehen, und um ganz ehrlich zu sein, wusste Gabriel Mørk nicht, ob er das ertragen könnte.

»Wie ihr jetzt alle wisst«, sagte Munch, räusperte sich und schaute in die schweigende Runde. »Wurde Gabriel gestern Abend von einem alten Kollegen namens …«

Munch schaute rasch zu Gabriel hinüber.

»Skunk«, murmelte der Junge.

»Von einem alten Hackerkollegen namens Skunk aufgesucht, der einen Film gefunden hat. Irgendwo im Netz, auf einem geheimen Server. Und wenn ich das richtig verstanden habe, schwärmt dieser Hacker nicht gerade für die Polizei, deshalb können wir uns wohl bei dem jungen Gabriel dafür bedanken, dass der Film bei uns gelandet ist.«

Jetzt drehten sich die anderen zu ihm um und nickten kurz. Gabriel fand es gut, dass Munch versuchte, ihn in ein etwas besseres Licht zu rücken, aber es half nicht viel. Gabriel Mørk hatte in seinem Leben schon allerlei gesehen, bei seinen vielen Unternehmungen im Netz, auch unten im »dark web«, aber nichts war hiermit zu vergleichen. Er merkte, dass er sich fast noch einmal übergeben musste, ihm war schon wieder schlecht. Er hatte sich nach der Tour zur Gärtnerei Hurumlandet so toll gefühlt, eine Stufe höher, kein blutiger Anfänger mehr, aber jetzt war er wieder da, wo er damals vor sechs Monaten unten auf der Straße gewesen war. Ein kleiner Junge, dem beim Anblick der entsetzlichen Szenen auf dem kurzen Filmstreifen schlecht geworden war, einfach nicht professionell. Er legte die Hände in den Schoß, versuchte, ruhig zu atmen, wollte vor seinen Kollegen doch nicht unbrauchbar wirkten, obwohl er das Gefühl hatte, dass es vielleicht schon zu spät war.

»Wie ihr wisst«, sagte jetzt Munch, »wurde Camilla Green in einer ganz anderen körperlichen Verfassung gefunden als der, in der sie verschwunden war. Sie war sehr dünn, fast abgemagert, hatte Blasen und Schrammen an Händen und Knien und blaue Flecken am ganzen Körper. Außerdem hat die Obduktion gezeigt, dass ihr Mageninhalt nur aus Pellets bestand, also Tierfutter, und Gabriel und seinem alten Kollegen haben wir zu verdanken, dass wir jetzt den Grund dafür sehen werden.«

Gabriel bemerkte, dass Ylva mit einer Mischung aus Neugier und Angst zu ihm herüberschaute. Die Neue im

Team schien sich nicht wohlzufühlen, als ob sie am liebsten gar nicht hier wäre.

»Machst du das Licht aus, Ludvig?«, fragte Munch.

Ludvig stand auf und schaltete das Licht aus, und es wurde ganz still im Raum, während Munch die kurze Filmsequenz abspielte.

Gabriel hob den Blick und zwang sich hinzusehen. Vielleicht konnte er es diesmal so machen wie Mia und Munch. Mit Polizistenaugen hinschauen. Spuren suchen. Versuchen zu verstehen. Nicht wie ein normaler Mensch, wie beim ersten Mal, ein normaler Mensch, der Erniedrigung und Verzweiflung einer Siebzehnjährigen mit ansehen muss.

Der Anfang ganz schwarz. Als habe jemand in einem stockfinsteren Raum gefilmt. Aber dann tauchte sie auf, Camilla Green, und Gabriel hatte den Film während der Nacht wie gesagt mehrmals gesehen, aber dennoch konnte er kaum glauben, was er hier sah. Es sah aus wie ein Kellerraum. Zuerst ganz dunkel, aber dann kam langsam Licht, und das große Rad war zu sehen. Es war eine Art Käfig. Wie für eine Maus oder einen Hamster, vielleicht, nur eben viel größer, wie für einen Menschen. Camilla Green saß in einem sich drehenden Rad, und Gabriel hatte zuerst nicht begriffen, was da vor sich ging, aber dann war es ihm aufgegangen, als Camilla Green langsam auf allen vieren in das große schwere Rad kroch und das Licht eingeschaltet wurde. Sie war in einem Keller gefangen. In einem Käfig. Ohne Licht. Und um die Lampen zum Leuchten zu bringen, musste sie sich bewegen. Kriechen, um das große Rad in Bewegung zu setzen.

Gabriel musste sich abwenden, als Camilla sich im Rad

vorsichtig erhob, in einem Versuch, es schneller laufen zu lassen. Und nun wurde die Schrift an der Wand deutlich.

Die Auserwählte.

Als Camilla verzweifelt versuchte, das große Rad schneller und schneller werden zu lassen. Jemand hatte mit weißer Farbe diese Buchstaben an die graue Mauer hinter ihr gemalt.

Die Auserwählte.

Gabriel hob den Blick wieder zum Bildschirm, als Camilla es geschafft hatte, sich aufzurichten und das Rad anzutreiben. Einen Fuß vor den anderen, so schnell und sicher, wie sie nur konnte, und Gabriel hatte das zuerst auch nicht begriffen. Warum das dünne junge Mädchen weiter so schnell lief, das Licht brannte doch jetzt, aber plötzlich öffnete sich eine Luke und etwas strömte heraus und auf den Boden.

Essen.

Deshalb musste sie so schnell laufen.

Um etwas zu essen zu bekommen.

Gabriel konnte nicht mehr hinschauen.

Pellets.

Fast hätte er sich abermals erbrochen.

Camilla Green musste in einem Rad laufen, um Licht zu bekommen. Und um Essen zu bekommen.

Tierfutter.

Jetzt ging es nicht mehr. Er konnte nicht mehr hinschauen. Gabriel presste sich die Hand auf den Mund, stürzte aus dem Raum, riss die Tür zur Toilette auf und lag dann auf den Knien, während die Magensäure durch seinen Mund floss und wie ein Wasserfall in die Toilettenschüssel strömte.

»Alles in Ordnung, Gabriel?«

Der Hacker konnte nicht antworten, registrierte kaum, dass die Tür hinter ihm geöffnet wurde und Mia hereinkam.

Mia hielt einen Waschlappen unter den Hahn und reichte ihn ihm, kniete sich neben ihn, während er sich mit dem kalten Wasser das Gesicht abkühlte.

»Es geht schon«, murmelte er zaghaft.

So wollte er ja nun nicht gerade auftreten. Schon gar nicht vor Mia Krüger. Als Warmduscher, der die mit diesem Job verbundenen Belastungen nicht ertragen konnte, aber es war jetzt zu spät für diese Gedanken, es war eine zu lange Nacht gewesen. Irgendwann konnte Gabriel aufstehen, die Spülung betätigen, sich auf den Klodeckel setzen und sich den kalten Waschlappen wieder aufs Gesicht drücken.

»Ich glaube, du solltest jetzt besser nach Hause gehen«, sagte seine freundliche Kollegin. »Wir machen das dann später.«

Gabriel fuhr sich noch einmal mit dem wunderbaren Lappen über die Stirn und rätselte, was sie meinte.

»Was denn?«, murmelte er und schaute zu ihr auf.

Mia legte ihm die Hand auf die Schulter.

»Ich weiß, es ist hart, aber wir müssen es wissen.«

»Was denn wissen?«, murmelte Gabriel verwundert.

»Wo er den Film gefunden hat. Dein Freund, Skunk. Wir müssen es so schnell wie möglich wissen.«

»Ja«, sagte Gabriel und nickte, obwohl er wusste, dass das unmöglich sein würde.

Skunk war aus den Schatten aufgetaucht und so schnell verschwunden, wie er gekommen war. Sie waren schon lange nicht mehr eng befreundet, aber eins wusste Gabriel. Skunk hasste alle Autoritäten und war perfekt in der Kunst, sich unsichtbar zu machen. Er würde auf keinen Fall mit ihnen zusammenarbeiten, und Gabriel wusste auch nicht, wie er ihn erreichen sollte.

»Munch hat ein Taxi gerufen, das wartet unten auf dich, okay? Schlaf jetzt, dann reden wir in ein paar Stunden.«

Mia lächelte ihn an und legte ihm noch einmal eine freundliche Hand auf die Schulter.

»Soll ich dich runterbringen?«

»Danke, das geht schon«, sagte Gabriel und richtete sich auf.

»Gut«, sagte Mia lächelnd und strich ihm über den Rücken. »Ruf an, wenn du wach bist, okay?«

»Okay«, sagte Gabriel verwirrt, holte auf dem Gang seine Jacke und fuhr mit dem Fahrstuhl hinunter zu dem wartenden Taxi.

· 34 ·

Curry trank von seinem Kaffee, als Mia ins Besprechungszimmer zurückkehrte.

»Alles in Ordnung?«, fragte Munch.

»Der schafft das«, sagte Mia und nickte.

Wenn Curry das richtig verstanden hatte, waren Munch und Mia seit dem vergangenen Abend hier gewesen, und der bald fünfundfünfzig Jahre alte Ermittler war vom Schlafmangel deutlich gezeichnet. Munch blieb neben dem Beamer stehen und unterdrückte ein Gähnen, während er sich im Bart kratzte.

»Äh, ja«, murmelte er und verstummte.

Curry konnte ihn gut verstehen. Er hatte bei Mia auf

der Matratze geschlafen, nachdem er fast eine halbe Flasche Whisky geleert hatte. Er hatte hundertmal erfolglos versucht, Sunniva anzurufen, und am Ende hatte er aufgegeben und dem Schnaps die Führung überlassen. Er war umgekippt und hätte beinahe das Telefon nicht gehört, als es gegen drei Uhr losgeklingelt hatte.

Er war jetzt ganz nüchtern, so kam es ihm jedenfalls vor, mit einer Mischung aus Verwunderung und Hass im Leib. Welcher kranke Teufel hatte das getan? Ein junges Mädchen in einen Käfig gesperrt? Sie in einem Rad kriechen lassen, wenn sie Licht haben wollte? Wenn sie Essen brauchte? Die Wut breitete sich jetzt immer weiter in ihm aus, und er konnte nur mit Mühe still sitzen, während der da vorn vor dem Beamer immer wieder nach Worten suchte und aussah, als würde er alles dafür geben, wenn er nur bald seinen Kopf auf ein Kissen legen könnte.

Curry hielt sich für ziemlich abgebrüht. Aber selbst er hatte nicht so recht gewusst, wo er hinschauen sollte, als der Film zum ersten Mal über die Leinwand gelaufen war, als die Dunkelheit langsam hell wurde, als das verängstigte Gesicht der zu Tode erschöpften Camilla Green plötzlich aufgetaucht war.

»Fragen?«, wollte Munch endlich wissen. »Ehe wir anfangen, das zu analysieren, was wir hier gesehen haben?«

Er schaute in die Runde, aber noch immer sagte niemand etwas.

Kein Grund zu fragen, eigentlich. Sie hatten alle dasselbe gesehen. Curry trank noch einen Schluck Kaffee und versuchte, die gewaltige Wut, die sich jetzt in seinem Körper aufstaute, nicht überhandnehmen zu lassen.

»Mia?«, fragte Munch und überließ seinen Platz beim

Beamer der dunkelhaarigen Kollegin, der anders als Munch der Schlafmangel rein gar nichts auszumachen schien.

»Okay«, sagte Mia und drückte auf einen Knopf. »Einige von euch wollen den Film vielleicht mehrmals sehen, und die Gelegenheit wird sich natürlich bieten, auf dem Server liegt bereits eine Kopie, aber ich finde, wir sollten uns jetzt die Zeit nehmen und uns die Einzelheiten der verschiedenen Bilder genauer vornehmen. Wie ihr gesehen habt, ist der Film ungefähr eine Minute lang, und wir haben ihn in etliche Einzelbilder zerlegt und angefangen, uns Dinge anzusehen, die wir nicht sofort bemerkt haben, die wir aber wichtig finden.«

Jetzt war er beeindruckt von ihr, von Mia. Curry hatte sie natürlich immer respektiert, das war klar, aber er konnte es jetzt wirklich sehen. Wie sie ihre Gefühle abgelegt und die Polizistin hervorgeholt hatte, wie scharf ihr Verstand jetzt war, als sie anfing, ein Bild nach dem anderen auf die Leinwand zu klicken.

»Warum war Camilla Green so dünn, als wir sie gefunden haben? Das wissen wir jetzt. Warum hatte sie Blasen an den Händen und blaue Flecken an den Knien? Das wissen wir jetzt. Und nicht zuletzt, warum hat die Obduktion ergeben, dass ihr Magen nur Tierfutter enthielt? Auch das wissen wir jetzt. Das alles können wir von unserer Liste streichen. Und ich kann verstehen, dass es einigen von euch vielleicht schwerfällt zu verstehen, dass das hier passiert ist, das, was wir hier eben mit ansehen mussten, aber ich will lieber das Positive daran bedenken. Je mehr wir wissen, desto leichter wird es uns fallen, diesen Teufel zu finden, oder diese Teufel, stimmt's?«

Mia überlegte kurz, ehe sie weiterredete. »Wir haben zwei

Dinge. Erstens: Camilla Green wurde in einem Keller gefangen gehalten. Wurde gezwungen, wie ein Tier zu leben. Vielleicht monatelang. Zweitens: Zu irgendeinem Zeitpunkt hat der Täter oder haben die Täter sie getötet, sie geopfert, und dieser Mord hat große Ähnlichkeit mit einem Ritual.«

Mia wechselte zwischen den beiden Bildern, Camilla im Keller und im Heidekraut im Wald.

»So. Erste Frage. Motiv? Wenn es dieselbe Tat ist, steckt dahinter dasselbe Motiv, versteht ihr, was ich meine?«

Sie schaute in die Runde, und da niemand antwortete, fuhr sie fort.

»Ist es dasselbe Verbrechen? Camilla wird in einem Keller gefangen gehalten, behandelt wie ein Tier. Camilla taucht einige Monate später auf, diesmal nackt, ausgelegt in einem Pentagramm aus Kerzen. Ist es dasselbe Motiv? Gibt es einen Zusammenhang?«

Sie schaute wieder auf und trank einen Schluck Wasser, und jetzt begriff Curry plötzlich, warum die schöne Ermittlerin nicht ebenso müde wirkte wie Munch, der kurz vor dem Zusammenbruch zu stehen schien. Sie hatte etwas genommen. Currys schlechtes Gewissen versetzte ihm einen Stich. Sie war nett zu ihm gewesen, hatte ihn auf ihrem Sofa schlafen lassen, aber so hatte er das nicht gemeint, er hatte es nicht gewollt, hatte aber nicht vermeiden können, die weißen Dosen im Mülleimer unter dem Waschbecken im Badezimmer zu sehen. Die Tabletten.

Curry trank noch einen Schluck Kaffee und ließ die Sache auf sich beruhen. Mia war erwachsen. Es war ihr Leben. Sie sollte damit machen, was sie wollte, er hoffte nur, dass sie nicht plötzlich da vorn zusammenbrechen würde, denn der Wortstrom schäumte jetzt geradezu aus ihrem Mund, fast ohne Zusammenhang, und er merkte, dass nicht nur er Probleme hatte, ihr zu folgen.

»Ich sage nicht, dass es nicht so ist«, sagte Mia und nickte kurz. »Aber wir müssen uns diese Fragen stellen. Warum wurde sie gefangen gehalten? Warum nackt in den Wald gelegt? Ist es dasselbe Verbrechen? Ist es dasselbe Motiv?«

Mia hielt inne.

»Ja, das waren jedenfalls meine ersten Gedanken. Dass wir uns diese Fragen stellen müssen.«

»Und was glaubst du, Mia?«, fragte Kim und machte damit als Erster den Mund auf.

»Ich weiß nicht«, antwortete Mia und schien zu überlegen, ehe sie weitersprach. »Ich meine, wirkt das nicht ein bisschen seltsam? Ich kann da keinen richtigen Zusammenhang sehen, mir ist klar, dass es für einige von euch ein bisschen schnell geht, aber ...«

Curry konnte sehen, dass mehrere von den anderen es jetzt ebenfalls merkten. Dass sie nicht ganz sie selbst war. Dass etwas an ihr war, Curry konnte es nicht richtig ausdrücken, aber sie hatte etwas eingenommen, das sie euphorischer machte als sonst.

»Ich sehe da eigentlich keinen Grund«, sagte Kim. »Warum sollten es zwei unterschiedliche Verbrechen sein? Zwei Motive? Das ist ein kranker Teufel. Kranke Teufel sind das. Irgendwer genießt es, sie gefangen zu halten. Für irgendwen bringt es einen Kick, sie nackt zu sehen, erwürgt, auf Federn, zwischen Kerzen, ich seh da keinen Unterschied.«

»Du hast vielleicht recht«, sagte Mia und überlegte. »Aber ja, hier ist etwas, etwas ist seltsam, wenn ich nur ...«

Sie kratzte sich am Kopf und trank noch einen Schluck aus der Flasche, die vor ihr auf dem Tisch stand.

»Aber von mir aus, das kann erst mal warten. Vergesst es nicht, wenn es irgendwie helfen kann, wir haben hier so unendlich viel, was wir uns auch ansehen müssen, das hier ist vielleicht nur verwirrend. Denkt da jetzt erst mal nicht dran. Lasst es auf sich beruhen.«

Kim schaute rasch zu Curry herüber, der den Blick ebenso rasch erwiderte und mit den Schultern zuckte.

»Okay«, sagte jetzt Mia. »Dann sehen wir uns erst mal das Technische an, und danach nehmen wir uns etwas vor, was Holger und ich entdeckt haben, und das ist spannend, aber zuerst das Technische.«

Nun klickte sie mehrere Male hintereinander.

»Die Schrift an der Wand hinter ihr. *Die Auserwählte.* Warum? Ich meine, warum Camilla? Warum ist gerade Camilla die Auserwählte?«

Neues Bild.

»Der Film. Ja, also, der eigentliche Film. Warum ist sie gefilmt worden? Zum eigenen Gebrauch? Ich meine, das hier stand auf einem Server. Wurde es mit irgendwem geteilt? War das der Grund, warum sie gefangen gehalten wurde? Um sie zu filmen? Und den Film später mit anderen zu teilen?«

Sie trank wieder einen Schluck Wasser, und jetzt war es ganz deutlich. Ihr Mund produzierte einen Wortschwall nach dem anderen, und sie hatte tellergroße Augen.

»Ich nehme an, die Antwort werden wir erhalten, wenn Gabriel wach ist und wir diesen ...«

Sie warf Munch einen Blick zu, der so müde war, dass er zum ersten Mal in der Geschichte die Besprechung nicht unterbrach, um eine rauchen zu gehen.

»Skunk«, murmelte er.

»Genau«, sagte Mia und nickte. »Hier gibt es natürlich

noch mehr, aber rein technisch gesehen kommt mir das am wichtigsten vor. Woher kommt dieses Rad? Die Auserwählte. War sie das? Oder ist das nur, ja, zur Zier? Aber wenn es stimmt, wenn das die Wahrheit ist, warum war sie das, warum war sie dort? Warum war gerade Camilla die Auserwählte? Und …«

Sie versank wieder in ihren Gedanken, aber Curry half ihr zurück auf die richtige Spur.

»Der Film.«

»Ja, genau, danke, Jon. Der Film. Warum ist der gemacht worden? Warum wurde er auf einem Server gefunden? Es wirkt ein bisschen riskant, findet ihr nicht? So etwas zu speichern? So etwas zu teilen?«

Mia lächelte, schob sich die Haare hinters Ohr und schaute wieder in die Runde.

»Fragen? Kommentare bis hierher?«

Du hättest eine Runde schlafen sollen, Mia, dachte Curry, sagte aber nichts.

Ylva hob vorsichtig die Hand. Sie schien den ersten Schock inzwischen überwunden zu haben.

»Du hast etwas davon gesagt, ja, dass ihr etwas entdeckt habt?«

»Genau, richtig«, sagte Mia, ging zum Mac und klickte eine Datei an.

»Das hier ist ein winziger Ausschnitt aus dem Film. So ungefähr nach vierzig Sekunden. Versucht mal, das zu entdecken, ja?«

Sie lächelte alle an.

»Seid ihr so weit?«

Überall ein kurzes Nicken, und dann sahen sie die Siebzehnjährige lebend wieder vor sich. Camilla Green. Sie war aus dem Rad gesprungen und kniete auf dem Boden. Vor einem kleinen Haufen von Pellets. Fahrige Hände versuchten, so viel wie möglich zu fassen. Ehe das Licht erlosch, zitterte ihr Körper deshalb so sehr, weil sie so wenig Zeit hatte? Oder hatte sie so großen Hunger?

Tierfutter, wie schrecklich.

Verdammte Hölle.

»Habt ihr es gesehen?«, fragte Mia und schaute wieder in die Runde, als die kurze Szene zu Ende war.

Curry blickte sich um, aber alle schüttelten nur den Kopf, abgesehen von Munch, der ja wusste, wovon hier die Rede war, und dem ohnehin die Augen fast zufielen.

»Okay«, sagte Mia. »Dann noch mal, und versucht diesmal nicht, Camilla im Vordergrund anzusehen. Mir ist schon klar, dass das schwierig ist, aber stellt euch vor, sie sei nicht da. Seht die Wand hinter dem Rad an. Ganz unten in der rechten Ecke, okay?«

Mia klickte wieder den Mac an, und abermals lief die kurze Filmszene ab. Curry versuchte, Mias Rat zu befolgen, nicht das dünne Mädchen anzusehen, das im Vordergrund kniete, und plötzlich hatte er es entdeckt.

»Shit«, rief Ylva neben ihm.

»Nein«, murmelte Kim.

»Na also«, sagte Mia triumphierend, als die kurze Szene zu Ende war.

»Verflucht«, sagte Anette.

Holger Munch erhob sich langsam, fast wie ein Bär, der um seinen Winterschlaf gebracht worden war, es war deutlich, dass er kaum noch Reserven hatte.

»Das ist sehr gut«, sagte er gähnend und war so müde, dass er kaum seinen Mantel anziehen konnte. »Aber jetzt brauche ich eine Pause. Wir sehen uns heute Abend zu einer Besprechung. Sagen wir, um sechs oder ... ja, gut.«

Er zog sich die Kapuze des Dufflecoats über den Kopf, durchquerte schwankend den Raum und verschwand, ohne die Tür hinter sich zu schließen.

· 35 ·

Miriam Munch fühlte sich schwach. Sie hatte geglaubt, es würde vorübergehen. Geglaubt, sie könne es verdrängen, aber an den vergangenen Tagen hatte sie kaum etwas anderes gemacht, als an ihn zu denken. Das Gesicht. *Ziggy.* Und jetzt saß sie hier, in einem Café in Grünerløkka, mit einer Mischung aus prickelnder Erwartung und schlechtem Gewissen. Geheimer Treffpunkt. Ein Ort, an den sie sonst nicht hinkam. Wo nicht plötzlich irgendwelche Bekannten auftauchen würden. Marion war wieder bei Oma und Rolf, deshalb hatte Miriam Munch kein schlechtes Gewissen, die Kleine war so gern bei der Großmutter, schlimmer war es mit Johannes.

Vor ein paar Tagen wäre es ihr fast herausgerutscht. Sie hasste diese Unehrlichkeit. Diese Heimlichtuerei. Sie musste einfach etwas sagen. Darüber, wie ihr zumute war. Sie lagen im Bett und waren beide früh aufgewacht, Marion war noch nicht aufgestanden, und Miriam hatte plötzlich gedacht, *jetzt muss ich etwas sagen,* aber dann klingelte sein Telefon, es war das Krankenhaus, *ob er etwas früher kommen könnte,* und damit war die Gelegenheit vorbei gewesen.

Miriam bat um noch einen Tee und ging zurück zu ihrem Tisch. Viertel nach. Er kam zu spät. Sie war natürlich zu früh hier gewesen, ungeduldig wie ein Schulmädchen vor dem ersten Stelldichein, in der Straßenbahn hatte ihre Haut geprickelt, sie hatte fast nicht still sitzen können, aber jetzt war sie schon eine Weile hier und fand alles fast schon ein bisschen peinlich. Sie hatte das Gefühl, alle sähen ihr an, dass sie auf jemanden wartete, dass sie eigentlich gar nicht hier sein dürfte. Miriam holte sich eine Zeitung, um sich dahinter verstecken zu können, und blätterte darin, ohne wirklich zu lesen, was dort stand.

Das Mädchen im Wald, natürlich. Die meisten Berichte handelten von ihr. Von ihr, die nackt gefunden worden war, unter seltsamen Umständen, wie bei einem Ritual oder so etwas, im Wald am Rand von Hurumlandet. Camilla, so hieß sie. Camilla Green. Wohnte in einem Heim für junge Mädchen. Miriam legte die Zeitung wieder weg. Konnte nicht daran denken. Es war ganz einfach zu schrecklich. Eine Seite nach der anderen mit Einzelheiten, sie konnte das jetzt nicht an sich heranlassen. Sie war zu zerbrechlich. Sie kam sich fast durchsichtig vor, wie sie hier saß.

Natürlich war er deshalb bei Marions Geburtstag davongestürzt, Papa. Weil dieses Mädchen gefunden worden war. Sie hatte auch jetzt wieder ein schlechtes Gewissen, weil sie ihn so viele Jahre lang schlecht behandelt hatte. Ihm die Schuld an der Scheidung gegeben hatte. Ein Mädchen, nackt, zwischen Federn und Kerzen im Wald. Sie hätte es besser wissen müssen. Kein Wunder, dass er weggemusst hatte. Nein, sie war jetzt wirklich zu empfindlich. Miriam stand auf und bestellte sich ein Bier, sie trank sonst nur selten am Nachmittag, aber das brauchte sie jetzt. Um ihre Nerven ein bisschen zu beruhigen.

Sie saß schon beim zweiten Bier, als er endlich kam, und

Miriam war eigentlich ein bisschen sauer auf ihn, hatte schon mit dem Gedanken gespielt, wieder zu gehen, aber sie merkte, dass davon keine Rede mehr sein konnte, als er strahlend zur Tür hereinkam und sich ihr gegenüber auf einen Stuhl sinken ließ.

»Entschuldige die Verspätung«, sagte Ziggy.

»Ist schon gut«, sagte Miriam lächelnd.

»Danke, aber es tut mir wirklich leid. Trinken wir Bier? Möchtest du noch eins?«

Miriam überlegte kurz. Drei Bier so früh am Nachmittag? Sie hatte versprochen, Marion rechtzeitig vor der Schlafenszeit abzuholen. Aber die Sechsjährige hätte sicher nichts dagegen, noch eine Nacht bei Oma zu verbringen. Und Johannes hatte natürlich wieder Spätschicht.

»Warum nicht?«, fragte sie lächelnd.

Ziggy ging zum Tresen, um zu bestellen.

Jetzt war es wieder da. Wieder meldete sich ihr schlechtes Gewissen.

Was machte sie hier eigentlich?

Sie war doch glücklich? Oder nicht?

Johannes, Marion und sie. Miriam hatte sich nie vorgestellt, dass es auch anders sein könnte. Sie war einfach nicht auf diesen Gedanken gekommen. Bis vor sechs Wochen, und seither hatte sie die ganze Zeit an ihn denken müssen.

Ziggy balancierte die beiden Bier zurück zum Tisch und setzte sich wieder.

»Tut mir wirklich leid, dass ich so spät gekommen bin. Meine Schwester hat angerufen, also Familienkram, damit will ich dich nicht belästigen.«

»Du belästigst mich nicht, ich höre das gern«, sagte Miriam und trank einen Schluck Bier.

»Sicher?«, fragte Ziggy ein wenig überrascht.

»Absolut«, sagte Miriam. »Ist doch ein Gesprächsthema.«

Sie zwinkerte ihm zu, und der junge Mann erwiderte ihr Lächeln. Ein kleiner Scherz zwischen ihnen. Das war ja gerade so schön. Seit ihrer ersten Begegnung war es so. Es war niemals Funkstille.

»Was?«, fragte Ziggy und sah sie an.

»Ach, nichts«, lachte Miriam.

»Sag schon«, bat der junge Mann neckend.

»Nein, im Ernst«, sagte Miriam. »Es ist wirklich nichts. Jetzt erzähl schon. Deine Schwester? Ist was passiert? Wie viele Geschwister hast du eigentlich?«

Er sah sie leicht verwundert an. Ließ sich zurücksinken und musterte sie, als ob er ein Urteil über sie fällte.

»Du weißt nicht, wer ich bin, oder?«, fragte er dann.

»Wie meinst du das? Doch, ich weiß doch, wer du bist?«, fragte Miriam.

»Nein, nicht wirklich«, sagte Ziggy. »Du weißt nicht, wer meine Familie ist? Wirklich nicht?«

Miriam begriff nicht ganz, was er meinte.

»Nein, darüber hast du ja noch nie gesprochen. Es war ja auch nicht nötig, ich meine, wir sind ja nicht gerade …«

Miriam stolperte über ihre Worte und merkte, dass sie in Verlegenheit geriet.

»So war das nicht gemeint«, sagte Ziggy beschwichtigend. »Ich weiß ja auch nicht so ganz, was wir … Ja, ich meine, was du willst? Was ich will, weiß ich schon.«

»Und was willst du?«, fragte Miriam, ohne ihm dabei ins Gesicht zu sehen.

»Ich glaube, das weißt du«, sagte er lächelnd und legte für einen Moment seine Hand auf ihre.

Sie drehte die Handfläche nach oben und fuhr mit den Fingern über seine, dann ging hinter ihnen plötzlich die Tür auf und sie zog ganz automatisch die Hand zurück, obwohl das Gesicht, das nun hereinkam, niemandem gehörte, den sie kannte.

»Tut mir leid«, sagte Ziggy. »Wollte dich nicht in Verlegenheit bringen.«

»Nein, nein, das tust du auch nicht, es ist bloß, ja, du weißt ja, wie es ist.«

Miriam sah ihn an. Ziggy nickte verständnisvoll. Darüber hatten sie in der Nacht in seiner Wohnung doch gesprochen. Dass sie Marion hatte. Nein, das stimmte nicht. Er hatte ihr schon gesagt, dass es ihm nichts ausmachte. Dass sie eine kleine Tochter hatte.

»Also, deine Familie«, sagte Miriam, um das Thema zu wechseln.

»Ja, ist das dein Ernst?«

»Wieso mein Ernst?«

»Du weißt wirklich nicht, wer meine Familie ist?«

Miriam sah sicher aus wie ein Fragezeichen, denn der junge Mann lachte.

»Du hast eine Schwester«, sagte sie. »Mehr weiß ich nicht. Mehr hast du nicht gesagt, sollte mir jetzt irgendetwas peinlich sein? War ich denn neulich so betrunken? Hast du von Dingen erzählt, die ich nicht mehr weiß?«

Er lachte.

»Peinlich, aber nein, für mich ist das nur eine Erleichterung, das passiert mir nicht oft, wirklich nicht, dass jemand nicht weiß, wer meine Familie ist. Darauf erst mal Prost.«

Miriam war neugierig, hier war ihr offenbar etwas entgangen.

»Jetzt musst du es aber endlich sagen«, sagte sie grinsend.

»So schlimm ist es auch wieder nicht«, sagte Ziggy. »Eigentlich ziemlich gut, nicht mit ihnen in Verbindung gebracht zu werden, wie gesagt, es ist das erste Mal.«

Er trank ihr noch einmal zu.

»Ich möchte gern alles über dich wissen«, sagte Miriam. »Um ganz ehrlich zu sein, denke ich fast die ganze Zeit an dich.«

Sie konnte gar nicht glauben, dass sie das wirklich gesagt hatte. Musste am Alkohol liegen. Sie merkte, dass sie wieder in Verlegenheit geriet.

»Ich möchte auch alles über dich wissen«, sagte Ziggy und beugte sich über den Tisch. »Und ich denke auch an dich. Sollte ich vielleicht nicht, und ich weiß auch nicht, was wir daraus machen sollen, aber so ist es jedenfalls.«

Es klopfte jetzt etwas fester, das Herz unter ihrem Pullover, als er sie anlächelte und rasch wieder ihre Hand streichelte.

Verdammt, Miriam.

Was machst du hier eigentlich?

Ein geheimes Rendezvous?

In einem Café in Grünerløkka?

Mit einem Mann, von dem du fast nichts weißt?

»Was weißt du eigentlich über mich?«, fragte Ziggy und lehnte sich auf seinem Stuhl zurück.

»Du heißt Simonsen«, sagte Miriam.

»Genau«, sagte Ziggy und nickte. »Ziggy Simonsen.«

Langsam ging ihr ein Licht auf. Simonsen?

»Ich bin nicht Ziggy getauft worden«, sagte er jetzt. »Jon-Sigvard. So sollte ich heißen, fanden sie. Musste etwas mit Sigvard sein, natürlich. Das ist seit Generationen so.«

Er lächelte sie unter seinem dunklen Schopf an.

»Carl-Sigvard Simonsen?«

Ziggy nickte.

»Das ist dein Vater? Der reiche Mann?«

»Jepp«, sagte Ziggy.

»Sorry«, sagte Miriam.

»Sorry, nein, verdammt, warum zum Henker sollte dir das leidtun? Großer Respekt.«

Er trank ihr grinsend zu.

»Ich lese keine Illustrierten«, sagte Miriam unsicher. »Überhaupt zu wenig Zeitungen, leider.«

»Mich freut das doch nur«, sagte er. »Weil ich, na ja, dir als ich selbst begegnen kann, und nicht als …«

Er unterbrach sich und sah aus, als ob ihn etwas bedrückte, sein klarer offener Blick füllte sich mit einer Art Düsterkeit, die sie nicht recht zu deuten wusste.

»Als Milliardärssohn?«, fragte Miriam, um die Stimmung ein wenig zu lockern. »Hab ich also die goldene Gans erlegt?«

Er war wieder da. Lächelte und richtete seine schönen blauen Augen auf sie.

»Bedeutet das das, was ich glaube?«

»Was denn?«

»Dass wir es machen?«

»Was denn machen?«, fragte Miriam, obwohl sie sehr wohl wusste, worüber dieser hübsche junge Mann redete.

»Du und ich?«, fragte er, und seine Hand stahl sich wieder zu ihrer.

»Sollen wir es wagen? Den Versuch wagen?«

Diesmal ließ Miriam sie liegen. Seine wunderbare Hand.

»Ich glaube, ich brauche noch ein Bier«, sagte sie tonlos.

Mondkind«, sagte der Mann in der Türöffnung grinsend. »Ich hab mich schon gefragt, ob du kommst. Ich hatte so eine Ahnung, als ich dein Bild in den Zeitungen gesehen habe, komm rein, komm rein.«

Mia Krüger trat über die Schwelle und folgte dem dünnen Mann mit dem Pferdeschwanz in die Wohnung.

»Du brauchst hier drinnen die Schuhe nicht auszuziehen, so genau nehme ich das nicht. Etwas zu trinken? Oder etwas anderes?«

Mia wusste genau, worauf er anspielte. Der Marihuanageruch hing schwer in der kleinen Wohnung.

»Du musst das Chaos entschuldigen. Krieg ja nicht viel Besuch, fühl mich allein am wohlsten, weißt du.«

»Schon gut«, sagte Mia, räumte eine Sofaecke frei und setzte sich.

»Schön, schön«, sagte der Mann mit dem Pferdeschwanz und ließ sich ihr gegenüber in einen Sessel sinken.

»So, was kann ich dir denn anbieten?«

Er zeigte auf den Tisch.

»Hab einen feinen Afghan bekommen. Direkt von der Quelle. In dreißig Ländern verboten, ha ha, aber der ist echt gut. Butterweich. Hab hier irgendwo auch noch etwas Maroc, wenn du es ein bisschen ruhiger machen willst. Sicher, dass ich dich nicht in Versuchung führen kann?«

Sebastian Tvedt lächelte sie an. Es hatte sie ein wenig überrascht, dass er sich so schnell auf ihre Anfrage gemeldet hatte. Er bekam nicht gern Besuch, aber im Moment schien er sich über ihren Anblick richtig zu freuen.

»Nein, danke, du weißt, dass ich so was nicht anrühre«, sagte Mia und spürte, dass es jetzt richtig einsetzte.

Das Bedürfnis nach Schlaf.

»Deine Sache. Aber du hast nichts dagegen, wenn ich zugreife?«

Sebastian Tvedt, Sozialanthropologe. Ehemals an der Universität Oslo angestellt. Ein heller Kopf, der rasch Karriere gemacht hatte, bis er seine Anstellung verlor, nachdem er den Studierenden Marihuana verkauft hatte. Mia hatte ihn schon häufiger in ihre Ermittlungen einbezogen, was ihr dann aber von oben untersagt worden war. Mit Sebastian Tvedt wollte die Truppe nicht in Verbindung gebracht werden, und Mia konnte das auch verstehen, der Geruch in der Wohnung und sein Grinsen waren Grund genug.

»Unglaublich lange nicht mehr gesehen, Mondkind«, sagte er. »Ich dachte schon, ihr hättet mich vergessen.«

»Hatte zu tun«, sagte Mia und spürte die Müdigkeit wieder.

Munch hatte ihr strengstens geraten, *ruh dich aus,* aber sie hatte ihren Körper nicht ausschalten können. Hatte zu den Tabletten gegriffen, die sie nicht anfassen sollte, hatte sich chemisch wach gehalten. Sie hatte an Sebastian Tvedt gedacht, seit sie Camilla gefunden hatten. Das Okkulte. Rituale. Mia kannte niemanden, der mehr über diese Dinge wusste als der Mann, der jetzt vor ihr saß.

Er hatte einen eigenen Blog, so hatte er seit seiner Kündigung wohl überlebt. Verschwörungstheorien. Damit beschäftigte er sich vor allem. Sie hatte ihn ein wenig im Auge behalten und gelegentlich bei ihm vorbeigeschaut: *Neue Beweise. Die Amerikaner waren nie auf dem Mond. Area 51: Zeugen berichten: Wir haben Außerirdische gesehen.*

»Du bist sicher?«, fragte Tvedt und zog an seinem Chillum. »Direkt von der Quelle, wirklich, ich habe meinen eigenen Mann in Nepal.«

»Nein, danke«, sagte Mia und schüttelte noch einmal den Kopf.

»Wie du willst«, entgegnete der Mann mit dem Pferdeschwanz lächelnd und füllte den Raum mit Rauch.

Sekten. Und das Okkulte.

Das hatte ihm seinen Posten an der Universität eingetragen. Er war überaus anerkannt gewesen. Hatte in aller Welt Vorträge gehalten. Bis er seine Schwäche publik gemacht hatte, oder vielleicht sollte sie sagen, seine freie Einstellung diesen Substanzen gegenüber.

»Weißt du, warum ich hier bin?«, fragte Mia und merkte, dass ihr die Augen zufielen.

Sie schob die Hand in die Tasche, zu den kleinen weißen Tabletten, denn wenn sie eine nähme, würde sie ihr neue Energie geben, aber sie tat es nicht. Es reichte jetzt. Sie musste bald schlafen.

»Sicher«, nickte Sebastian und sah sie mit ernster Miene an. »Es freut mich, dass du gekommen bist. Ich hatte darauf gehofft.«

»Was denkst du also?«

»Über die Bilder in der Zeitung?«

Mia nickte.

Sebastian Tvedt fuhr sich mit der Hand durchs Haar und zögerte kurz.

»Tja, was soll ich sagen, nicht leicht, sich zu einem Foto in einer Zeitung zu äußern, hast du denn mehr für mich?«

»Vielleicht«, sagte Mia. »Aber zuerst musst du mir etwas geben.«

»Du hast also kein Vertrauen mehr zu mir, was?«

Mia nickte dem Chillum vielsagend zu.

»Hättest du?«

Tvedt lachte trocken auf.

»Nein, schon klar, schon klar, okay.«

Er setzte sich an den Tisch, wo sein Rechner stand, und gab eine Adresse ins Suchfeld ein.

»Das ist interessant, das muss ich zugeben«, sagte er und holte das Foto heran, das in den Zeitungen gewesen war.

Der Wald. Die Federn. Die Kerzen im Fünfeck.

»Pentagramm natürlich, aber das hast du wohl schon begriffen«, sagte Tvedt und sah sie an.

Mia nickte.

»Die Federn habe ich noch nie gesehen«, sagte er und schaute wieder auf den Bildschirm. »Aber die Lichtformation ist ja bekannt, das Pentagramm wird von vielen verwendet, es reicht Jahrtausende zurück. Aber wenn ich dir helfen soll, brauche ich eigentlich etwas mehr.«

Mia konnte seine Neugier jetzt spüren. Sein Ehrgeiz war geweckt, aber sie war noch immer nicht sicher, ob sie ihm die Fotos in ihrer Handtasche zeigen sollte. Camilla Green. Nackt vor dem rätselhaften Hintergrund.

»Und heute?«

Sie war müde und musste blinzeln, um den Bildschirm ansehen zu können.

»Wie meinst du das?«, fragte Tvedt.

»Das Pentagramm. Angenommen, das wäre ein Ritual, wer macht so was heute?«

»Wo soll ich anfangen?«

»Da, wo es am wichtigsten ist«, sagte Mia.

»Mehr kannst du mir also nicht zeigen?«

»Wenn du sagen solltest, wer, ich mein, ganz instinktiv von dem hier ausgehend, wer wäre das dann?«, fragte Mia und ignorierte seine Frage.

Tvedt drückte auf einige Tasten und öffnete eine neue Website.

»O. T. O.«, sagte er und nickte zum Schirm.

»Wer?«, fragte Mia.

»Ordo Templi Orientis.«

»Und das ist?«

»*Was du willst, soll das Gesetz sein. Liebe ist das Gesetz, Liebe und das, was du willst.*«

»Jetzt komme ich nicht mehr mit«, sagte Mia. »Was hast du gesagt?«

»Ordo Templi Orientis«, sagte Tvedt noch einmal. »1895 gegründet, eigentlich als Tempelritterorden, als Bruch mit der Kirche. Du weißt doch, wer Aleister Crowley war?«

»Sicher«, Mia nickte.

»Die thelemische Lehre?«

»Vage.«

»Satanismus?«

»Ja, natürlich.«

»Der O. T. O. wurde wie gesagt 1895 gegründet, und viele halten Aleister Crowley für den Gründer, aber er war es nicht, er stieß erst 1904 dazu, als er …«

»Was hast du vorher gesagt?«

»Was?«

»Die thelemische Lehre?«

»Tu, was du willst«, sagte Tvedt und drehte sich zu ihr um.

»Was bedeutet das?«

»Vergiss nicht, dass die Kirche damals …«, begann Tvedt, aber Mia merkte, dass ihr die Kraft für einen Vortrag fehlte.

»Kurze Zusammenfassung?«

Tvedt sah sie an und schüttelte den Kopf.

»Du hast gefragt«, sagte er leicht pikiert.

»Tut mir leid, Sebastian«, sagte sie und legte ihm eine Hand auf die Schulter. »Es war ein langer Tag. Diese Organisation ...«

»Ordo Templi Orientis«, fügte Tvedt hinzu.

»Die gibt es also hier in Norwegen?«

»Oh ja, sie erfreut sich bester Gesundheit. Hat einen eigenen Senat, seit 2008. Logen in den größten Städten, Bergen und Trondheim waren in den letzten Jahren die größten.«

»Und sie leben nach dieser ... thelemischen Lehre?«

»Das, was du willst, ist das Gesetz«, sagte Tvedt.

»Und was bedeutet das?«

Er drehte sich um und lächelte ein wenig.

»Was kann das wohl bedeuten, Mia? *Tu, was du willst?*«

»Sag es mir«, sagte Mia.

»Das Recht des Individuums. Widerstand gegen die Regeln der Gesellschaft. Gegen die Gedanken der Kirche. Gegen die normalen ethischen Normen, die uns auferlegt sind.«

»Was bedeutet?«

»Komm schon, Mia, bist du bei der Sache?«

Tvedt schüttelte den Kopf, und jetzt begriff sie, was er meinte, er hatte soeben illegale Substanzen zu sich genommen, wo immer die auch herkamen, aber sein Gehirn schien weiterhin besser zu funktionieren als ihres.

Wieder schob sie die Hand in die Jackentasche.

Noch eine Tablette?

Damit das Gehirn aufwachte?

Nein, sie musste jetzt schlafen. Ihr Körper wollte nicht mehr. Sie brauchte Ruhe.

»Klar bin ich bei der Sache«, murmelte Mia und schaute wieder zum Bildschirm. »O. T. O. Satanismus. Thelemische Lehre. Tu, was du willst. Bei bester Gesundheit in Norwegen.«

»Sie behalten ihre Rituale natürlich für sich, wie alle anderen Sekten auch«, sagte Tvedt. »Ich habe ja mit einigen von ihnen gesprochen, mit den alten Mitgliedern, und ja, die nehmen das ziemlich ernst.«

»Was meinst du jetzt?«

»Also, wo soll ich denn anfangen?«

»Egal.«

»Sexualmagie, Opferrituale. Reiß dich von der Gesellschaft los. Verschenke deinen Körper. Gib deine Seele weg. Werde frei.«

»Sexualmagie?«

Tvedt deutete ein Lächeln an.

»Genau.«

»Und das heißt?«

»Na ja, wenn ein Senator will, dass du dich ausziehst und dich vor alten Männern mit Ziegenmasken der thelemischen Lehre anheimgibst, dann musst du das eben tun.«

»Ein Senator?«

»Ja, ist das nicht interessant?«, sagte Tvedt. »Wie all diese Sekten, die sich angeblich von den strengen Regeln der Gesellschaft befreien wollen, sich genau dieselben Rollen aufzwingen? Sie versprechen dir Freiheit, aber es gibt natürlich keine Freiheit, du fängst ganz unten an, wie immer. Präsident, Senator, immer steht jemand höher und jemand tiefer, ist das nicht seltsam?«

»Und also O. T. O.«, sagte Mia und merkte, dass sie nicht mehr lange durchhalten würde.

»Ordo Templi Orientis. Das wissen nicht viele, aber die sind unter uns. In Norwegen. Hier und jetzt. Quicklebendig.«

»Und du findest, das sieht nach ihnen aus?«, fragte Mia und zeigte wieder auf den Bildschirm.

»Kann man noch nicht sagen«, meinte Tvedt. »Kannst du mir noch mehr zeigen?«

»Was haben wir denn sonst noch?«

»Da hast du freie Auswahl«, sagte Tvedt und klickte eine weitere Website heran. Diesmal Google Maps. Er gab eine Adresse ein und lehnte sich ein wenig zurück.

»Was sehen wir hier?«, fragte Mia.

»Das königliche norwegische Schloss«, sagte Tvedt und erweiterte das Bild ein wenig. »Das ist der Parkvei, du weißt doch, wo der Parkvei ist?«

Mia sah ihn verständnislos an. Natürlich wusste sie das. Eine von Norwegens teuersten Straßen, wo sich die Residenz der Ministerpräsidentin und mehrere Botschaften befanden.

»Worauf willst du jetzt hinaus?«

»Diese Vereinigungen haben Häuser im Parkvei«, sagte Tvedt und klickte weiter. »Ich meine, gleich hinter dem Schloss. Der norwegische Druidenorden.«

»Hast du Druiden gesagt?«

»Eben. Adresse Parkvei.«

Tvedt klickte weiter.

»Der Tempelritterorden. Adresse Parkvei.«

»Und diese ganzen, ich meine, das Pentagramm?«

Mias Kräfte schwanden. Sie dachte noch einmal an die Tabletten in ihrer Tasche, aber sie griff dann doch nicht danach. Sie wollte nur noch schlafen.

»Nein, das habe ich nicht gesagt, aber neben dem O. T. O. würde ich sagen, dass die Sekte, bei der dein Chef Mitglied ist, zu den wahrscheinlichsten Kandidaten gehört.«

»Munch?«

Tvedt lachte kurz.

»Nein, nicht Munch, ich glaube nicht, dass der sich da wohlfühlen würde.«

»Wer denn dann?«

Tvedt klickte eine weitere Website an.

»Mikkelson«, sagte der hagere Mann und zeigte auf den Bildschirm.

»Mikkelson?«

»Jepp, Rikard Mikkelson«, sagte Tvedt und nickte. »Mitglied im Norwegischen Freimaurerorden.«

Mia wurde sofort ein wenig wacher.

»Bei den Freimaurern?«

»Aber ja, die lieben das Pentagramm. Möchten so gern als Stützen der Gesellschaft und Verehrer von Jesus Christus dastehen, aber ha ha … ja, du hast doch das Video gesehen, wo die Großmeister des dreiunddreißigsten Grades in Umhänge gehüllt mit heraushängenden Geschlechtsteilen gemeinsam eine Ziege opfern?«

»Nein«, sagte Mia und wusste nicht, was sie jetzt glauben sollte.

Ob Tvedt noch immer unter dem Einfluss der Substanzen aus Nepal stand oder ob jetzt der Akademiker sprach.

»Mikkelson ist Mitglied«, sagte Tvedt. »Zusammen mit, na ja, sagen wir, allem, was hierzulande an Wirtschaftsmagnaten und Politikern kreucht und fleucht. Freimaurer, Mia. Erwachsene Männer, die Rituale durchführen. Kostüme anziehen. Blut aus Silberkrügen trinken. Wie naiv wollen wir eigentlich sein? Glaubst du wirklich, dass die wichtigen Entscheidungen vom Parlament getroffen werden? Bei Regierungsbesprechungen? Ich meine, hör auf, Mia, hallo?«

Tvedt streckte die Hand nach dem Chillum auf dem Tisch aus und gab sich wieder Feuer.

»Sebastian«, sagte sie ernst und sah ihn durchdringend an.

»Ja?«

»Jetzt zeige ich dir was. Das darf ich natürlich nicht, aber ich tue es trotzdem.«

»Ach?« Er wirkte jetzt sogar ein wenig nervös.

»Und du musst ganz offen sagen, was du meinst, ja?«

»Ja, natürlich.«

»Ich bin froh darüber. Dass du mir das gezeigt hast. Ich werde es mir noch genauer ansehen, aber jetzt brauche ich etwas Konkreteres von dir. Okay?«

Mia stand auf, ging auf den Gang und holte den Ordner aus ihrer Schultertasche. Sie kam zurück in das chaotische Wohnzimmer und setzte sich vor Tvedt. »Das Pentagramm.«

»Ja.« Tvedt nickte.

»Du musst mir sagen, was das hier bedeutet.«

»Okay?«

Mia öffnete den Ordner und konnte sehen, wie seine Pupillen sich weiteten, als sie das Foto von Camilla Green vor ihm auf den Tisch legte.

»Shit.«

»Das kannst du wohl laut sagen«, meinte Mia. »Aber ich sage es dir gleich, Sebastian, wenn ich auch nur einen Mucks davon höre, auf deinem Blog oder wo auch immer, dass du dieses Bild gesehen hast, dann, ja, ich weiß auch nicht …«

»Schon klar«, sagte Tvedt ernst und nickte, und sie sah, dass er es auch so meinte.

»Das hier ist wichtig, stimmt's? Ich meine, das ist doch kein Zufall? Wie diese Kerzen aufgestellt sind?«

»Das nicht, ein Pentagramm ist ja, also für die, die das glauben, …«

Mia merkte, dass ihre Kräfte aufgezehrt waren. Sie hatte vorhin gesehen, wie Munch aus dem Besprechungsraum getaumelt war, fast ohne sich erklären zu können, und sie fühlte sich fast genauso.

»Was bedeutet dieses Pentagramm also?«

»Na ja, es gibt eine Standarddeutung«, sagte Tvedt zögerlich.

Das eine war es, sich mit Theorien auszukennen, aber jetzt saß er hier vor der Realität. Vor dem Bild einer Siebzehnjährigen, nackt auf einem Bett aus Federn, umgeben von einem Fünfeck aus Kerzen, und es war ganz deutlich, dass es ihm große Probleme machte, dazu etwas zu sagen.

»Angenommen, ich hätte keine Ahnung«, sagte Mia. »Klär mich auf.«

»Okay.« Tvedt nickte nervös. »Das Pentagramm hat, wie der Name schon sagt, fünf Seiten. Und jede symbolisiert etwas.«

»Was denn?«

»Die herkömmliche Deutung ist ziemlich bekannt. Soll ich von oben nach unten vorgehen, im Uhrzeigersinn?«

Ihr Telefon vibrierte, Mia zog es hervor, konnte den Namen auf dem Display kaum sehen, *Kim Kolsø*. Sie drückte auf den roten Hörer und steckte das Telefon wieder in die Tasche.

»Ganz oben ist die Seele«, sagte Sebastian. »Der *spirit*, in der Szene reden sie meistens Englisch, also, ich muss zwischendurch mal übersetzen, wenn du …«

»Mach einfach weiter«, bat Mia.

»Und dann sind die anderen Seiten Wasser, Feuer, Erde, Luft.«

»Seele, Wasser, Feuer, Erde, Luft?«

»Ja.«

»Okay, schön, danke, Sebastian.«

Mia nahm das Foto vom Tisch und wollte es gerade wieder in den Ordner stecken, wurde aber von einer sehnigen Hand zurückgehalten.

»Das ist nur, wie soll ich sagen, Standardware. Kindergartenwissen.«

»Wie meinst du das?«

»Es gibt einen tieferen Sinn.« Tvedt starrte wieder das Foto an.

»Ihre Arme«, sagte er nachdenklich. »So wie sie liegen, das kann doch kein Zufall sein.«

»Was ist dieser tiefere Sinn?«, fragte Mia.

»Geburt, Jungfrau, Mutter, Gesetz, Tod«, sagte Tvedt leise, ohne den Blick von dem Foto zu heben.

Mia gähnte. Sie musste bald nach Hause.

»Und sieh dir mal an, wie ihre Arme drapiert worden sind«, sagte er nun.

»Wie sind die deiner Meinung nach denn drapiert?«

»Geburt. Und Mutter.« Der dünne Mann nickte ernst.

Mia zog wieder das Telefon aus der Tasche und gab die Nummer der Taxizentrale ein.

»Danke, Sebastian.«

»Das kann doch kein Zufall sein?«

Mia lächelte ihn an und steckte das Foto in ihre Handtasche.

»Ich darf das sicher nicht behalten?«

»Nein.«

»Ein Versuch wird ja wohl noch erlaubt sein«, sagte Tvedt augenzwinkernd.

Mia stand auf. Sie konnte jetzt kaum noch klar sehen.

»Geburt und Mutter«, sagte Tvedt noch einmal gewichtig und nickte. »In die Richtung sind ihre Arme gelegt.«

»Danke, Sebastian«, sagte Mia.

Sie taumelte die Treppe hinunter und ließ sich in das wartende Taxi fallen.

· 37 ·

Miriam Munch hatte das seltsame Gefühl, dass ihr Körper nicht richtig zusammenhing.

Sie waren weitergegangen, hatten andere Lokale aufgesucht, Marion würde bei der Großmutter übernachten und war natürlich überglücklich gewesen. Von Johannes hatte Miriam nichts gehört, sie hatte wirklich versucht, ihn zu erreichen in der vagen Hoffnung, er würde angestürzt kommen, um sie zu retten, ihr irgendeine Antwort auf die Frage geben, ob sie und er noch zusammengehörten, aber er war nicht ans Telefon gegangen, hatte ihre Mitteilungen nicht beantwortet, und am Ende hatte Miriam begriffen, dass ihre Beziehung in gewisser Weise zu Ende war.

Sie schaute in ihr fast schon wieder leeres Bierglas. Ziggy stand draußen und telefonierte. Miriam musste ihn einfach durch das Fenster beobachten, er stand gestikulierend auf dem Bürgersteig, und sie spürte, dass allein sein Anblick sie mit Wärme erfüllte. Sie ging zum Tresen und bestellte zwei neue Bier, als Ziggy lächelnd wieder hereinkam.

»Noch eine Runde hier?«, fragte er augenzwinkernd. »Wir gehen nicht noch woandershin?«

»Was willst du denn?«

»Ach, mir ist das egal«, sagte der schöne junge Mann und zuckte mit den Schultern.

»Du musst vielleicht nach Hause?«, fragte Miriam und trug die Biergläser an ihren Tisch.

»Absolut nicht. Du denn?«

»Nein«, sagte Miriam entschieden und stieß mit ihm an.

Es war ruhiger hier, leisere Musik, das Licht war gedämpft, es gab gemütliche Sitznischen. Miriam schob ihre Hand über den Tisch und spürte, wie seine warmen Finger sich um ihre schlossen.

»Wichtiger Anruf?«

»Nur Jacob.«

»Was für ein Jacob?«

»Den kennst du doch«, sagte Ziggy lächelnd.

»Tschuldigung«, sagte Miriam kichernd über den Rand ihres Bierglases.

»Nichts da«, lachte Ziggy. »Auf Julies Fest? Runde Brille? Zieht sich gern ein bisschen schicker an?«

»Ach ja, natürlich«, sagte Miriam und wusste es jetzt.

Der Kerl, der einen ungeschickten Kontaktversuch unternommen hatte, ehe ihm klar geworden war, dass sie ein Kind hatte.

»Du meinst also, wir sollten …?«, fragte er und streichelte ihre Wange.

»Ja, Jon-Sigvard«, sagte Miriam und nickte. »Das meine ich. Falls du auch meinst.«

»Solange du mich nicht Jon-Sigvard nennst«, grinste er und trank einen Schluck Bier.

»Abgemacht«, sagte Miriam und lächelte ebenfalls.

»Aber nur ...«, sagte Ziggy, legte beide Hände um sein Glas und schaute hinein.

»Nur was?«

»Tja, sagen wir, du entdeckst Seiten an mir, die dir nicht gefallen«, sagte er und hob den Blick.

»Das müssen wir eben riskieren, meinst du nicht? Es kann doch sein, dass du auch an mir Seiten entdeckst, die dir nicht gefallen?«

»Das bezweifele ich.«

»Dussel«, sagte Miriam.

»Nein, das ist mein Ernst«, sagte Ziggy ein wenig feierlich.

»Was ist dein Ernst?«

»Na ja, ich habe doch das Gefühl, dich in eine schwierige Situation gebracht zu haben. Mit Marion und allem ...«

»Ich bin erwachsen«, sagte Miriam. »Marion wird es trotzdem gut haben.«

»Schon, aber trotzdem«, sagte Ziggy und zögerte wieder.

»Was?«

»Wenn ich dir erzähle, dass ich Dinge tue, die mich ins Gefängnis bringen können?«

»Wie meinst du das?«, fragte Miriam.

»Dass ich kriminell bin?«

Miriam lachte auf, dann begriff sie, dass Ziggy es wirklich ernst meinte.

»Kriminell? Du? Das kann ich nicht glauben. Was bist du denn, Bankräuber?«

»Na ja, Bankräuber nicht gerade«, sagte er augenzwinkernd.

Miriam konnte ihm ansehen, dass er etwas loswerden

wollte, von dem er nicht so recht wusste, wie sie es aufnehmen würde.

»Ich meine, Familienleben und das alles, bin nicht sicher, na ja, ob mein Lebensstil dazu passt … ach, ich weiß auch nicht.«

Seine Finger machten sich an seinem Glas zu schaffen.

»Ach so.« Miriam suchte nach den roten Warnlämpchen, sie hatte einen Instinkt für solche Dinge, aber nichts passierte. Der junge Mann, der vor ihr saß, strahlte nur Güte aus.

»Ich mag dich, Miriam«, sagte er und nahm wieder ihre Hand.

»Ich mag dich auch, Ziggy«, sagte Miriam.

»Aber wenn ich dir ein Geheimnis erzähle, dann kannst du damit umgehen?«

»Ich glaube schon. Hast du jemanden umgebracht?«

»Was? Nein, was traust du mir denn zu?«

Ziggy runzelte die Stirn.

»Na ja, du redest von Gefängnis, aber Bankräuber bist du nicht, was soll ich denn glauben?«, sagte Miriam. Ein bisschen viel Alkohol, das merkte sie jetzt. Die Wörter verließen ihren Mund, ohne im Gehirn gewesen zu sein.

»Okay«, sagte Ziggy, »du weißt doch noch, wo wir uns kennengelernt haben, oder?«

»Im Katzenheim«, sagte Miriam.

»Ja. Ziemlich harmlos, stimmt's?«

»Durch und durch«, sagte Miriam lächelnd.

»Mir reicht das einfach nicht.«

»Was denn?«

»Menschen, die Tiere schlecht behandeln. Ich hasse das. Verstehst du, was ich meine?«

»Natürlich.«

»Nein, ich glaube, du verstehst das nicht ganz, ich *hasse* es.«

Er hatte einen Blick, den sie noch nie zuvor gesehen hatte.

»Da bist du nicht der Einzige«, sagte Miriam.

»Nein, Miriam, ich hasse es wirklich«, wiederholte Ziggy verbissen.

»Und darüber reden wir jetzt? Das macht dich ›kriminell‹?«

Miriam machte mit den Fingern imaginäre Anführungszeichen.

»In den Augen der Behörden, ja«, sagte Ziggy, nahm sein Telefon vom Tisch, holte etwas auf das Display und schob es ihr zu.

Eine alte Schlagzeile aus der *VG*.

Tierrechtsaktivisten greifen Hof Løken an.

»Du warst das?«, fragte Miriam überrascht.

Ziggy nickte.

»Hof Løken? Dieser Hof in Mysen, der Hunde und Katzen einsammelt und sie für Tierversuche ins Ausland verkauft?«

Er nickte wieder.

»Den habt ihr mitten in der Nacht überfallen? Und die Tiere gerettet?«

»Ja«, sagte Ziggy.

»Mit Waffen, wenn ich das richtig in Erinnerung habe, jemand wurde angeschossen, war das jemand von euch?«

Er setzte sich jetzt kerzengerade hin und wirkte weniger verspannt.

»Nicht wir haben den Schuss abgegeben«, sagte Ziggy.

Miriam schob das Telefon über den Tisch, lächelte. »Und du hattest Angst davor, mir das zu erzählen?«

Er nickte.

»Also wirklich«, sagte Miriam lachend. »Gib mir eine Schrotflinte, und ich bin dabei.«

»Echt?«, fragte Ziggy und wirkte überaus erleichtert.

»Was glaubst du denn?«, fragte Miriam. »Bei solchen Leuten? Jederzeit. Überall. Ja, wie gesagt, gib mir eine Waffe, und ich bin verdammt noch mal dabei.«

Jetzt strahlte er.

»Ganz im Ernst?«

»Natürlich«, sagte Miriam, fast ein wenig beleidigt. »Was glaubst du eigentlich, wen du hier vor dir hast? Ging es eben darum?«

»Was meinst du?«

»Dein Telefongespräch eben, mit diesem … Joakim?«

»Jacob.«

»Richtig, sorry, ging es darum?«

Ziggy nickte.

»Und was habt ihr vor?«

Er schaute sich um, ein Moment der Paranoia, als ob seine Mitteilung irgendjemanden in dem dunklen Lokal interessieren könnte.

»Ein neuer Ort«, sagte Ziggy, blätterte wieder in seinem Telefon und schob es ihr über den Tisch.

»Atlantis Höfe? Was ist das?«

»Eine Arzneimittelfirma.«

»Atlantis Höfe? Reichlich blöder Name«, sagte sie schnaubend. »Haben die nicht eher fetzige Namen? Novartis? AstraZeneca? Pfizer?«

»Das ist kein Firmenname, nur eine Forschungsstation in Hurum. Registriert als Teststelle für genmodifizierte Tiernahrung. Die testen das Zeug an allen möglichen Tieren. Hunden, Katzen, Vögeln, Mäusen. Verstoßen immer wieder gegen die norwegischen Gesetze, aber das scheint niemanden zu interessieren, als ob irgendwo im System, na ja egal, die Adresse ist jedenfalls kaum auf der Landkarte zu finden, aber jetzt haben wir …«

Ziggy ließ sich wieder zurücksinken und wirkte plötzlich ein wenig zurückhaltend, als ob er schon zu viel gesagt hätte. Er trank einen Schluck Bier und sah sich im Lokal um, als hätte er Angst, belauscht zu werden. Miriam gab ihm das Telefon wieder zurück.

»Ja«, sagte Miriam und schob ihre Hand über den Tisch.

»Was denn, ja?«, fragte Ziggy lächelnd.

»Was du vorhin gefragt hast«, sagte Miriam und streichelte vorsichtig seinen Arm.

»Ja?«, fragte Ziggy.

»Ja«, sagte Miriam lächelnd.

»Bist du sicher?«, fragte Ziggy.

»Ich will«, sagte Miriam und nickte. »Ich mag dich.«

»Ich mag dich auch«, sagte Ziggy und senkte den Blick.

Er brauchte einen Moment, bis er die Sprache wiederfand.

»Ich weiß nicht, ob man so was fragt, aber …«

»Was denn?«, fragte Miriam lächelnd.

»Kann ich dich küssen?«

»Das kannst du«, sagte Miriam Munch und holte rasch Atem, dann schloss sie die Augen und beugte sich über den Tisch zu dem schönen jungen Mann vor.

Mia fuhr mit einem Ruck hoch und rang nach Atem, dann wurde ihr klar, dass sie aus einem Albtraum erwacht war. Sie setzte sich auf und blieb mit dem Kopf in die Hände gestützt auf der Bettkante sitzen, während das Herz unter ihrem Pullover wütend hämmerte. Sie war in Kleidern und Schuhen eingeschlafen, und sie hatte dermaßen geschwitzt, dass die Unterwäsche an ihrem Körper klebte.

Fuck.

Sie hatte es wirklich für wahr gehalten. Hatte geglaubt, dass sie das eben Durchgemachte wirklich erlebt hatte. Sonst schlief sie immer so gut. Sonst hatte sie schöne Träume, es schien in ihr eine Art Schutzwall zu geben, und egal wie viel Bosheit sie in wachem Zustand erlebte, schien das Gute zu siegen, sowie sie den Kopf auf das Kissen legte und einschlief. Diesmal aber nicht.

Verdammt.

Mia stand auf und wankte ins Badezimmer, noch immer in Lederjacke und Schuhen. Hielt ihr Gesicht unter das kalte Wasser. Der Traum steckte ihr noch in den Gliedern, wollte nicht loslassen, deshalb blieb sie so stehen, mit Gesicht und Händen unter dem kalten Wasserstrahl, bis sie wieder normal atmen konnte, dann taumelte sie weiter ins Wohnzimmer und ließ sich aufs Sofa fallen. Sie hatte von Sigrid geträumt. Es war kein schöner Traum, nicht so wie sonst. Ihre Schwester, die ihr lächelnd durch das Kornfeld entgegenkam.

Komm, Mia, komm.

Nein, sie war nicht unten im Keller gewesen. Im Keller

in Tøyen, wo Sigrid auf der schmutzigen Matratze saß, den
Gummiriemen um den Arm, bereit, sich den Schuss zu setzen, der sie das Leben gekostet hatte, in jener Nacht vor
über zehn Jahren. Mia war dort gewesen. So kam es ihr
vor. Sie hatte im selben Raum gestanden. Hatte den ganzen
Dreck gesehen, hatte den Gestank von Urin und Abfällen
in der Nase gespürt, der Kontrast zu der wunderschönen
Sigrid hätte nicht größer sein können. Dieses dreckige, ver-
seuchte Kellerloch und das schöne Mädchen mit den langen blonden Haaren auf der Matratze. Mia hatte versucht
zu reden, aber es war kein Wort aus ihrem Mund gekommen. Sie hatte versucht, sich zu bewegen, loszulaufen, um
Sigrid zu helfen, aber ihr Körper war zu keiner Bewegung
fähig gewesen. Panik, das hatte sie empfunden, und die
Panik steckte ihr noch immer im Leib. Mia bemühte sich,
ruhiger zu atmen, und zog ihr Telefon aus der Jackentasche. Es war fast Mitternacht. Sie hatte die Besprechung
verpasst, aber Munch hatte weder angerufen noch eine
Mitteilung geschickt. Einige Anrufe von Kim, aber nichts
von Holger. Seltsam. Sie hatte plötzlich das Gefühl, noch
immer zu träumen. Sie fuhr zusammen. Was sie jetzt hier
wahrnahm, war vielleicht auch nicht die Wahrheit, der
Schatten könnte auch hierherkommen, der Schatten, den
sie hinter Sigrid an der Wand gesehen hatte. Sie wollte noch
einmal auf ihrem Telefon nachsehen, aber es rutschte ihr
aus der Hand. Sie schaffte es nicht, sich danach zu bücken.
Sie wagte nicht, den Raum aus den Augen zu lassen.

Der Schatten an der Wand.

Verdammt, es musste an den Tabletten liegen.

Die sie genommen hatte, um wach zu bleiben. Das machte sie sonst nie. Wenn sie Tabletten nahm, dann um sich zu

entziehen. Auszuruhen. Distanz zwischen sich und der Welt zu schaffen. Einen Raum aus Schläfrigkeit. Aus Halbschlaf. Einen Ort, an dem sie entkommen konnte. Aber sie hatte sich selbst betrogen. Pillen genommen, die nicht gut für sie waren. Und die hatten ihre Wahrnehmung beeinflusst. Wirklichkeit oder nicht Wirklichkeit? Sie konnte den Unterschied nicht erkennen. Mia bückte sich nach dem Telefon, ohne die Wand vor sich aus den Augen zu lassen, tastete mit zitternden Fingern über den Boden, fand es nicht.

Sie hatte sich anders entschieden. Sigrid. Das hatte sie getan. Mia hatte hilflos in dem stinkenden Dreck gestanden und gesehen, wie ihre Schwester in den Gummiriemen biss. Wie sie ihn sich dicht über dem Ellbogen um den dünnen Arm legte. Sie hatte gesehen, wie Sigrid die Dosis in einen kleinen Löffel gab. Das Heroin. Das Feuerzeug darunterhielt. Das Heroin hatte Blasen geworfen. Ein Wattebausch und etwas Wasser, Mia begriff nicht, warum, wusste nicht genug darüber, wie ein Schuss gesetzt wurde, aber das Ritual war ihr bekannt vorgekommen, als ob sie es schon einmal gesehen hätte. Die Blasen im Löffel in Großaufnahme. Die Nadelspitze, durch die die flüssige Dosis in die Spritze gelangte. Der Gestank. Mia hielt sich jetzt mit einer Hand die Nase zu, es stank so sehr, dass sie den Gestank nicht loswurde. Das hier war ein Traum, oder nicht? War sie überhaupt hier? In ihrer Wohnung? Würde er auch hierherkommen?

Der Schatten.

Mia tastete wieder nach dem Telefon, noch immer, ohne die Wand aus den Augen zu lassen, und fand es schließlich. Nahm es und legte es vor sich auf den Tisch. Wagte kaum, das Display anzusehen. Bald Mitternacht? Das konnte nicht stimmen. Sie hatten eine Besprechung gehabt, was hatte Munch noch gesagt? Sechs, sieben? Warum hatte er sie nicht angerufen? Sie ließ die Hand sinken, musste sich die Nase aber sofort wieder zuhalten. Der Gestank. Der war noch immer da. Exkremente und Abfall. Der Geruch von menschlicher Not. Und ihre Zwillingsschwester auf der Matratze, unmittelbar vor ihr, und sie konnte nichts tun, kein Laut kam aus ihrem Mund, egal wie viel sie rief, ihre Beine wollten sich nicht über den schmutzigen Boden bewegen, sosehr sie es auch versuchte.

Wieder die Großaufnahme. Finger, die auf die weiße Haut schlugen, damit die Adern deutlicher hervortraten. Ein Daumen auf dem Stempel, und dann ein Bild von der Spritze, als etwas Heroin heraustropfte, gerade genug, damit keine Luft mehr drinnen war. Eine Luftblase in der Spritze kann dich umbringen. Dann ihre wunderschönen Augen. Und der niedliche Mund. Und die Hand, die die Spritze an die unter dem gelben Gummiriemen angeschwollene blaue Ader hielt. Aber dann hatte sie sich die Sache anders überlegt.

Sigrid.

Sie wollte leben.

Und dann hatte sie sie angesehen. Sigrid. Sie hatte ihr tief in die Augen geschaut. Hatte ihr zugenickt. Gelächelt, wie immer. Ein wenig gezwinkert. Die Spritze auf die Matratze gelegt. Angefangen, den Riemen von ihrem Arm zu lösen, doch nun war er aufgetaucht. Der Schatten an der Wand. Und Sigrid hatte offenbar aufstehen wollen. Zu ihr kommen. Ihr übers Haar streichen, wie so oft. Wenn Mia traurig war. Wenn sie hingefallen war. Wenn jemand in der Schule gemein zu ihr gewesen war. Sigrids Hand auf ihrem

Haar, und Mia hatte gemerkt, wie sehr sie die brauchte, als sie dort in ihrem Albtraum stand, umgeben von diesem Gestank menschlicher Erniedrigung. Sigrids warme, wunderbare Hand auf ihrem Haar.

Das geht gut, Mia.

Wir haben einander.

Du und ich für immer, okay?

Aber dann war er gekommen. Und dann hatte Sigrid sie nicht mehr wahrgenommen. Sie hatte versucht, das Gespräch zu hören, denn sie hatte sehen können, dass sich die Lippen bewegten, aber ihre Ohren funktionierten nicht. Sie konnte sehen, dass Sigrid den Blick auf den schmutzigen Boden heftete, nickte und sich wieder auf die von Urin gesättigte Matratze setzte. Jetzt wieder die Großaufnahmen. Die Spritze in ihrer Hand. Die Nadel auf dem Weg in die blaue geschwollene Ader.

Der Schatten an der Wand.

Derselbe Schatten wie an der Wand im Keller, dort, wo Camilla Green gefangen gehalten worden war.

Ein Mensch mit Federn.

Ein mit Federn verkleideter Mensch.

Und jetzt wieder die Großaufnahme, mit Sigrid im Mittelpunkt. Die Spritze. Die Injektion in die Vene. Ihre Augen, die zuerst strahlten und dann langsam zuglitten, sich schlossen, bis das Mädchen, das sie über alles auf der Welt liebte, leblos vor ihr auf der Matratze lag.

Verdammt.

Mia versuchte, ruhig zu atmen, und merkte, dass die wirkliche Welt langsam zu ihr zurückkehrte. Die ungeöffneten Pappkartons. Der Küchentisch mit Essensresten. Sie entfernte vorsichtig die Hand von der Nase und nahm noch immer den Gestank wahr, begriff nun aber, dass der von ihr stammte. Die Tabletten. Synthetisches Gift, das ihr Körper nicht haben wollte und verzweifelt loszuwerden versuchte, in einem Bad aus Schweiß, chemischer Gestank, nicht aus dem Keller, sondern von ihr. Mia erhob sich schwerfällig und streifte ihre stinkenden Kleidungsstücke ab, eins nach dem anderen, bis sie nackt in ihrer kalten Wohnung stand. Sie hüllte sich in die Sofadecke, als das Telefon klingelte, ein vibrierendes Etwas vor ihr auf dem Tisch.

Kim Kolsø auf dem Display.

Mia setzte sich wieder auf das Sofa, wickelte die Decke fester um sich und nahm das Gespräch an.

»Ja?«

»Mia?«, fragte Kim und hörte sich an wie jemand aus einer anderen Welt. Aus weiter Ferne.

»Bist du das, Mia?«

Mia nickte.

»Hallo?«

»Ja, hallo, tut mir leid, ich bin's, Kim, wie sieht's aus?«

»Hab ich dich geweckt?«

»Nein, keine Sorge, ich war auf.«

»Na gut, wollte nur mal nach dem Rechten sehen. Alles okay?«

»Ja, natürlich, und bei euch?«

Antwort aus Reflex, aber sie spürte, dass Körper und Kopf jetzt erwachten. Sie war nicht mehr im Traum. Sie war in ihrer Wohnung. Nackt unter der Decke, mit Kim am Ohr. Keine Schatten an der Wand.

»Doch, alles klar, hat er dich angerufen?«

»Wer denn?«

»Munch?«

»Nein, nichts von Holger gehört«, sagte Mia.

»Ich auch nicht. Hab es versucht, aber ich hab ihn nicht erreicht, dachte, es wäre vielleicht auch gut, ihn schlafen zu lassen.«

»Ja, unbedingt«, sagte Mia.

»Hab auch Gabriel nicht erreicht, und na ja, da hab ich das Gleiche gedacht. War doch ein Schock für ihn.«

»Ja«, sagte Mia geistesabwesend.

Es entstand eine Pause, als ob Kim erwartete, dass sie fortfuhr.

»Also haben wir nur eine kurze Besprechung abgehalten, Zusammenfassung, wollten auf euch warten, natürlich, aber ich hab erzählt, was ich wusste.«

»Gut«, murmelte Mia.

»Alles in Ordnung bei dir?«

»Ja, ja, alles bestens«, sagte Mia und stand auf.

Sie wanderte, noch immer in die Decke gewickelt, durch den Raum und legte die Hand auf die Heizkörper unter den Fenstern. Die waren kalt. Sie hatte doch die Stromrechnung bezahlt, oder nicht? Sie drehte die Heizkörper auf und taumelte zurück zum Sofa.

»Ich weiß nicht recht …«, sagte Kim und verstummte dann wieder.

»Was weißt du nicht?«, fragte Mia und merkte, dass ihr Gehirn jetzt wieder mitarbeitete.

»Nein, ja …«, begann Kim. »Ich glaube, du hast die Leute ziemlich fertiggemacht.«

»Womit denn?«

»Na ja, die Frau im Rad war das eine, schlimm genug. Aber der Schatten an der Wand hinter ihr. Sogar Curry saß ganz still, und das will was heißen.«

Kim lachte.

Der Schatten an der Wand.

Ein mit Federn verkleideter Mensch.

»Und was habt ihr besprochen?«, fragte Mia.

»Na ja, nur eine Bestandsaufnahme«, antwortete Kim. »Die Ergebnisse aus der KTU, über den Zettel, den du aus dem Reitstall mitgebracht hast. Nur Camillas Fingerabdrücke. Die Telefonliste. Dass jemand von da draußen die SMS geschickt hat, dass es ihr gut geht.«

»Oder jemand in der Nähe«, sagte Mia und war jetzt wach.

»Ja, natürlich, aber wie groß ist die Wahrscheinlichkeit?«

»Nein, stimmt«, sagte Mia. »Aber trotzdem.«

»Und neue Details aus dem Obduktionsbericht.«

»Ja?«

»Leider nichts, was wir brauchen können, glaube ich. Es ist wohl so, wie wir vermutet haben. Erwürgt. Vik meint, es muss an der Fundstätte passiert sein, aber hundertprozentig sicher ist er sich nicht.«

»Sie ist also freiwillig in den Wald gegangen?«

»Nein, das hat er nicht gesagt, aber möglich wäre es. Oder auch nicht freiwillig, verstehst du?«

Mia verstand genau, was er meinte. Camilla war zwar auf eigenen Beinen in den Wald gegangen. Aber nicht freiwillig, natürlich.

Nach drei Monaten in einem Rad in einem Keller.

»Dann haben wir einige Funde, die die Jungs von der Kriminaltechnik da draußen in der Gärtnerei gemacht haben. Ich weiß nicht, was wir davon halten sollen.«

»Was sind das für Funde?«

»Marihuanapflanzen in einem Gewächshaus.«

»Ach was«, sagte Mia.

»Ja, was glaubst du?«

»Keine Ahnung. Waren das viele?«

Mia musste plötzlich an ihren Besuch bei Sebastian Tvedt denken. In der Wohnung, die gerochen hatte, als habe jemand Amsterdam nach Oslo verlagert. O. T. O. Freimaurer. Die Bedeutung des Pentagramms. Das alles war ziemlich verwirrend. Ob Sebastian diesen Planeten endgültig verlassen hatte oder ob das, was er gesagt hatte, wirklich für sie nützlich sein könnte.

»Nein, ich glaube, es waren acht.«

»Für den Eigenbedarf also?«

»Ich weiß nicht«, gähnte Kim.

»Wir können morgen darüber reden«, sagte Mia.

»Okay.«

»Sind wir zu irgendeinem bestimmten Zeitpunkt bestellt?«

»Hab Holger wie gesagt nicht erreicht, zu den anderen habe ich neun gesagt, okay für dich?«

»Ja, ja, natürlich«, sagte Mia.

»Und ja …«, sagte Kim.

»Was denn?«

»War noch mal bei Olga Lund.«

»Welche Olga?«, fragte Mia und wusste wirklich nicht, wen er meinte.

»Die alte Dame in Hurum?«

»Ja, genau.«

Jetzt erinnerte sie sich. Die Frau, die sich den Tag nach den Fernsehnachrichten einteilte.

»Was ist dabei herausgekommen?«

»Leider konnte sie uns nur sagen, was wir ohnehin schon

wissen, weißer Lieferwagen, irgendein Logo auf der Seite, eine Blume vielleicht.«

»Von der Gärtnerei?«, fragte Mia und wurde ein wenig wacher.

»Hatte ich auch gehofft«, sagte Kim. »Aber sie meinte, es hätte auch eine Apfelsine sein können.«

»Okay«, seufzte Mia.

»Ich glaube, wir streichen sie erst mal.«

»Aber mit dem weißen Lieferwagen, da war sie sicher?«

»Ja«, sagte Kim. »Aber das Problem ist, dass es laut Ludvig allein in Oslo und Buskerud Tausende von weißen Lieferwagen gibt. Wo sollen wir da anfangen?«

»Eben«, sagte Mia. »Nein, das lassen wir, wenn es nicht das Einzige ist, was wir haben.«

Sie spürte, wie es langsam warm wurde in der Wohnung. Sie legte die Füße auf den Tisch und gähnte. Der Tablettenschlaf hatte nicht geholfen. Sie brauchte richtigen Schlaf.

»Und die Perücke«, sagte Kim und schien zu blättern.

»Die sie getragen hat, als sie gefunden wurde?«

»Ja«, sagte Kim. »Die blonde, das weißt du doch noch?«

Die Jungfrau mit der blonden Perücke.

»Natürlich, wissen wir jetzt mehr darüber?«

»Es ist schon seltsam …«, sagte Kim und verstummte, als ob er selbst nicht glaubte, was er da vor Augen hatte.

»Ja, hier ist alles verdammt schnell gegangen, die Technik ist ein bisschen sauer auf uns, glaube ich, weil wir solchen Druck machen, aber …«

»Ja?«, fragte Mia.

»Es ist nur ein vorläufiger Bericht, weil wir so genervt haben, glaube ich, aber es wirkt wie eine Art, ach, was zum Teufel weiß ich denn davon …«

Wieder verstummte er.

»Was denn?«

»Die Perücke. Ich sehe das so, dass du in einen Spielwarenladen gehst, kaufst irgendwas für ein Kostümfest oder so. Ich will als Marilyn Monroe gehen und brauch etwas Billiges, verstehst du?«

Mia war ganz bei der Sache und spürte, dass das hier wichtig war. Sie konnte es zwar nicht beschreiben, aber etwas lag in der Stimme des sonst so ruhigen Kollegen.

»Aber das war hier nicht so?«

»Nein«, sagte Kim und schien noch immer in seinen Notizen zu blättern.

»Also, das ist unter Vorbehalt, aber dennoch …«

»Ja?«

»Das sind offenbar echte Haare«, sagte Kim.

»Ist das denn so ungewöhnlich?«, fragte Mia.

»Ich kenne mich zwar nicht damit aus, aber der, mit dem ich im Labor gesprochen habe, Tormod oder Torgeir, der sagt, sie hätten echte Haare von mindestens zwanzig verschiedenen Frauen darin gefunden.«

»Ist das denn so ungewöhnlich?«, fragte Mia noch einmal.

»Nein, vielleicht nicht«, sagte Kim. »Aber wenn es so eine teure ist, musste die vielleicht bestellt werden? Wo werden solche Perücken hergestellt? Lange blonde Perücken mit echten Haaren von vielen Frauen müssen doch einiges kosten. Das könnte eine Spur sein, meinst du nicht?«

»Auf jeden Fall«, sagte Mia und stand vom Sofa auf.

Sie ging zum Heizkörper unter dem Fenster und spürte die Wärme auf ihrer Haut. Sie schaute nach draußen, über das Bislett-Stadion und die nächtlichen Straßen. Bald war es Mitternacht in Oslo. Menschen, die nicht so dringend Schlaf brauchten wie sie. Die mit einem Kumpel ein Bier getrunken hatten und zur Liebsten nach Hause ins Bett wollten. Ein fröstelndes Paar, eng umschlungen, junge Menschen, die mit einem Lächeln auf den Lippen und völlig sorglos die Straße überquerten. Eine Frau in einer roten Daunenjacke unter einer Straßenlaterne. Die Kapuze hochgezogen, die Hände in den Taschen, den Blick auf ein Fenster gerichtet, einen Stock höher oder tiefer als Mias; vielleicht wartete sie auf einen Freund, der aufmachen und sie einlassen würde. Gewöhnliche Menschen. Gewöhnliche Leben. Und sie merkte, dass sie neidisch war. Morgens aufstehen. Zur Arbeit gehen. Nachmittags nach Hause gehen. Den Fernseher einschalten. Das Wochenende freihaben. Sich eine Pizza aufbacken. Irgendeinen Skiläufer irgendeinen Preis gewinnen sehen.

»Bist du noch dran?«, fragte Kim und hatte etwas gesagt, das sie nicht gehört hatte.

»Ja, ich bin dran«, sagte Mia.

»Was glaubst du?«

»Wollen wir nicht morgen früh darüber reden?«, fragte Mia und ließ sich wieder auf dem Sofa nieder.

»Ja klar, kein Problem«, sagte Kim.

»Gute Arbeit, Kim«, sagte Mia.

»Ja, danke, aber … ich bin doch noch dabei, oder?«

»Dabei?«, fragte Mia. »Wie meinst du das?«

Und dann kam es, das, was sie hinter all seinen Worten gespürt hatte.

»Na ja, wo ich doch, ja, Emilie und ich …«, murmelte er.

Mia brachte ihrem Kollegen großen Respekt entgegen. Wenn sie sich entscheiden müsste, wem sie blind vertraute, würde er ganz oben auf der Liste stehen. So wie jetzt hatte sie ihn noch nie erlebt.

»… wo ich doch Versetzung beantragt habe«, sagte Kim. »Ich dachte, weil Emilie und ich doch, also, weil ich Versetzung beantragt habe. Dass ich schon draußen bin? Dass ihr das hier ohne mich macht?«

»Natürlich nicht. Du bist doch einer der Besten im Team, was ist los, Kim?«

»Nein, ich dachte nur …«

»Klar bist du dabei, Kim«, sagte Mia und stand wieder auf. »Das wäre ja noch schöner.«

Mia ließ die Decke fallen und lief nackt durch den Flur zum Badezimmer.

»Besprechung morgen früh um neun?«, fragte Kim.

»Perfekt«, sagte Mia.

»Schön«, sagte Kim gedehnt. »Dann sehen wir uns morgen.«

»Um neun«, sagte Mia, beendete das Gespräch, ging unter die Dusche und ließ den heißen Wasserstrahl auf ihren Rücken prasseln, bis es nur noch kaltes Wasser gab.

· 39 ·

Helene Eriksen stellte den Motor ab, stieg aus dem Auto und steckte sich eine Zigarette an. Sie zog den Reißverschluss ihrer Daunenjacke bis zum Hals hoch und hatte plötzlich das Gefühl, etwas Verbotenes zu tun. Eine Begegnung auf einer einsamen Straße, heimlich, so spät am Abend? Sie zog so lange an ihrer Zigarette, bis die rote Glut ihre Finger beleuchtete, und sie merkte, dass sie zitterte.

Vielleicht hatte der Oktober plötzlich eine Dunkelheit gebracht, die eigentlich zum November oder Dezember gehörte, aber sie wusste, dass es natürlich nicht nur daran lag. Sie zog sich die Ärmel über die Handgelenke und hielt Ausschau nach den Scheinwerfern, von denen sie wusste, dass sie bald auftauchen würden.

»*Lass sehen.*«

Zunge raus.

»*Braves Mädchen. Nächste.*«

Über dreißig Jahre her, aber dennoch wollte es sie nicht loslassen. Sie konnte noch immer mitten in der Nacht aufwachen, in schweißnasser Bettwäsche, aus einem Traum, in dem sie wieder auf dem alten Sofa schlief, voller Angst davor, wo er gewesen sein mochte, was jetzt kommen würde. Die Angst vor der Strafe, wenn sie etwas falsch machte. Etwas Falsches sagte. Etwas anderes dachte, als die Tanten von ihr verlangten. Sieben Jahre damals, jetzt über vierzig, aber noch immer steckte es ihr in den Knochen, und sie merkte, wie schrecklich sie das fand.

»Es ist nicht deine Schuld.«

Das war das Erste, was er gesagt hatte, der Psychologe. Sie war damals elf, zwölf vielleicht, sie wusste nur noch, dass sein Sprechzimmer seltsam gerochen hatte und dass es ihr schwergefallen war, den Mund aufzumachen.

»Es ist nicht deine Schuld, Helene. Davon musst du ausgehen. Denk so: Es war nicht deine Schuld. Kannst du das für mich tun? Kannst du damit anfangen?«

Helene Eriksen kletterte auf die Motorhaube, zog die Beine an und saß in der Dunkelheit und schaute in die Landschaft, die sie umgab. Schatten von Bäumen, die aussahen wie lebende Wesen, flüsternde halb tote Menschen, und sie spürte es jetzt deutlicher, dass das Alleinsein sie noch immer nervös machte. Sie warf die halb gerauchte Zigarette weg und setzte sich wieder ins Auto. Hier fühlte sie sich sicherer. Sie schob den Schlüssel ins Zündschloss und drehte ihn, bis sie Heizung und Radio einschalten konnte.

»*Lass sehen.*«

Zunge raus.

»*Braver Junge. Nächster.*«

Sie fand einen Sender, der ihr gefiel und sie auf andere Gedanken brachte. Sie drehte lauter und trommelte mit den Fingern auf das Lenkrad, während sie durch die Windschutzscheibe Ausschau nach den Scheinwerfern hielt, die bald auftauchen würden.

»Schaffst du das, was glaubst du, Helene?«

Die Haare bleichen. Die gleichen Kleider tragen. Immer tun, was die Tanten sagen. Immer das Gleiche, tagein, tagaus. Schule, Yoga, Hausarbeit, Schulaufgaben, Tabletten, Schule, Yoga, Hausarbeit, Schulaufgaben. Vor dreißig Jahren. Wie lange würde das in ihr stecken?

»Ich weiß ja, dass es schwierig ist, aber ich bin hier, um dir zu helfen.«

Helene Eriksen zog die Zigarettenpackung aus der Tasche und steckte sich eine neue an, obwohl sie eigentlich gar nicht wollte, öffnete die Autotür einen Spaltbreit, um den Rauch hinauszulassen, zog sie aber rasch wieder zu, es war zu kalt draußen. Winter im Oktober? Jemand dort oben hatte beschlossen, sie zu bestrafen.

»Was denkst du, Helene?«

Zwölf Jahre in einem Sessel in Oslo vor einem fremden Mann.

»Es ist nicht deine Schuld, verstehst du, Helene?«

Sie zog wieder an der Zigarette und drehte das Radio lauter, es gefiel ihr, wie die Musik ins Auto strömte und sie ablenkte.

Konkursmasse. Gärtnerei zu verkaufen.

Zweiundzwanzig Jahre lang, sie hatte getan, wie ihr geheißen worden war. Abitur gemacht. Eine Ausbildung. War etwas geworden.

Hurumlandet. Achtundzwanzig Hektar Land. Vier Treibhäuser. Gut erhalten, müssten aber renoviert werden.

Der Bus. An diesen Ort. Zur Konkursmasse. Gärtnerei. Und sie hatte danach so deutlich gespürt, wozu sie in diesem Leben wirklich Lust hatte.

Anderen zu helfen.

Helene schaltete das Radio aus, schaute auf die Uhr und stieg wieder aus. Sie spielte mit dem Gedanken an eine neue Zigarette, blieb dann nur mit den Händen in der Jackentasche stehen und schaute in die Dunkelheit.

»Woran denkst du jetzt, Helene?«

Sie überlegte sich die Sache anders, nahm sich doch eine Zigarette, suchte mit dem Blick die Straße nach den Scheinwerfern ab, die bald kommen mussten.

Über dreißig Jahre her? Da musste es doch endlich aufhören?

Helene Eriksen zog an der Zigarette, als plötzlich die Scheinwerfer auftauchten, der weiße Lieferwagen auf sie zukam und direkt neben ihr hielt.

»Hallo, du, was ist los?«, fragte das Gesicht hinter der Glasscheibe.

»Das hast du doch gehört?«, erwiderte Helene.

»Was denn gehört?«, wollte der Mann hinter der Glasscheibe wissen.

»Jetzt machst du Witze«, sagte Helene und trat dichter an das Fenster heran.

Sie konnte sehen, dass er sich seine Antwort überlegte.

»Das hier hat doch nichts mit mir zu tun.«

Helene wollte ihm gern glauben. Sie hätte alles für dieses Gefühl gegeben, dass sie ihm glaubte, aber es gelang ihr nicht.

Ihr Bruder.

Er hatte nichts an.

Er war ganz nackt, aber sein ganzer Körper war bedeckt von ... Federn?

»Sie fragen«, sagte sie und zog die Jacke fester um sich.

»Wonach fragen sie?«

»Nach allen, nach allem.«

»Helene, glaubst du denn, dass ich das war?«

»Du warst doch da unten, in deinem Haus? Den ganzen Sommer? Du warst nicht zu Hause, oder? Ich musste einfach, du weißt schon. Fragen. Ich hab dich so lieb.«

Ihr Bruder lächelte und streckte die Hand aus dem Autofenster. »Ich habe dich auch lieb, Helene, aber hier? Mitten in der Einöde, mitten in der Nacht? Das wäre doch nicht nötig gewesen.«

Sie kam sich jetzt dumm vor, während ihr Bruder durch das Fenster ihre Hand streichelte.

»Nein, ich dachte nur ... du weißt, das mit den Federn und so?«

»Damit bin ich schon lange fertig. Fahr jetzt nach Hause und geh schlafen, ja?«

Helene Eriksen spürte noch einmal die warme Hand auf ihrer, dann kurbelte er das Wagenfenster hoch.

Und dann war er wieder verschwunden, ebenso schnell, wie er gekommen war.

• Teil V •

· 40 ·

Holger Munch sah aus, als ob er gut geschlafen hätte, als er im Besprechungszimmer vor dem Bildschirm stand und darauf wartete, dass alle sich setzten. Gabriel Mørk war nicht so gut in Form. Zum ersten Mal seit Beginn dieses Falls hatte er mit dem Gedanken gespielt, zu Hause zu bleiben. Nur einen Tag freizunehmen, um ein wenig Distanz zu allem zu gewinnen. Der Film, den er gesehen hatte, hatte ihn einfach fertiggemacht, er fühlte sich nicht gut, ob er eine Grippe ausbrütete? Seine Freundin war zudem schwanger, im siebten Monat, ein ganzer Tag mit ihr zusammen wäre doch schön. Vielleicht könnten sie ein wenig durch die Stadt schlendern? Ein paar Babysachen für den Kleinen kaufen, der bald auf die Welt kommen würde?

Aber dann war er doch gegangen, denn Gabriel wusste, dass das alles nur Ausflüchte waren. Er hatte keine Lust wegen der Sache mit Skunk. Er wusste, die Frage würde kommen. Sie mussten Skunk finden, und natürlich war das Gabriels Aufgabe, aber um ehrlich zu sein, hatte er keine Ahnung, wie er Skunk ausfindig machen sollte.

»Okay, allesamt, guten Morgen«, sagte Munch gut gelaunt auf seinem Platz neben dem Beamer, während alle im Raum zur Ruhe kamen. »Es tut mir leid, dass ich gestern so weggetreten war, werde wohl langsam alt. – Ehe wir anfangen, hat hier jemand noch neue Infos?«

Ylva rutschte auf ihrem Stuhl hin und her, sie war als Erste im Besprechungsraum gewesen und wollte offenbar dringend etwas loswerden.

»Ich hab was«, sagte sie lächelnd und diesmal, ohne die Hand zu heben.

»Und?«, fragte Munch.

»Die Tätowierung«, sagte Ylva, stand auf und reichte Munch ein Blatt Papier.

»Aha, sehr gut«, sagte er. »Was sehen wir hier also?«

Munch nickte ihr zu. Ylva war ein wenig nervös, vor allem aber stolz, weil sie etwas entdeckt hatte. Sie bohrte die Hände in die Taschen und holte tief Luft.

»Also, diese Tätowierung auf Camillas Arm …«

Alle nickten.

Ein Pferdekopf, darunter die Buchstaben A und F.

»Ich konnte heute Nacht nicht schlafen und habe lange darüber nachgedacht, ich hatte sie irgendwo gesehen, wusste aber nicht mehr genau, wo.«

Ylva schaute zu Boden, ehe sie weitersprach. Es war deutlich, dass es ihr ein wenig unangenehm war, hier vor allen zu sprechen, aber dass es sie auch freute.

»Ich lag also wach, und dann kam mir eine Idee. Seht ihr alle den Strich in der Mitte?«

Munch hatte das Bild mit der Tätowierung herausgesucht, es leuchtete ihnen vom Bildschirm entgegen. Camillas Arm. Der Pferdekopf. Die Buchstaben A und F.

»Dann dachte ich plötzlich, was, wenn dieser Strich gar kein Strich ist, sondern ein Buchstabe?«

Ylva ging zur Wand und zeigte auf das Bild.

»Seht ihr das?«

»Ein L?«, fragte Mia langsam.

»Genau«, sagte Ylva lächelnd. »Was, wenn die Buchstaben nicht A und F sind, sondern …«

»ALF?«, gähnte Curry. »Der Typ hieß Alf?«

Die anderen lachten.

»Was denn?«, fragte Curry und sah sich um.

Gabriel wusste nicht, was mit Curry los war, aber der
wirkte in letzter Zeit so zerstreut, gar nicht so wie sonst.

»Mach nur weiter, Ylva«, sagte Munch und nickte.

»Ja, wie gesagt«, fuhr Ylva fort. »Bis mir das mit dem L
aufging, hat es gedauert, aber dann habe ich das hier heute
Nacht im Netz gefunden.«

Sie warf Munch einen Blick zu.

»Ich habe mehrere Exemplare ausgedruckt, soll ich …?«

Munch lächelte und nickte. Ylva lief zu ihrem Platz und
verteilte ihre Ausdrucke.

»Was sehen wir hier?«, fragte Kim.

»Animal Liberation Front«, sagte Ylva, die jetzt wieder
neben Munch stand. »ALF. Das ist ihr Logo oder eins davon. Der Pferdekopf über den Buchstaben.«

Leises Gemurmel in der Runde, und die junge Frau
strahlte stolz.

»Die Animal Liberation Front wurde schon 1974 in
England gegründet, heute ist sie in über vierzig Ländern
aktiv. Sie ist bekannt für ihre aggressive Einstellung Leuten
oder Betrieben gegenüber, die Tiere gefangen halten, vor
allem in Laboren, die Tierversuche durchführen. Sie sind
schon als Terrororganisation für Tiere bezeichnet worden.
Sie greifen gern zu ziemlich drastischen und oft auch un-
gesetzlichen Mitteln, um ihr Ziel zu erreichen.«

»Und es gibt sie auch in Norwegen?«, fragte Mia.

»Das ist seltsam, ja und nein«, sagte Ylva. »In Norwegen heißen sie Dyrenes Frigjøringsfront und waren sehr aktiv zwischen 1992 und 2004, es gab allerlei Überfälle auf Pelzfarmen, Kürschnerläden und so weiter. Sie haben eine Website, aber die ist seit 2009 nicht mehr aktualisiert worden, und deshalb weiß ich nicht so recht, ob sie noch aktiv sind oder nicht oder ob sie einfach in Deckung gegangen sind und unter einem anderen Namen operieren, ich weiß es nicht.«

Ylva sah wieder Munch an, und der nickte zum Zeichen, dass sie sich setzen konnte.

»Also, unsere Freundin Camilla Green hatte auf den Arm das Logo der Tierrechtsorganisation Animal Liberation Front tätowiert.«

Munch schaute auf das Blatt Papier, das Ylva ihm gegeben hatte, und lächelte ihr noch einmal zu.

»Gute Arbeit, wirklich sehr gut, Ylva. Macht damit weiter, ja? Versucht, mehr herauszufinden. Alles über diese Tierbefreiungsfront, ob es in letzter Zeit Aktionen gegeben hat, ob wir Camilla damit in Verbindung bringen können. Ludvig hilft dir bei den Archiven und mit allem, was du brauchst, okay?«

Ylva schaute zu Ludvig hinüber, und er nickte zurück.

»Ein guter Anfang für diesen Tag«, schloss Munch.

Gabriel nahm an, dass Munch jetzt eine rauchen gehen würde, aber das passierte nicht. Stattdessen schaltete der Chef den Beamer ein.

»Wir haben jetzt schon viel, da ist es an der Zeit, ein paar Prioritäten zu setzen, okay?«

Wieder wurde in der Runde genickt.

»Zuerst dieser Fund draußen in der Gärtnerei. Marihuana?«

Er schaute Kim an.

»Nicht viele Pflanzen, so sieben oder acht.«

»Und wie denken wir darüber, sind die relevant für uns?«

Kim zuckte mit den Schultern.

»Zu früh, um was zu sagen, sollten wir aber überprüfen. Ich weiß, das ist nicht unser Bier, und ich weiß nicht, inwiefern sich unsere Freunde von der Droge für einen so kleinen Fund interessieren werden, aber so wie ich das sehe, hat Helene Eriksen da noch etwas zu erklären.«

»Wenn sie davon gewusst hat«, sagte Munch.

»Klar«, sagte Kim. »Aber jemand da draußen hat es gewusst, und das kann uns vielleicht weiterhelfen.«

»Richtig, unbedingt, wir müssen heute wohl noch mal hin. Machst du das, Kim?«

Kim nickte. »Kein Problem.«

»Gut«, sagte Munch. »Und wenn du sowieso da bist, der Zettel mit der Eulenzeichnung. Das ist das Konkreteste, was wir haben. Unsere stärkste Spur bisher. Hat den schon mal jemand gesehen? Hat jemand da draußen den geschrieben? Weiß jemand irgendetwas darüber, verstehst du?«

Kim nickte. »Ich mach das.«

»Ich komme mit«, sagte Curry.

»Perfekt«, sagte Munch und klickte zum nächsten Bild. »Die Perücke?«

»Ja«, sagte Ludvig und sah in seine Notizen. »Ein ziemlich teures Teil, echte Haare, das kann man nicht überall kaufen. In Norwegen gibt es nicht viele Läden, die so was führen, aber es gibt hier einen namens …«

Er blätterte wieder.

»Ruhs Perücken, oben in Frogner, ich dachte, da fangen wir an. Wenn sie dort gekauft worden ist, ist sie vielleicht registriert. Wenn nicht, können sie uns möglicherweise sagen, woher sie stammt.«

»Gut«, sagte Munch und klickte weiter. »Und dann haben wir das da.«

Gabriel zuckte ein wenig zusammen, als die beiden Fotos auftauchten, die er noch nie gesehen hatte. Ihm fiel auf, dass es einigen von den anderen genauso ging.

»Äh?«, fragte Curry und starrte den Bildschirm an.

»Anette?«, fragte Munch und nickte der blonden Polizeijuristin zu.

»Wie ihr sicher wisst«, begann Anette, »hatten wir vor ein paar Tagen ein Geständnis. Jim Fuglesang, einunddreißig Jahre alt, der nicht allzu weit von der Stelle entfernt wohnt, wo Camilla gefunden worden ist. Psychiatrischer Patient in der Klinik Dikemark, wo er mehrere Male eingewiesen war, ziemlich regelmäßig, wenn wir das richtig überreißen. Wir glauben, wie ihr wisst, nicht, dass er der Täter ist, aber interessanterweise hatte er diese Fotos bei sich, als er sich unten auf Grønland gemeldet hat.«

Gabriel sah sich die Fotos neugierig an. Sie zeigten eine Katze und einen Hund. Tot und so hingelegt wie Camilla Green. Auf einem Bett aus Federn. In einem Fünfeck aus Kerzen.

»Nicht zu fassen«, sagte Ylva.

»Was zum Teufel ist das denn?«, brummte Curry.

Munch zuckte mit den Schultern.

»Das wissen wir ja eben nicht. Was sehen wir da? Vorschläge?«

Munch schaute in die Runde.

»Das darf doch nicht wahr sein«, sagte Curry nun. »Dasselbe groteske Ritual? Mit zwei Tieren? Was ist das denn für ein Teufel?«

Er schaute sich kurz zu Mia um.

»Wie gesagt, wir sind nicht sicher«, sagte Mia, die bisher ungewöhnlich still gewesen war.

Gabriel grauste sich vor allem davor, was jetzt bevorstand. Wenn die Reihe an ihn kam. Wenn über Skunk gesprochen wurde.

»Wir hatten noch keine Möglichkeit, mit diesem Jim Fuglesang zu reden, weil, ja …«

Er schaute wieder zu Anette hinüber.

»Wir haben uns gestern bei einem Oberarzt in Dikemark erkundigt, und der sagt, dass Fuglesang unter keinen Umständen gestört werden darf. Offenbar war das alles zu viel für ihn, und er sagt jetzt wohl gar nichts mehr. Steht unter Drogen, glaube ich, Details weiß ich nicht, Schweigepflicht und so weiter.«

»Aber wir haben das auf der Liste, stimmt's?«, fragte Munch.

»Logisch«, sagte Anette. »Wir bleiben dran.«

»Wo hat er die Bilder gemacht? Wann hat er sie gemacht? Das müssen wir so schnell wie möglich klären.«

Munch drehte sich zu den bizarren Tierfotografien um.

»Mia?«

Mia Krüger stand auf und ging nach vorn zu Munch. Etwas war an diesem Tag mit ihr, Gabriel konnte nicht klar definieren, was, aber sie wirkte sehr erschöpft und geistesabwesend.

»Wie Holger schon gesagt hat, ist uns der Zusammenhang noch nicht klar, aber dass es einen gibt, steht jedenfalls fest. Dass es etwas mit dem Mord an Camilla zu tun haben muss. Das hier kann kein Zufall sein.«

Sie zeigte auf die Bilder.

»Die Federn. Die Kerzen. Und nicht zuletzt, wie die Arme liegen oder in diesem Fall die Pfoten, seht ihr? Sie liegen genauso wie Camillas Arme. Nach oben und zur Seite. Zwölf Uhr und vier Uhr. Aber warum?«

Mia schien noch mehr sagen zu wollen, überlegte es sich dann aber anders und ging zurück zu ihrem Platz. Sie wirkte an diesem Tag wirklich nicht wie sie selbst.

Munch schaute wieder in die Runde.

»Irgendeine spontane Idee?«

»Kranker Motherfucker«, murmelte Curry.

»Danke, Curry«, sagte Munch. »Aber andere Assoziationen? Was auch immer?«

Niemand sagte etwas. Die anderen waren von den Fotos ebenso geschockt wie Gabriel.

»Na gut, dann lassen wir die mal beiseite. Bis wir mit diesem Jim Fuglesang reden können, okay?«

Munch warf Anette einen Blick zu, und die nickte.

»Okay«, sagte Munch und klickte weiter.

Ein neues Bild erschien auf dem Bildschirm, und abermals fuhr Gabriel zusammen, während die anderen ruhig blieben. Offenbar hatten sie sich das schon angesehen, nachdem er, ja, das war ihm noch immer peinlich, sich erbrochen hatte und nach Hause geschickt worden war. Kein fähiger Polizist. Er kam sich nicht gerade toll vor, und er starrte jetzt das Foto an. Es schien aus dem Film zu stammen. Eine Vergrößerung der Wand hinter dem Rad, in dem Camilla gelaufen war, um etwas zu essen zu bekommen.

Eine mit Federn bedeckte Gestalt.

Ein Mensch mit Federn?

Gabriel schauderte, und dann war es wieder da. Das Gefühl, das er gehabt hatte, nachdem sie den schrecklichen Film gesehen hatten. Die Übelkeit. Er riss sich zusammen und merkte, dass die anderen jetzt auch still waren. Plötzlich senkte sich drückender Ernst über den Raum.

Munch schien seine Worte genau abzuwägen.

»Wie gesagt, wir gehen seit gestern davon aus, dass wir hier den Täter vor uns haben.«

»Verdammt«, sagte Curry und schüttelte den Kopf.

»Der ist ja nicht gerade deutlich zu sehen«, sagte Munch und deutete. »Aber es sieht doch aus, als säße hier ein Mensch. Er beobachtet sie«, sagte er rasch. »Camilla ist gefangen. Und sie hat einen Zuschauer. Eine Person, die …«

»Einen Vogelmann?«, fragte Curry. »Was zum Teufel ist das eigentlich? Wer zum Teufel hat Federn am Leib?«

Alle sahen Mia an, weil sie von ihr vielleicht eine Antwort erwarteten, aber Mia schwieg noch immer.

Munch sah Mia nachdenklich an, das hier war ihr Ressort, normalerweise lieferte sie die Erklärung für kranke Dinge wie das hier, aber Mia saß noch immer stumm an ihrem Platz.

»Okay«, sagte Munch und kratzte sich am Kopf. »Ein Mensch mit Federn. Ein gefiederter Mensch. Camilla lag auf einem Bett aus Federn. Die getötete Katze lag auf einem Bett aus Federn. Der Hund lag auf einem Bett aus Federn.«

»Eulenfedern«, warf Ludvig ein.

»Ja«, sagte Munch und wirkte erleichtert, dass jemand anders das Wort ergriffen hatte.

»Und ich habe etwas Seltsames gefunden, aber ich weiß nicht, ob uns das weiterhilft.«

Ludvig schaute wieder in seine Notizen.

»Es lag ziemlich weit hinten im Archiv, ich bin durch Zufall darauf gestoßen.«

»Was hast du gefunden?«, fragte Munch.

»Einen Einbruch vor einigen Monaten, im Naturhistorischen Museum in Tøyen. Wie gesagt, eine Kleinigkeit, aber sie ist mir aufgefallen, weil etwas daran seltsam ist.«

Alle sahen den älteren Ermittler an.

»Ihr wisst doch, wo das ist? Oben im Botanischen Garten in Tøyen. Pflanzen und Blumen und so was. Sie haben auch eine zoologische Abteilung. Und vor einigen Monaten, am …«

Ludvig schaute wieder in seine Notizen.

»… sechsten August wurde ein Einbruch da oben gemeldet, auf einer Ausstellung namens *Norwegische und ausländische Tiere,* und das Seltsame war, ja, deshalb ist es mir aufgefallen, die haben da offenbar eine Vitrine nur für norwegische Eulenarten, und nur die sind gestohlen worden. Ich meine, das muss ja nichts bedeuten, aber dennoch, wir sollten uns das mal ansehen.«

»Absolut«, nickte Munch. »Gut. Ludvig. Haben wir da oben eine Kontaktperson?«

»Der Einbruch wurde von einem Konservator namens Tor Olsen gemeldet, das steht hier. Ich meine, Camilla auf einem Bett aus Eulenfedern? Und jemand stiehlt eine ganze Sammlung von norwegischen Eulen?«

»Sehr gut, Ludvig. Mia, machst du das?«, fragte Munch.

Mia Krüger blickte auf, als sei sie soeben geweckt worden.

»Was?«

»Die Eulenfedern. Der Einbruch im Naturhistorischen Museum. Nimmst du den?«

»Ja, kein Problem.« Mia räusperte sich und sah aus, als ob sie nicht ganz begriff, wovon hier die Rede war.

»Okay«, sagte Munch.

Gabriel wusste, dass er jetzt an der Reihe war.

»Dieser Hacker, der den Film gefunden hat. Dein alter Freund Skunk, bist du da schon weitergekommen?«

Sie sahen ihn an, allesamt.

»Hab es versucht, noch nichts, aber ich probiere es weiter, ich …«

»Gut«, sagte Munch. »Schau, was du rauskriegst, wir müssen unbedingt mit ihm reden. Wir müssen wissen, wo sich der Server befindet, der den Film hat.«

»Okay.« Gabriel nickte, überrascht und erleichtert, weil er so billig davongekommen war.

Er begriff zuerst nicht, weshalb, aber dann ging es ihm auf. Munch machte sich Sorgen um Mia.

»Können wir kurz bei mir reden?«

»Was?«, fragte Mia, noch immer nicht ganz zugegen.

»In meinem Arbeitszimmer? Hast du fünf Minuten?«

Mia hob den Blick und sah ihn an.

»Klar«, sagte sie und räusperte sich.

»Okay, schön«, sagte Munch nun zu allen. »Wenn es etwas Neues gibt, geben wir sofort Bescheid. Ich schlage heute Abend die nächste Besprechung vor, den Zeitpunkt erfahrt ihr noch.«

Die anderen nickten wortlos, als Mia Krüger langsam aufstand und Munch zögernd in sein Büro folgte.

41

Munch schloss die Tür hinter Mia und setzte sich in seinen Schreibtischsessel. Sie ließ sich auf das kleine Sofa sinken und sah ihn mit unergründlichem Blick an. Munch musterte sie und überlegte, was er ihr sagen sollte. Er konnte Mias Blick nicht deuten.

»Was ist los?«, fragte sie endlich.

»Na ja, das wollte ich eigentlich dich fragen.«

Munch wägte seine Worte abermals ab. Er hatte oft darüber nachgedacht. Zuerst unten im Justisen, dann gestern bei der Besprechung und nun heute Morgen. Mikkelson hatte sie beurlaubt. Sie zu einer Therapie aufgefordert. Um gesundgeschrieben zu werden. Um zu sehen, ob sie in der Lage sei, wieder zu arbeiten. Munch war anfangs verärgert gewesen, typisch Mikkelson, aber in den letzten Tagen hatte er gedacht, Mikkelson habe vielleicht recht. Vielleicht war sie noch nicht so weit. Es war schließlich noch nicht so lange her, dass er sie von ihrer Insel vor Trøndelag geholt hatte.

Und natürlich hatte sie nichts gesagt, aber er hatte begriffen. Sie hatte dort draußen keine Ferien gemacht. Sie hatte allem entkommen wollen. Um sich umzubringen. Sie hatte total erschöpft ausgesehen, dünn wie ein Strich, mit leerem Blick. Und er hatte sie zurückgeholt. Jetzt hatte er das Gefühl, dass es vielleicht nicht die richtige Entscheidung gewesen war. Dass sie eine Auszeit brauchte. Dass sie vielleicht doch die Therapie machen müsste.

»Wie geht es dir, Mia? Geht es dir besser? Ist alles in Ordnung?«

Mia Krüger erwachte aus ihrem Dämmerzustand und sah ihn an. Es war diesmal ein gereizter wacher Blick, von der Mia, die er so gut kannte.

»Willst du mich verarschen, oder was?«

Sie hatte jetzt begriffen, worauf er hinauswollte, und das passte ihr überhaupt nicht.

»So war das nicht gemeint«, sagte Munch und hob abwehrend die Hände. »Ich will doch nur, dass es dir gut geht, das ist alles. Ich bin schließlich für dich verantwortlich.«

Er versuchte es mit einem entwaffnenden Lächeln, aber darauf ging sie nicht ein. Sie musterte ihn mit misstrauischen Augen.

»Hat Mikkelson dir zugesetzt?«

»Was? Nein.«

»Hab ich etwas falsch gemacht? War ich wieder eine Plage für die Truppe? Stehen wir in der Presse schlecht da? Weil wir diesen Fall noch nicht gelöst haben? Ich meine, wie lange ist es her, dass wir sie gefunden haben? Sechs Tage? Wir sind doch schon verdammt weit, haben eine Menge Spuren ...«

Sie beugte sich gereizt vor.

»Nein, nein«, sagte Munch und hob abermals die Hände. »So ist es nicht. Mikkelson hat nichts gesagt. Niemand ist unzufrieden. Wir haben alles getan, was wir tun konnten. Du hast alles getan, was du tun konntest.«

»Seh ich verdammt noch mal auch so«, sagte Mia wütend. »Scheiß-Mikkelson.«

»Das hier hat nichts mit Mikkelson zu tun«, sagte Munch.

»Und was ist dann das Problem?«, fragte Mia und hob wütend die Hände.

»Ich«, sagte Munch leise.

»Wie meinst du das?«

»Ich mach mir ein bisschen Sorgen um dich, das ist alles.« Munch versuchte es wieder mit einem Lächeln.

»Sorgen? Aber Munch! Weshalb denn Sorgen?«

»Natürlich nicht wegen der Arbeit, die du leistest. Ohne dich kommen wir doch gar nicht zurecht, Mia. Ich denke nur an … ja, deine Gesundheit, verstehst du?«

»Was denn, meine Gesundheit?«, fragte Mia und hatte sich jetzt etwas beruhigt. »Mir geht es gut, sieht es nicht so aus?«

Munch sagte nicht, was er dachte. Dass sie verdammt müde aussah.

»Doch, doch, aber darf ein Freund nicht mal ein bisschen, ja, wie heißt das, was Freunde zeigen?«

»Idiotie?«, sagte Mia mit vielsagendem Lächeln, auf dem Weg zurück zu ihrem alten Ich.

»Ha ha«, lachte Munch. »Zuwendung, Zuwendung, das habe ich gemeint.«

Mia lächelte und nahm eine Pastille aus ihrer Jackentasche. Steckte sie in den Mund und sah Munch ein wenig freundlicher an.

»Munch, wir sind doch nicht im Kindergarten, oder?«

Sie schien sich aber trotzdem über seine Frage zu freuen. Über seine Zuwendung.

»War nur in den letzten Tagen so müde, das geb ich ja zu«, seufzte sie. »Schlaf nicht gut. Hab ein paar Sachen im Kopf, aber nichts, womit ich nicht fertigwerde, okay? Ich hab schon Schlimmeres durchgemacht.«

»Du brauchst also nicht einen oder zwei Tage frei?«

»Du willst mir freigeben?«, lachte Mia. »Jetzt hör aber

auf, Holger, jetzt baust du wirklich ab. Vielleicht hast du ja recht, vielleicht wirst du doch zu alt? Wie alt bist du? Fünfundsechzig? Fünfundsiebzig? Mir gerade jetzt freigeben, haben wir den 1. April, oder was?«

Es war deutlich, dass Mia das wirklich witzig fand, sie lachte vor sich hin und schüttelte dabei den Kopf. Munch fragte sich auch jetzt, ob sie ganz bei Trost war. Ob sie wirklich hier anwesend war.

»Also ist alles in Ordnung?«

»Natürlich ist alles in Ordnung, Holger. Hast du mit uns allen solche Mitarbeitergespräche oder nur mit mir?«

Sie zwinkerte ihm zu und stand auf.

»Danke für deine Fürsorge, aber mir geht es gut.«

»Schön.« Munch nickte. »Was machst du zuerst?«

»Das Naturhistorische Museum«, sagte Mia. »Die Eulen. Hab so ein Gefühl, dass das etwas sein könnte.«

»Schön«, wiederholte Munch lächelnd, als an die Tür geklopft wurde und Ludvig hereinschaute.

»Ich hab was gefunden«, sagte Ludvig. »Störe ich?«

Er sah zuerst Munch an, dann Mia, dann wieder Munch.

»Nicht doch, komm rein, was hast du?«

Ludvig legte ein Blatt Papier vor Munch auf den Tisch.

»Noch ein Vermisster«, sagte er dann. »Verschwunden aus der Gärtnerei Hurumlandet.«

Munch überflog das Blatt und runzelte die Stirn.

»Was denn?«, fragte Mia.

»Vor neun Jahren«, sagte Ludvig. »Da wurde ein Junge als vermisst gemeldet.«

»Von der Gärtnerei?«

»Ja. Mats Henriksen. Wollte im Wald spazieren gehen und ist nie zurückgekehrt.«

»Zeig mal«, sagte Mia und nahm Munch das Blatt weg.

»Nie gefunden worden?«, fragte Munch ernst und sah zu Ludvig auf.

»Nein. Den Berichten zufolge wurde er gesucht, aber nicht lange.«

»Weshalb nicht?«, fragte Mia neugierig.

»Der Junge galt wohl als suizidgefährdet«, sagte Ludvig. »Die Ermittlungen wurden eingestellt.«

»Und keine Leiche?«, fragte Munch.

»Nix. Nie gefunden«, sagte Ludvig. »Meinst du, es kann da einen Zusammenhang geben?«

»Müssen wir auf jeden Fall überprüfen«, sagte Munch. »Gute Arbeit, Ludvig, schick das mal durchs System und warte ab, ob etwas auftaucht.«

»Okay«, sagte Ludvig und verließ den Raum.

»Hier stimmt irgendwas nicht«, sagte Mia, ohne das Blatt aus den Augen zu lassen.

»Woran denkst du?«

»Ich weiß nicht. Aber ich will es herausfinden.«

»Du weißt, ich wollte nur …«, begann Munch, aber Mia brachte ihn mit einem Blick zum Verstummen.

»Was denn? Auf mich aufpassen?«, fragte sie sarkastisch.

»Ja?«

Mia gab ihm den Ausdruck zurück.

»Ich kann auf mich selbst aufpassen, Holger.«

»Weiß ich doch. Ich wollte nur …«

Mehr fiel ihm nicht ein, und er blieb mit einem schiefen Lächeln hinter seinem Schreibtisch sitzen, während sie den Raum verließ.

42

Der Duft von frisch gekochtem Kaffee und gebratenem Speck weckte Miriam Munch, und sie wusste zuerst nicht, wo sie war. Sie blieb liegen, noch immer halb im Land der Träume, ehe sie die Augen aufschlug und begriff, dass sie zu Hause war.

Welcher Tag mochte es sein? Freitag? Sie hatte für einen Moment ein Gefühl der Panik, großer Gott, wie spät konnte es ein, Marion musste doch zur Schule, aber dann fiel es ihr wieder ein. Marion war bei der Großmutter. Die Großmutter würde sie in die Schule bringen. Miriam war unterwegs gewesen. Mit Ziggy. Ein bisschen zu lange. Es waren einige Glas Bier zu viel gewesen. Sie wusste nicht mehr genau, wie viele, und das Ende des Abends war arg verschwommen, aber sie war jedenfalls zu Hause. Sie hatte es nach Hause geschafft.

Puh, fein.

Sie war der Versuchung nicht erlegen. Die war da gewesen, stark, die Lust, alles hinzuwerfen. Mit in die Wohnung zu gehen. Unter seine Decke zu kriechen und einfach dort zu bleiben, für immer. Aber sie hatte es zum Glück geschafft. Sich am Riemen zu reißen. Sie konnte das Johannes nicht antun, sie erinnerte sich vage, das am Fuße eines Bierglases gedacht zu haben. *Ich muss zuerst mit ihm reden, ehe das hier zu weit geht, wir müssen miteinander reden, ich muss es ihm sagen, das bin ich ihm schuldig.* Und das hatte sie geschafft. Sie hob die Arme über den Kopf und warf einen raschen Blick auf den Wecker auf dem Nachttisch. Viertel nach elf. Sie hatte lange geschlafen. Sie hob den Kopf, musste sich aber wieder hinlegen. Zu viel Bier, es pochte in ihren Schläfen. Hatte es nicht am Ende auch noch zwei Tequila gegeben? Vermutlich.

Ein schöner Abend. Ein ganz fantastischer Abend. Miriam Munch hatte sich schon lange nicht mehr so gefühlt. Hatte sie sich überhaupt jemals so gefühlt? So froh. So, ja, leicht irgendwie? Sie konnte sich nicht daran erinnern. Viertel nach elf? Und der Frühstücksduft aus der Küche?

Sie schleppte sich vom Bett in die Dusche und ließ sich das wunderbare warme Wasser über Kopf und Rücken laufen. Sie war nie lange verkatert. Egal, wie viel sie trank. Nicht wie einige ihrer Freundinnen, die tagelang mit solcher Angst im Bett lagen, dass sie sich nicht vor die Tür trauten. Eine heiße Dusche, etwas zu essen, dann war sie normalerweise wieder in Form. Miriam senkte den Kopf und drehte das Wasser heißer, merkte, wie die Strahlen sie im Nacken trafen und schon dafür sorgten, dass sie sich besser fühlte. Sie hatten sie damals beneidet. Ihre Freundinnen. Weil sie niemals richtig krank war, egal wie lange sie durchgemacht oder was sie konsumiert hatten. In den alten Zeiten. Damals, als sie vier Tage in der Woche gefeiert hatten, sie hatten fast in den Kneipen gewohnt. Vor langer Zeit. Die alte Miriam. Nicht die neue Miriam. Die brave Mama Miriam, mit Fußbodenheizung im Badezimmer, Mitgliedschaft in einem teuren Fitnessstudio und Spots in der Flurdecke. Miriam griff nach einem Handtuch und ertappte sich dabei, dass sie sich jetzt darüber freute, über die Fußbodenheizung. Oktober erst, aber ihr war die ganze Zeit kalt, fast bis in die Knochen, sie sehnte sich schon nach dem Frühling. Heißes Wasser im Nacken und Fußbodenheizung, das half ein bisschen. Und noch eine andere Art von Wärme. Überall in ihr. *Du bist echt blöd. Wie ein Teenie.* Sie trocknete sich vor dem Spiegel die Haare und schüttelte den Kopf, merkte aber, dass sie lächelte. Sie hatte in letzter Zeit viel getan, sich bei vielem ertappt. Dabei, dass sie mit den Gedanken woanders war und einfach nur lächelte.

Frisch gebrühter Kaffee? Um Viertel nach elf?

Miriam wickelte sich das Handtuch wie einen Turban um den Kopf, zog den Bademantel über, verließ das Badezimmer und zuckte zusammen, als sie in der Küche einen lächelnden Johannes entdeckte. Er hatte den Tisch gedeckt. Saft, frisches Brot, verschiedene Käsesorten, er hatte sogar eine weiße Tischdecke aufgelegt.

»Hallo, Liebe«, sagte er und küsste flüchtig ihre Wange, ehe er sich wieder dem Herd zuwandte. »Willst du ein gekochtes Ei oder ein Spiegelei?«

Miriam war perplex. Am Freitag um Viertel nach elf? Warum war er nicht im Dienst?

»Spiegelei, vielleicht?« Das klang eher wie eine Gegenfrage.

»Setz dich, dann kommt der Kaffee. Du möchtest doch Kaffee? Ist es gestern Abend spät geworden? Warst du unterwegs?«

»Äh, ja.« Miriam nickte, noch immer verwirrt, und setzte sich.

Hatte sie etwas verpasst? Etwas vergessen? Hatte sie Geburtstag? Hatten sie irgendeinen Jahrestag? Warum war er nicht im Krankenhaus?

»Möchtest du Milch?«

»Was?«

»Im Kaffee. Bist du noch nicht ganz wach?«

»Öh, nein«, stammelte Miriam.

Johannes stellte den Kaffee vor sie auf den Tisch, küsste sie wieder auf die Wange und ging dann zurück zum Herd.

»Ich hab gestern mit deiner Mutter gesprochen, und sie sagte, dass Marion da war und du mit einer Freundin unterwegs«, sagte Johannes. »War es nett?«

»Julie«, sagte Miriam vorsichtig, und ihr Gewissen versetzte ihr einen Stich.

»Ach ja, die Julie von früher? Wie geht es ihr denn?«

»Geht so«, murmelte Miriam über den Tassenrand. »Du weißt schon. Liebeskummer, braucht ein bisschen Aufmunterung.«

»Gut, dass du dann für sie da sein konntest«, sagte Johannes lächelnd, kam mit der Bratpfanne zum Tisch und legte Miriam zwei Spiegeleier auf den Teller.

»Ja«, sagte sie und wunderte sich immer mehr.

Sie wusste schon gar nicht mehr, wann sie zuletzt zusammen gefrühstückt hatten. Und jedenfalls hatte er sie nie so bedient. Warum war er nicht bei der Arbeit?

»Funktioniert dein Telefon nicht?«, fragte Johannes und setzte sich.

»Irgendwas stimmt nicht damit«, murmelte Miriam. »Einige Mitteilungen kommen an, andere nicht, Anrufe scheinen verloren zu gehen, keine Ahnung, was damit los ist. Warum?«

»Nein, hab nur versucht, dich anzurufen, und dich nicht erreicht.«

»Das hab ich gar nicht mitgekriegt«, sagte Miriam und hatte jetzt wirklich Probleme mit ihrem Gewissen.

Die Kopfschmerzen, die die Dusche weggespült hatte, schlichen sich jetzt wieder an.

»Vielleicht stimmt was nicht mit deinem Abo?«, schlug Johannes vor und goss Saft in ihr Glas. »Oder du brauchst ein Update oder so was. Sicher kein großes Problem.«

Er schnitt sich ein Stück Käse ab und legte es auf eine Scheibe Brot.

Miriam sah plötzlich den vergangenen Abend vor sich. Ziggy. Die schönen Augen auf der anderen Seite des Tisches, und ihr ging auf, dass sie nicht wusste, was sie jetzt tun sollte. Sie hatte sich doch entschieden, das schon. Sie wollte ehrlich leben. Sie musste es Johannes erzählen. Aber sie merkte, dass sie der Mut verließ. Diese wunderbare Bewirtung und das gut gelaunte offene Gesicht ihr gegenüber? Unmöglich. Nicht jetzt. Aber was sollte das alles überhaupt? Hatten sie vielleicht doch einen Jahrestag, den sie vergessen hatte? Sie hatten sich im Sommer kennengelernt. Hatten beschlossen zusammenzusein, hatten es wie Teenies bei Facebook verkündet, »in einer Beziehung«, 8. August, war das nicht ihr Datum? Nein, das hier musste einen anderen Grund haben.

»Ach, das hätte ich fast vergessen«, sagte Johannes lächelnd und erhob sich.

Kam zurück und blieb mit den Händen auf dem Rücken stehen, wie er es früher gemacht hatte, wenn er ihr etwas schenken wollte. »Welche Hand willst du?«

»Hab ich Geburtstag, oder was?«, fragte Marion.

»Nein, aber ich darf das doch trotzdem, oder?«

»Hast du ein Geschenk für mich gekauft?«

»Ja«, Johannes nickte. »Willst du die linke oder die rechte?«

»Die linke«, murmelte Miriam und musste sich alle Mühe geben, ihr schlechtes Gewissen zurückzudrängen.

»Bitte sehr«, sagte Johannes und legte ein Päckchen vor ihr auf den Tisch.

»Warum bist du nicht im Krankenhaus?«, fragte Miriam.

»Willst du das nicht aufmachen?«

»Doch, natürlich, ich wollte das nur wissen. Warum du nicht im Krankenhaus bist.«

»Ich habe gute Nachrichten«, sagte Johannes und setzte sich wieder.

»Ach, erzähl«, bat Miriam.

»Erst auspacken«, beharrte Johannes.

Miriam wickelte langsam das Geschenk aus und merkte, dass es jetzt nicht leicht war, das schlechte Gewissen in Schach zu halten. Nichts zu sagen. Sie öffnete die kleine Schachtel.

»Oi«, sagte sie lächelnd und noch immer ein bisschen verwirrt. »Danke.«

»Eine Trainingsuhr. Die dir zeigt, wie weit du gelaufen bist. Die den Puls misst. Du weißt schon, dein Training.«

»Super«, sagte Miriam und nickte. »Die ist wirklich … ganz toll.«

»So eine wünschst du dir doch, oder?«

»Absolut. Danke, Johannes, das ist lieb von dir.«

Sie klang jetzt seltsam, die Stimme aus ihrem Mund. Als ob sie nicht ihr gehörte, sondern von einem anderen Ort stammte. Wann war es so zwischen ihnen geworden? Zwischen ihr und Johannes? War es immer so gewesen? War sie niemals sie selbst gewesen?«

Die Stimme hier an diesem Tisch war so ganz anders als die, mit der sie am vergangenen Abend gesprochen hatte.

Du machst also mit?

Natürlich mach ich mit.

Bist du sicher?

Was glaubst du denn? Misshandelte Tiere aus einem Labor retten?

Gut. Wir treffen uns morgen Abend. Kannst du mitkommen, was meinst du?

Natürlich komme ich.

»Also, warum bist du nicht im Krankenhaus?«, fragte Miriam mit gepresster Stimme und versuchte, das, was ihr nicht mehr als echtes Gesicht erschien, hinter ihrer Kaffeetasse zu verstecken.

»Wie gesagt, ich habe gute Nachrichten«, sagte Johannes vielsagend.

»Da bin ich aber gespannt.«

»Sie haben mich zur *Annual* in Sydney ausgewählt. Du weißt doch, dieser Ärztekongress?« Johannes lächelte stolz, seine Augen strahlten geradezu.

»Wow, das ist … großartig.«

»Eigentlich sollte Sunde hinfahren, aber ich will ja über niemanden schlecht reden, aber ja, dann haben sie sich doch für mich entschieden. Du verstehst doch, was das bedeutet?«, fragte Johannes, noch immer mit leuchtenden Augen.

»Natürlich«, Miriam nickte.

»In einigen Jahren vielleicht Oberarzt? Das hättest du nicht erwartet, oder?«

»Nein«, sagte Miriam. »Oder doch, oder … Ja, ich gratuliere, Johannes.«

Miriam wusste nicht mehr, was sie antworten sollte.

»Danke. Aber ich muss dich schließlich erst fragen, kann ja nicht einfach so verschwinden. Ich meine, dir Marion und alles überlassen, das wäre doch nicht richtig.«

»Wie meinst du das?«

»Ich muss schon am Montag los. Der Kongress dauert zwei Wochen, und es tut mir leid, dass ich dich damit so überfallen muss, aber geht das? Ist das in Ordnung für dich?«

Langsam begriff sie. Worum es hier eigentlich ging. Der gedeckte Tisch. Der Kaffee. Das Geschenk. Eine Trainingsuhr. Niemand hatte Geburtstag, und er hatte keinen Jahrestag vergessen. Er musste kurzfristig verreisen und hatte ein schlechtes Gewissen.

»Du fährst am Montag nach Australien und bleibst zwei Wochen weg?«

»Sydney«, sagte Johannes.

»Klar ist das in Ordnung«, sagte Miriam. »Ich hab doch Mama.«

»Danke, Miriam«, sagte Johannes und nahm ihre Hand.

Miriam merkte, dass sie es zum ersten Mal, seit sie ihn kannte, seltsam fand, dass er ihr so nah kam, aber sie ließ ihn gewähren.

»Willst du sie nicht anziehen?«

»Was?«

»Willst du sie nicht ausprobieren? Die Uhr?«

»Äh, ja, natürlich«, nickte Miriam und band sich die blaue Armbanduhr um.

»Steht dir gut.«

»Findest du?«

»Auf jeden Fall.«

Er drückte ihre Hand, und Miriam drückte leicht zurück.

»Ich finde, wir müssen das feiern, meinst du nicht? Ich hab das ganze Wochenende frei. Vielleicht kann Marion noch eine Nacht bei Oma und Rolf bleiben? Wir könnten essen gehen oder so?«

»Heute Abend?«

Kommst du wirklich?

Klar komme ich.

»Das wäre einfach fantastisch«, brachte Miriam mühsam heraus, zog ihre Hand zurück und griff nach ihrer Kaffeetasse.

»Aber ich habe es Julie versprochen.«

»Schon wieder?«

»Ja.« Miriam nickte. »Blöd, aber es geht ihr nicht gut. Es geht ihr sogar richtig mies.«

Johannes nickte. »Verstehe.«

»Aber morgen vielleicht?«

»Morgen ist genauso gut«, sagte Johannes und stand auf. »Ich muss Papa anrufen.«

»Klar.«

»Die *Annual Convention* in Sydney! Was glaubst du, was er sagen wird? Wird bestimmt stolz sein.«

»Er wird sich ungeheuer freuen, glaube ich«, sagte Miriam und versteckte sich wieder hinter der Tasse, während Johannes sein Telefon hervorzog und für den Anruf in den Flur eilte.

· 43 ·

Er sah gar nicht schlecht aus, wirklich nicht übel, das musste Benedikte Riis zugeben, der eine der beiden Polizisten, die jetzt vor ihnen im Klassenzimmer standen.

Kim, so hieß er wohl, glatte dunkle Haare, die links verspielt in sein Gesicht fielen. Konnte sich natürlich nicht mit Paulus messen, aber sie verspürte doch ein leichtes Kribbeln, als Helene alle bat, sich zu setzen. Der gut aussehende Polizist hatte etwas zu sagen, hatte einen Zettel, eine Kinderzeichnung, Gekritzel und das Bild einer Eule.

»Jetzt seid bitte mal alle still, das hier ist wichtig«, sagte Helene noch einmal.

»Wenn eine von euch diesen Zettel schon einmal gesehen hat oder etwas Ähnliches, dann sagt das bitte sofort«, sagte der Polizist und ließ Kopien der Zeichnung durch die Bankreihen gehen.

»Wir sorgen auch dafür, dass diejenigen, die nicht hier sind, es ebenfalls sehen, nicht wahr?«

Helene lächelte und nickte in die Runde, aber Benedikte Riis war in Gedanken schon anderswo.

Eine Zeichnung, die in Camilla Greens Schrank gefunden worden war.

Whatever.

Ihr wurde ein bisschen schlecht bei diesem Gedanken.

Camilla Green.

Alles war so schön gewesen, ehe Camilla eines Tages aufgetaucht war. Mit ihrem Lachen und den funkelnden Augen, und Benedikte hatte es sofort gemerkt, hatte es gespürt. Paulus. Dass sie ihm gefiel. Nicht dass sie sich geküsst oder miteinander geschlafen hätten, aber sie hatte doch gespürt, dass es so war, dass sie zusammengehörten. Paulus und sie selbst. Jedenfalls hatte er sie am liebsten gemocht. Ihr die meiste Aufmerksamkeit gewidmet. Und obwohl sie im tiefsten Herzen gewusst hatte, dass es niemals passieren würde, hatte sie doch gehofft, dass er es eines Tages begreifen würde. Dass sie ihn liebte und dass sie füreinander bestimmt waren.

Paulus und Benedikte.

Sie hatte das in den Tisch auf ihrem Zimmer eingeritzt. Mit einem Herz darum herum. Etwas darübergelegt, damit niemand es sehen könnte. Und immer, wenn sie mit den Fingern über ihre beiden Namen in dem Herzen fuhr, hatte sie gespürt, dass es stimmte, dass sie zusammengehörten.

Und es war auch fast so gewesen, wirklich, er hatte ihr den Schuppen im Wald gezeigt, er war mit ihr dorthin gegangen, wohin er mit keiner anderen ging, sie hatten Dinge zusammen gemacht, aber dann war sie eines Tages plötzlich aufgetaucht.

Camilla Green.

Benedikte hatte ihre Eifersucht kaum verbergen können, als sie gesehen hatte, wie begeistert er von ihr war. Wie er sie herumgeführt hatte. Sein Arm um ihre Taille. Das Lächeln, die schönen braunen Augen, die die Neue auf eine Weise ansahen, wie er Benedikte niemals angesehen hatte.

Sie war froh, dass die andere nicht mehr da war.

Es war vielleicht gemein, so zu denken, aber so war es eben. Sie war froh, dass Camilla nicht mehr da war. Sie hatte ja doch nur alles ruiniert! Sie hatte Paulus gar nicht geliebt. Camilla wollte einfach nur Aufmerksamkeit, egal von wem, was wusste sie denn über Paulus? So wie sie ihre Haare über die Schultern zurückwarf. Ihm im Speisesaal zuzwinkerte. Den Pullover über die Schulter rutschen ließ, um sich aufzuspielen. Nur Aufmerksamkeit. Keine echte Liebe, wie die von Paulus und Benedikte. Benedikte hatte das sofort begriffen, schon am ersten Tag, als er ihr geholfen hatte, ihren Koffer aus dem Taxi zu nehmen. Als er sie willkommen geheißen hatte. Ihr ihr Zimmer gezeigt. Sie wollte nicht sagen, die *Dirne,* eher vielleicht die *falsche Verführerin,* aber egal, seit Camilla Green aufgetaucht war,

war es zwischen Benedikte und Paulus nie mehr so gewesen wie vorher.

Sie musste ihn beschützen, so war das. Denn er wusste nicht, was gut für ihn war. Wie bei der Sache mit den Pflanzen im unteren Treibhaus. Hatte er die vielleicht einer von den anderen gezeigt? Nein, hatte er nicht. Nur ihr. Eines Abends vor langer Zeit.

Ich muss dir etwas zeigen, aber du darfst es niemandem verraten.

Im Grunde wollte er sie doch, auch wenn er das noch nicht richtig begriffen hatte.

Paulus und Benedikte.

Das Herz in der Schreibtischplatte, ihre Finger jeden Abend darauf, ehe sie es zur guten Nacht küsste.

»Also, Mädchen, dann helfen wir der Polizei, dieser Zettel, der ist wichtig, okay?«

Nicken im Raum und dann wieder hinaus auf die Treppe, jede in ihr Zimmer. Benedikte zog sich die Kapuze ihrer Daunenjacke über den Kopf und merkte, dass sie ihren Atem sehen konnte.

Etwas stimmte nicht mit der Welt. Winter im Oktober. So war das doch nicht richtig. Vielleicht war der frühe Frost ein Zeichen? Dafür, dass manches nicht so war, wie es sein sollte? Dass jemand etwas unternehmen musste? Und es war ja auch etwas passiert. Camilla war nicht mehr da. Vielleicht würde Paulus das auch einsehen? Der frühe Frost? Dass er nicht die richtige Entscheidung getroffen hatte?

Sie musste ihn jetzt sehen, das spürte sie. Sie hatten so viel zu besprechen. Die anderen hatten ihn gesucht, als die Polizei mit dem Hurenzettel gekommen war, aber sie hatten ihn nicht gefunden.

Benedikte dagegen wusste, wo er war.
Natürlich.

Benedikte Riis wusste alles über Paulus, viel mehr, als ihm klar war. Sie folgte ihm oft. Spionierte hinter seinem Rücken. So war es besser. Dass er es nicht immer wusste. Er brauchte jemanden, der auf ihn aufpasste.

Der Schuppen ganz am Rande des Grundstücks. Am Zaun zu den Nachbarn. Das war sein Zufluchtsort. Dort war er oft. Das wussten nicht viele, Benedikte wusste es. Denn er hatte sie mit hergenommen. Ihr gezeigt, wie man einen Joint dreht. Sie hatte es schon oft versucht, hatte sich aber nichts anmerken lassen, denn es hatte ihr gefallen. Dass er es ihr zeigte.

Und dann hatten sie zusammen geraucht und über alles Mögliche gelacht, und nach diesem Abend war es fast zur Gewohnheit geworden, freitag- oder samstagabends, sie beide dort draußen, die dort in aller Heimlichkeit zusammen lachten. Bis sie dann gekommen war.

Camilla Green.

Einige Male hatte Benedikte draußen gestanden. Vor dem Fenster. Hatte sie tuscheln und lachen hören, dort drinnen, so wie vorher er und Benedikte.

»Paulus?«

Benedikte klopfte an, aber es kam keine Antwort.

»Paulus?«

Sie klopfte noch einmal, schob dann die Tür auf und betrat den Schuppen.

Chefkonservator Tor Olsen vom Naturhistorischen Museum war ein Mann in den Fünfzigern, der auf den ersten Blick ein wenig an Albert Einstein erinnerte, mit kreideweißen Haaren, die nach allen Richtungen abstanden, und einer Persönlichkeit, die ebenso verworren wie zielstrebig war.

»Da sind Sie ja endlich«, sagte Tor Olsen und führte Mia Krüger in sein Büro. »Das hat gedauert, ich muss schon sagen. Kaffee, Tee oder wollen wir gleich zur Sache kommen?«

Der Konservator nahm den Einbruch im Museum ernst. Eulen waren verschwunden. Es hätte schon längst ein Dutzend Einsatzwagen mit Blaulicht und heulenden Sirenen vor dem Museum stehen müssen. Mia schmunzelte, ließ es ihn aber nicht sehen. Sie war daran gewöhnt. Bei vielen Menschen verlief die erste Begegnung mit dem Verbrechen genau so. Sie glaubten, die Polizei werde anrücken. Augenblicklich. Den Fall lösen. So wie im Fernsehen. Eigentlich niedlich, diese Naivität, aber weit entfernt von der Wirklichkeit. Mia hatte die Statistik nicht im Kopf, aber es waren keine schönen Zahlen. Im Vorjahr an die hundertdreißigtausend gemeldete Diebstähle. Hundertzwanzigtausend Ermittlungen eingestellt. Zehntausend Fälle gelöst. Eigentlich eine Schande. Und Mia bezweifelte, dass die wenigen Mittel, die zur Aufklärung von Diebstählen zur Verfügung standen, dem Verschwinden von Vögeln bewilligt worden waren. Dreißig Morde. Dreiundzwanzig aufgeklärt. Keine Ermittlung eingestellt. Diese Statistik gefiel ihr besser.

Aber Einbrüche? Nein, das war kein Grund zum Prahlen. Eigentlich nicht ihr Problem. Sie hatte wirklich andere Sorgen.

»Wir können gern sofort zur Sache kommen«, sagte sie und nickte.

»Sind Sie allein?«, fragte der fahrige weißhaarige Mann und schaute sich um.

»Sind Sie allein gekommen? Ich dachte, es kommen noch mehr.«

Wieder versteckte Mia ihr Lächeln. Er war wirklich ein komischer Vogel, dieser Olsen, und er schien nicht so ganz in der Wirklichkeit zu leben. Dass zwei Monate vergangen waren, seit er den Einbruch gemeldet hatte, schien er ebenfalls vergessen zu haben.

»Ihnen ist hoffentlich klar, dass wir hier oben eine einzigartige Sammlung von Objekten haben? Mehr als zwei Millionen Arten aus aller Welt. Säugetiere, Vögel, Fische, Insekten, Krebstiere, Weichtiere, Helminthe …«

»Helminthe?«

Olsen sah sie über den Brillenrand hinweg an.

»Wirbellose Tierreihen? Einzellige und mehrzellige Organismen?«

Der Chefkonservator schüttelte den Kopf und seufzte. Er schien schon jetzt zu meinen, dass die Polizei diesen überaus wichtigen Fall nicht der richtigen Frau übertragen hatte.

»Aber nur die Eulen wurden gestohlen?«, fragte Mia.

»Nur?«, fragte Olsen und musterte sie skeptisch. »Alle norwegischen Eulen an einem Ort gesammelt, das mag vielleicht nach wenig aussehen, aber wissen Sie, wie viel Arbeit ich da investiert habe?«

»Ich verstehe«, sagte Mia ernst. »Also nur zehn Arten in Norwegen? Eulen?«

»Sperbervögel, Perleule, Erdeule, Habichtseule, Horneule, Uhu, Katzeneule, Bartkauz, Habichtskauz, Schneeeule, elf mit der Turmeule, die mehrmals beobachtet wurde, die aber hierzulande natürlich nicht brütet.«

»Meine Güte«, sagte Mia beeindruckt. »Und wo hatten Sie die alle ausgestellt?«

»In unserer Dauerausstellung über norwegische und ausländische Tiere«, sagte Olsen begeistert, und Mia dachte, dass es sich dabei sicher um sein Lieblingsprojekt handelte.

»Wir verändern in unserer Dauerausstellung ja nicht viel, aber dann kam mir die Idee mit den norwegischen Eulen. Ein spannender Vogel. Ein geheimnisvoller Vogel. Ein Thema, das Jugendliche interessieren und wieder mehr Besucherzahlen bringen würde. Sie verstehen?«

Mia bezweifelte doch sehr, dass die Jugendlichen von heute sich von ihren Bildschirmen würden weglocken lassen, nur weil das Naturhistorische Museum eine einzigartige Sammlung von Eulen zeigte.

»Ich verstehe«, nickte sie. »Gute Idee. Feiner Plan.«

»Danke«, sagte Olsen lächelnd. »Sie möchten sicher den Tatort sehen? Und vielleicht auch die ganze Sammlung, wo Sie schon einmal hier sind?«

»Unbedingt«, sagte Mia und folgte ihm.

»Den ersten Schaukasten haben wir *Unter der Meeresoberfläche* genannt«, erläuterte Olsen, als sie das erreicht hatten, was offenbar der Anfang der berühmten Ausstellung war. »Wie Sie sehen, haben wir Seeskorpione, Große und Kleine Schlangennadeln, Makrelen, Heringe, Hundshaie …«

Mia hörte ihm nur mit halbem Ohr zu und hatte plötzlich das Gefühl, ihre Zeit zu verschwenden. Ihr Gespräch mit Sebastian Tvedt ließ ihr keine Ruhe, sie hatte noch längst nicht alles verdaut, was der Sozialanthropologe ihr gesagt hatte. Sekten. Orden. Senatoren und Hohepriester. Eine Art Düsterkeit, die sie nicht näher beschreiben konnte. Hier in Norwegen? Sie konnte das kaum glauben.

»Und den zweiten Schaukasten haben wir *Vogelfelsen* genannt«, sagte Olsen. »Wie Sie sehen, Kormoran, Trottellumme, Alk …«

Das, was Tvedt gesagt hatte, ging ihr nicht aus dem Kopf. O. T. O. Die thelemische Lehre. *Was du willst, ist Gesetz.* Unsinn vielleicht. Eine Handvoll harmloser Irrer möglicherweise. Aber zusammen mit Camilla in dem Fünfeck aus Kerzen und dem grauenhaften Film, der ihnen gebracht worden war?

»Und Schaukasten fünf«, erklärte jetzt Olsen, aber Mia merkte, dass sie die Geduld verlor. Das hier war Zeitverschwendung.

»Und wo ist der Schaukasten mit den Eulen?«, fragte sie.

»Der ist doch jetzt leer«, sagte der Konservator. »Wir haben wilde Rentiere hineingestellt, wollen wir …«

»Nein, ich glaube, das reicht jetzt«, sagte Mia freundlich.

Tor Olsen sah sie überrascht an.

»Ich meine, wenn es nichts zu sehen gibt, dann gehe ich besser wieder.«

»Schon?«

»Ich habe viel erfahren, Sie sind sehr tüchtig und ein guter Beobachter, Sie waren mir eine große Hilfe.«

»Na gut, von mir aus«, sagte der Konservator.

Beim Hinausgehen schaute Mia nach oben in eine Ecke und entdeckte eine Kamera.

»Sie nehmen alle Besucher auf?«

»Ja, aber leider nur während der Öffnungszeiten.«

»Und eingebrochen wurde in der Nacht?«

»Das habe ich Ihren Kollegen doch gesagt. Haben Sie den Bericht nicht gelesen? Als ich zur Arbeit kam, um sieben Uhr fünfzehn, wie immer, da sah ich …«

»Genau, ich habe alles zweimal überprüft«, sagte Mia. »Keine Bilder also?«

»Nein, leider«, sagte der fahrige Konservator und brachte sie aus dem Saal,

»Sie haben also viel Besuch?«

»Was heißt schon viel, so viel nun auch wieder nicht, vor allem Schulklassen und Gruppen, die meisten wollen nur den Botanischen Garten sehen. Der ist ja auch einzigartig, und dann schauen sie manchmal auch hier herein.«

»Schulklassen?«, fragte Mia neugierig. »Haben Sie eine Liste mit diesen Gruppen?«

»Ja, das haben wir«, sagte Olsen. »Aber dafür ist Ruth zuständig.«

Botanischer Garten. Gärtnerei Hurumlandet. Pflanzen. Blumen. Es war vielleicht ein Schuss ins Blaue, aber es konnte einen Versuch wert sein.

»Und Ruth ist jetzt nicht hier?«

»Nein, Ruth ist auf Gran Canaria. Sie hat Rheuma und bekommt diese Reisen von der Versicherung bezahlt. Sie wissen ja, Wärme ist gut für die Gelenke.«

»Können Sie Ruth bitten, mir eine Liste der Schulklassen zu schicken, die in der Zeit vor dem Einbruch hier zu Besuch waren? Wenn sie wieder da ist?«

Mia zog ihre Karte aus der Jackentasche.

»Sie ist am Montag wieder hier. Und ja, natürlich sage ich ihr das«, sagte der Chefkonservator und las ihre Karte.

Als er sah, was dort stand, riss er die Augen auf.

»Mordkommission? Aber …«

»Dann höre ich von Ihnen oder von Ruth, ja?«, fragte Mia lächelnd.

Der weißhaarige Mann nickte und sah sie jetzt mit ganz anderen Augen an. Mia konnte seinen Blick auf dem Weg zum Ausgang im Nacken spüren.

Zeitverschwendung.

Sie hätte den Tag mit wichtigeren Dingen verbringen müssen. Sie schaute auf die Uhr. Bald drei. Sie hatte sich ein paar Stunden auf dem Ohr erschlichen, nach der seltsamen Unterredung in Munchs Büro. Sie war danach reichlich gereizt gewesen, aber sie musste sich auch eingestehen, dass er vielleicht recht hatte. Dass sie erschöpft aussah. Einige Stunden auf dem Sofa zu Hause, dann hierher, sinnlose Zeitvergeudung, sie war wütend über sich selbst. Sie setzte sich ins Auto, dann klingelte ihr Telefon.

»Ja, Mia?«

»Hier Holger.«

Sie merkte an seinem Tonfall, dass etwas passiert war.

»Gibt's was Neues?«

»Ja, deshalb rufe ich dich an«, sagte Munch gehetzt. »Kim und Curry haben in der Gärtnerei einen Treffer gelandet. Paulus Monsen und eins von den Mädchen da draußen, Benedikte Riis.«

»Was ist mit denen?«

»Sie sind unterwegs hierher zur Vernehmung, und den Rest besprechen wir unten.«

»Grønland?«

»Ja.«

»Bin schon unterwegs«, sagte Mia und schob den Schlüssel ins Zündschloss.

· 45 ·

Mia stellte sich hinter Curry, der auf einem Stuhl saß und Munch und Kim durch die Scheibe beobachtete, die bereits Paulus Monsen gegenüber im Vernehmungsraum Platz genommen hatten. Der junge Mann mit den dunklen Augen wirkte wie aus allen Wolken gefallen, sein Blick irrte ruhelos hin und her.

»Was ist los?«, fragte Mia und setzte sich auf den Stuhl neben Currys.

»Die kurze oder die lange Version?«

»Die kurze«, sagte Mia, ohne den Vernehmungsraum aus den Augen zu lassen.

»Wir waren gerade auf dem Rückweg, als der Typ über den Hofplatz kam, und das Mädel rannte hinter ihm her. Er wirkte reichlich genervt, und sie sah aus, als ob sie geweint hätte, und war total außer sich …«

»Das klingt aber wie die lange Version«, sagte Mia lächelnd.

Curry sah besser aus als bei ihrer letzten Begegnung. Die Sache mit Sunniva hatte sich vielleicht ein wenig gesetzt, und er war wieder klarer im Kopf.

»Paulus hat zugegeben, dass er im Treibhaus Marihuana angebaut hat und dass er und Camilla Green ein Verhältnis hatten.«

»Ach was! Und warum hat er uns das nicht früher schon gesagt, konnte er das erklären?«

»Sie war noch fünfzehn, als es angefangen hat«, sagte Curry. »Reizender Bursche, was? Reißt Mädchen unter sechzehn auf, lockt sie in seinen Schuppen und macht sie high, ehe er sie benutzt?«

»Schuppen?«

»Die hatten da draußen so eine Art Liebesnest, irgendwo am Rand auf dem Gelände der Gärtnerei.«

»Und waren wir da schon?«

»Die Techniker sind jetzt da«, sagte Curry und ließ sich wieder zurücksinken.

»Ich weiß nicht, was ich noch sagen soll«, murmelte Paulus im Vernehmungsraum.

Mia drehte leiser, um Curry besser zu verstehen.

»Und was ist mit diesem Mädchen? Benedikte?«

»Sie sitzt in Raum B.«

»Hat schon jemand mit ihr gesprochen?«

Curry schüttelte den Kopf.

»Und was hat sie angestellt, warum habt ihr sie hergebracht?«

Mia nahm eine Pastille aus ihrer Jackentasche und schaute zu Paulus hinüber, der verstummt war.

»Sie schieben sich gegenseitig die Schuld zu«, sagte Curry.

»Für den Mord?«, fragte Mia überrascht.

Curry nickte.

»Eifersuchtsdrama. Eine Art Dreiecksgeschichte. Sie sind auf dem Hofplatz aufeinander losgegangen. Wir mussten ihnen Handschellen anlegen, und danach haben beide nicht mehr viel gesagt.«

»Was ist also der Plan?«

»Der Plan?«, fragte Curry.

»Ja. Was denken wir? Was sagt Munch?«

»Bisher noch nicht viel«, sagte Curry und zuckte mit den Schultern. »Er zuerst. Dann sie. Dann wieder er, glaube ich.«

»Nicht beide gleichzeitig?«

»Nein, Munch hat gesagt, sie soll erst mal eine Runde allein dasitzen. Warten macht ihnen immer Angst.«

»Stimmt«, sagte Mia, stand auf, trat auf den Gang und klopfte an die Tür zum Nebenzimmer.

Kim öffnete.

»Tauschen?«, fragte Mia.

»Okay«, sagte Kim und ließ sie eintreten.

»Es ist 16.05«, sagte Munch ins Aufnahmegerät. »Ermittler Kim Kolsø verlässt den Raum. Mia Krüger kommt herein.«

Mia hängte ihre Lederjacke über den Stuhl und setzte sich.

»Hallo, Paulus. Mia Krüger«, sagte sie und streckte die Hand aus.

Paulus sah erst Kim hinterher, dann Mia an und nahm zögernd ihre Hand.

»Paulus Monsen.«

»Angenehm«, sagte Mia und verschränkte die Arme. »Wir sind uns ja noch nicht begegnet, aber ich habe viel über Sie gehört. Alle da draußen sind des Lobes voll über Sie.«

»Was?«, fragte er verwirrt.

»Sie sind tüchtig«, sagte Mia lächelnd. »Machen gute Arbeit. Das hören Sie doch sicher gern? Dass alle nur Gutes über Sie sagen?«

»Äh, ja, danke«, sagte Paulus und warf Munch einen nervösen Blick zu, der offenbar nicht so nett gewesen war.

»Und nur damit das gesagt ist, das Dope, die Pflanzen, das ist uns ziemlich egal, das ist nicht unser Bier, klar? Ein bisschen Marihuana, ein paar Pflanzen, das darf man wirklich nicht so eng sehen.«

Mia spürte Munchs strengen Blick, aber das war ihr egal.

»In Ordnung?«, fragte sie Paulus, der noch immer total verwirrt aussah.

Er schaute abermals zu Munch hinüber, aber er fühlte sich einwandfrei wohler, wenn er Mia ansehen konnte.

»Das ist ja auch nur ganz wenig«, sagte er leise.

»Wie gesagt, daran denken wir nicht mal«, sagte Mia. »Wirklich, das spielt keine Rolle.«

Mia merkte, dass er jetzt lockerer wurde. Paulus ließ sich auf dem Stuhl zurücksinken und fuhr sich durch die Locken.

»Nur für den Eigenbedarf. Ich wollte nichts verkaufen oder so, falls Sie das gedacht haben.«

Munch wollte schon den Mund aufmachen, aber Mia stieß ihn unter dem Tisch mit dem Fuß an.

»Was aber ernster ist«, sagte Mia und machte ganz bewusst eine Pause, bis der junge Mann wieder nervös wurde.

»Was?«, fragte er.

»Na ja, das mit Benedikte, sie …«, sagte Mia und unterbrach sich wieder.

»Was hat Benedikte gesagt?«, fragte Paulus.

Mia zuckte mit den Schultern und runzelte die Stirn.

»Oh Mann, die miese Kuh«, rief Paulus plötzlich. »Hat sie behauptet, ich hätte Camilla umgebracht?«

Seine Augen blitzten. »Sie lügt«, sagte er verzweifelt und sprang auf. »Sie müssen mir glauben.«

»Setzen Sie sich«, sagte Munch streng.

Paulus blieb stehen und schaute die beiden Ermittler verzweifelt an.

»Setzen«, sagte Munch noch einmal.

Paulus sank auf seinen Stuhl und schlug die Hände vors Gesicht.

»Sie müssen mir glauben, dieses verdammte Miststück Benedikte, die spinnt doch, total scheißverrückt, ich werd sie verdammt noch mal ...«

»Auch umbringen?«, fragte Munch ruhig.

»Was?«

Paulus sah ihn mit großen Augen an.

»Wollen Sie Benedikte auch umbringen, so wie Camilla?«

»Nein, nein, ich habe Camilla doch nicht umgebracht, das hab ich doch gesagt.«

»Haben Sie nicht gestanden?«, fragte Munch. »Sind Sie nicht deswegen hier?«

»Gestanden? Hab ich doch gar nicht, nur das mit den Pflanzen.« Jetzt sah er Hilfe suchend Mia an, aber sie ließ sich nicht darauf ein.

»Sie hatten also eine Beziehung mit Camilla Green, als sie noch keine sechzehn war. Haben sie in Ihrem Schuppen mit Drogen betäubt und hatten Sex mit ihr, können wir das so verstehen?«

»Nein«, sagte Paulus und starrte die Tischplatte an.

»Sie hatten also keine Beziehung mit Camilla?«, fragte Mia freundlich. »Da lief nichts zwischen Ihnen?«

»Doch, aber ... nicht so, wie er das gesagt hat.« Paulus nickte in Munchs Richtung.

»Wie denn dann?«, fragte Mia.

»Sex mit einer Minderjährigen, nachdem man sie unter

Drogen gesetzt hat …«, sagte Munch, aber Mia brachte ihn zum Verstummen.

»Wie war es denn, das mit Camilla und Ihnen?«

»Es war … schön«, sagte Paulus langsam.

»Sie haben sie gerngehabt?«

»Ich habe sie geliebt«, sagte er, und Mia sah, dass er mit den Tränen kämpfte.

»Und Camilla hat Sie auch geliebt?«

Der junge Mann ließ sich mit der Antwort Zeit. »Das dachte ich«, sagte er schließlich.

»Aber …?«

»Na ja, sie … Camilla war … etwas Besonderes. Sie wollte ihr eigenes Leben leben. Sie hatte eine *freie* Seele, wenn Sie verstehen. Sie müssen mir glauben, ich hab sie nicht umgebracht, ich hätte Camilla doch niemals etwas angetan, ich habe sie geliebt, ich hätte alles für sie getan.«

»Aber Camilla wollte Sie nicht, und deshalb haben Sie beschlossen, ihr doch etwas anzutun?«, beharrte Munch.

Mia warf ihm einen durchdringenden Blick zu und schüttelte den Kopf, aber Munch hob nur die Schultern. Mia fand, er machte sich die Sache manchmal zu leicht.

»Sie haben da draußen unseren Kollegen noch etwas erzählt«, sagte Mia. »Und darüber wüsste ich gern noch mehr.«

»Was denn?«, fragte Paulus, ohne sie anzusehen.

»Wenn ich das richtig verstanden habe, haben Sie Benedikte vorgeworfen, Camilla umgebracht zu haben, stimmt das?«

Es wurde wieder still, dann antwortete er: »Hab ich nur so gesagt, aus einer Laune heraus, wenn Sie verstehen, ich war wütend.«

»Auf Benedikte?«

»Ja.«

»Warum?«

»Sie kam zu mir in den Schuppen«, sagte er und nickte, dann schaute er wieder auf. »Hat davon geschwafelt, dass wir zusammengehören, dass jemand auf mich aufpassen muss, und es wäre schön, dass Camilla weg sei, denn jetzt könnten sie und ich endlich zusammen sein, und deshalb hatte sie die Nachricht geschickt.«

»Welche Nachricht?«, fragte Munch.

»Die von Camillas Telefon.«

»Benedikte hatte Camillas Telefon?«

Mia schaute zu Munch hinüber, der ihren Blick überrascht erwiderte.

»Sie hat es in Camillas Zimmer gefunden, nachdem Camilla verschwunden war«, berichtete Paulus und fuhr sich über die Stirn.

»Nur damit das klar ist«, sagte Munch, »von welcher Nachricht reden wir hier?«

»Sie hat Helene eine Nachricht geschickt, dass alles in Ordnung sei.«

»Von Camillas Telefon?«

Paulus nickte langsam. »Und da bin ich wütend geworden, stocksauer, wirklich, ich wollte nicht sagen, dass Benedikte sie umgebracht hat. Es tut mir leid, sie ist vielleicht verrückt, aber so etwas würde sie niemals tun.«

»Und hat sie etwas darüber gesagt, warum sie diese Mitteilung geschickt hat?«, fragte Mia.

»Damit niemand nach ihr sucht.«

»Denn wenn Camilla für immer verschwunden wäre, könnten Sie beide zusammen sein?«

»So ungefähr«, murmelte Paulus, der jetzt am Ende seiner Kräfte zu sein schien.

»Ich glaube, wir machen hier eine Pause«, sagte Munch mit einem Seitenblick auf Mia, die nickte. »Haben Sie Hunger, Paulus? Möchten Sie etwas essen oder trinken?«

Er zuckte kaum merklich mit den Schultern und antwortete, ohne sie anzusehen.

»Einen Burger vielleicht. Und eine Cola. Hab nicht viel gegessen in letzter Zeit, ja, eigentlich seit …«

Sie konnten sehen, dass er die Tränen kaum noch zurückhalten konnte.

»Es ist 16.32 Uhr. Die Vernehmung von Paulus Monsen ist beendet«, sagte Munch und schaltete das Aufnahmegerät aus.

• 46 •

Miriam Munch stand vor dem roten Klinkerhaus und merkte, dass ihr Zweifel kamen. Sie war so sicher gewesen, hatte sich entschieden, es war eigentlich keine Frage gewesen. Was sie am Vorabend empfunden hatte, ja, sie hatte so etwas noch nie erlebt, aber nach dem Frühstück mit Johannes hatten andere Gedanken angefangen, in ihrem Kopf zu kreisen. Nicht in erster Linie wegen Johannes, nein, sie dachte an die kleine Marion, wie würde sie das wohl aufnehmen? Sollte die reizende Sechsjährige erleben müssen, dass ihre Welt zerstört wurde, nur weil ihre Mama sich verliebt hatte?

Miriam warf einen raschen Blick auf die Uhr, die Johannes ihr geschenkt hatte, und wieder hatte sie ein schlechtes

Gewissen. Johannes hatte für alles gesorgt, hatte sich freigenommen, ein wunderschönes Frühstück gemacht, hatte ihr ein Geschenk gekauft, wollte mit ihr ausgehen. Zwar mit Hintergedanken, er sollte zu einem Ärztekongress nach Sydney, wollte sich Wohlwollen erkaufen, aber dennoch? Sie schaute abermals am Haus hoch, zu der Wohnung, in der sie vor kurzer Zeit übernachtet hatte.

Um acht. Dann sollte es beginnen, das Treffen. Atlantis Höfe. Ein Labor draußen in Husum, in dem illegale Tierversuche stattfanden. Sie hatte noch Zeit auszusteigen. Es war noch nicht zu spät. Sie hatte sich zu nichts verpflichtet. Sie könnte sich einfach in die Straßenbahn setzen. Hinauf nach Frogner fahren. Sich schön machen. Doch mit Johannes ausgehen. Nein, das könnte sie nicht, er hatte einen Spätdienst übernommen, aber sie könnte mit dem Auto nach Røa fahren. Marion holen. Einen Film ansehen. *Schneewittchen* oder *Dornröschen*. Einen von diesen Prinzessinnenfilmen, von denen die Sechsjährige nie genug bekommen konnte. Sie spürte den kleinen warmen Körper unter der Decke auf dem Sofa schon fast neben sich. Fingerchen in der Popcornschüssel. Erwartungsvolle, naive blaue Augen auf den Bildschirm gerichtet.

»Den Apfel darfst du nicht essen, der ist giftig!«

Miriam lächelte und zog eine Zigarette aus der Jackentasche. Gab sich Feuer und schlang ihren Schal fester um den Hals.

Diese Aktion?

Vor einigen Jahren hätte sie das nicht einmal gedacht. Dass es Dinge gab, an denen sie sich nicht beteiligen könnte. Miriam Munch hasste Ungerechtigkeit. Widerliche Menschen in Machtpositionen, die andere ausnutzen, um noch mehr zu verdienen, ob es sich dabei nun um Menschen oder Tiere handelte. Sie hatte ihre Zeit bei Amnesty International geliebt. Morgens aufzustehen und das Gefühl zu haben etwas zu tun, was eine Art Wert besaß. Helfen zu können. Aber dann hatte sie Marion bekommen, mit neunzehn Jahren, unsicher, ob sie das schaffen könnte, ob sie genug Kraft hätte, und deshalb hatte sie sich voll und ganz ihrer kleinen Tochter gewidmet.

Aber es musste doch verdammt noch mal Grenzen geben.

Atlantis Höfe. Hilflose Tiere, in Käfige gesperrt, jeden Tag Schmerzen ausgesetzt, nur weil jemand, der ohnehin schon zu viel Geld hatte, noch mehr wollte.

Sie wollte das hier.

Miriam Munch schnippte die Zigarette weg und ging mit raschen Schritten die Treppe in den zweiten Stock hoch.

»Hallo.« Ziggy öffnete mit einem Lächeln die Tür und drückte ihr ein Glas in die Hand. »Dachte schon, du kommst vielleicht doch nicht?«

»Bin ich zu spät?«, fragte Miriam und hängte Jacke und Schal an einen Haken auf dem Gang.

»Nicht doch«, sagte Ziggy und führte sie ins Wohnzimmer. »Wir haben ja um sieben angefangen, aber so wichtig ist das auch wieder nicht.«

»Ich dachte, du hast acht gesagt?«, fragte Miriam.

»Spielt keine Rolle«, sagte Ziggy, zwinkerte ihr zu und stellte sie der kleinen Versammlung im Wohnzimmer vor.

»Für alle, die sie noch nicht kennen, das ist Miriam Munch, sie macht am Montag mit, und ich weiß, dass einige von euch das vielleicht seltsam finden, dass wir so kurz vorher noch eine Neue dazunehmen, aber glaubt mir,

Miriam gehört zu uns, und wir brauchen jede Hilfe, die wir kriegen können.«

»Hallo«, sagte Miriam.

»Hallo.«

»Willkommen.«

»Nett, dich kennenzulernen.«

»Hallo, Miriam«, sagte Julie, sprang auf und umarmte sie. »Toll, dass du mitmachst.«

»Ich freu mich auch«, flüsterte Miriam und setzte sich neben ihre Freundin auf den Boden.

»Ich hab sie empfohlen, und da wisst ihr, dass sie in Ordnung ist.«

Der junge Mann mit der runden Brille, der aus der Küche. Er lächelt sie verlegen an, als ob er um Entschuldigung bitten wollte, vielleicht weil er versucht hatte, sie anzubaggern.

»Das stimmt ja wohl nicht ganz, Jacob«, sagte Ziggy.

»Tut es wohl. Ich hab gesagt, sie ist die Tochter von Holger Munch persönlich, wir müssen sie zu uns holen, Insiderinformationen und so.«

»Ja, ja, Jacob, es ist dein Verdienst, dass Miriam mitmacht, tausend Dank«, sagte Ziggy.

»Es ist mir eine Freude«, sagte Jacob und verbeugte sich einmal in die Runde.

»Aber mal ehrlich, kann das ein Problem werden?«

Ein Junge im Isländer lehnte mit ernster Miene und verschränkten Armen am Fenster. Miriam hatte ihn auf Julies Fest gesehen, konnte sich aber nicht an seinen Namen erinnern.

»Was denn?«, fragte Ziggy.

»Dass sie mit einem Bullen verwandt ist?«

»Nein, nein«, sagte Ziggy, »sie ist …«

»Danke, Ziggy, aber ich kann mich selbst verteidigen«, sagte Miriam und fand sich plötzlich mitten im Zimmer wieder, alle Blicke auf sie gerichtet. Ihre Entschlossenheit, die sie draußen auf der Straße verspürt hatte, war noch nicht verflogen und hatte sie impulsiv reagieren lassen.

»Ja, äh.« Sie lächelte und bereute es jetzt doch ein wenig, aber es gab keinen Weg zurück, deshalb holte sie tief Luft und fügte hinzu: »Also, ich heiße Miriam, erst mal Hallo, allesamt.«

»Hallo, Miriam.«

»Willkommen.«

Noch immer lächelnde Gesichter überall, abgesehen von dem Jungen im Isländer, der noch immer mit düsterem Blick und verschränkten Armen dastand.

»Ich weiß nicht, ob viele von euch im Blitz aktiv waren, aber da habe ich jedenfalls angefangen, mit fünfzehn. Ich habe gegen Rassisten und Nazis demonstriert, ich war bei Amnesty, und im Moment helfe ich im Katzenheim aus. Ich hab mich vor dem Parlament angekettet, ich bin von einem Polizeipferd getreten worden, und die Wunde musste mit fünfzehn Stichen genäht werden. Ich war in der Frauenbewegung aktiv, und ja, um ehrlich zu sein, weiß ich nicht viel darüber, was ihr jetzt vorhabt, was *wir* jetzt vorhaben, aber Tiere in einen Käfig zu sperren, egal aus welchem Grund, macht mich so wütend, da könnte ich …«

Miriam stand mit dem Glas in der Hand da und wusste nicht mehr, was sie sagen sollte.

»Das wäre nicht nötig gewesen, Miriam. Wir verlassen uns auf dich«, sagte Ziggy lächelnd. »Aber trotzdem vielen Dank.«

»Ich hab sie empfohlen, und da gehört sie schon dazu, oder?«, fragte Jacob lächelnd.

Miriam setzte sich wieder, wegen ihrer ausführlichen Vorstellung war sie etwas verlegen, aber den anderen hatte das offenbar gefallen. Julie streichelte ihr über den Rücken, und der Junge im Isländer lächelte sie an und hob sein Glas.

»Okay, wir sind also das Alarmsystem durchgegangen.« Ziggy klatschte in die Hände und schaute sich in der kleinen Wohnung um. »Noch Fragen, ehe wir weitermachen?«

· 47 ·

Was meinst du?«, fragte Munch.

Er hatte gerade ein Bier und ein Wasser durch das Justisen balanciert und stellte das Bier vor Mia auf den Tisch.

»Ob wir sie über Nacht behalten sollen? Ich weiß nicht recht«, sagte Mia und trank gelassen einen Schluck, versuchte, vor Munch zu verbergen, wie groß ihr Durst wirklich war. Sie hatte seit fast vierundzwanzig Stunden keine Tablette mehr genommen und merkte, dass sie das jetzt brauchte, ein Bier, um sich die Unruhe vom Leib zu halten.

»Ich glaube, das ist nicht nötig.«

»Du glaubst also nicht, dass sie das waren?«

»Nein«, sagte Mia. »Und du?«

»Na ja, wenn wir mal von der Vorgehensweise absehen, ein Motiv haben sie schon«, meinte Munch und legte seine Jacke neben sich auf den Stuhl.

Mia trank noch einen Schluck Bier. »Sie war eifersüchtig?«

»Das ist anzunehmen«, sagte Munch. »Und nicht ganz klar im Kopf, hattest du nicht auch diesen Eindruck?«

»Das schon.« Mia nickte. »Aber nicht so. Nicht so, dass sie so etwas getan hätte, glaube ich. Ich meine, wenn sie Camilla loswerden wollte, wieso hat sie sie so drapiert, dass wir sie finden mussten? Sie kommt mir nicht sonderlich abgebrüht vor. Zu gefühlsbetont. Impulsiv. Das hier war berechneter. Geplanter. Morde aus Eifersucht sind das nur selten.«

Sie unterbrach sich und trank noch einen Schluck Bier.

»Aber sie könnten es gewesen sein«, beharrte Munch.

Mia sah ihn an und überlegte, warum er diese Option offenhalten wollte. Dass Benedikte Riis oder Paulus Monsen die Gesuchten waren. Für sie war es ziemlich klar, dass die beiden nicht unter Verdacht standen. Zwei junge Menschen, die unfreiwillig in etwas hineingeraten waren, eine für Mia ziemlich harmlose Dreiecksgeschichte, sie hatte nur wenige Minuten im Vernehmungsraum gebraucht, um zu diesem Schluss zu kommen, aber Munch wollte diese Möglichkeit einfach noch nicht loslassen.

»Schon, aber ich kann mir das eben nicht vorstellen. Und sein Motiv? Sex mit einer Minderjährigen? Marihuanapflanzen im Treibhaus?«

»Beides vielleicht?«, fragte Munch und trank einen Schluck Wasser.

»Soll ich dir sagen, was ich glaube?«, entgegnete Mia und leerte ihr Bier. »Dass sie ganz einfach die Wahrheit gesagt haben. Benedikte Riis hatte ein nicht ganz einwandfreies Verhältnis zu Paulus. Irgendwie kann ich sie gut verstehen, er ist ein gut aussehender Typ mit Charisma. Camilla kommt, und sie gefällt Paulus besser. Verliebt sich. Die beiden gehen eine Beziehung ein. Dann verschwindet Camilla. Benedikte findet

ihr Telefon, schickt die SMS, dass es ihr gut geht, damit niemand nach ihr sucht. Damit sie Paulus für sich haben kann.«
Mia winkte einem Kellner und zeigte auf ihr leeres Glas.

»Aber warum reden wir dann noch darüber?«

Mia lächelte. »Du redest darüber, ich nicht.«

»Du meinst also, wir hätten sie heute Abend laufen lassen sollen?«

»Vielleicht ist es ganz gut, sie noch mal zu vernehmen. Vielleicht taucht noch etwas auf, was wir brauchen können, auch wenn ich das bezweifle.«

Der Kellner brachte Mia das neue Bier.

»Du glaubst also, sie hat das Telefon weggeworfen, damit wir es nicht finden?«

Mia nickte und hob das Glas an den Mund. Sie hatte sich entschieden. Keine Tabletten mehr, auch wenn sie wusste, dass das schwer sein würde, dass sie den Dämmerzustand vermissen würde, dass sie dann die ganze Zeit diese Bilder an sich heranlassen würde.

Der nackte verzerrte Körper im Heidekraut.

Der Schatten an der Wand.

Der Albtraum, durch den sie für einen Moment den Blick für die Realität verloren hatte.

Ich glaube, deine Arbeit macht dich krank.

Diese Bosheit.

Diese Finsternis.

Sie spürte, dass das Bier bereits seine Wirkung zeigte.

»Also nichts im Naturhistorischen Museum?«, fragte Munch.

»Schuss in den Ofen«, sagte Mia. »Was ist mit Ludvig? Der Perücke? Diesem besonderen Laden?«

»Auch da nichts«, sagte Munch und seufzte. »Die ist

nicht dort gekauft worden, aber es gibt wohl noch so ein Geschäft, da will er es morgen versuchen.«

»Okay.« Mia nickte.

»Aber wer kommt dann infrage, wenn es weder Benedikte noch Paulus waren?«, fragte Munch.

»Helene Eriksen. Zwei Lehrer. Eins von den sieben anderen Mädchen.«

»Anders Finstad ist von der Liste gestrichen?«

»Ich denke schon.«

»Also jemand aus der Gärtnerei?«

»Was meinst du denn?«

Munch dachte nach, und jetzt begriff Mia, warum er die Möglichkeit, dass es die beiden jungen Leute gewesen sein könnten, die sie eben vernommen hatten, noch immer favorisierte. So viele Informationen, so viel Material, Federn, Kerzen, Film, und doch tappten sie eigentlich im Dunkeln. Das passte Munch überhaupt nicht.

»Noch immer nichts von der Fundstätte?«, fragte Mia.

Munch schüttelte resigniert den Kopf.

»Keine brauchbaren Fußabdrücke. Keine DNA an Camillas Leiche.«

»Sie war auch nicht schwanger?«

»Was? Nein, Vik sagt nein, wieso fragst du?«

Munch sah sie forschend an.

»Ich habe mir das Pentagramm und seine Bedeutung mal genauer angesehen«, sagte Mia. »Ich meine, es muss doch einen Grund geben, sie ist doch nicht einfach so oder per Zufall so hingelegt worden, oder? Natürlich nur, wenn niemand versucht, uns in die Irre zu führen.«

»Schon«, sagte Munch gedehnt. »Und was hast du herausgefunden? Schwangerschaft?«

»Das nicht gerade, aber, weißt du, so wie ihre Arme lagen, zeigten die auf zwei Punkte im Fünfeck, und die haben eine Bedeutung«, erläuterte Mia. »Fünf Punkte, Seele, Wasser, Feuer, Erde und Luft.«

»Ach«, sagte Munch erstaunt. »Und was hat das mit Schwangerschaft zu tun?«

»Es gibt offenbar noch eine Bedeutungsebene.« Mia sah, dass Munchs Spürsinn geweckt war.

»Also nicht Erde, Wasser, und was du sonst noch gesagt hast?«

»Seele, Wasser, Feuer, Erde, Luft«, sagte Mia. »Aber die tiefere Symbolik deutet auf etwas anderes hin, so wie ihre Arme lagen.«

»Worauf denn?«

»Mutter. Und Geburt.«

»Aber sie war doch nicht schwanger«, wandte Munch ein und runzelte die Stirn.

»Nein, aber ich dachte, da könnte doch etwas zu holen sein. Ich brauche ein bisschen Zeit, um mich genauer zu informieren. Vielleicht finde ich etwas, das wir verwenden können, etwas, das mit unseren anderen Spuren zusammenhängt. Das heißt, ich klinke mich einfach eine Weile lang aus, um zu sehen, ob ich etwas finde.«

»Von mir aus mach, was du willst, solange dein Telefon eingeschaltet ist«, sagte Munch seufzend und zog seine Jacke an. »Ich muss jetzt ins Bett, hoffe ja noch immer, dass wir morgen aus den beiden was rauskriegen. Teilen wir uns ein Taxi?«

Mia sah ihm an, dass das eigentlich keine Frage war. Er war jetzt Papa Holger, der dafür sorgen wollte, dass sie genug Schlaf bekam.

»Ja, das wäre gut, bin wahnsinnig müde«, sagte Mia, täuschte ein Gähnen vor, stand auf und zog ihre Lederjacke über.

· 48 ·

Mia Krüger wartete, bis die roten Rücklichter des Taxis verschwunden waren, dann zog sie sich die Mütze über die Ohren und machte sich in Richtung Hegdehaugsvei auf den Weg. Ihre kalte, fast leere Wohnung war alles andere als verlockend. Sie hatte die Schlüssel in ihrer Jackentasche befühlt, aber sie konnte jetzt nicht schlafen, sie brauchte noch etwas zu trinken. Mehr zu trinken. Etwas Stärkeres. Sie musste verschwinden.

Freitagabend in Oslo. Sie beschleunigte ihren Schritt und ging mit gesenktem Kopf durch die Straßen, konnte den Blicken der anderen nicht begegnen, dieser Normalität, an der sie nie Anteil haben konnte. Die ganze Woche bei der Arbeit, und jetzt sollte gefeiert werden, dass Wochenende war. Gruppen von zurechtgemachten, munteren, lärmenden Menschen, ohne eine Sorge auf der Welt. Sie nickte dem Türsteher des Lorry kurz zu, es war zum Glück ein anderer als der, mit dem Curry aneinandergeraten war. Das Lokal war sehr voll, aber der Tisch hinten in der Ecke, wo sie sich so gern versteckte, war frei. Wenn das kein Wink war. Sie bestellte ein Guinness und einen Jägermeister und verkroch sich auf das rote Sofa. Überall fröhliche Gesichter mit Gläsern in beiden Händen, unterwegs mit Freunden, unterwegs miteinander, und sie saß allein in der Ecke.

Reiß dich zusammen.

Mia leerte den Jägermeister und spülte ihn mit einem Schluck Guinness hinunter, und sie schüttelte über sich selbst den Kopf.

Selbstmitleid?

Nein, jetzt musste sie sich verdammt noch mal zusammenreißen. Das hier sah ihr gar nicht ähnlich. Sie zog Notizblock und Stift aus der Tasche und legte beides vor sich auf den Tisch. Wer war sie? War sie nicht Mia Krüger? Hier mit gesenktem Kopf sitzen? Mia öffnete ihren Block, drehte die Kappe vom Stift und schlug eine leere Seite auf. Der Psychologe. Er war schuld.

Ich glaube, deine Arbeit macht dich krank.

Fucking bullshit. Sie bereute jetzt, sich überhaupt darauf eingelassen zu haben. Die Therapie zu beginnen. Einem Idioten Zugang zu ihrem Kopf zu gewähren, sich das Gefühl geben zu lassen, dass etwas mit ihr nicht stimmte. Sie hatte Distanz gewahrt, das schon. In allen Stunden. Hatte hier Ja und dort Nein gesagt, wenn es passte, aber es hatte sich doch eingeschlichen.

Dass etwas mit ihr nicht stimmte.

Fuck that. Sie beschloss jetzt mithilfe der euphorischen Wirkung des Alkohols: Sollten die anderen doch denken, was sie wollten. Mikkelson, Mattias Wang, Munch, auch der, ihr war absolut klar, wer sie war, und egal wie sehr die anderen versuchten, sie zu manipulieren, hatte eben doch sie selbst recht.

Zum Teufel.

Sie war schwach geworden. Leise flüsternde Stimmen von allen Seiten, aber jetzt war es verdammt noch mal genug. Sie winkte dem Kellner und zeigte auf das leere Schnapsglas, und schon bald stand ein neues auf dem

Tisch. Was zum Teufel wussten die anderen denn? Darüber, wie es war, Mia zu sein? Eine neue Mitteilung von Psychologe Mattias Wang. *Du hast den letzten Termin verpasst, soll ich einen neuen vorschlagen?* Munchs Blick über den Tisch hinweg, *ich glaube, du brauchst ein bisschen Ruhe.* Sie leerte den halben Jägermeister. Sie hatte die anderen in ihren Kopf schleichen lassen, hatte ihnen erlaubt, sie an sich selbst zweifeln zu lassen, aber jetzt war Schluss. Bis hierher und nicht weiter. Mia trank noch einen Schluck Guinness und legte den Stift auf das weiße Blatt.

Leeres Papier.

Wichtig. Alles neu sehen.

Stark. Sie fühlte sich wieder stark. Ob das vom Alkohol kam oder nicht, spielte keine Rolle. Sie leerte ihr Guinness gerade rechtzeitig, um sich Nachschub auf den Tisch stellen zu lassen, dann blendete sie den Lärm im Lokal aus. Der Stift jagte über das Papier.

Camilla. Die Auserwählte. Mutter. Geburt. Siebzehn Jahre. Impulsiv. Eigen. Die Federn. Eule? Tod? Erwürgt. Warum erwürgt? Warum etwas um den Hals? Atem. Atem ist Leben? Die Arme. Im Wald? Warum hattest du keine Kleider an?

Mia trank einen großen Schluck von dem dunklen Bier, ohne zu bemerken, was um sie herum vor sich ging. Sie schrieb *Ritual* über ihre Notizen und ließ den Stift auf die nächste Seite wandern, kritzelte oben *Keller*, leerte eilig ihr Schnapsglas und schrieb dann ebenso eilig weiter.

Dunkel. Dunkelheit. Tiere? Was ist mit dem Tier? Warum bist du das Tier? Essen. Futter. Warum darfst du nicht essen, Camilla? Wer sieht dich an? Warum sieht er dich an? Und warum trägst du nicht die Perücke? Wenn du im

Rad läufst? Wenn er dich ansieht? Warum sieht er dich an, so wie du bist? Nur so, wie du bist? Ohne Perücke? Warum bist du im Keller so, wie du bist? Und nicht, wenn du draußen im Wald liegst?

Mia winkte abermals um Nachschub, obwohl ihr Guinness noch halb voll war. Sie leerte es, als die neuen Gläser gerade gebracht wurden, setzte das kleine Schnapsglas an die Lippen und ließ sich im roten Sofa zurücksinken, um einen kurzen Blick auf ihre Zeilen zu werfen.

Sie hatte eine Spur.

Fuck, warum hatte sie die anderen in ihrem Kopf herumstochern lassen. Niemals sollte das noch einmal passieren.

Hier war etwas, das spürte sie.

Mia schob sich den Stift zwischen die Zähne. *Die eine Seite: Du liegst vor uns, neu, anders, im Wald. Die Federn. Beschützt? Neugeboren? Die andere Seite: Wenn du ein Tier da unten bist, wenn du im Rad läufst, wenn du dich vorzeigen musst. Musst du dich zeigen, Camilla, musst du zeigen, was du kannst?*

Mia blätterte weiter und ließ ihren Stift weiter über die weißen Seiten tanzen.

Mutter? Wolltest du Mutter werden, Camilla? Hattest du den Wunsch nach einem Kind? Die Auserwählte. Warum warst du die Auserwählte? Solltest du die Mutter sein? Für das Kind?

Mia merkte, dass jemand an ihrem Tisch stand, sicher der Kellner, sie brauchte ihn nicht, sie hatte noch genug zu trinken, aber die Person blieb einfach stehen.

»Mia Krüger?«, fragte die Gestalt, und Mia sah widerwillig von ihrem Notizbuch auf.

»Ja?«

Vor ihr stand ein junger Mann im schwarzen Anzug und frisch gebügeltem weißen Hemd. Er hatte sich eine große Mütze tief in die Stirn gezogen.

»Ich habe zu tun«, ergänzte Mia.

Der Mann nahm die Mütze ab und entblößte einen struppigen Schopf, auf beiden Seiten schwarz, mit einem weißen Streifen in der Mitte.

Mia war irritiert. Sie war jetzt ganz nah dran. Die Lösung lag hier irgendwo, auf den Blättern vor ihr.

»Ich bin Skunk«, sagte der junge Mann.

»Was?«, fragte Mia.

»Ich heiße Skunk«, sagte er noch einmal und grinste verlegen. »Hast du immer noch zu tun?«

· 49 ·

Sunniva Rød hatte Nachmittagsdienst und war müder als sonst. Sie hatte in letzter Zeit auch nicht gut geschlafen. Hatte sich im Bett von einer Seite auf die andere gewälzt. Seltsame Träume gehabt. Sie begriff eigentlich nicht, warum. Vielleicht weil er nicht mehr anrief? Zuerst dauernd, ein Anruf nach dem anderen, eine SMS nach der anderen, dann nichts mehr. War Curry etwas passiert? Hatte er einen Unfall gehabt? Sollte sie anrufen und sich erkundigen? Sie seufzte und ging in das letzte Zimmer, danach würde sie Feierabend machen. Torvald Sund, der verrückte Pfarrer. Sie blieb vor der Tür immer zwei Sekunden stehen, holte Atem, ehe sie hineinging, aber heute war sie zu müde, mochte nicht daran denken. Sie wollte nur noch nach Hause. Musste endlich schlafen.

Sie ging ins Zimmer und zuckte zusammen, als sie ihn dort sitzen sah, mit weit aufgerissenen Augen und einem seltsamen Lächeln um die Lippen. Als hätte er auf sie gewartet.

»Ich werde bald sterben«, sagte der Pfarrer.

»Das dürfen Sie nicht sagen, Torvald«, sagte Sunniva und ging zu seinem Nachttisch, um die Reste des Mittagessens abzuräumen, das die Schwester aus der Küche gebracht und das er fast nicht angerührt hatte.

»Haben Sie keinen Hunger? Wollen Sie nichts essen?«, fragte Sunniva und verspürte ein gewisses Unbehagen.

»Ich brauche im Himmel kein Essen«, sagte der Pfarrer lächelnd, noch immer, ohne sie aus den Augen zu lassen.

»Das dürfen Sie nicht sagen«, sagte Sunniva. »Sie haben noch immer viele schöne Tage vor sich.«

»Ich werde bald sterben«, sagte der Pfarrer wieder, diesmal energischer. »Aber das macht nichts, denn ich komme in den Himmel, Gott hat gesagt, dass ich meine Sünden wiedergutmachen kann.«

Sunniva ging zum Nachttisch, um die Essensreste zu holen.

Komme nicht in den Himmel.

Habe gesündigt.

Komme in den Himmel.

Kann meine Sünden wiedergutmachen.

Sunniva Rød respektierte die Religion anderer nun wirklich. Sie konnten glauben, woran sie wollten, ob es nun Gott, Allah, Buddha oder Elfen im Wald waren, aber im Moment war sie zu müde, um sich dafür zu interessieren. Warum hatte Curry nicht angerufen? War etwas passiert?

Sie hob das Tablett vom Nachttisch und drehte sich zur Tür.

»Nein, du musst zuhören«, sagte der Pfarrer entschieden und hob einen krummen Zeigefinger. »Du musst es sein.«

Sunniva zuckte wieder zusammen und blieb mit dem Tablett in den Händen stehen.

Der verrückte Pfarrer.

Nein, sie konnte jetzt nicht mehr. Jetzt wollte sie nach Hause.

»Bitte«, sagte er wimmernd, als sie die Tür erreicht hatte. »Ich wollte nicht rufen, Gott möge mir verzeihen, aber so muss es gehen, du bist die Botin.«

»Was ist denn los?«, fragte Sunniva seufzend.

»Tausend Dank«, sagte der alte Mann, als er sah, dass Sunniva das Tablett auf den Tisch neben der Tür stellte und zu seinem Bett zurückkam. »Wir danken dir beide, Gott und ich, Botin.«

Er hob die Hände gen Himmel und murmelte etwas.

»Warum bin ich die Botin, Torvald?«, fragte Sunniva. »Was soll ich ausrichten? Und wem?«

Der Pfarrer lächelte sie wieder an.

»Ich habe es zuerst nicht begriffen, aber dann habe ich erfahren, wer du bist.«

»Wer ich bin? Das wissen Sie doch, Torvald, wir kennen uns ja schon lange.«

»Nein, nein«, sagte der alte Mann und hustete. »Ich habe es von den Schwestern gehört.«

»Was meinen Sie?«

»Ach, du weißt doch, die flüstern und tuscheln, wenn sie mein Bett neu beziehen. Sie glauben, Torvald hätte keine Ohren, weißt du, sie glauben, er sei gar kein Mensch mehr, er muss ja bald sterben, nein, Sunniva.«

»Was?«, fragte Sunniva verwirrt. »Was sagen sie?«

Plötzlich wollte sie wissen, was der alte Mann meinte, sie vergaß fast, wie müde sie war.

»Und da habe ich verstanden, dass du die Botin bist«, sagte er glücklich.

»Was sagen sie über mich?«, fragte Sunniva.

»Ach, nichts Schlimmes. Nur, dass du den Polizisten nicht mehr heiraten willst. Dass er trinkt und euer Geld verspielt.«

»Was zum ...«, begann Sunniva, riss sich aber zusammen. Sie arbeitete schließlich an einem der wenigen Orte in Norwegen, wo Fluchen ein Kündigungsgrund war, deshalb hatte sie ihre Sprache gebändigt, doch nun stieg die Wut doch in ihr auf.

»Wie können sie es wagen ...«

»Pst, pst, meine Liebe, alles ist zum Guten«, sagte der Pfarrer. »Es stimmt also? Er ist Polizist?«

»Ja, das schon«, sagte Sunniva.

»Ach Gott, danke. Jetzt komme ich in den Himmel«, sagte der alte Mann und klatschte in seine runzligen Hände.

»Torvald, ich weiß nicht ...«, seufzte Sunniva, aber er ließ sie nicht ausreden.

»Die große Sünde kann nur durch eine gute Tat vergeben werden. So steht es geschrieben, und es ist Gottes Wort«, sagte der Pfarrer, ohne auf sie zu achten.

Sunniva hatte das Gefühl, dass er mit seinen Gedanken wieder in seiner eigenen Welt war, aber dennoch hatte sie ihn auch noch nie so wach erlebt.

»Also, Botin«, sagte sie. »Was sollen Sie mir sagen?«

»Du hast die Zeitungen gesehen?«, fragte der alte Mann, noch immer mit klarem Blick.

»Was meinen Sie?«

»Das Opferlamm im Sündenkreis?«

Sunniva musste kurz überlegen, ehe sie begriff, wovon er redete. Das Mädchen, das in dem Wald in Hurumlandet tot aufgefunden worden war. In letzter Zeit hatten die Zeitungen fast kein anderes Thema gehabt. Nackt. Erwürgt. Wie bei einem Ritual. Beim bloßen Gedanken bekam Sunniva schon eine Gänsehaut.

»Was ist mit ihr?«, fragte sie neugierig.

»Ich weiß, wer es war«, sagte der Pfarrer.

»Wer das Mädchen war?«

»Nein«, sagte er unwirsch, weil sie seinen Gedanken offenbar nicht folgen konnte.

»Wer denn?«

»Gottes Wille«, sagte der Pfarrer selbstzufrieden.

»Wovon reden Sie hier eigentlich, Torvald?«, fragte Sunniva.

Der alte Mann faltete die Hände vor seiner Brust und schloss die Augen, als ob er ein imaginäres Gespräch führte, dann öffnete er sie wieder und sah Sunniva vielsagend an.

»Ich weiß, wer sie getötet hat.«

· 50 ·

Der junge Mann, der sich an ihren Tisch gesetzt hatte, hatte einen intelligenten Blick, wirkte ruhig und selbstsicher, doch sein Aussehen war wie eine Fassade, deshalb wusste Mia Krüger nicht so recht, was sie glauben sollte. Weißes Hemd, schwarzer Anzug, wie ein Geschäftsmann, in scharfem Kontrast zu der wilden Frisur, schwarz an den Seiten, mit dem dicken weißen Streifen in der Mitte. Sie konnte verstehen, woher er seinen Spitznamen hatte, Skunk.

Normalerweise fiel es ihr leicht, Menschen zu durchschauen, aber dieser Bursche strahlte etwas aus, dem sie noch nie begegnet war. Er war wie eine Art Plakat. Als ob er etwas Besonderes sein wollte, sich verkleidet hatte, um sich von der Menge abzuheben, ohne eigentlich so zu sein, aber schon nach wenigen Minuten ging ihr auf, dass sie sich geirrt hatte.

Ihm war alles scheißegal, das begriff sie nach und nach. Er konnte aussehen, wie er wollte, es interessierte ihn nicht, was andere meinten. Er war er selbst, und wer etwas dagegen hatte, sollte sich zum Teufel scheren. Skunk hob das Bierglas zum Mund, lächelte sie über den Rand hinweg an. Mia wusste nicht, ob jetzt der Alkohol in ihr sprach, aber zum ersten Mal seit einer Ewigkeit hatte sie das Gefühl, das hier sei jemand, mit dem sie wirklich, ja …

Sie vollendete diesen Gedanken nicht, sondern leerte ihr Bier, setzte ihr Polizistinnengesicht auf und legte Block und Stift zur Seite.

»Doch nicht beschäftigt?«

Ein bisschen frech war er vielleicht, aber das spielte keine Rolle.

»Doch, eigentlich schon«, sagte sie und winkte dem Kellner.

»Ich mache so was sonst nicht«, sagte Skunk und ließ sie zum ersten Mal aus den Augen, um aus dem Fenster zu schauen.

»Was denn?«, fragte Mia.

»Mit der Polizei reden«, sagte er und lächelte sie an.

»Ja, ist mir schon klar«, sagte Mia. »Das hat Gabriel klargestellt.«

»Gabriel, ja.« Skunk seufzte und hob wieder das Glas. »He went over to the dark side ...«

Mia Krüger kannte sich in der Welt der Nerds nicht sehr gut aus, aber sogar sie begriff, dass hier auf *Star Wars* angespielt wurde.

Darth Vader und Luke Skywalker.

Luke, give yourself to the dark side ...

»Bei ihm sieht es so aus, als wärst du das gewesen«, sagte sie, als der Kellner eine neue Runde auf die weiße Tischdecke zwischen sie stellte.

»Ach was?«, fragte Skunk.

»Du bist der Schurke, und Gabriel hilft uns.«

»Ist die Frage, wie man das sieht.« Skunk zog sein Jackett aus und hängte es über den Stuhlrücken.

»Stimmt«, sagte Mia und trank einen Schluck Guinness. »Also, warum sitzt du hier?«

»Nennen wir es Gewissen. Oder vielleicht eher Neugier.«

»Neugier?«

Skunk lächelte.

»Du bist genau so, wie ich gedacht habe.«

»Und wie ist das?«

Vor ihren Augen drehte sich alles. Sie hatte ziemlich viel getrunken und versuchte, das zu überspielen.

»Können wir einfach aufhören und zur Sache kommen?«

Skunk sah sie an, und Mia hatte das Gefühl, wenn sie nicht im Dienst wäre, wenn der junge Mann, der so plötzlich aufgetaucht war in dem Fall, der sie so sehr beschäftigte, nicht so wichtig wäre, dann, ja ...

Sie verdrängte diese Überlegung.

»Klar«, sagte Mia.

»Zwei Dinge«, sagte er und trank noch einen Schluck Bier. »Erstens: wo dieser Server stand.«

»Auf dem du den Film gefunden hast?«

»Ja, aber vorher muss ich eins klarstellen«, sagte Skunk. »Du weißt nichts und kannst nichts. Das soll nicht abwertend sein, aber das hier ist Technik. Ich weiß, du bist die Beste in deinem Bereich, aber sagen wir für einen Moment, dass ich der Beste in meinem bin, okay?«

»Gabriel ist richtig gut«, sagte Mia.

Skunk lächelte.

»Ja, Gabriel ist gut, aber er ist zu nett. Weißt du, was ein Whitehacker ist?«

»Nein«, sagte Mia.

»Okay. Weißt du denn, was ein Blackhacker ist?«

Wieder schüttelte Mia den Kopf.

»Okay«, sagte Skunk, leerte sein Bier und sah sie an. »Noch eine Runde, oder?«

Mia nickte, und Skunk winkte dem Kellner.

»Also«, sagte Mia. »Whitehacker, Blackhacker? Woher hast du den Film? Wo war der Server?«

»Das lässt sich nicht eindeutig sagen«, sagte Skunk. »Was weißt du über diese Dinge?«

Mia rührte ihr Glas nicht an. »Na ja, sagen wir, ich weiß ein bisschen, aber wie erklärst du's mir?«

»Der Server, auf dem ich den Film gefunden habe«, sagte Skunk und griff nach seinem Bier. »Hatte seinen Standort in Russland. Aber da war er nicht.« Er war ein bisschen beschwipst. »Weißt du etwas über Spiegel? Über Mirrors? Über Ghost-IP-Adressen?«

»Nichts«, sagte Mia und konzentrierte sich auf Block und Stift.

»Server kann man verstecken«, sagte Skunk.

»Du weißt also nicht, wo du ihn gefunden hast?«

»Ja und nein«, sagte er und betrachtete das Bier. »Es gibt ja überall Spuren, egal wie sehr sie versuchen, sie zu verstecken, und das bisschen, was ich gefunden habe, kam aus einem Haus hier auf St. Hanshaugen.«

»Der Server war da? Auf St. Hanshaugen, da hast du den Film gefunden?«

Mia rührte ihr Bier nicht an.

»Ullevålsveien 61«, nickte Skunk. »Ich hab nachgesehen, da war sonst ein Buchladen. Für alte Bücher.«

»Aber?«

»Tja, der war da, aber jetzt ist da nichts mehr.«

»Du hast nachgesehen?«

»Da war sonst ein Antiquariat. Alte Bücher. Okkulter Kram, Satanismus und so, wenn ich das richtig verstanden habe.« Er grinste sie über den Glasrand hinweg an. »Aber jetzt ist alles leer. Die Spuren waren nicht ganz eindeutig. Kann gut noch ein Decoy sein, verstehst du? Steht nicht fest, dass es überhaupt da war.«

»Okay«, sagte Mia. »Und das Zweite? Du hast gesagt, zwei Dinge. Erstens und zweitens.«

Skunk stellte sein Glas auf die weiße Decke. »Richtig. Und das ist schlimmer.«

Skunk wirkte auf Mia inzwischen reichlich voll, ohne wirklich viel getrunken zu haben.

»Du hast den Film gesehen, oder?«, fragte er und beugte sich über den Tisch. »Habt ihr herausgefunden, was das eigentlich ist?«

»Wie meinst du das? Was der Film eigentlich ist? Ich weiß es nicht.«

Der Kellner kam wieder an ihren Tisch und teilte mit, das sei die letzte Runde, aber Mia winkte ab.

»Der Film, die Frau im Rad, ihr habt das doch gesehen?«

Mia nahm den Hacker mit den schwarz-weißen Haaren auf der anderen Seite des Tisches nur noch verschwommen wahr, und sie war froh, dass sie ihren Alkoholkonsum eingestellt hatte.

»Ja, klar. Was ist denn das Zweite?«, fragte sie, als im Lokal die Lampen eingeschaltet wurden.

Skunk stellte das leere Glas auf die weiße Decke und sah sie mit glasigem Blick an. »Das ist kein Film«, sagte er.

»Aber das war doch ein Film?«, fragte Mia.

»Nein. Das war ein Auszug aus einem Live-Feed. Das ist live.«

»Wie meinst du das?«

»Sie haben sie ins Netz gestellt. Sie vorgeführt.«

Der Kellner kam wieder an ihren Tisch zurück und bat sie zu gehen.

»Es ist live«, sagte Skunk noch einmal. »Irgendwer hat sie ununterbrochen gefilmt und die Aufnahmen ins Netz gestellt, vielleicht damit Geld verdient.«

»Aber wie denn?«, überlegte Mia, als der Türsteher an ihren Tisch kam.

»Jetzt ist Feierabend«, sagte der Türsteher freundlich.

»Wie kann ich dich erreichen?«, fragte Mia, als sie auf dem kalten Hegdehaugsvei standen.

Der Hacker schlüpfte in sein Jackett und zog sich die Mütze über die Ohren, als ein freies Taxi vor ihnen hielt.

»Das kannst du nicht«, sagte er und zwinkerte ihr zu.

»Wieso das denn nicht?«

»Tøyen«, sagte Skunk zum Taxifahrer, dann setzte er sich auf die Rückbank und zog die Tür zu.

· 51 ·

Der Finanzmann Hugo Lang verließ im Zürcher Flughafen sein Privatflugzeug und setzte sich in den weißen Bentley, der schon auf ihn wartete, um ihn nach Hause zu fahren. Die Fahrt zu seiner Villa am Ufer des kleinen Pfäffikersees dauerte gute zwanzig Minuten, und er wechselte kein Wort mit seinem Chauffeur, denn der ältere Schweizer redete niemals mit seinen Bediensteten.

Hugo Lang war zweiundsechzig Jahre alt, und ihn als Finanzmann zu bezeichnen war vielleicht übertrieben, denn er hatte sein gesamtes Vermögen geerbt und in seinem ganzen Leben keinen einzigen Tag gearbeitet. Sein Vater, der sieben Jahre zuvor verstorbene Stahlmagnat Ernst Lang, war einer der erfolgreichsten Geschäftsmänner Europas gewesen, und manche hatten vielleicht erwartet, dass sein Sohn das Erbe weiterführen würde, aber Hugo hatte alle Geschäftsanteile verkauft. Er hatte die Villa in der Schweiz behalten, dazu Wohnungen in New York, Paris, London und Hongkong, ansonsten befanden sich der über hundert Jahre alte Familienbetrieb Lang und alle Tochtergesellschaften jetzt in anderen Händen. Die, die nichts geerbt hatten, Onkel, Tanten und andere entferntere Familienangehörige, hatten sich alle Mühe gegeben, ihn daran zu hindern, er hatte Schlagzeilen gemacht, geschockte Verwandte waren vor Gericht gegangen, um den Verkauf zu stoppen, aber er hatte sich nicht beirren lassen. Was andere meinten, war für Hugo Lang uninteressant.

Er ließ sich vom Chauffeur die Tür öffnen und betrat seine hochherrschaftliche Villa ohne einen Blick für sein Personal, das sein Jackett und seinen Hut nahm. Seine Dienstboten wurden gut bezahlt, um rund um die Uhr zu seiner Verfügung zu stehen, und er sah keinen Grund, seine Zeit damit zu verschwenden, dass er ihnen seine Aufmerksamkeit schenkte. Er hatte zudem wichtigere Dinge im Kopf, und dieser Tag war offenbar einer der wichtigsten seit Langem.

Er hatte immer gesammelt, aber erst nach dem Tod seines Vaters hatte er sich die Dinge zulegen können, die er wirklich haben wollte. Sein Vater war ein Geizhals gewesen, aber nun war Hugo Lang sein eigener Herr. Beim Tod seiner Mutter war er vierzehn gewesen, ein akuter Fall von Gehirnblutung. Hugo hatte sie nie vermisst. Ernst Lang war an Leukämie gestorben und hatte lange in der Villa im Sterben gelegen, sie hatten nur für ihn einen kompletten Flügel angebaut, es war fast so gewesen, wie in einem Krankenhaus zu wohnen, und Hugo hatte ab und zu vorbeigeschaut, nicht weil er das wollte oder weil der alte Mann ihm auf irgendeine Weise leidgetan hätte, sondern nur, damit der alte Idiot nicht plötzlich auf die Idee käme, sein Geld anderen zu vermachen.

Nach dem Tod seines Vaters hatte er sich aller Erinnerungen an seine Eltern entledigt. Fotos, Kleider, Bilder an der Wand. Er sah keinen Grund, das alles zu behalten, er brauchte den Platz für seine Sammlungen. Seine Eltern waren ihm immer egal gewesen, warum sollte er den alten Kram da in seinem Haus aufbewahren?

In den Garagen an der Längsseite des Hofplatzes standen seine Autos. Er wusste schon gar nicht mehr, wie viele er besaß, und er benutzte sie nicht oft, aber er fand es schön, sie zu besitzen, sie anzufassen, sie zu betrachten, zu wissen, dass sie ihm gehörten. In seiner Sammlung hatte er unter anderem einen Hennessey Venom GT, einen Porsche 918 Spyder, einen Ferrari F 12 Berlinetta, einen Aston Martin Vanquish, einen Mercedes CL65 AMC Coupé, und normalerweise ging er, wenn er wie heute von einer Reise zurückkehrte, als Erstes in die Garage, um mit der Hand über eines dieser Autos zu streichen, an diesem Tag aber nicht.

Heute hatte er Wichtigeres im Kopf.

Normalerweise ging er auch ins Aquariumszimmer, aber nun suchte er auch seine teuren Fische nicht auf. Er ging sofort hoch in sein Arbeitszimmer, setzte sich in den tiefen Schreibtischsessel und fuhr den Rechner hoch. Sein Herz schlug ihm bis zum Hals. Das passierte nicht oft. Hugo Lang war nur selten erregt über irgendetwas. Wenn er sich etwas kaufte, dann kam es vor, dass er eine Art Spannung verspürte. So war es auch gewesen, als er das erstanden hatte, was damals als die teuerste Briefmarke der Welt galt, eine schwedische gelbe Dreischillingmarke von 1855, von der es auf der ganzen Welt nur ein einziges Exemplar gab. Er hatte inkognito darauf geboten und den Zuschlag für knappe zwanzig Millionen Dollar erhalten, und da hatte er es verspürt, eine Art Zittern in den Gliedern, aber das war rasch verflogen. Er hatte am nächsten Tag einen teuren Wein gekauft, einen Kasten Dom Leroy Musigny Grand Cru, um das Gefühl zurückzuholen, aber es hatte nicht viel geholfen.

Aber das hier. Das war etwas ganz anderes.

Er hatte ein solches Zittern nicht mehr verspürt, seit – ja, seit wann? Vielleicht, seit er die Summen gesehen hatte, nachdem alle Verkäufe abgeschlossen waren, aber nein, nicht einmal das konnte sich mit diesem Gefühl jetzt messen.

Hugo Lang erhob sich, ging den weiten Weg über den italienischen Marmorboden und überzeugte sich davon, dass die Tür abgeschlossen war, dann setzte er sich wieder an den Rechner. Seine Finger zitterten, als er die geheime Internetadresse eingab.

Vor mehr als einer Woche war die junge Norwegerin im Laufrad vom Bildschirm verschwunden, und sie fehlte ihm. Er hatte sein Bett hierherbringen lassen, alle Mahlzeiten waren hier serviert worden, sie waren die ganze Zeit zusammen gewesen. Nachts, wenn er nicht schlafen konnte, kam es vor, dass er ganz dicht an sie herantrat und den Bildschirm berührte. Es war so schön gewesen, sie so nahe bei sich zu haben, aber nun war sie nicht mehr da, und seitdem war er nicht mehr ganz er selbst.

Hugo Lang hatte schon ganz anderes erlebt. Wenn man Geld hatte und wusste, wohin man sich wenden konnte, gab es immer etwas zu sehen, nur war es so selten echt. Er konnte das schon auf weite Entfernung riechen. Dass er nur Schauspiel vor sich hatte. Aber das hier?

Nein, das hier war echt.

Er hatte die Anzeige einige Monate zuvor gefunden, dort unten, wo er oft hinging, im dunkelsten Teil des Netzes, und was ihm daran gefallen hatte, war die Exklusivität gewesen.

Five highest bidders only.

Nur fünf Personen. Hugo Lang teilte ungern und hätte

sie lieber für sich gehabt, aber fünf waren nicht so schlimm, nur vier andere, das konnte er ertragen, solange er nicht wusste, wer die anderen waren, und das tat er natürlich nicht, so wenig, wie sie wussten, wer er war.

Sie war jetzt nicht mehr da, und sie fehlte ihm, aber an diesem Tag sollte eine Neue ausgesucht werden, und der Zweiundsechzigjährige hatte dermaßen flattrige Hände, dass er nur mit Mühe die richtigen Tasten traf. Er ließ sich lächelnd in dem schwarzen Ledersessel zurücksinken und merkte, dass sein Herz noch schneller pochte, als die Website auf dem riesigen Schirm vor ihm an der Wand auftauchte.

Eine fast schwarze Seite mit einem winzigen Text auf Englisch.

Whom do you want?

Who will be the chosen one?

Und zwei Fotos darunter. Zwei junge Norwegerinnen.

Es prickelte jetzt so, dass er kaum noch stillsitzen konnte. Ihm stand der Schweiß auf der Stirn, und er musste die Brille mit seinem Hemd putzen, ehe er überhaupt die Namen unter den Bildern lesen konnte.

Zwei junge Norwegerinnen. Eine blond. Die andere dunkel.

Isabella Jung.

Miriam Munch.

Sie hatte ihm so gefehlt, aber jetzt würde bald eine neue kommen. Eine von diesen beiden, und Hugo Lang merkte schon, dass sie ihm beide gefielen.

Der alte Mann überlegte kurz, dann klickte er das eine Foto an, schloss die Website, stand auf und ging ins Ankleidezimmer, um sich für das Abendessen umzuziehen.

• Teil VI •

· 52 ·

Mia Krüger fuhr vor dem weißen Haus vor und stieg mit dem Gefühl aus dem Auto, dass etwas nicht stimmte. Diese unerwartete Begegnung am Vorabend. Dieser Hacker, Skunk, der laut Gabriel die Polizei hasste, war plötzlich einfach so aufgetaucht. Hatte sie in gewisser Weise fasziniert. Hatte sie dazu gebracht, die misstrauische Maske abzunehmen, die sie immer trug. Hatte sie für einen Moment geblendet, aber dann auf dem Heimweg war ihr mulmig gewesen. Das Ganze war irgendwie seltsam. Warum war er gekommen? Wie hatte er sie gefunden? Was wussten sie eigentlich über diesen Typen? Skunk? Sie kannten nicht einmal seinen richtigen Namen. Sie wussten nur, dass er den Film entdeckt hatte. Durch Zufall? Auf irgendeinem geheimnisvollen Server? Der jetzt plötzlich aus irgendeinem Grund verschwunden war? Sie schüttelte über sich selbst den Kopf und zog das Telefon aus der Tasche.

»Ludvig Grønlie?«

»Ja, hallo, hier ist Mia.«

»Hallo, Mia, wo steckst du?«

Mia schaute sich um, sah das weiße Haus an, weit draußen, ja, am Arsch der Welt, so könnte sie es wohl ausdrücken, sie hatte so lange gebraucht, um den Weg zu finden, dass es schon dunkel wurde. Sie hatte fast aufgegeben, dann hatte sie endlich die Stichstraße entdeckt, die so gut versteckt war, dass man glauben konnte, jemand habe es darauf angelegt.

»Auf dem Land«, sagte Mia.

»Wo?«, fragte Ludvig.

»Ich muss noch etwas überprüfen«, sagte Mia. »Kannst du mir helfen?«

»Klar«, sagte Ludvig. »Was brauchst du?«

»Ich muss etwas über eine Adresse wissen. Ullevålsvei 62.«

»Okay, was willst du wissen?«

»Alles, was du herausfinden kannst, eigentlich.«

»Es wäre ein bisschen einfacher, wenn ich wüsste, wonach ich suche«, meinte Ludvig.

»Entschuldige«, sagte Mia. »Die Adresse ist gestern einfach aufgetaucht, ich interessiere mich vor allem für eine Art Buchladen im Erdgeschoss, weißt du, alte Bücher und so.«

»Ein Antiquariat?«

»Genau.«

»Okay, ich werde sehen, was ich tun kann«, sagte Ludvig.

»Danke«, sagte Mia, steckte das Telefon wieder in die Tasche und schaute sich um.

Das kleine weiße Haus mit einem kleinen roten Schuppen auf der anderen Seite des Hofplatzes. Ansonsten nur Wald. Bereifte Bäume dicht an dicht. Und nirgendwo auch nur ein Geräusch. Wer konnte an so einem Ort wohnen? Mia überlegte, ob sie klingeln sollte, obwohl sie wusste, dass niemand zu Hause war.

Jim Fuglesang.

Der Mann mit dem weißen Fahrradhelm. Hier wohnte er,

weit draußen im Nirgendwo, und es hätte herrlich idyllisch sein können, wenn Kinder mit einer Schleuder herumgelaufen wären und jemand gerufen hätte: »Miiiiiichel«, wie in einem Astrid-Lindgren-Film, aber so hatte sie das Gefühl, dass sie vor einer Szene aus einem Horrorfilm stand.

Er war krank im Kopf. Wieder in Dikemark eingewiesen worden. Nicht ansprechbar. Sie hatte bei dem Gespräch nicht das Gefühl gehabt, dass er der Mann war, den sie suchten. Ein spontanes Geständnis, eine psychisch labile Person, die sich eingeredet hatte, einen Mord begangen zu haben. Nichts, was man ernst nehmen konnte, natürlich nicht, deshalb hatten sie ihn laufen lassen, sie hatte ihn sofort von der Liste gestrichen, aber dann war ihr plötzlich ein Gedanke gekommen. Wenn er nun der Täter war? Wenn sie es getan hätte und nicht gefasst werden wollte, wie würde sie sich verhalten? Doch genau so. Wer verdächtigt einen Idioten mit einem weißen Fahrradhelm, der so tut, als wisse er nicht, wovon er redet? Und so war es eigentlich auch mit diesem Skunk. Wer verdächtigt einen jungen Mann, der nie im Leben mit der Polizei zusammenarbeiten würde, der dann aber plötzlich auftaucht, weil sein »Gewissen«, wie er das ausdrückt, ihm das aufgetragen hat?

Ein kranker Teufel.

Mia suchte nach der Klingel, fand keine und klopfte deshalb an. Niemand zu Hause. Wie erwartet. Jim Fuglesang. Mit Medikamenten zugedröhnt oben in Dikemark, sicher noch immer mit dem Fahrradhelm auf dem Kopf, aber aus purer Höflichkeit klopfte sie noch einmal, während sie spürte, wie ihr wieder mulmig wurde.

Mia steckte die Hände in die Taschen ihrer Lederjacke,

wartete einige Minuten, bis sie ganz sicher war, dass sie niemanden antreffen würde, dann ging sie wieder über den Hofplatz, über das bereifte Gras und zur Veranda auf der Rückseite des Hauses.

Sie brauchte nicht lange, um die Tür zu öffnen. Sie stahl sich ins Haus, sagte leise *Hallo, ist hier jemand,* aber noch immer kam keine Antwort. Das stimmte dann immerhin. Jim Fuglesang war irgendwo eingeschlossen und mit Medikamenten zugedröhnt. Sie hatte das ganze Haus für sich. Legal? Nein, das nicht, aber Mia Krüger interessierte sich schon lange nicht mehr für solche Dinge. Munch musste sich natürlich an die Regeln halten, was bei ihrer hoffnungslosen Bürokratie immer Tage dauerte, Antrag auf Durchsuchungsbeschluss, jedenfalls, wenn sie keine besonders gute Grundlage hatten, die hatten sie in diesem Fall vielleicht, aber sie hatte trotzdem keine Lust zu warten. Mia durchquerte das Zimmer und fand an der Wand einen Lichtschalter.

Das Zimmer, das sie nun sah, entsprach so ungefähr ihren Erwartungen. Ordentlich. Sauber. Und offenbar bewohnt von einem Mann, der allein lebte. Jim Fuglesang musste alles um sich herum fest im Griff haben, um den Tag durchzustehen. Warum zum Teufel trug ein erwachsener Mann sonst im Haus einen Fahrradhelm? Man brauchte nicht Psychologie studiert zu haben, um das zu begreifen. Mia musste nicht lange suchen, ehe sie fand, worum es ihr ging. Die Fotoalben. Schön sorgfältig gleich vor ihr im Bücherregal aufgestellt und, wie sie gehofft hatte, peinlich genau beschriftet und geordnet.

Fotografieren Sie gern?

Ja.

Und es bestand kein Zweifel, dass die Fotos von der toten Katze und dem toten Hund, die er ihnen gezeigt hatte, auf der Rückseite alte Leimreste aufwiesen. Diese Bilder hatten in einem Fotoalbum geklebt. Braune billige Plastikordner, einer neben dem anderen, im untersten Fach. Auf dem ersten stand 1989. Auf dem letzten 2012. Sie verspürte einen Stich des Mitgefühls, als sie die ersten Alben herausnahm, sich auf das beige Sofa setzte und anfing zu blättern. Es war kein Mensch darauf zu sehen. Auf den Fotos. Bäume. Eichhörnchen. Eine Treppe. Ein Vogelbrett. Alle mit Datum versehen. *Ein schöner Wellensittich*, 21. Februar 1994. *Die Birke hat grüne Blätter*, 5. Mai 1995. Sie schüttelte dieses Gefühl ab und blätterte zügiger, denn sie suchte leere Stellen. Die Stellen, wo die Fotos entfernt worden waren. Schon bald hatte sie sie gefunden. *Die tote Katze*, 4. April 2006. *Der arme Hund*, 8. August 2007. Vor sechs Jahren. Vor fünf Jahren. So lange her? Ein ganzes Jahr lag dazwischen. Warum sollten sie …?

Sie wurde aus ihren Gedanken gerissen, als die Dunkelheit, die sich inzwischen draußen über den Hofplatz gesenkt hatte, plötzlich hell wurde. Für einen Moment, dann war es wieder dunkel. Sie hatte kein Auto kommen hören, aber sie hatte keinen Zweifel.

Da draußen war jemand.

Mia reagierte sofort, stellte die Alben wieder ins Regal, schlich sich zurück auf die Veranda und blieb mit zusammengekniffenen Lippen hinter der Hausecke stehen.

Wie still es hier draußen war!

Sie konnte ihr Herz schlagen hören.

Sie konnte ihren Atem hören.

Dann ein plötzlicher Gedanke:

Warum zum Teufel hatte sie ihre Pistole nicht mitgenommen?

Unbewaffnet, allein hier in der Wildnis?

Sie hatten natürlich ihre Vorschriften. Keine Waffen tragen, Osloer Polizei. Keine Waffen tragen, wenn man nicht dem Bereitschaftskommando angehörte. Oder einen *triftigen* Grund hatte. Mia Krüger konnte Waffen eigentlich nicht leiden, aber im vergangenen Jahr waren Dinge geschehen, die sie ihre Meinung hatten ändern lassen. Mia hatte sich immer an die Glock gehalten, sie hatte es mit mehreren Modellen probiert, Glock 17, ein Standardmodell, aber sie hatte auch eine Glock 26, die weniger wog und am Körper leichter zu verstecken war. Egal, das half jetzt nichts, sie hatte keine von beiden bei sich und kam sich vor wie eine Idiotin.

Ein Wagen auf dem Hofplatz.

Sie hörte, dass jemand ausstieg, dann eine Faust an der Tür. Zuerst einmal, dann noch einmal. Besuch. Jemand wollte Jim Fuglesang besuchen. Sie atmete kurz, bog um die Ecke und fand sich einem überraschten bärtigen Gesicht gegenüber. Ihr Polizeiinstinkt erwachte, und ihre Augen nahmen die Umgebung in sich auf. Ein Mann auf der Treppe, an die achtzig Kilo, Mantel, weißer Lieferwagen auf dem Hofplatz, Zweisitzer, niemand auf dem Beifahrersitz, der Mann auf der Treppe war offenbar allein und wirkte verunsichert, weil Mia aufgetaucht war.

»Wer sind Sie?«, stammelte der Mann.

»Hallo, tut mir leid«, sagte Mia, setzte ein Lächeln auf und ging auf ihn zu.

»Mia Krüger, Polizei Oslo, ich suche Jim Fuglesang, wohnt der hier?«

»Äh, ja«, sagte der Mann mit dem Bart.

»Aber er scheint nicht zu Hause zu sein«, sagte Mia, noch immer lächelnd.

»Äh, nein«, entgegnete der Mann. »Polizei? Hat Jim irgendwas angestellt?«

»Nein, nein, ist nur eine Routinekontrolle. Und wer sind Sie?«

Der Mann auf der Treppe sah noch immer überrascht aus, weil er hier draußen einer Fremden begegnet war.

»Henrik«, sagte er. »Ich, ja …«

Er zeigte auf seinen Lieferwagen, und jetzt sah sie es, das Logo auf der Seite.

ICA Hurum.

»Bringe ihm ab und zu Lebensmittel, hab seit einigen Tagen nichts von ihm gehört, und da dachte ich, er schafft es vielleicht nicht aus dem Haus und, ja …«

»Kennen Sie ihn so gut?«, fragte Mia.

»Was heißt schon gut«, sagte der Mann. »So gut nun auch wieder nicht, aber er kauft schon seit Jahren bei mir. Er ist ja ein bisschen, na ja, anders und braucht manchmal Hilfe.«

Mia schaute sich rasch um. Es war stockfinster geworden. Verdammte Jahreszeit. Sie war nicht nur hier, um sich die Alben anzusehen, sie hatte noch einen anderen wichtigen Punkt auf ihrer Liste. Sie wollte den Weg zu dem Weiher finden. Der, bei dem Fuglesang die Fotos gemacht hatte.

»Er hat doch keinen … Ärger?«, fragte der Mann mit dem Bart.

»Nein, nur ein … Verkehrsunfall hier unten, ein Auffahrunfall, wir fragen alle Anwohner, ob jemand etwas gesehen hat.«

»Ach je«, sagte der Mann und stieg mit besorgter Miene die Treppe herunter. »Auffahrunfall? Gab es Verletzte?«

»Nein, nein«, sagte Mia und schweifte in Gedanken ab.

»Kann ich irgendwie helfen?«, fragte der Mann. »Ich meine, ich kenne doch alle hier draußen? Wo ist das passiert?«

»Ihr Laden?«, fragte Mia und zeigte auf den Lieferwagen.

»Ja«, sagte der Mann.

»Henrik, heißen Sie so?«

»Ja, Henrik Eriksen, ich …«

»Ich rufe Sie an, wenn ich noch Fragen habe, in Ordnung?«

Sie lächelte jetzt wieder.

»Ja, natürlich, wollen Sie meine Nummer?«

»Die finde ich, wenn ich sie brauche«, sagte Mia, nickte und setzte sich in ihr Auto.

Sie wendete auf dem kleinen Hofplatz und fuhr den schmalen Weg hinunter.

Scheißfinsternis.

Sie musste noch einmal wiederkommen, und jetzt kannte sie immerhin den Weg. Mia Krüger hatte wieder die Hauptstraße erreicht, als ihr Telefon klingelte.

»Ja?«

»Ludvig hier. Du hast nach der Adresse gefragt?«

»Was hast du herausgefunden?«

»Nicht viel. Im Haus gibt es vor allem Wohnungen, im Erdgeschoss aber auch Ladenlokale.«

Endlich Straßenlaternen am Straßenrand, und Mia fühlte sich plötzlich ruhiger. Ein Gefühl von Zivilisation.

»Ein Antiquariat?«

»Nein, soviel ich sehen kann, nicht.«

Verdammt.

Das widerliche Gefühl war wieder da. Die plötzliche Begegnung vom Vorabend. Einfach so. Er hatte sie an der Nase herumgeführt. Der Hacker. Skunk.

Verdammt.

»Danke, Ludwig«, sagte Mia und steuerte die Innenstadt an.

· 53 ·

Isabella Jung saß auf ihrem Bett, noch immer in ihrer dicken Jacke, und spürte ihr Herz unter ihrem Pullover pochen. Jemand hatte ihr einen neuen Zettel unter der Tür durchgeschoben. Mit derselben Handschrift wie auf dem vorigen.

Wollen wir uns treffen? Heimlich?

Nur du und ich?

Sie war wieder zurück von ihrem Besuch bei ihrem Vater. In der neuen Sozialwohnung in Fredrikstad. Sie hatte ihn lange nicht mehr gesehen, und sie hatte sich gefreut, aber dann war es nicht so gewesen, wie sie es sich vorgestellt hatte. Er hatte nicht viel gesagt. War in seltsamer Stimmung gewesen. Sie hatte ein bisschen das Gefühl gehabt, ihn zu stören. Es war gut, wieder in der Gärtnerei zu sein.

Isabella lächelte und fuhr vorsichtig mit dem Finger über den weißen Bogen.

Wollen wir uns treffen?

Natürlich wollte sie.

Sie hatte ja begriffen, dass der Zettel von ihm kam.

Schon beim ersten war ihr das klar geworden. Bei dem Zettel, der an ihrer Tür gehangen hatte. Paulus. Sie hatte seine Augen gesehen. Und sie wusste nicht mehr so recht, ob sie ihm sofort diese Blicke zurückgeschickt hatte, aber irgendwann, ja, immer wenn sich eine Gelegenheit bot, hatte sie das getan.

Die schönen Augen, die sie anlächelten. Der Mund, der erzählte, welche Pflanzen wann gegossen werden mussten, welche Erde für die Azaleen die beste war, während der Blick etwas ganz anderes sagte. Und sie hatte anfangs nicht verstanden, warum alles geheim bleiben musste, aber dann hatte es nicht mehr lange gedauert. Sie war noch keine sechzehn, natürlich war das der Grund. Sie war zu jung. Durfte noch nicht. Ungesetzliche Liebe, und das machte die Sache nicht weniger spannend.

Isabella Jung war erst fünfzehn, aber sie hatte das Gefühl, schon seit ihrer Kindheit erwachsen gewesen zu sein. Das Alter war ihr egal. Was bedeutete das überhaupt? Es war nur eine Zahl. Aber sie konnte ihn verstehen, natürlich konnte sie das. Er war über zwanzig. Er würde seine Stelle hier verlieren, er würde vielleicht im Gefängnis landen, was wusste denn sie. Also hatte sie es für sich behalten. So wie er auch. Sie hatten einander nie berührt. Nicht einmal eine Umarmung. Nur Blicke. Seine Blicke für sie und ihre Blicke für ihn.

Aber dann endlich, der Zettel.

Ich mag dich.

Und jetzt der zweite.

Wollen wir uns treffen? Heimlich?

Nur du und ich?

Isabella fuhr mit dem Finger über diese Worte und merkte, dass sie ein wenig verwirrt war. Kaum hatte sie einen Fuß in die Gärtnerei gesetzt, schon hatte sie die Gerüchte gehört. Die Polizei hatte Paulus und Benedikte Riis mitgenommen. Die beiden hatten sich auf dem Hofplatz gestritten, dann hatte die Polizei beiden Handschellen angelegt, und seither hatte niemand mehr etwas von ihnen gehört. Isabella war besorgt zu Helene gelaufen, war aber an der Tür abwiesen worden.

»Ich habe gerade zu tun, du musst später wiederkommen.«

»Aber ich wollte doch nur …«

»Später, Isabella, okay?«

Natürlich hatte das etwas mit Camilla Green zu tun, da waren sich alle einig, aber ansonsten wusste niemand so recht, was hier eigentlich vor sich ging. Einige wollten gehört haben, wie Benedikte gesagt habe, Paulus habe Camilla umgebracht. Nur gelogen, natürlich. Alle wussten doch, wie Benedikte Riis war. Auf die war kein Verlass. Die würde einfach alles erzählen, wenn sie dafür nur ein bisschen Aufmerksamkeit bekam. Natürlich hatte Paulus nichts getan.

Plötzlich klopfte es an der Tür, und Cecilie schaute herein.

»Schläfst du?«, fragte das dünne Mädchen vorsichtig.

»Nein, nein, komm nur rein«, sagte Isabella lächelnd und schob den Zettel rasch unter ihr Kopfkissen.

»Hast du mehr gehört?«, fragte Cecilie und setzte sich neben sie aufs Bett.

»Nein, nichts, ich bin ja gerade erst gekommen. Du?«

»Es gibt so viele Gerüchte«, sagte Cecilie leise, und jetzt konnte Isabella sehen, dass ihre Freundin geweint hatte.

»Darauf darfst du nicht hören«, sagte sie und legte ihre Arme um die zitternde Cecilie.

»Einige sagen, dass Benedikte Camilla umgebracht hat«, sagte Cecilie. »Und andere sagen, dass es Paulus war. Was, wenn das nun stimmt?«

Isabella strich ihr über das Haar und versuchte, sie zu beruhigen. Sie hatte Cecilie gern. Hatte sie rasch lieb gewonnen. Alle Mädchen in der Gärtnerei hatten ihre Geschichte, aber Cecilie, ja, Isabella mochte kaum daran denken, was dieses Mädchen durchgemacht hatte, ehe sie endlich hergekommen war und, wie Isabella selbst, zum ersten Mal einen Ort kennenlernte, an dem sie sich sicher fühlte.

So war es jetzt nicht mehr, alles erschien ihr ungewiss, und Isabella konnte Cecilie gut verstehen. Es war ihr ja auch so gegangen. Die Presseleute. Die Polizei. Die Idylle hier draußen war zerstört.

»Natürlich stimmt das nicht«, sagte Isabella.

»Glaubst du?«, murmelte Cecilie und sah sie mit naivem Blick an.

Die beiden waren gleich alt, aber manchmal kam sich Isabella vor wie Cecilies Mama. Cecilie hatte es nicht gut gehabt. Böse Menschen. Schlechte Menschen. Sie hatte die schrecklichen Einzelheiten gehört, aber Isabella konnte da jetzt nicht dran denken, sie versuchte, sich auf etwas Gutes zu konzentrieren.

Wollen wir uns treffen? Ganz heimlich?

Natürlich wollte sie. Sich mit Paulus treffen. Sie wusste ja, dass er diesen Schuppen hatte. Seinen geheimen Unterschlupf. Den Schuppen am Rand des Grundstücks. Sie wusste auch von seinen Pflanzen, aber sie hatte niemandem etwas verraten. Marihuana. Das war Isabella nun wirklich egal.

»Paulus hat niemanden umgebracht«, sagte Isabella energisch.

»Und Benedikte auch nicht?«

»Ganz bestimmt nicht.«

»Bist du dir sicher? Die ist doch so gemein.«

Cecilie sah sie wieder an.

»Ja, das ist sie, aber sie ist auch strohdumm. Sie würde das doch nie im Leben schaffen, selbst wenn sie wollte.«

Isabella sah zu ihrer Freude, dass Cecilie jetzt lächelte.

»Das ist sie doch, oder? Strohdumm.«

»Doch«, pflichtete Isabella ihr bei.

»Weißt du noch, wie wir im Naturhistorischen Museum waren und sie gefragt hat, warum es da keine Affen gäbe?«

Isabella kicherte.

»Und warum alle Tiere ganz still standen?«

Cecilie lachte über das ganze Gesicht.

»Die hat sicher gedacht, wir wären im Zoo«, sagte Isabella grinsend.

»Genau«, sagte Cecilie und lachte. »Wie blöd kann man eigentlich sein?«

»Sehr blöd«, sagte Isabella.

»Ich hasse gemeine Menschen«, sagte Cecilie und schmiegte sich wieder an Isabella.

Manchmal hatte Isabella das Gefühl, Cecilie sei erst sieben und wolle am liebsten die ganze Zeit in den Arm genommen werden.

»Ich passe auf dich auf, du brauchst keine Angst zu haben«, sagte Isabella und fuhr der dünnen Kleinen wieder durch die Haare.

Plötzlich wurde die Tür aufgerissen, und eine atemlose Synne schaute herein.

»Sie sind wieder da.«

»Wer?«

»Paulus und Benedikte. Sie sind wieder da. Sie sind gerade gekommen. Mit einem Streifenwagen. Sind sofort in Helenes Büro gegangen.«

Er war wieder da.

Isabellas Herz machte einen kleinen Sprung.

Wollen wir uns treffen? Ganz heimlich?

Nur du und ich?

Isabella lächelte.

Natürlich will ich.

Sie konnte es kaum erwarten.

· 54 ·

Holger Munch hängte seinen Dufflecoat in den Flur, zog die Schuhe aus, ging ins Badezimmer und öffnete das Medizinschränkchen. Er nahm die Schachtel mit den Kopfschmerztabletten heraus, legte sich zwei auf die Zunge und spülte sie hinunter, dann ging er ins Wohnzimmer, ohne so richtig zu wissen, was er mit sich anfangen sollte.

Er war hundemüde gewesen, war nach seinem Treffen mit Mia im Justisen sofort ins Bett gegangen, hatte aber nicht schlafen können. Hatte sich unter seiner Decke hin und her gewälzt, hatte wieder aufstehen müssen. Er war ruhelos durch die Wohnung getigert und hatte sich schlussendlich angezogen, war durch die kalten Straßen gewandert, den Blick auf den Boden gerichtet, die Kapuze tief in die Stirn gezogen.

Diese plötzlichen Kopfschmerzen. Schmerzen in den

Schläfen und hinter den Augen. Ihm war außerdem schwarz vor Augen geworden, mitten in der Vernehmung von Benedikte Riis. Als ob ihm jemand plötzlich einen Baseballschläger an den Hinterkopf geknallt hätte, einfach so, Sterne vor den Augen, Metallgeschmack im Mund, er hatte sich entschuldigen müssen, hatte den Raum verlassen, sich kaltes Wasser ins Gesicht gespritzt. War lange dort stehen geblieben, ehe er wieder zu sich gekommen war. *Migräne?*

Holger Munch war nicht der gesündeste Mann aller Zeiten, das war ihm durchaus bewusst, aber mit seinem Kopf hatte er noch nie Probleme gehabt. Die Uhr über der Anrichte zeigte kurz vor drei. Mitten in der Nacht. Verdammt. Er war nicht einmal mehr müde. Nur diese verfluchten Kopfschmerzen. Er blieb einen Moment stehen und wartete auf die Wirkung der Tabletten. Wurde er zu alt? Vierundfünfzig, in einigen Tagen fünfundfünfzig, das war doch kein Alter? Er trottete in die Küche, schaltete den Wasserkocher ein und schaute in den Kühlschrank. Essen. Damit hatte der beleibte Ermittler niemals Probleme gehabt, aber als er nun in den Kühlschrank blickte, fand er ausnahmsweise einmal nichts, worauf er Lust gehabt hätte. Er nahm sich einen Becher aus dem Schrank über dem Spülbecken, wartete, bis das Wasser kochte, ging dann mit dem Teebecher ins Wohnzimmer und blieb vor dem CD-Regal stehen.

Etwas Gutes zu essen. Musik im Hintergrund, während er zwischen den auf lautlos gestellten Fernsehkanälen herumzappte. So machte er es sonst. Räumte in seinem Kopf auf, nahm sich frei vom vergangenen Tag, es war ein bisschen wie Meditation. Eine gute Mahlzeit. Musik. Bilder aus der Welt, die über den Bildschirm im Hintergrund flackerten, aber jetzt fand er nichts, was er hören wollte.

Munch ließ sich auf das Sofa sinken und nippte an seinem Tee, während er spürte, wie der Schmerz in seinem Kopf langsam nachließ. Es war stockfinster vor den Fenstern. Die Welt schlief, aber er konnte keine Ruhe finden. Die Wohnung kam ihm plötzlich so leer vor. Er hatte sich alle Mühe gegeben, hatte sich in der Thereses gate ein Zuhause geschaffen, und es war ihm eigentlich noch nie aufgefallen, aber die Gegenstände hier kamen ihm tot vor. Eine Yuccapalme in einer Ecke. Die Bilder von Miriam und Marion über dem Sofa. Das CD-Regal, das die ganze Wand hinter dem Fernseher bedeckte. Er hatte sich selbst belogen. Hatte sich eingeredet, das hier sei ein Zuhause, aber das war es nicht. Egal, wie er die Sache auch drehte und wendete. Es war ein Schließfach, mehr nicht. Ein Ort, an dem er aufbewahrt wurde und sich aufhielt.

Während er darauf wartete, dass …

Munch verfolgte diesen Gedanken nicht weiter, er ging ins Badezimmer und nahm noch zwei Tabletten. Versuchte, nicht den Trauring zu sehen, den er dort abgelegt hatte. Ging in die Küche und öffnete wieder den Kühlschrank, hatte aber immer noch keinen Appetit. Stellte sich noch einmal vor das CD-Regal, abermals ohne etwas zu finden, was er hören mochte.

Plötzlich ertönte die Türglocke. Munch hielt inne, ehe ihm aufging, was er gerade gehört hatte. Er bekam so selten Besuch. Und jetzt mitten in der Nacht? Das musste ein Irrtum sein. Jemand hatte auf den falschen Knopf gedrückt, auf dem Weg zu irgendeinem Nachglühen, aber der Besucher klingelte schon wieder. Und noch einmal.

Gereizt ging Munch endlich zur Gegensprechanlage.

»Hallo?«

»Hallo, Holger, hier ist Mia. Kann ich raufkommen?«

Plötzlich war es wieder da. Das Gefühl, dass jemand ihm einen Nagel in die Schläfe gerammt hatte.

Er musste sich zusammenreißen, um antworten zu können. »Weißt du, wie spät es ist? Was ist denn los?«

Mia vor seiner Tür. Das war noch nie passiert. Sie hatten sich immer nahegestanden, aber ihre Treffen hatten sie nie zu Hause abgehalten.

»Skunk«, sagte Mia mit gepresster Stimme. »Der Hacker. Ich glaube, wir werden zum Narren gehalten. Kann ich raufkommen?«

»Es ist mitten in der Nacht«, sagte Munch und runzelte die Stirn.

»Das weiß ich, aber wir müssen reden«, beharrte Mia.

»Worüber?«

»Gabriel.«

»Wieso Gabriel? Wie meinst du das?«

»Skunk«, sagte Mia ungeduldig. »Ich glaube, er war es.«

Es war für einen Moment still, während Munch versuchte, Ordnung in seine Gedanken zu bringen.

»Was hat Gabriel damit zu tun?«, murmelte er schließlich.

»Lässt du mich jetzt rein?«, fragte Mia.

»Ja, natürlich«, murmelte Munch, drückte auf den Knopf und die Haustür öffnete sich.

· 55 ·

Der kleine Junge lag unter der Decke und schaute den Kalender an der Wand neben seinem Bett an, und er war gespannt wie ein Flitzebogen. Der große Tag. Auf den sie schon so lange warteten. Mama sprach davon, seit er versuchte zu zählen, aber er hatte nicht genug Finger. Der große Tag. An dem alles passieren würde, ja, er wusste nicht genau, was passieren würde, aber etwas war gewaltig groß, größer als Sonne und Mond und die Entstehung der Erde. Er zog die dünne Decke bis zum Kinn und starrte wieder den Kalender an. Obwohl Mama gesagt hatte, er müsse schlafen, war das total unmöglich. Dezember 1999, das stand da. Das war jetzt. Aber nicht das war spannend, sondern das, was auf dem Blatt dahinter stand, das er erst aufschlagen durfte, wenn die Uhr zwölf schlug. Er hatte trotzdem heimlich nachgesehen, er hatte es einfach nicht lassen können. Januar 2000. Was für eine Vorstellung! 2000. Der Junge lächelte in sich hinein, und seine Zehen krümmten sich unter der Bettdecke zusammen, das taten sie einfach, wenn er so froh war wie jetzt, sie rollten sich auf, und dann rollten sie sich auch wieder auseinander, zusammen mit Füßen und Armen und dem Rest seines Körpers, bis zu den Ohren, die dann immer ganz heiß wurden, und das war schön, denn es war kalt hier in dem kleinen Zimmer. Dezember. Sehr kalt. Und sie konnten sich nur einen Ofen im Wohnzimmer leisten. Öfen waren teuer. Holz auch. Er schlief immer mit Mütze, Socken und Kleidern.

Der große Tag. Ein neues Jahrtausend. Dass ein einziger Tag solch eine Bedeutung haben konnte! Dass nur einige Minuten auf der Uhr so einen Unterschied machen. Ticktack, sagten die Zeiger, und dann schwupp, bumm, hurra, schon hatten die Zeiger alles Dumme entfernt, und dann war der große Tag da, der, auf den sie sich schon freuten, seit, ja, er versuchte wieder zu zählen, aber er hatte noch immer nicht genug Finger, und es war auch nicht so einfach, die alle unter den Fausthandschuhen zu finden, die er tragen musste, weil es eben so kalt war.

Der kleine Junge hatte eine Uhr an der Wand, aber die zeigte nicht die richtige Zeit, denn die Batterie war schon seit einer ganzen Weile leer, und eine neue war teuer, deshalb war es die ganze Zeit fünf nach vier. Kein Verlass, deshalb hatte er versucht zu zählen, seit Mama ihn in sein Zimmer geschickt hatte. Da hatte die Uhr im Wohnzimmer fünf nach acht gezeigt, und die Sekunden waren so: *tausendeins, tausendzwei, tausenddrei,* aber nach fünfhundert und noch was war er ganz wirr im Kopf gewesen, und da war es doch besser, einfach im Bett zu warten, bis Mama kam und ihn holte und sagte, jetzt sei er da.

Der große Tag.

Dieses Tausenderjahr war nämlich eins, in dem niemand leben konnte, es war besessen von bösen Geistern, und nichts stimmte, und sie konnten daran nicht viel ändern, sie konnten nur warten, bis es vorüber war, und das war es bald, und er hoffte, dass Mama froher sein würde, das würde sie sicher sein, denn sie freute sich doch schon so lange.

Der kleine Junge zog sich die Mütze über die Ohren und versuchte, unter der dünnen Decke warm zu bleiben.

»Der Keller ist zu groß«, sagte Mama oft.

Wenn er fragte, warum es im ganzen Haus so kalt sei.

»Dein Vater war nicht ganz klar im Kopf, aber Häuser bauen, das konnte er. Er wusste genau, was passieren würde, dass wir ein Versteck brauchen, wenn es knallt, wenn die Welt untergeht, aber es wurde zu groß, wir hätten mehr Haus und weniger Keller brauchen können, denn unter der Erde wird es kalt, und dann kommt die Kälte durch den Boden nach oben, verstehst du?«

Er verstand nicht viel von dem, was sie sagte, seine Mama, wenn sie von Papa erzählte, denn den hatte er nie gesehen, aber er nickte dann trotzdem, weil es ihr nicht gefiel, wenn er zu viele Fragen stellte. Dass Papa ein wichtiger Mann war, wusste er, denn er hatte das Haus gebaut. Mama konnte nichts bauen, und da musste es doch stimmen. Manchmal dachte er, Papa sei vielleicht ein bisschen wie der Papa von Pippi Langstrumpf. Ein ganz toller Papa, aber eben dauernd verreist, wie eine Art Seeräuber in Taka-Tuka-Land, und dass er plötzlich eines Tages kommen würde, mit langem Bart, und sich schrecklich freuen würde, aber so weit war es noch nicht. Er hatte es Mama nicht gesagt, hatte es nicht einmal laut zu sich selbst gesagt, aber er hatte es oft gedacht, dass der große Tag vielleicht das bringen würde. Dass Papa plötzlich zur Tür hereinkommen würde, mit Goldschätzen beladen, und dass er Mama hochheben und sie herumwirbeln würde, ja, hurra Taka-Tuka, und dass er Geschenke aus allen Ecken der Welt mitbringen würde, und eins davon wäre ein Ofen, nur für ihn, dann würde er nicht mehr so frieren müssen in dem kleinen Zimmer, das nie richtig warm wurde, vor allem nicht im Dezember, so wie jetzt.

Er hatte sich oft ausgemalt, wie der große Tag sein würde. Er hoffte ja, dass sein Papa zurückkommen würde, aber das stand nicht fest, deshalb hatte er eine Liste gemacht. Er hatte sie Mama nicht gezeigt, denn er wusste, was sie von solchen Dingen hielt, dass er um Sachen bat und sich Sachen wünschte und so, deshalb hatte er es nicht getan, aber er hatte die Liste unter dem Kopfkissen, und jetzt standen darauf also sieben Sachen, sieben Sachen, die an dem großen Tag vielleicht passieren würden.

Er fragte sich, ob er sie jetzt hervorholen und sie sich wieder ansehen sollte, aber Mama hatte gesagt, er solle ins Bett gehen und ganz ruhig sein. Und nicht herauskommen, auch wenn die Uhr im Wohnzimmer erst fünf nach acht gezeigt hatte.

Der große Tag.

Er hatte es mit großen Buchstaben ganz oben auf das Blatt geschrieben. Er hatte ganz allein schreiben gelernt, und darauf war er ziemlich stolz. Zählen. Die Uhr. Buchstaben. Schreiben. Wie von selbst, und das war gut, denn er ging nicht zur Schule, so wenig wie Pippi. Er hatte zuerst nicht begriffen, was überall stand. Hinten auf der Cornflakespackung, auf der Zahnpastatube, auf dem Milchkarton, in den drei Büchern, die er in seinem Zimmer hatte, zuerst hatte es nur seltsame Kringel gegeben, die fast wie kleine Zeichnungen aussahen in seinem Kopf, aber dann hatte er es plötzlich begriffen, eines Tages, als Mama weggegangen war. Er wusste nicht, wie es passiert war, es hing mit den Wörtern zusammen, die aus Mamas Mund kamen, und denen, mit denen er ihr antwortete, und er hatte zuerst geglaubt, die gebe es einfach in der Luft, aber dann hatte er begriffen, dass es dieselben Wörter waren, die auf den Dingen standen, die er sich ansah.

Gute Nacht.

Milch.

Januar.

Seife.

Du kannst gewinnen.

Annika.

Tommy.

Du kannst eine Reise ins Disneyland gewinnen.

Und dann hatte er einen Stift genommen, um die Wörter auf ein Blatt Papier zu schreiben, und diese Entdeckung war fast ebenso fantastisch gewesen, wie unter der Decke zu liegen und auf den großen Tag zu warten. Wie die Wörter im Mund und die Buchstaben überall auf das Blatt gesetzt werden konnten, einfach mit einem kleinen Stift.

Jetzt stand der kleine Junge auf und verließ das Bett, um sich ein wenig zu bewegen, um sein Blut ein bisschen wärmer zu machen, denn die Kleider halfen nicht richtig und die dünne Decke auch nicht, er fror am ganzen Leib, und wenn er atmete, quoll Rauch aus seinem Mund.

Papa hatte das Haus gebaut, aber er dachte, auch wenn Papa tolle Häuser bauen konnte und wenn sie einen Ort brauchten, um sich zu verstecken, wenn die Welt unterging, hatte Mama doch recht. Der Keller war zu groß. Einen Moment lang dachte er, es wäre vielleicht doch möglich, zurück ins Wohnzimmer zu gehen, wo der Ofen stand, aber das tat er nicht. Wenn er etwas gelernt hatte, dann wie überaus wichtig es war, Mama nicht böse zu machen.

Der kleine Junge ging wieder zu seinem Schrank und zog einen Pullover heraus. Einen blauen Norwegerpullover. Der war das Schönste, was er hatte, und er durfte ihn nur an seinem Geburtstag anziehen und wenn er das Haus verließ, aber er zog ihn jetzt einfach an, über die anderen Kleider drüber, und legte sich wieder unter die Decke.

Bald war es so weit. Januar 2000.

Ein neues Jahrtausend.

Er war nicht frech, das war er nicht. Er tat immer, was ihm befohlen wurde, aber Mama hatte doch nicht gesagt, dass er die Liste nicht hervorholen dürfte, sie hatte ihn nur ins Bett geschickt, richtig?

Der kleine Junge streifte die Fäustlinge ab, holte seine Taschenlampe, zog die Liste unter seinem Kopfkissen hervor und lächelte ein wenig.

DER GROSSE TAG
Was ich mir wünsche:
1. Dass Mama froh wird.
2. Dass Papa zurückkommt und den Keller ein bisschen kleiner macht.
3. Ich darf nach draußen gehen.
4. Ich ziepe Mama nicht mehr an den Haaren, wenn ich sie kämme.
5. Ich darf in die Schule gehen.
6. Ich darf Mama sagen, dass ich Buchstaben und Zahlen kann, dass ich lesen und auf Zettel schreiben kann, ohne dass sie böse wird.
7. Ich habe einen Freund, so jemanden wie Tommy oder Annika.

Plötzlich kam Wind auf, schlug gegen die Wände und kam durch die dünnen Fenster, hauchte Eis über das Gesicht des Jungen, über das kleine Stück, das zwischen Mütze und Bettdecke hervorlugte. Seine Mutter hatte ihm ja verboten, ins Wohnzimmer zu gehen, zum Ofen.
Mama.
Der kleine Junge hatte keinen anderen Menschen in seiner Nähe, hatte das nie gehabt, er hatte nur Mama.
Wenn sie das Haus verließ, musste er allein zu Hause bleiben. Es konnte Tage dauern, bis sie zurückkam, aber das machte nichts, denn sie war alles für ihn.
Ihre schönen blonden Haare vor dem Kamin kämmen.

Ihr helfen, die Stellen zu waschen, die so schwer zu erreichen waren, Schwamm und Seife, wo man sich nicht so leicht selbst waschen konnte. Der kleine Junge lächelte jetzt und vergaß ganz, dass er traurig war, denn eigentlich hatte er zwanzig Punkte auf seine Liste schreiben wollen, war aber nur bis sieben gekommen, und es war auch egal.

Der große Tag.

Und ohne es zu wissen, hatte er die Augen so fest geschlossen, dass er verschwand, dass er aus dem kalten Zimmer verschwand, in die Träume, und als er aufwachte, war es ihm klar, auch wenn die Uhr an der Wand noch immer fünf nach vier zeigte.

Es war nicht mehr 1999.

Jetzt war das Jahr 2000.

Der große Tag.

Sie hatte nur vergessen, ihn zu wecken. Er schlug die Decke zurück und lief durch das kalte Zimmer. Ging durch das Wohnzimmer und weiter in ihre Kammer. Die dumme Mama. Sicher war sie eingeschlafen und hatte vergessen, ihn für den großen Tag zu wecken.

Er öffnete die Tür zu ihrem Schlafzimmer und blieb auf der Schwelle stehen.

Von einem Balken unter der Decke hing ein Seil.

Das Seil war um ihren Hals gewickelt, darunter hing ein nackter Körper mit langen blonden Haaren, unbeweglichen Gliedern und blauem Gesicht. Die Augen standen weit offen, und ihr Mund sah nicht aus, als ob er sprechen könnte.

Der kleine Junge zog einen Stuhl heran, setzte sich, schaute erwartungsvoll zu dem nackten Körper unter der Decke hoch und lächelte zaghaft.

Und wartete darauf, dass sie aufwachte.

Sie hatten jetzt wieder ein wenig nachgelassen, zum Glück, die hämmernden Kopfschmerzen, Munch unterdrückte ein Gähnen, als er eine Tasse Tee vor Mia auf den Tisch stellte.

»Hast du nichts anderes?«, fragte sie und schaute die Tasse an.

»Was meinst du?«

»Etwas Stärkeres? Oder hast du so was nicht?«

»Es ist mitten in der Nacht, Mia. Können wir nicht morgen weiterreden?«

»Nein, das ist wichtig«, nuschelte Mia, und Munch bemerkte, dass sie ziemlich betrunken war, aber dennoch war sie bei der Sache.

Seine schöne Kollegin hatte nicht einmal Schuhe oder Jacke abgelegt, sie hatte sich nur auf das Sofa gesetzt und sah ihn mit einem Blick an, den er nur zu gut kannte. Sie hatte etwas durchschaut. Wie Mia das gelang, war für ihn immer schon ein Rätsel gewesen, aber er hatte gelernt, diesem Blick zu vertrauen.

»Ich trinke nicht, Mia, das weißt du doch«, sagte Munch gähnend.

»Das schon, aber trotzdem?«, fragte Mia lächelnd und deutete mit einem Nicken auf das Regalfach unter den CDs.

Witzige Geschenke vom Team. Zu jedem Geburtstag. Schenken wir dem Antialkoholiker doch etwas Teures, das er niemals trinken kann. Dort unten standen acht ungeöffnete Flaschen Whisky, mit Etiketten, die ihn nicht interessierten.

»Nur zu«, sagte Munch und schüttelte den Kopf, als Mia aufstand, sich eine Flasche holte und sie öffnete.

»Hast du ein Glas?«

Munch ging in die Küche und nahm ein Glas aus dem Schrank, und dabei fiel sein Blick auf einen Smiley an der Kühlschranktür. Dann ging ihm plötzlich auf, dass er etwas vergessen hatte.

Miriam hatte ihn angerufen.

Und er hatte vergessen, sie zurückzurufen, mitten in dem ganzen Stress. Verdammt, er hatte sich doch dafür entschieden, für die Familie, wollte mehr für sie da sein. Er ging mit dem Glas zurück ins Wohnzimmer und merkte erst jetzt, dass Mia die ganze Zeit geredet hatte.

Was ist nur los mit meinem Kopf?

»Hörst du mir überhaupt zu?«, fragte Mia und füllte das Glas.

»Nicht ganz«, sagte Munch und setzte sich. »Bist du sicher, dass das nicht bis morgen warten kann?«

»Er war bei mir«, sagte Mia.

»Wer denn?«

»Hör doch auf, Holger, schläfst du schon, oder was? Skunk. Er war bei mir, im Lorry.«

»Skunk?«, fragte Munch überrascht.

»Einfach so«, sagte Mia lächelnd und trank einen Schluck. »Quasi unsichtbar, das hat Gabriel doch gesagt?«

Wieder nickte Munch.

»Unmöglich zu finden. Unmöglich zu erreichen.«

Munch ließ sie einfach weiterreden.

»Ein Live-Feed. Das hat er gesagt.«

»Was?«

»Der Film, den wir bekommen haben. Von Camilla im Laufrad. Das war nicht einfach nur eine Aufnahme, er hat gesagt, es war ein Live-Feed.«

»Ein Feed?« Munch musste sich zwingen zuzuhören.

»Ja.« Mia nickte. »Er meint, sie hätten sie gefilmt. Und sie richtiggehend vorgeführt. Monatelang. Das ist doch krank.«

»Kann man so sagen«, gab Munch zurück und merkte, wie ihm schlecht wurde.

»Aber … was ich eigentlich meine«, fuhr Mia fort und schenkte sich nach.

Sie war im Lorry gewesen, nicht nach Hause gegangen und hatte offenbar ganz schön viel getrunken. Sie hielt das Glas an den Mund und leerte es fast in einem Zug.

»Also, pass auf. Ich meine, woher weiß man so etwas? Dass es kein Film ist? Dass es ein Live-Feed ist? Wenn du nicht …« Sie unterbrach sich und sah ihn mit wachem Blick an, obwohl sie getrunken hatte.

»Selbst dabei gewesen bist?«

»Genau«, sagte Mia.

»Verdammt«, sagte Munch. »Und er ist einfach so aufgetaucht?«

»Ja, einfach so.«

»Und du glaubst, er hat ein schlechtes Gewissen? Dass er unser Mann ist?«

»Ja«, sagte Mia.

Munch fühlte sich plötzlich überhaupt nicht mehr müde.

»Was machen wir denn jetzt?«, fragte Mia.

»Ihn finden. Ihn befragen. Prüfen, ob es einen Grund zur Festnahme gibt.«

»Nein, das meine ich nicht. Was machen wir mit Gabriel?«, fragte Mia. »Die beiden sind doch befreundet.«

»Du denkst also, Gabriel weiß mehr, als er sagt?«

Mia zuckte mit den Schultern. »Findest du es nicht seltsam, dass Gabriel uns nicht verrät, wer dieser Skunk ist und wie wir ihn finden können?«

»Mia …«, begann Munch.

»Nein, hör mir zu. Plötzlich taucht ein Film auf. Aus dem Nichts? Und Gabriel, ja, wie lange kennen wir den eigentlich? Sechs Monate?«

»Mia, meinst du nicht, dass …«

»Nein, echt, Holger, das hat was zu bedeuten«, fiel Mia ihm ins Wort. »Skunk weiß etwas. Ich glaube, er weiß eine ganze Menge. Und wenn Skunk etwas weiß, glaube ich, dass Gabriel es vielleicht auch weiß. Wir müssen mit ihm reden, aber mit Strategie, deshalb musste ich erst mit dir sprechen, verstehst du?«

Munch nickte nachdenklich.

»Es ist besser, wenn du das tust«, sagte er dann.

»Was denn?«

»Mit Gabriel reden. Morgen. Er mag dich. Hol aus ihm raus, was er weiß.«

Jetzt kamen sie wieder geschlichen, die Schmerzen. Metall im Mund. Nagel in der Schläfe.

»Okay«, murmelte Mia und leerte ihr Glas.

»Aber nicht vor den anderen, klar?«, sagte Munch.

»Nein, natürlich nicht.«

»Die Besprechung ist um zehn, vielleicht danach?«

»Okay«, nickte Mia und erhob sich.

»Und du glaubst, er war's?«, fragte Munch noch.

»Skunk?«

»Ja.«

»Kommt mir so vor, er hat jedenfalls damit zu tun.«

»Okay, aber sei vorsichtig bei Gabriel«, sagte Munch und öffnete die Tür für sie.

»Natürlich«, sagte Mia.

Mit einem Grinsen lief sie die Treppen hinunter.

· 57 ·

Während der gesamten Besprechung hatte Gabriel Mørk das Gefühl, dass etwas nicht stimmte, und sein Verdacht bestätigte sich, als Mia ihn im Anschluss in ihr Büro bat.

»Was ist los?«, fragte Gabriel verwundert, als Mia ihn bat, die Tür zu schließen.

Mia sah ihn mit einem Blick an, den er noch nicht kannte, misstrauisch und neugierig zugleich, den Kopf ein wenig schief gelegt, als versuchte sie, seine Gedanken zu lesen.

»Was ist los?«, fragte Gabriel noch einmal.

Er nahm sich einen Stuhl und setzte sich.

»Ich muss dich was fragen«, begann Mia. »Und sei bitte ehrlich.«

»Ehrlich?«, fragte Gabriel belustigt. »Warum sollte ich nicht ehrlich sein?«

Mia zog eine Pastille aus ihrer Jacke und steckte sie in den Mund, ohne Gabriel aus den Augen zu lassen.

»Skunk«, sagte Mia.

»Ja? Was ist mit ihm?«, fragte Gabriel und zuckte mit den Schultern.

»Wie nah steht ihr euch eigentlich?«

Langsam ging ihm auf, was er vor einigen Tagen schon befürchtet hatte. Skunk war mit dem Film aus dem Nichts aufgetaucht und dann wieder verschwunden, und Gabriel wusste nicht, wie er ihn finden sollte.

»Wie meinst du das?«, fragte Gabriel.

»Wie ich gesagt habe«, antwortete Mia und ließ ihn noch immer nicht aus den Augen.

Das Gespräch kam ihm plötzlich vor wie eine Vernehmung, und ihm gefiel das ganz und gar nicht.

»Wir waren früher gute Freunde«, sagte er.

»Wie gut?«

»Sehr gut, aber worauf willst du eigentlich hinaus? Was soll das, Mia, wirfst du mir irgendetwas vor, oder was?«

»Ich weiß nicht«, sagte Mia und legte den Kopf wieder schief. »Gibt es denn einen Grund dazu, dir etwas vorzuwerfen?«

Gabriel merkte, dass er jetzt sauer wurde. Sie hatten über ihn gesprochen. Munch und Mia und vielleicht auch noch andere.

»Ich weiß ehrlich gesagt nicht, wo er ist«, sagte Gabriel mit einer Geste. »Kann sein, dass mich das zu einem Idioten macht, aber warum ich hier unter Anklage stehe, begreife ich nicht.«

»Du hast ihn also lange nicht gesehen?«

»Seit Jahren nicht mehr«, sagte Gabriel und schüttelte den Kopf. »Bis er sich plötzlich bei mir gemeldet hat.«

»Ihr seid also keine Freunde mehr?«

»Nein.«

»Was ist passiert?«

Gabriel hatte in letzter Zeit schlecht geschlafen, sah immer wieder die Bilder vor sich, egal wie sehr er dagegen ankämpfte. Das magere Mädchen, das auf der Erde kniete. Die Schrift hinter ihr an der Wand. Der Schatten mit den Federn. Er begann zu schlottern, wenn er nur daran dachte. Er konnte nicht mehr.

»Hör mal«, sagte er wütender als beabsichtigt. »Ich

weiß, dass ich hier neu bin, nicht so tough wie ihr, aber ich gebe mir alle Mühe, und wenn ich wüsste, wo er ist, würde ich es sagen. Glaubst du, ich hab es nicht versucht? Glaubst du das wirklich? Aber ich bekomme keine Antwort, und weißt du, warum? Weil Skunk nicht gefunden werden will. Weil …«

Er unterbrach sich und merkte, dass er sich ein bisschen beruhigen musste.

»Weil was?«, fragte Mia.

»Ja, was glaubst du?«, fragte er.

»Weil er Dinge treibt, die kein Tageslicht vertragen«, sagte Mia.

»Genau«, sagte Gabriel mit einer ratlosen Geste. »Und was jetzt? Ihr glaubt, dass ich was damit zu tun habe? Verdammt, Mia, ich mag dich und alles, aber das lasse ich mir nicht gefallen. Ich hab wie ein Idiot geschuftet, seit …«

Mia hob die Hand und unterbrach ihn.

»Tut mir leid, Gabriel«, sagte sie mit etwas freundlicherem Blick. »Aber ich muss mich einfach vergewissern.« Mia erhob sich aus ihrem Sessel und lehnte sich an die Schreibtischkante. .

»Was hast du denn gedacht? Oder ihr? Worüber habt ihr geredet? Dass Gabriel und Skunk unter einer Decke stecken? Dass die alten Hacker nebenbei ihre Geschäfte machen? Mädchen in Keller einsperren? Echt, Mia. Mir wird gleich schlecht.«

Gabriel war so wütend, dass er sich kaum noch beherrschen konnte. Damit hatte er nie im Leben gerechnet. Dass sie so über ihn denken konnten! War sie sich überhaupt im Klaren darüber, wie stolz es ihn machte, zu ihrem Team zu gehören?

»Gabriel«, sagte Mia. Sie rückte näher und legte ihm ihre Hand auf die Schulter. Sie schien alles ehrlich zu bedauern.

»Manchmal bin ich nicht so geschickt, wie ich sein sollte«, sagte sie, ohne die Hand von seiner Schulter zu nehmen. »Ich, ja, ich vergesse manchmal zu denken, und dann geht alles ein bisschen schnell. Kannst du mir verzeihen? Ich habe ja nicht geglaubt, dass du etwas damit zu tun hast, aber …«

»Aber was?«

»Wenn man jemanden mag, dann will man ihn beschützen, oder?«

»Und du hast gedacht, ich beschütze Skunk?«

»So ungefähr, ja«, sagte Mia verlegen.

»Erstens«, sagte Gabriel, »glaube ich, dass Skunk sehr gut allein zurechtkommt. Zweitens sind wir nicht mehr befreundet. Und drittens, egal ob wir einmal befreundet waren, wenn ich glauben würde, er hätte etwas mit dem Fall zu tun, an dem wir, ja, ich sage *wir*, weil ich mich wirklich als Teil dieses Teams fühle, auch wenn ihr das offenbar anders seht, an dem wir also arbeiten, wenn ich das glauben würde, würde ich selbstverständlich niemals etwas verschweigen. Wofür hältst du mich eigentlich, Mia? Ich dachte, wir zwei könnten vielleicht, ja …«

»Wirklich, Gabriel«, sagte Mia. »Mein Fehler. Natürlich gehörst du zum Team. Alle hier finden dich toll und wissen, dass du großartige Arbeit leistest. Ich meine, du bist kaum ein halbes Jahr hier, und wir schaffen es gar nicht mehr ohne dich, klar? Glaubst du mir, dass wir das so sehen?«

»Offenbar nicht«, sagte Gabriel.

»Na gut, dann hör mal zu«, sagte Mia. »Aus heiterem Himmel taucht ein Film auf. Den hat ein Hacker zufällig gefunden. Auf einem Server, dessen Position er nicht kennt. Er gibt den Film seinem früheren Kumpel, der jetzt bei der Polizei arbeitet. Dieser Kollege weiß nicht, wo er den Hacker erreichen kann! Ich meine, wenn du an meiner Stelle wärst? Mal genauer hinschauen? Würdest du das nicht?«

Gabriel überlegte und musste zugeben, dass sie nicht unrecht hatte.

»Also?«, fragte Mia und lächelte ihn an. »In Ordnung? Vernehmung beendet? Und dir ist klar, warum? Dann sind wir fertig.«

»Okay«, sagte Gabriel. »Mit wem hast du gesprochen?«

»Worüber?«

»Über das hier. Darüber, dass du geglaubt hast, ich sage nicht die Wahrheit?«

»Nur mit Munch«, sagte Mia. »Und er dachte, ich hätte mich geirrt, damit du's weißt. Ich denke manchmal nicht richtig nach, und alle hier mögen dich. Reicht das als Entschuldigung?«

»Ja ja, schon gut«, nickte Gabriel.

»Schön«, sagte Mia lächelnd. »Denn jetzt kann ich mit dir darüber reden, worüber ich eigentlich mit dir reden wollte. Er war bei mir.«

»Wer?«

»Skunk«, sagte Mia.

»Echt? Nein, das kann nicht sein. Er hasst die Polizei.«

»War aber so«, sagte Mia. »Ich saß im Lorry, und plötzlich stand er einfach da.«

»Das kapiere ich nicht«, sagte Gabriel verdutzt.

»Nein, seltsam, was? Das dachte ich auch. Und er hat so allerlei gesagt, aber da kannst nur du mir helfen, wollen wir uns das mal ansehen?«

»Klar«, sagte Gabriel und nickte.

»Perfekt«, sagte Mia lächelnd. »Ich hole mir nur schnell einen Kaffee, willst du auch einen?«

»Ja, danke«, sagte Gabriel und merkte, wie sehr er sich über den warmen, vertrauensvollen Blick freute, den Mia ihm zuwarf, ehe sie den Raum verließ.

· 58 ·

Hier war es viel wärmer, in dem Bett, in das die fremden Gesichter ihn zum Schlafen geschickt hatten. Er war jetzt seit einigen Tagen da, wusste aber noch immer nicht, wo er sich befand oder wer diese Leute waren, aber sie hatten gesagt, hier könne ihm nichts passieren, und er brauche keine Angst mehr zu haben.

Der kleine Junge begriff nicht so recht, wie die anderen das gemeint hatten, aber sie hatten ihm zu essen gegeben, und darüber freute er sich, denn er hatte schon lange nichts mehr gegessen.

Die fremden Gesichter sahen freundlich aus, aber auch ziemlich dumm. Sie begriffen zum Beispiel nicht, dass die Wände in ihrem Haus sehr dünn waren, dass er hören konnte, was sie redeten, wenn er ins Bett gegangen war. Mama hatte immer gesagt, er solle sich vor den anderen hüten, sie hätten zwei Gesichter, und auf sie sei kein Verlass. Jetzt wusste er, dass sie recht hatte, denn diese Fremden sagten andere Dinge, wenn er im Zimmer war, als dann, wenn sie auf der anderen Seite der Wand saßen und glaubten, er könne sie nicht hören.

Das ist doch einfach krankhaft.

Sie hat ihn in der Hütte zehn Jahre gefangen gehalten.
Er hat nie andere Kinder kennengelernt.
Es war purer Zufall, dass er gefunden worden ist.
Fürchterlich.
Er hat mehr als eine Woche unter ihr gesessen.
War total ausgehungert.

Er versuchte zu verstehen, wovon hier die Rede war, er war ja nicht dumm, und ihm war klar, dass sie über ihn redeten, aber er verstand nicht, was sie sagten. Und warum Mama nicht hier war, konnte er auch nicht begreifen. Sie hatten sie von dem Seil geschnitten, die Leute, die gekommen waren, und er hatte sich darauf gefreut, seine Mama wiederzusehen, aber die schien noch nicht so weit zu sein, oder jedenfalls sah es so aus, als sollte er hierbleiben, während er auf sie wartete.

Bei den Fremden, die zwei Gesichter hatten und auf die kein Verlass war. Sie waren dumm, aber sie hatten gutes Essen. Und sehr warme Zimmer. Und nicht zuletzt, und darüber freute er sich besonders: Bücher. Unglaublich viele Bücher. Nicht nur Pippi, er hatte gar nicht gewusst, dass es so viele Bücher auf der Welt gab, und der kleine Junge verschlang eines nach dem anderen. Konnte nicht genug davon bekommen, die Buchstaben auf dem Papier brachten ihn zum Lachen, sie ließen ihn in seinem Kopf an fantastische Orte reisen, an denen er noch nie gewesen war.

Und dann, nach einiger Zeit, sagten sie, er müsse mit einem Mann mit einem dünnen Schnurrbart sprechen, der Mann hatte einen Beruf, der »Psychologe« hieß. Der Mann war genau, wie Mama gesagt hatte, von innen verfault, aber mit einem Lächeln auf der Außenseite. Der Mann mit dem dünnen Schnurrbart sagte, er dürfe gern die Drops in einer Schale auf dem Tisch zwischen ihnen essen, sicher um ihm irgendein Gift zu geben, so machten die Menschen das doch, aber er aß die Drops trotzdem, denn sie schmeckten gut, und dann nickte er, so überzeugend er konnte, während der Mann redete.

Der Mann erzählte von etwas, das »Tod« hieß. Dass Mama tot sei und niemals zurückkommen werde. Anfangs glaubte er das natürlich nicht, aber als dann die Monate vergingen, hatte er das Gefühl, dass es vielleicht doch irgendwie stimmen könnte. Denn sosehr er auch wartete und hoffte, dass sie da sein würde, wenn er am nächsten Morgen unter der warmen Decke die Augen aufmachte – sie kam nicht. Diesen »Tod« gab es offenbar doch, und sie wollte wohl eine ganze Weile dort bleiben. Wie lange, wusste er nicht, und der kleine Junge wagte auch nicht zu fragen, denn immer, wenn er den Mund aufmachte, ob nun bei den Frauen, die das Essen brachten, oder bei dem Psychologenmann mit den Drops, sie schauten ihn nur seltsam an.

Als ob er dumm wäre.

Das sagten sie nicht, aber er konnte es ihnen ansehen. Dass er nicht einmal die einfachsten Dinge begriffen hatte, die doch offenbar so leicht zu verstehen waren. Deshalb hörte er auf damit. Zu fragen. Er lernte, stattdessen zu nicken. Zu lächeln und zu nicken, und darüber freuten sie sich dann. Zwei Gesichter. Genau wie Mama gesagt hatte. Dass die Menschen eine Maske trugen. Und die Wände im Haus waren so dünn, aber weil er nicht sagte, wie es im Haus war, wurden die Wörter hinter der Wand anders, wenn die Leute über ihn sprachen.

Er wird unglaublich gut damit fertig.

Es ist so schön, das zu sehen.

Er scheint schon vergessen zu haben, was er durch-gemacht hat.

Was für ein Albtraum, stell dir das bloß mal vor. Zehn Jahre lang allein mit einer verrückten Mutter in einer Hüt-te eingesperrt!

Aber jetzt geht es doch schon ganz gut.

Hast du gesehen, wie intelligent er ist? Wie viel er lernt?

Hast du das mitgekriegt, Nils?

Nein, was denn?

Das mit dem Laptop.

Was ist damit?

Er wusste gar nicht, was das ist.

Was?

Ich meine, er wusste nicht, was das ist, aber jetzt sitzt er die ganze Zeit davor. Nils sagt, er hat noch nie jemanden gesehen, der so schnell lernt.

Ach, Gott sei Dank!

Ja, ist das nicht schön?

Er war nun schon seit einem Jahr hier. Er hatte alle Bü-cher im Haus mehrmals gelesen, auch die Bücher, von denen die Gesichter sagten, sie seien nur für Erwachse-ne. Eines Tages waren sie mit dem Auto mit ihm an einen anderen Ort gefahren, und dort hatte es so viele Bücher ge-geben, dass er fast in Ohnmacht gefallen wäre. Sie waren überall, von der Decke bis zum Boden, und er durfte sie mit nach Hause in sein Zimmer nehmen, er bekam sogar eine kleine Karte mit seinem Namen, und die alte Dame hinter dem Tresen, die von außen so freundlich war, sagte, er könne so viele Bücher ausleihen, wie er wolle, und er könne auch so oft zurückkommen, wie er wolle.

Sag keine Gemeinheiten über Mama.

Zweimal wäre es fast passiert, dass der, der in ihm war, durch seinen Mund gekommen war, um sie zu fressen, um sie bluten zu lassen, damit sie das zurücknahmen, dass sie Gemeinheiten über Mama gesagt hatten, aber er hatte sich zusammenreißen können. Zwei Gesichter. Eigentlich ungeheuer raffiniert. Er machte das gut. Sie kamen nicht dahinter.

Ach, er ist ja so niedlich.

Ja, ist er nicht niedlich?

So klangen die Stimmen durch die Wand. Und so wollte er sie haben. Er mochte die anderen Wörter nicht, die in den ersten Nächten gekommen waren, damals, als er nicht gewusst hatte, wo er war. Bei diesen Wörtern hatte er unter seiner Decke gefroren und gezittert, obwohl ihm eigentlich warm gewesen war.

Aber hier war es auch schön.

Vor allem wegen der Bücher.

Und der anderen Kinder.

Anfangs allerdings nicht. Da war es mit den Kindern gewesen wie mit den erwachsenen Gesichtern, aber nach und nach, als er begriffen hatte, wie er es machen musste, nicht er selbst sein, nur lächeln, sein Inneres nicht zeigen, war es viel besser gegangen.

Aber was ihn am meisten faszinierte, war der Rechner.

Der Mann, der Nils hieß, hatte ihm den Rechner zum ersten Mal gezeigt. Das kleine Kunststoffviereck, das sich öffnen ließ und das in sich eine ganze neue Welt hatte.

»Hast du noch nie einen Computer gesehen? Echt nicht?«

Und der kleine Junge hatte es gespürt, dass dieses Wütende, das in ihm war, fast herauskam, aber er hatte sein Außengesicht aufbehalten können. Danach hatte er Nils verziehen, denn die Bücher waren zwar fantastisch gewesen, aber das hier war etwas ganz anderes, und Nils' Stimme war gut gewesen, auch durch die Wand.

Ja, verdammt, was hat der Junge für einen Kopf!

Ja, ist es nicht ein Wunder? So aufzuwachsen, und dann geht es so gut!

Also, das war mein Ernst.

Was denn?

Du weißt doch, Beethoven?

Wie meinst du das?

Angeblich brauchte Beethoven ein Klavier nur anzusehen, dann wusste er es sofort.

Was wusste er?

Die meisten müssen das erst lernen, aber Beethoven, der warf nur einen Blick darauf, setzte sich hin und spielte. Er begriff, was es war, sofort.

Wovon redest du jetzt, Nils?

Er hatte verdammt noch mal in seinem ganzen Leben keinen Computer gesehen.

Der arme Junge. So lange eingesperrt. Was für ein Albtraum.

Aber sowie ich den Rechner eingeschaltet hatte und er sich davorsetzte, schien er verdammt noch mal zu wissen, wie man damit arbeitet, sofort.

Ich bin so froh, weil es so gut mit ihm geht.

Kapiert ihr denn nicht? Dieser Junge ist etwas ganz Besonderes.

Und dann waren zwei Jahre vergangen. Und er hatte sich an den Geschmack aller Dropssorten gewöhnt. Und obwohl die Kinder kamen und gingen, fand er es nett, mit ihnen zusammen zu sein. Und er hatte begriffen, dass dieser Tod eine wichtige Person war, die Mama bei sich behielt, bis sie bereit war zurückzukommen. Der kleine Junge fühlte sich inzwischen hier fast wie zu Hause. Nicht wie bei Mama natürlich, aber trotzdem. Die Stimmen hinter der Wand, die jetzt immer gut über ihn sprachen. Die Kinder auf dem Spielplatz, die Fußball spielen oder auf den Klettergeräten herumturnen wollten. Er konnte gut hier warten. Darauf, dass der Tod Mama nicht mehr brauchte. Er schlief nachts besser. Merkte, dass er froh war, wenn er aufwachte.

Bis eines Tages ein Auto vor dem Haus vorfuhr und eines der Frauengesichter zu ihm kam.

»Hier ist jemand, der dich kennenlernen möchte.«

»Ach?«, hatte er gefragt und sein Lächelgesicht gemacht.

»Du bekommst ein neues Zuhause.«

Er hatte das nicht ganz verstanden.

»Hallo«, sagte plötzlich eine Frau mit blonden Haaren, die aus dem fremden Auto gestiegen war.

»Hallo«, sagte er, streckte die Hand aus und machte einen Diener, wie ihm das beigebracht worden war.

»Ich heiße Helene«, sagte die lächelnde Frau. »Helene Eriksen.«

»Wollen wir ins Haus gehen und uns ein bisschen besser miteinander bekannt machen?«, fragte die Frau aus dem Haus.

Und das hatten sie getan, waren hineingegangen, und es hatte Rosinenbrötchen gegeben und für ihn roten Saft, und dann hatte die neue Frau ein ernstes Gesicht gemacht und ihm die Hand auf die Schulter gelegt.

»Wir freuen uns wirklich darüber, das kannst du mir glauben. Dass du jetzt zu unserer Familie gehören wirst.«

Der kleine Junge hatte nicht begriffen, was vor sich ging, und der, der in ihm war, hatte die Zähne gebleckt, aber er hatte sie trotzdem anlächeln können, mit dem Gesicht, das er aufzusetzen gelernt hatte.

· 59 ·

Mia Krüger trug ihre Kaffeetasse zum Tisch und griff nach der Zeitung. Sie blätterte ein wenig darin, aber die Überschriften verdarben ihr die Laune, deshalb legte sie die Zeitung wieder weg und konzentrierte sich lieber auf etwas Positives. Auf den Kaffeegeschmack. Und darauf, dass sie beim ersten Versuch einen Treffer gelandet hatte. Sie hatte eine Spur. Sie hatte andere Abteilungen angerufen und um Hilfe gebeten, aber der Kollege von der Kripo war sehr zuversichtlich gewesen und hatte sich richtig über ihren Anruf gefreut.

Polizei in der Sackgasse.

Wer ist der Mörder von Camilla Green?

Sie hatte immer das Gefühl, dass in den Artikeln der Boulevardzeitungen eine Art Kampf stattfand. Polizei gegen Täter. Kindisch irgendwie. Wenn sie den Täter nicht schnell fassten, wurde es zu ihren Ungunsten ausgelegt. Und außerdem, und das hasste sie am meisten, diese Verherrlichung der Verbrecher. Egal wie schrecklich ihre Taten waren, immer wurde ausführlich darüber berichtet. Mia trank noch einen Schluck Kaffee und hatte plötzlich ein wenig mehr Verständnis für Munch, für seine Verachtung dieser Presseleute. Sie hatte mit ihnen eigentlich nie ein Problem gehabt. Auch wenn sie sie damals verfolgt hatten, als sie Markus Skog erschossen hatte. Sie hatte sich in einem Hotel in Majorstua verstecken müssen. Verdammt, begriffen die nicht, dass sie ein Teil des Problems waren? Dass es dort draußen Menschen gab, die einfach alles tun würden, um ihren Namen bekannt zu machen?

Mark Chapman, der John Lennon erschossen hatte.

Um seinen Namen in die Zeitungen zu bringen.

John Hinckley, der auf Ronald Reagan geschossen hatte, um damit die Schauspielerin Jodie Foster zu beeindrucken.

Ritualmord ungeklärt.

Polizei tappt im Dunkeln.

Sie versuchte, die Überschriften zu ignorieren, aber irgendwie war das unmöglich. Sie hatte ihre Zeitung weggelegt, aber alle in ihrer Nähe waren in Zeitungen vertieft, Menschen in der Mittagspause, die sich darauf verließen, dass die Medien die Wahrheit schrieben.

Mia hatte ihn noch nie gesehen, aber er war nicht schwer zu erkennen, als er das Lokal betrat. Er war gut gekleidet und trug einen Anzug.

Kripo.

Abteilung für Computerkriminalität.

Der Mann nickte, als er sie sah, kam zu ihrem Tisch und gab ihr die Hand.

»Robert Astrup«, sagte er und setzte sich.

»Mia Krüger«, sagte Mia.

»Freut mich, dich endlich kennenzulernen«, sagte der Mann lächelnd. »Und was für ein Zufall, dass du gerade heute angerufen hast.«

»Wieso das?«

»Kristian Karlsen«, sagte Astrup und lächelte wieder.
»Skunk?«

»Ja, Skunk«, sagte der Ermittler, winkte dem Kellner und zeigte auf Mias Tasse, um sich ebenfalls einen Cortado zu bestellen.

Er zog einen Ordner aus seinem Diplomatenkoffer und legte ihn vor Mia auf den Tisch.

»Kristian Karlsen«, sagte er. »Ich muss sagen, dein Anruf kam schon ein wenig überraschend. Wir hatten ihn ja schon länger auf dem Schirm, aber diese Ausmaße waren mir nicht bekannt.«

»Wie meinst du das?«

»Mord?«, erwiderte Astrup. »Ich meine, wir haben viel über ihn, aber bisher nichts, was in diese Richtung weist.«

»Wir wissen wie gesagt noch nicht viel«, sagte Mia. »Aber es lohnt sich, der Sache nachzugehen.«

»Schon klar«, sagte der Kripomann und zwinkerte ihr zu. »Topsecret, was?«

Mia merkte, dass sie den Mann, der sich eben erst gesetzt hatte, nicht sonderlich leiden mochte, aber sie ließ sich nichts anmerken.

»Also, was habt ihr?«

»Kristian Karlsen«, sagte Astrup und räusperte sich, dann öffnete er seinen Ordner. »Hacker. Black. Du kennst doch diesen Begriff?«

Mia nickte. Skunk hatte das Wort selbst verwendet, und danach hatte sie sich kundig gemacht. Unterschiedliche Hacker. Gabriel war offenbar »white«. Die harmlose Variante.

»Und du weißt von der Gruppe Anonymous? LulzSec?«

»Von Anonymous hab ich immerhin gehört«, sagte Mia.

»Ja, die sind jetzt Promis«, sagte Astrup, als der Kellner seinen Kaffee brachte. »Sie haben sich von einem Ort namens 4chan/b/ aus entwickelt, sagt dir das was?«

»Kein bisschen«, sagte Mia lächelnd und merkte, dass das hier der richtige Weg war.

So tun, als wisse sie so wenig wie möglich, obwohl Gabriel ihr erklärt hatte, was im Netz vor sich ging. Der Mann vor ihr war offenbar einer, der gern mit seinem Wissen prahlte, und in diesem Zusammenhang hatte sie nichts dagegen, sie wollte jetzt nur wissen, was der Ordner vor ihr auf dem Tisch enthielt.

»Die kurze oder die lange Version?«, fragte Astrup.

»Die kurze.«

»Okay. Die Webadresse lautet 4chan. Eine Bande von jungen Idioten eigentlich. Leute, die sich nicht einfügen konnten. Bis ihnen aufging, dass sie viele waren.«

Astrup trank einen Schluck Kaffee.

»Und?«

»Und dass sie Macht hatten. Ich kenne diese Typen, das sind vor allem kleine Jungs, vierzehn, fünfzehn Jahre alt, aber sie könnten die ganze Gesellschaft zum Stillstand bringen, wenn sie wollten.«

»Wie meinst du das?«

»Na ja, Flugverkehr, Straßenbeleuchtung, Banken, Wasserversorgung, wirklich, alles läuft doch jetzt über Computer, Papier gibt's nicht mehr, verstehst du?«

»Natürlich«, sagte Mia und lächelte.

»DDoS-Angriff? Sagt dir das was?«

»Keine Ahnung«, sagte Mia.

Das schien den Anzugträger sehr zu belustigen. »DDoS-Angriff. Distributed Denial of Service, und deshalb haben wir ein Auge auf ihn, also auf deinen Mann, Kristian Karlsen. Oder Skunk, wenn du so willst.«

»Und das ist was genau?«

Astrup freute sich, dass er ihr etwas erklären konnte, was sie noch nicht wusste. »Kurz gesagt bedeutet das, dass sie extrem viele Anfragen an eine Webadresse schicken, so viele, dass die damit nicht fertigwird und zusammenbricht.«

»Anfragen?«

»Soll ich es einfacher machen?«

»Gerne«, sagte Mia.

»Okay. WikiLeaks ist dir doch ein Begriff, oder?«

»Klar.«

»Die USA. Nach der ganzen Sache mit Julian Assange und allem, du weißt schon, hatten einige Firmen beschlossen, denen kein Geld mehr zukommen zu lassen. Visa. MasterCard. PayPal. Kein Geld mehr an WikiLeaks, verstehst du?«

»Und?«

»Und dann haben diese Leute das eben gemacht. Die Hacker, meine ich. Anonymous. Sie gingen zum Angriff auf diese Webadressen über. Auf die großen Firmen. Mit dem DDoS-Angriff. Schickten so viele Anfragen an eine Website gleichzeitig, dass die Website zusammenbrach. Mussten ihre Arbeit einstellen. Visa, ja, allesamt, die waren total außer Betrieb.«

»Ich verstehe«, sagte Mia und warf einen Blick auf den Ordner. »Aber was hat das mit Skunk zu tun?«

»Wir glauben, dass Kristian Karlsen einer von denen ist, die hierzulande hinter diesem Angriff standen. Und das FBI hat uns gebeten, dafür zu sorgen, dass er seiner Strafe nicht entgeht.«

»Ihr habt also konkrete Beweise?«

»Wofür denn?«

»Dafür, dass Skunk, also Kristian, beteiligt war?«

»Fast hundert Prozent«, sagte Astrup und trank wieder einen Schluck Kaffee.

»Aber nur fast?«

»Ja, aber wir lassen die Sache im Moment ruhen«, räumte er mit einem Zwinkern ein.

»Wie meinst du das?«

»Du musst wissen, dass diese Leute es ungeheuer gut schaffen, sich zu verstecken. Im Netz, meine ich.«

»Aber ihr wisst, wo er ist?«

»Natürlich. Wir beobachten ihn schon lange.«

»Ihr wisst also, wo er sich aufhält. Besteht dann vielleicht die Möglichkeit, dass ich die Adresse ...« Mia beendete den Satz nicht, denn Astrup zog ein Blatt Papier aus dem Ordner und schob es ihr hin.

»Da ist er?«, fragte Mia und las die Adresse.

Der Mann nickte. »Du schuldest mir jetzt aber einen Gefallen.« Er hob die Kaffeetasse an den Mund und zwinkerte ihr zu.

»Klar, gerne«, sagte Mia und spendierte ihm ein Lächeln. »Danke.«

»Anytime. Du hältst mich auf dem Laufenden?«

»Natürlich.«

»Du rufst mich an?«

»Sicher, noch mal danke«, versicherte Mia ihm, leerte ihren Kaffee und verließ eilig das Lokal, zog ihr Telefon heraus und rief Munch an.

Miriam Munch saß im Auto, sie kam vom Flughafen zurück, und Marion saß auf der Rückbank. Miriam hatte ein schlechtes Gewissen gehabt, weil sie nicht ehrlich gewesen war, aber es war besser gegangen als erwartet, vor allem, weil sie etwas knapp dran waren. Johannes hatte fast zur Sicherheitskontrolle sprinten müssen, deshalb war keine Zeit für einen langen Abschied gewesen.

»Nicht von einem Hai gefressen werden«, hatte Marion gesagt und ihren Vater an sich gedrückt.

»Versprochen«, hatte Johannes lächelnd gesagt und Miriam gerade noch einen kurzen Kuss aufdrücken können.

Sie hatten ihm zugewinkt, und Marion hatte für einen Moment ein bisschen traurig gewirkt, weil er verreiste, aber jetzt sah sie aus, als sei alles in Ordnung. Vielleicht vor allem weil Miriam gegen eine ihrer Regeln verstoßen hatte und die Kleine sich im Auto auf dem iPad einen Film ansehen durfte.

Miriam könnte sich die Sache immer noch anders überlegen, das könnte sie, sie brauchte Ziggy nicht wiederzusehen, sie könnte die Aktion am nächsten Morgen sausen lassen, aber obwohl sie theoretisch eine Wahl hatte, wusste sie, dass es schon zu spät war. Der Zug war abgefahren. Jetzt ließ er sich nicht mehr anhalten. Sie hatte es noch nicht sagen können, es hätte Johannes die ganze Reise verdorben, diese Freude wollte sie ihm nicht nehmen, aber nach seiner Rückkehr würde sie ihm reinen Wein einschenken.

In vielerlei Hinsicht würde das eine Erleichterung sein. Ehrlichkeit. Dann brauchte sie dieses Spiel nicht länger zu spielen. Sie warf einen Blick in den Rückspiegel und sah, wie ihre reizende kleine Tochter über irgendetwas auf dem Bildschirm lachte, und abermals versetzte ihr Gewissen ihr einen Stich, den sie jedoch verdrängte.

Marion würde es gut haben.

Da war sich Miriam ganz sicher.

»Darf ich jetzt zu Oma?«, fragte die Kleine, als sie sah, dass sie vor dem weißen Haus in Røa hielten.

»Ja«, sagte Miriam, stieg aus und winkte ihrer Mutter, die bereits auf der Treppe stand und sie erwartete.

»Hurra«, lachte Marion und konnte gar nicht schnell genug vom Sicherheitsgurt befreit werden.

»Ging das gut?«, fragte Marianne Munch und nahm Marions Schultasche und die Tasche mit ihren Übernachtungssachen entgegen.

»Ja, wir waren ein bisschen spät dran, aber wir haben es gerade noch geschafft.«

»Kann ich fernsehen, Oma?«, fragte Marion, wartete die Antwort nicht ab, sondern lief sofort ins Haus.

»Bis Mittwoch?«, fragte Marianne und sah Miriam an.

»Ja, das geht doch, oder?«

»Natürlich.«

»Schön. Schön, dass du Julie helfen kannst«, sagte die Mutter dann, und wieder hatte Miriam dieses schlechte Gewissen, aber die Lüge musste einfach durchgehen, sie konnte auf keinen Fall zugeben, was sie wirklich vorhatte.

Sich an einer verbotenen Aktion zu beteiligen.

Sie war sich sicher, dass ihre Mutter sie unterstützen würde, aber die anderen hatten das unmissverständlich klargestellt.

Zu niemandem ein Wort.

Miriam hatte gemerkt, dass fast alle sie dabei angesehen hatten, vor allem dieser Geir, der ihrer Anwesenheit von Anfang an Misstrauen entgegengebracht hatte.

Eine kleine Notlüge. Das musste erlaubt sein.

»Aber es geht ihr doch sonst gut? Ich hab sie ja schon eine Ewigkeit nicht mehr gesehen.«

»Ja, aber du weißt, wie das ist. Ungeheuer sensibel. Liebeskummer, das vergeht schon wieder.«

»Ja, das ist wirklich nicht leicht, ich bin froh, dass sie dich hat«, sagte die Mutter und streichelte ihre Wange. »Bestell ihr einen schönen Gruß von mir und sag, sie soll mich mal besuchen.«

»Das mache ich«, sagte Miriam und nickte.

»Willst du Mama auf Wiedersehen sagen?«

Sie rief durch den Flur, und Marion kam angerannt und umarmte sie eilig.

»Dann bis Mittwoch«, sagte Miriam und ging zu ihrem Auto.

»Grüß Julie«, sagte ihre Mutter noch einmal, winkte und kehrte in ihr weißes Haus zurück.

· 61 ·

Mia Krüger stand mit Munch hinter dem Fenster zum Vernehmungsraum und hatte das scheußliche Gefühl, sich restlos geirrt zu haben. Der junge Hacker mit den schwarzweißen Haaren saß in dem Raum und verzog keine Miene. Schaute sie an. Wusste, dass sie dort standen, auch wenn er sie nicht sehen konnte, und so hatte er gesessen, ohne ein Wort, seit sie ihn am Vortag geholt hatten.

»Noch immer nichts?«, fragte Anette und gesellte sich zu ihnen.

»Nein«, seufzte Mia.

»Er sagt dasselbe?«

»Dasselbe, die ganze Zeit«, sagte Munch und kratzte sich im Bart.

»Er will noch immer keinen Anwalt?«

»Nein, er sagt, er braucht keinen«, sagte Mia.

»Da hat er allerdings auch recht.« Anette setzte sich.

»Nichts auf seinen Rechnern?«, fragte Munch.

»Nein«, sagte Anette. »Hab gerade mit einem Techniker gesprochen, und sie finden nichts. Er wirkte fast ein bisschen beeindruckt.«

»Wieso das denn?«, fragte Mia.

»Da ist nichts«, sagte die blonde Polizeijuristin mit einer ratlosen Geste.

»Aber irgendwas muss da doch sein?«, fragte Munch.

»Nein«, sagte Anette und schüttelte den Kopf. »Nichts, nada, niente. Seine Rechner waren einfach leer.«

»Seltsam«, sagte Munch.

»Ich habe mir die Freiheit genommen, Gabriel zu fragen, wie das möglich ist, ich hoffe, das durfte ich, er scheint nicht gerade bester Laune zu sein. Ist etwas passiert?«

»Meine Schuld«, sagte Mia. »Ich hab ihn ein bisschen zu hart in die Mangel genommen. Ich habe mich aber entschuldigt. Gehe davon aus, dass es sich wieder legt.«

»Ach so.« Anette nickte. »Weil er Skunk kennt und nicht wusste, wo er war, hast du ihn quasi zum Mitschuldigen gemacht, ist das so zu verstehen?«

Mia hörte ihren Sarkasmus, ließ sich aber nichts anmerken, sie hatte genug anderes zu bedenken.

»Ich mache das mit Gabriel wieder gut, ich habe ihn doch schon um Entschuldigung gebeten.«

»Gut«, sagte Anette und seufzte kurz. »Denn das ist ein bisschen weit hergeholt, oder?«

Mia registrierte, dass die blonde Polizeijuristin zu Munch hinüberschaute.

»Was denn?«, fragte Mia leicht gereizt.

»Na ja, warum sitzt er eigentlich hier?«

»Er hat uns den Film gebracht«, sagte Munch.

»Um uns zu helfen?«

»Vielleicht«, sagte Munch. »Aber …«

»Und was hat Gabriel nun gesagt?«, fiel Mia ihm ins Wort.

»Dass die Rechner, die wir bei Skunk zu Hause gefunden haben, leer waren.«

»Ungefähr die gleiche Reaktion wie bei dem Techniker, mit dem ich gesprochen habe«, sagte Anette. »Einigermaßen beeindruckt.«

»Kann mir das mal jemand erklären?«, fragte Munch seufzend und drehte sich zu ihnen um. »Ich weiß, ich gehe da nicht gerade mit der Zeit, aber warum war nichts auf seinen Rechnern? Und warum finden die Techniker das beeindruckend?«

»Sie sind beeindruckt, weil sie Nerds sind«, sagte Mia, ohne den Vernehmungsraum aus den Augen zu lassen.

»Und das heißt …?«

»Er war offenbar vorbereitet. Wenn irgendwann eine Durchsuchung seines Bunkers stattfinden würde, wie eben jetzt, dann hatte er ein System, das alles auf seinen Rechnern löschte«, erklärte Mia.

»Und das ist beeindruckend, weil …?«, fragte Munch und sah noch immer aus wie ein Fragezeichen.

»Weil das nicht leicht ist«, sagte Anette.

»Na gut«, seufzte Munch. »Und wo stehen wir jetzt?«

»Wir haben nichts«, sagte Anette. »Wir haben höchstens Spekulationen.«

Sie hob die Schultern und machte keinen zufriedenen Eindruck. »Und dass er uns diesen Film gebracht hat.«

»Wie gehen wir jetzt weiter vor? Ich meine, wie lange können wir ihn festhalten?«, fragte Munch.

»Es besteht kein Zweifel, dass er seine Rechte kennt«, sagte Anette mit einem Blick auf den Hacker.

»Wenn ich euch richtig verstanden habe, hat er nur seinen Namen, sein Geburtsdatum und seine Adresse angegeben.«

Mia nickte.

»Und wie ihr wisst, ist das alles, wozu er dem Gesetz nach verpflichtet ist«, sagte nun die Polizeijuristin. »Dieser junge Mann weiß sehr gut, wovon hier die Rede ist. Nach vier Stunden müssen wir eine Anklage vorlegen, und dann haben wir vierundzwanzig Stunden, um ihn dem Untersuchungsrichter vorzuführen, und dann …«

»Wir können unsere Arbeit«, fiel Mia ihr leicht gereizt ins Wort.

»Da wir ihn an einem Sonntag festgenommen haben«, fuhr Anette fort, ohne Mia zu beachten, »also nicht an einem Werktag, hätten wir ihn länger festhalten können, wenn wir eine Anklage vorgelegt hätten, was wir gestern aber nicht getan haben, weil wir, na ja, ihm eigentlich nur vorwerfen können, dass er uns geholfen hat, und als ich zuletzt nachgesehen habe, war das keine Straftat. Im Moment brechen wir also das Gesetz. Mit jeder Minute, die vergeht.« Sie zeigte auf ihre Armbanduhr, und Mia merkte, dass sie sich darüber ärgerte, auch wenn sie nur zu gut wusste, dass Anette recht hatte.

»Wir erheben also keine Anklage?«

Munch sah Mia an.

»Wir haben keine Grundlage«, sagte Anette.

»Falschaussage?«, fragte Mia.

»Wie das denn?«

»Er hat gesagt, dass er den Film auf einem Server in einem Antiquariat im Ullevålsvei gefunden hat, und das hat Ludvig überprüft, das Antiquariat gibt es nicht.«

»Und wann hat der Beschuldigte diese Falschaussage gemacht?« Anette sprach jetzt mit ihrer Juristinnenstimme.

»Das weißt du doch«, sagte Mia. »Ich saß im Lorry, und ...«

»Der Beschuldigte hat sich also in angetrunkenem Zustand geäußert? Zu einer Ermittlerin, die ebenfalls unter Alkoholeinfluss stand? Ohne Anwesenheit eines Anwalts? Ich möchte hier auch darauf hinweisen, hohes Gericht, dass der Beschuldigte eigentlich niemals Alkohol zu sich nimmt und dass mein Mandant am fraglichen Abend ...«

»Schon gut, schon gut«, sagte Munch und hob abwehrend die Hände.

»Wir haben nichts«, sagte Anette noch einmal.

»Was hast du gesagt?«, fragte Mia.

»Wir haben keine Grundlage für eine Anklage«, wiederholte Anette.

»Nein, das nicht. Er trinkt keinen Alkohol, woher weißt du das?«

»Das hat Gabriel gesagt.«

»Aber warum ...?«

Mia starrte wieder den jungen Hacker an.

»Schlechtes Gewissen«, murmelte sie.

»Was?«, fragte Munch.

»Wenn er nicht trinkt, warum ist er dann zu mir gekommen? Und hat ein Bier nach dem anderen gekippt, als ob er das jeden Tag so macht?«

»Wir müssen ihn laufen lassen«, beharrte die Polizeijuristin. »Das ist doch der pure Unfug. Er ist hier, weil Mia *so ein Gefühl* hat, also echt. Ich weiß, du bist tüchtig, Mia, aber hallo? Holger?« Sie schaute zu Munch hinüber. »Es ist gegen das Gesetz, dass er hier sitzt. Wenn er uns verklagen will, hat er guten Grund.«

»Was hat die Kripo denn gesagt?«, fragte Munch.

»Die haben auch nichts«, sagte Anette resigniert. »Sie haben ihn auf der Liste, das ist alles. Ich meine, wenn sie ihn aus irgendeinem Grund holen könnten, hätten sie das doch schon längst getan.«

»Da bist du dir sicher?«, fragte Mia, ohne Anette anzusehen. »Dass er normalerweise nicht trinkt?«

»Das hat Gabriel gesagt«, seufzte Anette. »Warum sollte er lügen? Bei der Kripo liegt auch nichts gegen ihn vor, der Junge ist total sauber.«

»Er hat aus irgendeinem Grund ein schlechtes Gewissen. Gebt mir fünf Minuten«, sagte Mia und betrat den Vernehmungsraum.

»Hallo«, sagte Mia und nahm Skunk gegenüber Platz.

Er sah sie an. »Willst du nicht das Aufnahmegerät einschalten? Es ist 18.05. Die Vernehmung wird fortgesetzt. Anwesend im Raum sind Mia Krüger …«

»Nein«, sagte Mia und stützte den Kopf in die Hände.

»Ich heiße Kristian Karlsen«, sagte der junge Hacker gelassen. »Ich wurde am 5. April 1989 geboren. Meine derzeitige Adresse ist …«

»Ja, Skunk, das hast du schon gesagt. Ich weiß, du kennst dich aus, deine Rechte und alles …«

Mia ließ sich auf dem Stuhl zurücksinken und musterte ihn. Der Hacker mit den schwarz-weißen Haaren erwiderte ihren Blick, rührte sich aber noch immer nicht.

»Okay, Skunk, mein Fehler, okay? Mein Fehler.«

Er rührte sich nicht, und Mia sagte auch nichts, denn sie hatte ein Gefühl, das sie nicht genauer beschreiben konnte.

Er war zu ihr gekommen. Hatte sie im Lorry gefunden.

Hatte getrunken, obwohl er eigentlich nicht trank.

»Das hier gilt nicht, wenn du das Aufnahmegerät nicht einschaltest«, sagte Skunk. »Wenn die da draußen keins haben, aber das hilft auch nicht, denn soviel ich weiß, muss bei jeder Vernehmung …«

»Schon gut, Skunk«, fiel Mia ihm wieder ins Wort. »Wir werden keine Anklage gegen dich erheben. Wir haben keinerlei Grundlage. Meine Kollegin da drinnen …« Sie zeigte auf das Fenster hinter sich. »… sagt, du bist ein Held. Du hast uns bei der Ermittlung geholfen, mit Dingen, die wir ohne dich nie erfahren hätten, okay? Es tut mir leid, okay? Manchmal, ja, eigentlich ziemlich oft, klappt das nicht so ganz.«

Mia rieb sich die Schläfe und deutete ein Lächeln an.

»Du musst das Aufnahmegerät einschalten«, sagte Skunk.

»Ich sag dir, was ich denke«, sagte Mia. »Und du brauchst nicht zu antworten. Aber du musst auch etwas begreifen, kannst du das?«

Skunk sah sie an, noch immer, ohne eine Miene zu verziehen.

»Das ist mein Leben, darf ich darüber etwas sagen?«, fragte Mia. »Wir finden ein nacktes Mädchen im Wald. Sie wurde ermordet. Erwürgt. Jemand hat sie auf Federn gelegt. In ein Fünfeck aus Kerzen. Einen jungen Menschen. Der sein ganzes Leben noch vor sich hatte. Und das macht mir dermaßen zu schaffen, dass ich verdammt noch mal nicht schlafen kann, verstehst du, Skunk? Das ist mein Leben. Das ist mein Job. Dafür zu sorgen, dass dieser kranke Teufel, der glaubt, er könne sich ein schönes junges Wesen wie sie nehmen, mit ihr machen, was er will, und ungeschoren davonkommen, seine Strafe bekommt, so sieht das bei mir aus, von dem Moment, wenn ich morgens aufwache, bis zu dem Moment, wenn ich abends schlafen gehe, verstehst du?«

Mia rechnete damit, dass Munch jeden Augenblick hereinkommen und ihrem Reden ein Ende machen würde, aber das war ihr jetzt egal. Auch wenn sie keine Anklage gegen ihn erheben konnten. Auch wenn er das Gesetz auf seiner Seite hatte. Hier gab es eine Spur.

Mia schaute wieder den Hacker an, und das Steingesicht, das er seit vierundzwanzig Stunden aufgesetzt hatte, bröckelte ein wenig.

»Okay«, sagte Mia. »Ich glaube nicht, dass du es warst. Wir können dich nicht unter Anklage stellen, und alle Jungs von der Technik halten dich für einen Scheißhelden, weil du irgendwas gemacht hast, um deine Rechner leer zu fegen, aber mir ist das scheißegal, ganz einfach scheißegal. Hurra für dich, du bist der beste Hacker auf der Welt, ja, verdammt, das interessiert mich überhaupt nicht. Ich glaube, dass du nichts damit zu tun hast. Du hättest so etwas nie getan, hättest niemandem so etwas angetan, natürlich nicht.«

Skunk schwieg noch immer.

»Aber«, sagte Mia, »ich glaube auch, du hast aus irgendeinem Grund ein schlechtes Gewissen. Deshalb bist du zu mir gekommen, ins Lorry, und ich habe mich schon gewundert, wie ein junger Mann wie du sich in so kurzer Zeit so sehr betrinken konnte, und jetzt habe ich gehört, dass du sonst nie trinkst, das ist natürlich eine Erklärung.«

Der Hacker schwieg noch immer, aber sein Blick hatte sich verändert.

»Dann bist du zu mir gekommen«, sagte Mia, »und zuerst habe ich nicht begriffen, wie du mich gefunden hast, aber das ist ja eigentlich ziemlich leicht. Die ganze Einheit hat miteinander verbundene Telefone, GPS und so, kein Problem für dich, in unser System zu gehen und uns alle ausfindig zu machen. Und dennoch, warum hast du dich plötzlich betrunken und wolltest mir etwas sagen?«

Der junge Mann sagte noch immer nichts.

»Ich glaube Folgendes«, sagte nun Mia. »Zuerst hast du diesen Film gefunden, und beim Ansehen ist dir genauso schlecht geworden wie uns anderen. Aber dann ...«

Sie machte eine kleine Pause und registrierte, dass sein Blick jetzt wieder so hart war wie zu Anfang.

»Aber dann ist dir aufgegangen, dass du etwas mit der Sache zu tun gehabt hast. Ich meine nicht, dass du davon gewusst hast. Dass du bezahlt wurdest, um etwas herzustellen, das dafür benutzt werden sollte. Und ich habe ja keine Ahnung, wie die Dinger heißen oder was der Unterschied ist, JavaScript, Flash programmieren, ich kapiere ja kaum, wie das mit den E-Mails geht, aber du tust das. Du bist der Beste. Und vor einer Weile hat jemand, und ich gehe mal davon aus, dass du gar nicht weißt, wer das war, dich für einen Job bezahlt. Für irgendein Programm, irgendeinen Code, der dafür sorgt, dass man so etwas durchziehen kann. Ein Live-Feed in die Welt schicken, in dem Teil des Internets, über den ich nichts weiß. Und das hast du dann plötzlich durchschaut. Dass du dabei mitgemacht hast, obwohl du das gar nicht wolltest. Dann hast du dich vollaufen lassen, was du sonst nicht tust, und bist zu mir gekommen. Wo du die Behörden doch hasst. Wo du um nichts in der Welt auf die Idee kommen würdest, der Polizei zu helfen. Du hast mich gefunden und wolltest es mir erzählen. Dass du für irgendwen etwas gemacht hast, um das hier zu ermöglichen. Du bist bezahlt worden. Aber jemand hat dich reingelegt. Und deshalb bist du gekommen. War das ungefähr so, Skunk? Bist du deshalb zu mir gekommen?«

Der Mann mit den schwarz-weißen Haaren sah sie mit unergründlichem Blick an.

»Ich heiße Kristian Karlsen«, sagte Skunk und starrte wieder die Tischplatte an. »Geboren am 5. April 1989. Ich wohne ...«

Die Tür hinter Mia wurde geöffnet, und Munch betrat den Vernehmungsraum.

»Sie können gehen. Wir werden keine Anklage erheben, und es tut mir leid, dass wir Sie so lange hierbehalten haben. Wenn Sie uns doch noch irgendwie helfen können, wären wir sehr dankbar. Sie wissen, wo Sie uns finden.«

Mia sah zu, wie der Hacker aufstand und zur Tür ging. Dort blieb er für einen Moment stehen und sah sie an, und ganz kurz glaubte sie, er würde etwas sagen, aber er öffnete den Mund nicht, und dann war er verschwunden.

»Mia?«, fragte Munch. »Noch ein Wort?«

Mia Krüger stand langsam auf und folgte ihrem beleibten Chef aus dem Vernehmungsraum.

• Teil VII •

· 62 ·

Mia setzte sich ins Auto, sowie sie aufgewacht war, aber es wurde erst hell, als sie den Friedhof erreicht hatte. Sie hätte eigentlich bei der Besprechung sein müssen, hatte sich aber freigenommen, was Munch problemlos erlaubt hatte. Sie hatte eigentlich nur um einige Stunden gebeten, aber Munch hatte deutlich gemacht, dass sie sich so lange freinehmen könne, wie sie wolle. Ihr Verhalten am Vortag schien das Gefühl aktiviert zu haben, das ihr gutmütiger Chef ihr ohnehin schon entgegenbrachte. Dass sie nicht gesund war. Dass sie doch noch nicht hätte arbeiten dürfen.

Mia stieg aus, nahm die Blumen von der Rückbank und ging langsam zu den Gräbern. Kümmerte sich zuerst um das ihrer Großmutter. Dann um das ihrer Eltern. Den größten Strauß bewahrte sie bis zum Schluss auf, und sie blieb vor dem grauen Stein stehen, mit demselben Gefühl wie immer hier draußen. Einer tiefen Trauer, mit der sie ganz einfach nicht umgehen konnte.

Sigrid Krüger.

Schwester, Freundin und Tochter.

Geboren 11. November 1979. Gestorben 18. April 2002.

Über zehn Jahre war das her, aber noch immer machte es ihr so zu schaffen, dass sie eigentlich nicht mehr leben wollte. Alle sagten, diese Dinge gingen vorüber, würden blasser. Die Zeit heile alle Wunden. Aber nicht bei ihr. Mia Krüger vermisste ihre Schwester noch immer so wie an dem Tag, an dem sie sie in dem verdreckten Keller in Tøyen gefunden hatte.

Mia entfernte die welken Blumen, die in der Kälte erfroren waren, und stellte die frischen in die Vase vor dem Stein. Sie kniete vor dem Grab nieder, sammelte einige Zweige und Blätter auf, merkte, wie kalt das Gras unter ihren Fingern war, dieser Winter wurde immer schlimmer. Dunkler und dunkler. Wie ihre Gedanken. Vielleicht waren die anderen ohne sie besser dran. Das Team. Sie hatte sich doch entschieden, oder nicht? Das alles hier loszulassen?

Ihr Körper und ihr Kopf wurden nur noch durch künstliche Stimulanzien in Gang gehalten, Alkohol, Tabletten, am Vorabend hatte sie das Glas wieder geöffnet, hatte sich von den kleinen weißen Tabletten in den Schlaf lullen lassen, erschöpft nach der Vernehmung. Anette hatte sie herablassend angesehen und den Kopf geschüttelt, *ich glaube, du musst die Therapie doch fortsetzen,* sogar Holger hatte nur etwas in seinen Bart gemurmelt und sie auf dem Gang stehen lassen.

Ja, gut. Nimm dir nur frei, Mia.
Lass dir die Zeit, die du brauchst.

Danach war ihr alles egal gewesen. Zu Hause, in ihrer leeren Wohnung. Sie wollte nicht mehr versuchen, sich wie ein normaler Mensch zu verhalten. Optimistisch zu sein. Mit den Tabletten aufzuhören. Verdammt. Sie hatte sich versucht gefühlt, Schluss zu machen, aber sie hatte einfach nicht genug Tabletten gehabt. Sie hatte die meisten damals genommen, als Holger plötzlich an ihre Tür geklopft hatte, und sie hatte keine Zeit gefunden, sich Nachschub zu besorgen. Für einen Dämmerschlaf hatte sie genug, genug, um die Stacheln aus ihrem Körper zu vertreiben, sie hatte sich draußen auf dem Balkon in eine Decke gewickelt und die Lichter der Stadt vor ihren Augen tanzen lassen, bis sie am Ende so verschwammen, dass sie nicht mehr wusste, ob sie träumte oder dort draußen in der Kälte saß. Sie hatte sich mit ihrer Decke ins Haus geschleppt, mit roten Wangen, außen kalt, innen heiß, und das Letzte, was sie gedacht hatte, ehe sie verschwunden war, war gewesen:

Jetzt komme ich, Sigrid.

Aber dann war sie doch wieder aufgewacht, im Dunkeln in dem einsamen Zimmer, und sie hatte es dort nicht ausgehalten. Nicht mehr allein sein. Sie wollte mit ihnen zusammen sein. Hier gehörte sie hin.

Mia erhob sich und musterte das Grab vor ihr. Zusammen liegen. Sie lächelte jetzt ein wenig, ein Gedanke, der ihr noch nie gekommen war, der sie aber ruhiger machte. Ihre Eltern lagen im selben Grab. Natürlich. Wie dumm sie gewesen war. Zusammen mit Sigrid. So musste es doch sein.

Sigrid und Mia Krüger
Schneewittchen und Dornröschen.
Geboren 11. November 1979.
Für immer zusammen.

»Welche Tabletten nimmst du?«

Der Psychologe Mattias Wang. Eine der Fragen, die sie durchaus nicht beantworten wollte.

»Es gibt jetzt neue Medikamente, die dir helfen können, dich etwas besser zu fühlen, glaube ich. Wenn wir in diese Richtung gehen wollen, meine ich.«

Sie wollte sich aber nicht besser fühlen. Begriffen die das

nicht? Warum war das so schwer zu verstehen? Sie wollte verschwinden, nur das wollte sie. Und sie hatte sich entschlossen. Die Welt verlassen. Den perfekten Ort gefunden. Hitra. Die Insel draußen im Meer. Dann war Munch gekommen und hatte sie zurückgeholt. Und sie hatte den Fall gelöst. War aber noch immer nicht frei gewesen. War jetzt beurlaubt mit dem Gefühl, dass, wenn sie nur in den Dienst zurückkehren könnte, vielleicht alles in Ordnung kommen würde, aber das würde es nicht.

Das war jetzt klar, oder?

Nicht nur für sie, sondern auch für alle anderen?

Der Blick, mit dem Anette sie angesehen hatte. Munchs Augen, als er sagte, sie könne sich so lange freinehmen, wie sie wolle.

Mia zog die Mütze über die Ohren und blieb vor den Gräbern stehen, mit einer Ruhe, wie sie sie lange nicht mehr empfunden hatte. Nicht mehr seit den Felsen draußen vor Hitra, damals, als sie sich entschieden hatte.

Komm, Mia, komm.

Zu Hause. Eine Art Zuhause. Das wurde ihr immer deutlicher, während sie den bereiften Grabstein ansah. Fertig mit allem. Sie hatte es versucht, aber offenbar waren ihre Fähigkeiten ihr abhandengekommen. Zu helfen. Sich gedanklich in diese kranken Menschen hineinzuversetzen. Zu verstehen, warum jemand ein unschuldiges Mädchen nackt auf ein Bett aus Federn im Wald legte, umgeben von Kerzen. Das war nicht mehr ihre Aufgabe. Sie war freigestellt. Allein die Nächte in einer kalten Wohnung in einer kalten Stadt zu durchleiden, das brauchte sie nicht mehr. Die anderen würden ohne sie zurechtkommen.

Nimm dir frei, so lange du willst.

Die anderen vermissen? Ja, vielleicht, aber was half das, um diesen Fall zu lösen? Denn es würde immer wieder einen neuen Fall geben, oder nicht? Sie hatten sie aus der Ruhe auf Hitra geholt, um zu helfen, und das hatte sie getan. Aber damit hatte es nicht aufgehört. Neue Grausamkeiten. Mia Krüger arbeitete jetzt mit ihrem Kopf, mit dieser Dunkelheit, die immer ein Teil von ihr gewesen war, aber von der die Großmutter gesagt hatte, sie müsse versuchen, dagegen anzukämpfen.

Mia fluchte vor sich hin, und es gefiel ihr nicht, was da über sie gekommen war. Diese Schwäche. Das sah ihr doch gar nicht ähnlich. Sie hatte sich bei dem Hacker einen Patzer geleistet. Bei Skunk. Hatte wie eine Idiotin vor den anderen dagestanden, aber das war ihr ja eigentlich egal, oder? Was andere meinten.

Zu Hause. Endlich Ruhe.

Sigrid und Mia Krüger.

Geboren am 11. November 1979.

Einen neuen Stein. Dafür musste sie sorgen. Dass genau das darauf stand.

Für immer zusammen.

Sie hatte alle drei Steine besorgt. Vier Beerdigungen, ihre ganze Familie, alle, die sie liebte, sie hatte sich um alle gekümmert, sie wusste genau, an wen sie sich wenden konnte, um den Stein zu bekommen, den sie wollte.

Mia zog mit kalten Fingern das Telefon aus der Tasche, und im selben Moment rief eine ihr unbekannte Nummer an. Sie wollte das eigentlich nicht, aber sie nahm das Gespräch trotzdem an, ganz automatisch.

»Ja?«

Eine unbekannte Stimme am anderen Ende der Leitung,

und Mia musste sich konzentrieren, um zu verstehen, was sie sagte. Eine ältere Dame, aus der Wirklichkeit, die sie doch lieber wieder verlassen wollte.

»Hier ist Ruth Lie«, sagte die Stimme. »Spreche ich mit Mia Krüger?«

»Ja?«

»Ich arbeite im Naturhistorischen Museum in Tøyen«, sagte die Stimme. »Wenn ich das richtig verstanden habe, sollte ich Sie anrufen?«

»Ruth wer?«, fragte Mia und bereute, den Anruf angenommen zu haben.

»Lie«, sagte die Stimme. »Naturhistorisches Museum. Unser Chefkonservator hat mir Ihre Karte gegeben, Sie haben offenbar eine Frage nach einer Schulklasse, die hier bei uns zu Besuch war?«

In Mias Kopf drehte sich alles, aber langsam begriff sie. Die Sekretärin von Tor Olsen. Oben beim Botanischen Garten. Der fahrige Mann, der glaubte, dass die Polizei bei jedem Fall von Einbruch Ermittlungen aufnahm.

»Ja, natürlich, hallo«, sagte Mia, »können Sie mir behilflich sein?«

»Wir haben sie, ja, das haben wir«, sagte Ruth Lie und klang noch konfuser als ihr Chef. »Wenn ich das richtig verstanden habe, wollen Sie wissen, welche Schulklassen uns in letzter Zeit besucht haben?«

»Ja, unbedingt«, sagte Mia und konzentrierte sich.

»Ich habe hier die Liste vom vergangenen Jahr«, sagte die Stimme jetzt. »Gibt es eine, die Sie besonders interessiert?«

»Gärtnerei Hurumlandet«, sagte Mia und war ganz bei der Sache.

»Ach, Helene«, zwitscherte die Stimme in ihrem Ohr.

»Die waren bei Ihnen?«

»Ach ja, die kommen jedes Jahr. Die sind nicht wie die anderen Schulklassen, aber es ist schön, dass Helene das tut, ich freue mich jedes Mal, wenn sie kommen. Sie wissen, diese Jugendlichen, die haben so viel durchgemacht, und was Helene alles auf die Beine stellt, ist großartig. Ich freue mich jedes Mal, wenn sie anruft.«

»Sie waren also bei Ihnen?«

»Ja, sicher, wie jeden Sommer«, sagte Ruth Lie. »Am dritten August. Immer Anfang August. Herr Olsen hat gesagt, Sie hätten nach den Videoaufnahmen gefragt? Es geht um den Einbruch, oder?«

»Genau«, sagte Mia. »Die Eulenfedern.«

»Ich bin so froh, dass jemand sich kümmert«, sagte die Stimme. »Ja, Sie wissen schon. Einbrüche, es ist doch fast, als ob alle machen könnten, was sie wollen.«

»Ich weiß, was Sie meinen«, sagte Mia und hoffte, dass Ruth Lie bald zum Punkt kam.

»Wir haben Aufnahmen von allen, die das Museum besuchen, natürlich. Nicht nachts, das können wir uns nicht leisten, aber zu den Öffnungszeiten haben wir alle.«

»Auch die Klasse aus Hurumlandet?«

»Natürlich«, sagte die Stimme am Telefon. »Glauben Sie, das könnte jemand von denen gewesen sein?«

»Was?«

»Jemand aus Helenes Gruppe. Die Eulen gestohlen?«

»Das wissen wir natürlich nicht«, sagte Mia und verlor allmählich die Geduld.

»Soll ich sie also schicken, die Videoaufnahmen? Von dem Tag, an dem sie hier waren?«

Mia Krüger hätte am liebsten einfach aufgelegt. Die Wirklichkeit in ihrem Ohr. Eigentlich sollte sie doch alle der Teufel holen. Sie hatte sich entschieden, und die anderen hatten sie zurückgeholt, sie hatte getan, was sie tun sollte, und seither hatte sie in einer Gefriertruhe von Wohnung gehaust. Hatte mit einem Psychologen gesprochen, versucht, normal zu werden, nicht ihretwegen, sondern weil die anderen sie dazu brauchen wollten, wozu sie sich verwenden ließ.

»Es wäre nett, wenn Sie die schicken«, sagte Mia. »Aber nicht an mich. Können Sie die an einen Kollegen schicken, Ludvig Grønlie?«

»Natürlich«, sagte Ruth Lie. »Haben Sie die Mailadresse?«

Mia suchte Ludvigs Adresse in ihrer Telefonliste und nannte sie der Sekretärin am anderen Ende der Leitung.

»Schön. Dann schicke ich sie sofort, wenn ich mit der Technik gesprochen habe, die sitzen auf den Aufnahmen.«

»Gut«, sagte Mia. »Tausend Dank.«

»Ich bin ja froh, wenn ich helfen kann«, sagte Ruth Lie und legte auf.

Mia schaute wieder ihr Telefon an und beschloss, es auszuschalten. Es bestand kein Grund, noch erreichbar zu sein. Kein Kontakt zum Rest der Welt. Fertig damit. Fertig jetzt.

Für immer zusammen.

Sie legte den Finger auf das Telefon und wollte es ausmachen, endlich Ruhe, aber in dem Moment klingelte es wieder.

Sie starrte auf das Display.

Curry.

Mia drückte ihn weg, aber das half nichts, denn nur wenige Sekunden später stand sein Name wieder da.

»Ja«, seufzte sie und nahm das Gespräch an.

»Wo bist du?«, fragte Curry atemlos, er hörte sich fast an wie nach einem Marathonlauf.

»Åsgårdstrand«, sagte Mia zerstreut.

»Warum warst du nicht bei der Besprechung?«

Mia sagte nichts, Curry redete einfach weiter.

»Eben hat Sunniva angerufen, du musst kommen.«

Mia schüttelte den Kopf. Curry und Sunniva. Liebeskummer. Er hatte wieder Geld verzockt, und sie hatte ihn verlassen, diesmal endgültig. Das wäre zu viel für Mia.

»Hör mal …«, sagte sie, aber der Spürhund hörte nicht zu.

»So ist das nicht«, sagte Curry, als ob er ihre Gedanken erraten hätte. »Sie hat seit Tagen versucht, mich anzurufen, aber ich bin nicht ans Telefon gegangen, ja, ich wollte nur …«

Auf einem Baum saßen zwei Krähen. Mia starrte sie an, während die Stimme in ihrem Ohr immer weiterredete. Sie sahen so friedlich aus da oben. Zwei Vögel auf einem Baum auf einem Friedhof. Bald zwei Frauen in einem Grab gleich darunter. Sie lächelte ein wenig, als die Krähen in die bleiche Oktobersonne aufflogen.

»Was?«, fragte sie plötzlich, als ihr aufging, was ihr Kollege soeben gesagt hatte.

»Ich weiß«, sagte Curry aufgeregt. »Es klingt total daneben, aber ich glaube ihr, so was saugt sie sich doch nicht aus den Fingern. Ich kenne sie, sie würde nie …«

»Sag das noch mal«, fiel Mia ihm ins Wort und riss sich zusammen.

»Ein Pastor, ein Patient da oben, der sie gekannt hat, als sie klein waren«, keuchte Curry. »Helene Eriksen. Sie hat einen

Bruder.« Er war aufgeregt und redete immer schneller. »Wollte seine Sünden bekennen. Liegt offenbar im Sterben. Und er kommt nur in den Himmel, wenn er reinen Tisch macht.«

»Helene Eriksen hat einen Bruder, der im Sterben liegt?«

»Nein, nicht der, der Pastor. Hör mal, kannst du nicht einfach kommen, die warten da oben auf uns, und ich kann ihr jetzt nicht allein gegenübertreten, du weißt …«

»Jetzt krieg ich gar nichts mehr mit«, sagte Mia.

»Was?«

»Du musst langsamer sprechen. Sag das noch mal.«

»Er hat sie gekannt, als sie klein waren.«

»Wen?«, fragte Mia.

»Helene Eriksen. Und ihren Bruder. Etwas mit einer Sekte in Australien. Und er hatte Geld bekommen. Muss seine Sünden beichten.«

»Curry«, sagte Mia, aber sie konnte ihren Kollegen nicht beruhigen.

»Er ist krank nach Hause gekommen.«

»Der Pastor?«

»Nein, der Bruder. Im Kopf.«

»Curry.«

»Sie warten jetzt auf uns, wir sollen hinkommen …«

»Curry«, sagte Mia jetzt bestimmt, und endlich verstummte der Spürhund. »Haben wir nicht langsam genug davon?«

»Wovon?«, fragte Curry überrascht.

»Von irgendwelchen Leuten, die plötzlich zugeben wollen, dass sie Camilla umgebracht haben.«

»Wie meinst du das?«

Mia seufzte. Bereute, den Anruf nicht einfach weggedrückt und das Telefon nicht ausgeschaltet zu haben.

»Fuglesang mit dem Fahrradhelm. Wer weiß, wie viele andere uns angerufen haben. Frag mich nicht, aber sowie so ein Fall auftaucht, will plötzlich alle Welt gestehen, das weißt du doch? Und jetzt, was hast du gesagt? Ein Pastor, der im Sterben liegt? Ich meine, hör doch auf …«

»Er wusste Einzelheiten«, sagte Curry, aber Mia merkte, dass sie nicht mehr bei der Sache war.

Nein. Genug jetzt. Nichts mehr davon.

»Sie haben offenbar Geld genug bekommen«, sagte der Kollege, der nicht lockerlassen wollte. »Als sie nach Hause gekommen sind. Als eine Art Entschädigung. Helene Eriksen hat die Gärtnerei aufgemacht. Und ihr Bruder einen Lebensmittelladen. Als er wieder gesund war.«

Mia hörte nur mit halbem Ohr zu. Die Krähen waren verschwunden, und auf dem Friedhof war wieder alles still.

»Besprich das mit Munch«, sagte sie seufzend.

»Der hat sauschlechte Laune, ist zwischen euch irgendwas vorgefallen?«

»Hör mal, Curry«, begann Mia, aber Curry unterbrach sie.

»Das klingt doch verdammt überzeugend«, sagte er unverdrossen. »Sie hat mich angerufen und zehn Minuten lang geredet, und allein die Tatsache, dass sie mich angerufen hat …«

Langsam fiel der Groschen, und Mia war plötzlich wieder ganz Ohr.

»Helene Eriksen hat einen Bruder?«

»Ja, offenbar, der hat da draußen einen Lebensmittelladen …«

Jim Fuglesang.

»Ich meine, warum sollte sie mich anrufen, sie will ja nicht mit mir reden …«

Der weiße Lieferwagen auf dem Hofplatz.

»Egal, wir müssen da mal nachsehen, mit diesem Pastor reden, wir haben auch nicht gerade viel sonst …«

Der Bart.

Draußen in der Wildnis.

Der Lebensmittel liefern wollte.

Vor dem kleinen Haus, das ihr eine Gänsehaut beschert hatte.

»Sag Munch Bescheid«, sagte sie rasch und rannte über den Kiesweg.

Das Logo auf der Wagenseite.

Ein Lebensmittelladen.

ICA Hurum.

»Was?«, fragte Curry.

»Hol Holger, er muss sich mit uns treffen.«

»Du glaubst, das ist wichtig?«

Mia suchte in ihren Taschen nach den Wagenschlüsseln.

»Wo arbeitet sie?«

»Im Helenenstift, das ist ein privates Krankenhaus oben in …«

»Schick mir die Adresse«, sagte Mia und setzte sich ins Auto.

»Wie meinst du das? Kommst du?«

»Schon unterwegs. Sag Munch Bescheid. Sofort.«

Mia schob den Schlüssel ins Zündschloss und hörte, wie die Reifen durchdrehten und der Kies spritzte, als sie das Gaspedal durchtrat und den schönen Friedhof im Rückspiegel verschwinden sah.

Isabella Jung saß in ihrem kleinen Zimmer und spürte ein Prickeln im Bauch. Noch nicht ganz, aber bald. Bald würde es geschehen. Sie hatte sich schön gemacht. Nicht die löchrige Hose, sie hatte sich für das Kleid entschieden, hatte sich auch geschminkt, mehrere Stunden vor dem Spiegel gestanden, nicht dass es etwas bedeutete, wie sie aussah, aber sie hatte dich trotzdem dazu entschlossen. Hatte die Haare gebürstet. Sich lächelnd um sich selbst gedreht.

Wollen wir uns treffen? Ganz heimlich?

Nur du und ich?

Um vier hinter dem Schuppen?

Bist du die Auserwählte?

Die Fünfzehnjährige konnte es kaum glauben, es war fast wie ein Traum. All die Jahre. Mit Mama in Hammerfest. Bei den vielen fremden Familien, zu denen sie nie gehört hatte. Die leise Stimme in ihrem Hinterkopf, die immer gesagt hatte:

Eines Tages, Isabella.

Eines schönen Tages.

Dann wird alles für dich gut werden.

Aber so hatte es nicht ausgesehen, nein, wirklich nicht. Sie war oft wütend auf die Stimme gewesen. Die Stimme log, führte sie in die Irre, sagte solche Dinge, um sie zu trösten, und sie hatte die Hoffnung fast aufgegeben, damals in der Abteilung für Essstörungen in Ullevål, als sie in der Küche ein Messer gefunden und sich an der Schläfe verletzt hatte. Später hieß es, sie sei verrückt, aber das war sie nicht, sie hatte das nur getan, damit sie wegging, um sie zu strafen. Diese blöde Stimme, die ihr so viel versprochen hatte, die nur log und sie betrog, aber nun stimmte es also doch. Sie hatte sie um Entschuldigung gebeten, die Stimme, einige Tage nachdem sie hergekommen war. In die Gärtnerei Hurumlandet. Denn die Stimme hatte recht gehabt. Nicht an den ersten Tagen, aber später. Ruhe und Geborgenheit. Ihr eigenes Zimmer. Die Blumen. Helene, die sie dazu brachte, sich einfach fantastisch zu fühlen. Als ob sie etwas wert sei. Entschuldigung, hatte sie gesagt, mehrmals, abends im Bett.

Entschuldigung, du hattest recht.

Und die Stimme hatte ihr verziehen.

Ist schon gut, aber jetzt wird es noch besser.

Und nun begriff sie, was die Stimme gemeint hatte. Sie erhob sich und trat wieder vor den Spiegel. Lächelte sich an und ließ die Hände über das weiße Kleid gleiten.

Um vier hinter dem Schuppen.

Ihre Wangen prickelten. Sie setzte sich aufs Bett, musste aber wieder aufspringen. Noch zwei Stunden. Dass so was möglich war. Ach, wie langsam sich die Zeiger bewegten. Viel zu langsam. Sie lief im Zimmer auf und ab, ruhelos, ohne zu wissen, wohin mit sich.

Das ist doch kein Problem, sagte die Stimme. *Nur zwei Stunden.*

Isabella Jung nickte zur Antwort und setzte sich wieder aufs Bett, bereute, nicht die ganze Zeit auf die Stimme gehört zu haben, wie sie es hätte tun sollen.

Jetzt würde sich alles finden.

Alles würde gut werden.

Sie schloss die Augen und versuchte, sich vorzustellen, was passieren würde.

Hinter dem Schuppen.

In weniger als zwei Stunden.

Die Fünfzehnjährige legte den Kopf auf das Kissen und zog die Beine an, ganz vorsichtig, um das weiße Kleid nicht zu zerknittern.

· 64 ·

Munch zog abermals ausgiebig an seiner Zigarette und merkte, dass es ihm schwerfiel, konzentriert zu bleiben. Kopfschmerzen. Der Nagel in der Schläfe. Er hatte den ganzen Tag Tabletten genommen, aber es wurde einfach nicht besser. Es war schlimm genug am Vortag gewesen, bei Mias Auftritt im Vernehmungsraum, Anette, die ihm alle Regeln unter die Nase gerieben hatte, gegen die sie verstoßen hatten, und dass sie Skunk überhaupt so lange bei sich behalten hatten, nur aufgrund eines Gefühls, das Mia gehabt hatte. Er hatte sich mit Anettes Augen gesehen. Die Vorwürfe.

Nicht gut genug als Chef.

Er setzte die Kapuze auf und steckte sich an der Glut der Kippe eine neue Zigarette an, als er wieder zuschlug. Der Schmerz in der Schläfe, er musste die Augen schließen und tief durchatmen, während er darauf wartete, dass der Schmerz nachließ. Was zum Teufel war das hier? Nicht die beste Verfassung der Welt, das war ihm schon klar, aber so schlimm war es noch nie gewesen. Oder doch, einmal, aber das war über fünfzehn Jahre her. Damals, als er seinen Vater verloren hatte. Ein Lastwagen aus der Gegenrichtung, ein betrunkener Fahrer. Die Tage davor. Genau der gleiche

Nagel in der Stirn, wie eine Art physisches Vorzeichen eines schrecklichen Geschehnisses. Er glaubte natürlich nicht an solche Dinge. Das war Mias Welt. Nicht seine. Realist, das war er immer schon gewesen. Die Sonne ging im Osten auf und im Westen unter. Es gab physikalische Gesetze. Die Welt war so, wie sie aussah, dahinter gab es nichts.

Munch blieb mit geschlossenen Augen stehen, bis der Schmerz sich langsam verzog, und tat noch einen Zug an der Zigarette, als Mia aus der großen Tür des herrschaftlichen Gebäudes kam. Ein privates Krankenhaus für die Reichen, die offenbar allesamt die Vorstellung hatten, dass es eine Welt nach dieser gab und dass sie sich jede Geschichte aus den Fingern saugen würden, Hauptsache, sie konnten dann ihrem fiktiven Schöpfer mit gutem Gewissen gegenübertreten.

»Alles in Ordnung bei dir?«, fragte Mia und zog die Jacke enger um sich. Sie lächelte und konnte fast nicht still stehen. »Also?«

»Also was?«, murmelte Munch.

»Hat er die Wahrheit gesagt?«

»Was meinst du?«, fragte Munch und sah sie an, aber er hätte diese Frage nicht zu stellen brauchen.

Es war deutlich, dass Mia im Gegensatz zu Munch sich ziemlich sicher war, dass die soeben gehörte Geschichte der Wahrheit entsprach.

Mia zog sich die Mütze tiefer in die Stirn und musterte ihn besorgt.

»Ist wirklich alles in Ordnung?«

»Was? Ja, natürlich.« Munch nickte und warf die Kippe auf den Boden.

Er ließ sie nicht an sich heran. Der Nagel in der Schläfe.

Munch nahm eine neue Zigarette, zündete sie an und riss sich von dem Ort los, an dem er sich in Gedanken befunden hatte. Der Lastwagen auf der falschen Fahrbahn, Anettes Blick am Vorabend. »Du glaubst ihm also?«

»Warum sollte ich ihm nicht glauben?«

»Ich will ja nicht des Teufels Advokat sein«, sagte Munch und seufzte. »Aber wirkt das nicht ein bisschen an den Haaren herbeigezogen?«

»Verdammt, Holger, musst du so negativ sein, ist das nicht normalerweise meine Aufgabe?«

Munch zog wieder an seiner Zigarette und grinste. »Anfang der Siebzigerjahre kommt ein Paar zu diesem Pastor und will getraut werden. Aber das geht nicht, weil sie schon Kinder hat und er ein Reedereiimperium erbt und der Vater kein unreines Blut in der Familie haben will.«

»Und?« Mia nickte.

»Also schicken sie die Kinder nach Australien. Ernsthaft, Mia. Und dann kommt die Mutter bei einem rätselhaften Autounfall ums Leben. Und der Pastor lässt sich für sein Schweigen bezahlen. Und einige Jahre später werden die Kinder zurückgeholt, und dieser Millionär …«

»Milliardär«, korrigierte Mia. »Carl-Sigvard Simonsen.«

»Von mir aus.« Munch seufzte. »Dieser Milliardär gibt ihnen Geld, um erlittenes Unrecht wiedergutzumachen. Sie kauft sich einen Ort, an dem sie anderen Kindern helfen kann, die es ebenso schwer haben, wie sie es hatte? Und er kauft sich einen Lebensmittelladen. Ich meine, Mia, also echt!«

»Warum nicht?«

»Das ist ein zweiter Fuglesang«, seufzte Munch.

»Nein, verdammt, Holger.«

»Hast du ihn da drinnen gesehen, oder nicht? Der Mann hatte diese Welt doch praktisch schon verlassen. Ist seit Langem unterwegs ins Kuckucksland. Nein, wir lassen das jetzt und gehen den Spuren nach, die wir haben.«

Er sah, dass sie sich jetzt über ihn ärgerte.

»Die Perücke«, sagte Munch. »Dieser Hacker, Skunk. Ich stimme Anette nicht zu. Ich glaube, da ist immer noch was zu holen. Der Film. Der muss doch irgendwoher kommen. Die Tätowierung. Die Tierrechtler. Das ist doch eine Sackgasse, Mia, ich meine, also echt.«

»Ich habe ihn gesehen«, sagte Mia und musterte ihn durchdringend.

»Wen?«

»Den Bruder. Ich habe ihn gesehen. Draußen bei Jim Fuglesang.«

»Liegt der nicht zugedröhnt in Dikemark?«

»Ja, aber ich war in seinem Haus.«

»Wann?«

»Das spielt jetzt keine Rolle«, sagte Mia gereizt. »Aber er war da.«

»Wer?«

Munch schnippte die Zigarette weg, als die Tür geöffnet wurde und Curry herausschaute.

»Er ist wieder wach. Redet wie ein Wasserfall, ich glaube, ihr solltet euch das anhören.«

Munch sah Mia an.

»Nein, ich glaube, wir lassen das jetzt.«

»Verdammt, jetzt komm schon«, sagte Mia wütend.

»Nein«, sagte Munch. »Wir machen weiter mit dem, was wir haben. Besprechung für alle um sechs. Das ist doch nur Unsinn.«

»Kommt schon«, drängte Curry von der Tür her. »Das müsst ihr euch einfach anhören.«

»Nein«, rief Munch und zog seine Autoschlüssel aus der Tasche.

»Er sagt, der Bruder hat sich gern als Eule verkleidet«, sagte der Spürhund auf der Treppe.

Munch blieb stehen und merkte, dass Mia ihn ansah.

»Federn am ganzen Leib, ich meine, wie zum Teufel kann er so was sagen, wenn es nur Unsinn ist?«

»Holger?«, fragte Mia.

Munch sah sie an, steckte die Schlüssel wieder in die Tasche und lief hinter Mia die lange Treppe hoch.

· 65 ·

Isabella Jung war froh, dass sie einen dicken Pullover angezogen hatte, denn es war kalt draußen. Sie trug auch eine Strumpfhose unter ihrem Kleid, das sah vielleicht nicht so schön aus, aber sie wollte doch nicht total verfroren aussehen.

Um vier hinter dem Schuppen.

Jetzt war es fünf, und er war noch immer nicht gekommen. Sie schob die Hände in die Pulloverärmel und wünschte, sie hätte eine Mütze aufgesetzt. Sie interessierte sich sonst nicht so dafür, wie ihre Haare aussahen, aber heute war es eben doch wichtig, deshalb hatte sie die Mütze in ihrem Zimmer gelassen.

Eine Stunde zu spät.

Das war nicht gerade nett. Nicht wie ein Mann von Format. Sie hatte an ihren Vater gedacht, um sich die Zeit zu vertreiben. Vor Kurzem hatte sie eine Mail von ihm bekommen. Er war am Mittelmeer gewesen. Mit irgendwelchen Kumpels. Es stand nichts darüber in der Mail, natürlich, aber sie wusste, was das für eine Tour gewesen war. Sie waren zum Trinken hingereist, das kam vor, er und seine Freunde, buchten einen Flug nach Spanien, wenn einer von ihnen seine Sozialhilfe bekommen oder vielleicht auf ein gutes Pferd gesetzt hatte, und dann blieben sie da unten, bis das Geld versoffen war. Da unten war Alkohol billiger. Der Flug hatte sich auf diese Weise rasch amortisiert, schon nach wenigen Wochen. Das hatte sie als Kind gelernt.

Wenn sie bei ihm in Fredrikstad hatte wohnen dürfen, hatte sie oft an der Wand gelauscht. Sie machten nicht viel Krach, sie redeten, tranken, und ab und zu hörten sie Musik. Es kam vor, dass sie Gläser auf den Boden fallen hörte oder jemanden, der auf dem Weg zum Klo auf dem Gang stürzte, Isabella fühlte sich von den Männern aber nie gestört. Darauf hatte er sorgfältig geachtet. Wer Isabellas Zimmer betrat, setzte nie wieder einen Fuß in das Haus. Morgens räumte sie dann auf, wenn nicht noch jemand auf dem Sofa oder dem Boden lag, dann blieb sie in ihrem Zimmer oder ging nach draußen und machte einen Spaziergang. Aber wenn niemand da war, räumte sie auf, alles sollte schön sein, wenn Papa aufwachte. Man musste ein Mann von Format sein. Darüber redeten sie oft hinter der Wand. Den Damen die Türen aufhalten. Höflich sein. Pünktlich. Solche Dinge.

Vor allem pünktlich, wie dieser hier.

Als ihre Uhr sieben zeigte, hielt sie es nicht mehr aus. Es war einfach zu kalt. Ihre Ohren waren knallrot, und sie konnte die Finger kaum bewegen. Sie war zudem ziemlich ungehalten. Warum schrieb er, dass er sie heimlich treffen wollte? Und dann kam er nicht? Sie wusste doch, dass er in der Gärtnerei war. Sie hatte ihn doch gesehen.

Je mehr sie darüber nachdachte, umso mehr ärgerte sie sich. Warum sollte sie hier draußen sitzen und frieren?

Sie sprang von dem Baumstumpf auf, auf dem sie gesessen hatte, und stapfte mit energischen Schritten durch den Wald. Es war jetzt stockfinster und fast ein bisschen unheimlich, aber bald konnte sie die Lichter auf dem Hofplatz sehen.

Sie würde ihn zur Rede stellen, jawohl, das würde sie tun.

Isabella Jung war zwar erst fünfzehn, aber sie wusste, was sie wollte, sie war stärker als die meisten Jungen, die ihr begegnet waren. Nein, das hier war unmöglich. Eine solche Behandlung ließ sie sich nicht gefallen.

Isabella trat in den Hof, als sie Paulus aus dem Hauptgebäude laufen sah.

Perfektes Timing.

Er zog sich eine Daunenjacke an und kam ihr entgegen.

»Wo hast du denn gesteckt?«, fragte Isabella und hielt ihn fest.

»Was?«, fragte Paulus verwirrt.

»Warum bist du nicht gekommen?«

»Hä?«

Paulus schüttelte den Kopf.

»Du, dazu hab ich keine Zeit«, sagte er und versuchte, sich an ihr vorbeizudrängen. »Was soll das eigentlich, Isabella?«

»Schau her«, sagte Isabella und zog den Zettel aus der Tasche.

Wollen wir uns treffen? Ganz heimlich?
Nur du und ich?
Um vier hinter dem Schuppen?
Bist du meine Auserwählte?

»Hast du das hier geschrieben? Und dann bist du nicht gekommen? Wolltest du denn überhaupt kommen? Oder mich nur zum Besten halten? Was bist du denn für ein Typ?«

»Was?«, fragte Paulus und sah fast noch verwirrter aus.

»Ist das nicht von dir?«, fragte Isabella und hielt ihm den Zettel unter die Nase, während sie ihn immer noch ansah.

»Nein«, sagte Paulus. »Wirklich nicht. Was denkst du eigentlich von mir?«

Langsam ging es ihr auf. Der Zettel war nicht von ihm. Jemand anders hatte ihr diesen Streich gespielt. Sie spürte, wie ihre Wangen heiß wurden, wie sie errötete, und rasch ließ sie seine Jacke los.

»Sorry«, sagte sie. »Ich wollte nur ...«

»Du, ich hab keine Zeit für so was«, sagte Paulus und sah aus, als ob es ihn nicht interessierte, wovon sie redete.

»Ist etwas passiert?«, fragte Isabella.

»Helene ist verhaftet worden.«

»Was?«

»Und Henrik, ihr Bruder.«

»Was, warum denn?«

»Die sollen Camilla umgebracht haben«, stammelte er und starrte Isabella verzweifelt an.

»Aber ...«

»Tut mir leid, ich hab jetzt keine Zeit«, wiederholte Paulus und ließ Isabella auf dem Hofplatz stehen.

Helene Eriksen war aschfahl im Gesicht und zitterte. Sie fuhr zusammen, als Mia und Munch den kleinen Vernehmungsraum betraten.

»Er hat nichts getan. Das müssen Sie mir glauben«, sagte sie flehend und sprang auf.

»Hallo, Helene«, sagte Mia. »Setzen Sie sich bitte wieder.«

»Aber ich ...? Sie müssen mir doch glauben? Holger!«

Die sonst so beherrschte Leiterin der Gärtnerei Hurumlandet war jetzt nur ein Schatten ihrer selbst, und sie schaute verzweifelt zu Munch hinüber, ehe sie kraftlos wieder auf ihren Stuhl sank und die Hände vors Gesicht schlug.

»Das sieht für Sie beide nicht gut aus«, sagte Munch und setzte sich neben Mia.

»Für mich?«, fragte Helene erschrocken. »Aber ich habe doch nichts verbrochen?«

»Aber er schon, oder wie meinen Sie das?«, fragte Mia.

»Was? Nein, Henrik hat wirklich nichts getan. Er ist doch total harmlos, er könnte niemandem etwas tun, mir ist es egal, was Ihnen erzählt worden ist, Sie müssen mir glauben.«

»Und was ist uns erzählt worden?«, fragte Mia ruhig.

Sie schaute zu Munch hinüber und dann zum Aufnahmegerät am Tischrand, aber Munch schüttelte kaum merklich den Kopf.

»Wo ist er?«, fragte Helene verzweifelt.

»Wer?«

»Henrik.«

»Ihr Bruder sitzt im Nebenraum und wartet auf seinen Anwalt.«

»Er braucht doch keinen Anwalt«, sagte Helene. »Er hat nichts getan, das habe ich ja schon gesagt.«

»Er braucht unbedingt einen Anwalt«, sagte Munch gelassen. »Das haben wir ihm angeraten, denn in den nächsten Stunden wird er des Mordes an Camilla Green angeklagt werden. Noch heute Abend wird er dem Untersuchungsrichter vorgeführt.«

»Wir sind ziemlich sicher, müssen Sie wissen«, sagte Mia.

Sie warf Munch wieder einen Blick zu, aber er schüttelte noch immer den Kopf.

»Nein, nein, nein. Sie müssen mir glauben. Er hat nichts getan.« Helene Eriksen rang jetzt mit den Tränen. »Es ist mir egal, was die anderen Ihnen erzählt haben. Sie müssen einfach auf mich hören, ich flehe Sie an. Und außerdem war er gar nicht zu Hause. Er war …«

»Was glauben Sie denn, was für Aussagen wir haben?«, fiel Mia ihr ins Wort.

Die blonde Frau verstummte einen Moment, dann sagte sie leise:

»Das mit den Federn. Was für miese Leute es doch gibt. Wie die tratschen. Können die sich nicht einfach um ihren eigenen Kram kümmern? Das macht mich so wütend, dass …«

»Sie jemanden umbringen könnten?«

»Was?«, rief Helene Eriksen und sah Mia an. »Nein, natürlich nicht, ich meine nur …«

»Waren Sie es? Oder haben Sie ihm dabei geholfen, die Tat zu vertuschen?«, fragte Munch.

»Er ist doch Ihr Bruder«, sagte Mia. »Ich meine, das

ist schließlich verständlich. Sie stehen einander sehr nahe, nicht wahr? Nach allem, was Sie gemeinsam durchgemacht haben.«

»Nein, jetzt haben Sie …«, stotterte Helene Eriksen. »Ich habe ihm doch nicht …«

»Er hat es also ganz allein getan?«

»Nein, nein, Henrik hat nichts getan. Hören Sie denn nicht, was ich sage?«

»Aber Sie haben gewusst, dass er, wie soll ich sagen, sich gern als Vogel verkleidet?«

»Das ist doch lange her. Verdammte kleine Orte und alle Klatschweiber, ich hab das manchmal alles so satt, hier versucht man nur, anderen zu helfen, und dann soll man auch noch …«

»Er hat also damit aufgehört?«

»Was?«

»Sich als Vogel zu verkleiden?«, fragte Mia.

»Ja, ich sag doch …«

»Wie lange ist das her?«

»Viele Jahre, ich meine, es ist ja nicht mehr vorgekommen, seit …«

»Sie geben also zu, dass er sich gern als Vogel verkleidet hat?«, fragte Munch.

»Ja, aber das war doch früher. Das hab ich doch gesagt?«

Munch registrierte, dass Mia die Augen leicht zusammenkniff.

»War das vor oder nachdem Sie aus Australien zurückgeholt worden waren?«

Helene Eriksen schien in Gedanken zurückzureisen, in eine Zeit, die sie lieber vergessen wollte.

»Nicht sofort, nachdem wir wieder hier waren«, sagte sie langsam. »Er brauchte Hilfe, verstehen Sie? Sie haben ihn kaputtgemacht. Das war doch nicht seine Schuld! Das macht ihn doch nicht zum Mörder! Dass irgendwelche verdammten Irren uns da unten gefangen gehalten und uns alles Mögliche eingeredet und uns für jede Kleinigkeit bestraft haben. Ich bin stolz auf ihn. Das kann ich Ihnen sagen.«

Helene Eriksen richtete sich ein wenig auf, und für einen Moment war sie wieder die Frau, die sie beim ersten Mal in der Gärtnerei angetroffen hatten.

»Nach allem, was er durchmachen musste. Nachdem er sich wieder zurückgekämpft hat. Ich bin stolz auf ihn. Was er geschafft hat, hätten nicht viele geschafft. Er ist der beste Mensch, den ich kenne. Ich würde alles für ihn tun.«

»Und das haben Sie dann ja auch«, sagte Mia.

»Was?«

»Wann sind Sie dahintergekommen, dass er Camilla umgebracht hat?«, fragte Munch.

»Was?«, stammelte Helene. »Hören Sie denn nicht, was ich sage?«

»Nein, Holger«, sagte Mia. »Das ist die falsche Frage.«

»Ach?«, fragte Munch und erwiderte Mia Krügers Blick.

»Du solltest sie fragen, wann ihr der *Verdacht* kam, dass es ihr Bruder gewesen sein *könnte*.«

»Ach ja, tut mir leid, mein Versehen«, sagte Munch lächelnd und wandte sich wieder Helene zu. »Wann ist Ihnen der Verdacht gekommen, dass Henrik Camilla Green umgebracht hat?«

»Nein, ich weiß nicht«, sagte die blonde Frau und trommelte nervös mit den Fingern auf den Tisch. »Meinen Sie, wann ich zum ersten Mal gedacht habe, dass …?«

»Als Henrik Ihnen plötzlich in den Sinn gekommen ist, ja«, sagte Munch behutsam.

»Als ich das Bild in den Zeitungen gesehen habe, natürlich. Als ich sah, dass der Waldboden von Federn bedeckt war«, sagte Helene Eriksen ein wenig unsicher. »Ja, Sie wissen schon. Wo Camilla gelegen hatte.«

»Weil er nicht sofort aufgehört hat? Nachdem Sie aus Australien zurück waren, meine ich«, sagte Mia freundlich.

»Wie meinen Sie das?«

»Sich als Vogel zu verkleiden«, sagte Munch.

Helene Eriksen musterte die beiden Beamten. »So etwas legt sich ja nicht sofort«, sagte sie. »Wissen Sie überhaupt, wie wir behandelt worden sind? Was Henrik durchmachen musste? Sie haben ihn in einen Erdkeller eingeschlossen. Nicht nur ein Mal, oft. Wir waren fast wie Versuchskaninchen. Ich war drei Jahre alt, Henrik war fünf, als wir dorthin gekommen sind. Wissen Sie, was wir durchmachen mussten? Wir dachten, es müsste so sein, verstehen Sie? Ist es da ein Wunder, dass man krank wird? Ist es ein Wunder, dass man einen Ort finden will, an den man fliehen kann, im eigenen Kopf?«

»Überaus rührend«, sagte Mia und zog einen Briefumschlag aus ihrer Lederjacke. »Und unter normalen Umständen würde ich tiefes Mitgefühl mit Ihnen empfinden.«

Die dunkelhaarige Ermittlerin öffnete den Briefumschlag und legte ein Foto vor Helene Eriksen auf den Tisch.

Camilla Green.

Nackt auf dem Waldboden.

Mit verängstigten, aufgerissenen Augen.

Mia schaute wieder zu Munch hinüber, der ihr bedeutete, dass sie das Aufnahmegerät einschalten könne.

»Es ist 18.25. Anwesend im Raum sind der Chef der Einheit in der Mariboes gate 13, Holger Munch, Ermittlerin Mia Krüger und …«

Helene Eriksen war leichenblass im Gesicht gewesen, als sie hereingekommen waren, und sie verlor noch mehr Farbe, als ihre Augen das Bild sahen, das Mia soeben vor sie hingelegt hatte.

»Nennen Sie bitte Ihren Namen, Ihr Geburtsdatum und Ihre aktuelle Adresse«, sagte Mia und zeigte auf das Aufnahmegerät.

Es dauerte noch einige Sekunden, und Mia musste ihre Aufforderung wiederholen, dann konnte die Gärtnereileiterin antworten.

»Helene Eriksen, 25. Juli 1969. Gärtnerei Hurumlandet, 3482 Tofte.«

Sie presste die Worte mühsam zwischen den bleichen Lippen hervor, den Blick auf das grauenvolle Foto geheftet.

»Sie haben ein Anrecht auf einen Anwalt«, sagte Mia. »Und wenn Sie sich keinen leisten können, wird Ihnen einer gestellt.«

Sie wollte schon weiterreden, als an die Tür geklopft wurde und Anette hereinschaute und Munch durch ein Nicken aufforderte, zu ihr auf den Gang zu kommen.

»Was?«, fragte Munch, als er die Tür hinter sich geschlossen hatte.

»Wir haben ein Problem«, sagte Anette. »Sein Anwalt ist da.«

»Ja und?«

»Er war nicht in Norwegen.«

»Wie meinst du das?«

Munch runzelte die Stirn.

»Henrik Eriksen. Er war nicht hier.«

»Wie meinst du das?«, fragte Munch noch einmal.

»Er hat ein Ferienhaus in Italien«, sagte Anette. »Verbringt den ganzen Sommer dort.«

»Jetzt komme ich nicht mit.«

»Henrik Eriksen. Er war nicht zu Hause, als es passiert ist. Was machen wir jetzt?«, fragte die blonde Polizeijuristin.

»Du und Kim«, sagte Munch nach kurzem Nachdenken. »Standardvernehmung. Holt so viel aus ihm raus, wie ihr nur könnt, sagen wir, in zwanzig Minuten, dann treffen wir uns wieder hier.«

»Okay«, sagte Anette und nickte, als Munch die Tür öffnete und wieder das Vernehmungszimmer betrat.

· 67 ·

Gabriel Mørk saß in seinem Büro in der Mariboes gate und grübelte. Mia hatte ihm mehrere Mitteilungen geschickt und in jeder um Entschuldigung gebeten. Hatten sie wirklich gedacht, er könnte etwas damit zu tun haben?

»Gabriel?«, rief jemand an der Tür und riss ihn aus seinen Gedanken.

»Ja?«

»Hast du einen Moment Zeit?«, fragte Ludvig. »Ich brauche einen klugen Kopf.«

»Natürlich«, sagte der junge Hacker und folgte dem Kollegen durch den Gang in dessen Büro.

Es war jetzt fast leer in den Räumen, war es schon den ganzen Tag gewesen, nur Ylva hockte vor dem Bildschirm, die anderen waren unten in Grønland.

»Was ist los?«, fragte Gabriel und trat hinter Ludvig, der sich in seinen Schreibtischsessel setzte.

»Ein Film, den ich bekommen habe«, sagte Ludvig. »Oben aus dem Naturhistorischen Museum. Weißt du davon?«

»Was denn?«, fragte Gabriel.

Der ältere Ermittler klickte zweimal, und auf seinem Bildschirm tauchte ein Schwarz-Weiß-Film auf.

Der Film zeigte nun eine Gruppe, die eine große Halle oder ein Museumsfoyer betrat.

»Das ist der Botanische Garten in Tøyen. Und die Gärtnerei Hurumlandet auf Schulausflug. Im Naturhistorischen Museum.«

»Ja und?«, fragte Gabriel.

Der Film war körnig und unscharf. Er stammte offenbar aus einer Überwachungskamera. Die Besucher wurden von einem Mann mit weißen Struwwelhaaren empfangen und dann eine Treppe hochgeführt.

»Hier ist noch alles in Ordnung«, sagte Ludvig und spulte vor. »Und hier auch.«

Gabriel sah neugierig den Bildschirm an.

»Aber hier, was sagst du dazu?«

Ludvig drehte sich zu ihm um, als die Gruppe im Film einen Saal voller Schaukästen mit Tieren betrat. »Ist das nicht ein bisschen seltsam?« Er scrollte zurück. »Hier«, sagte er und drückte auf die Stopptaste. »Siehst du?«

Gabriel schüttelte den Kopf. »Was meinst du?«

»Ich mache einen Ausdruck«, sagte Ludvig.

Gabriel folgte ihm zum Drucker und dann ins Besprechungszimmer.

Ludvig befestigte das Bild neben den anderen.

»Hier sehen wir sie fast alle. Hier ist Helene Eriksen. Hier ist Paulus Monsen. Hier ist Isabella Jung.«

Gabriel folgte seinem Finger auf dem Bild und nickte.

»Aber wer zum Teufel ist das da?«

Ludvig zeigte auf ein Gesicht auf dem Bildschirm. Ein Gesicht, das er noch nie gesehen hatte. Ein junger Mann mit Hemd und einer runden Brille, der anders als die restliche Gruppe nicht die Schaukästen ansah, sondern den Blick in die Kamera richtete.

»Den haben wir noch nicht auf der Liste, wenn ich das richtig in Erinnerung habe«, sagte Gabriel.

»Ja, ist das nicht seltsam?«, fragte Ludvig.

Gabriel schaute auf die Tafel, an der Ludvig alle Bilder befestigt hatte, alle Bewohnerinnen, alle Lehrkräfte, aber er konnte dieses Gesicht nirgendwo unterbringen.

»Und warum glotzt er wohl direkt in die Kamera?«

»Seltsam«, sagte Gabriel.

»Ja, oder? Alle sehen sich die Tiere an, egal wie langweilig das vielleicht ist, aber dieser Typ blickt in die Kamera, als ob er ...«

»Wissen will, wo genau die hängt«, ergänzte Gabriel.

»Vielleicht bin ich ja von Geburt an misstrauisch, aber genau deshalb brauchte ich einen klaren Kopf, so wie deinen. Das hier können wir doch sicher brauchen?«

Gabriel blieb stehen und schaute sich den Mann an. Die Augen hinter der Brille, die ihn ungläubig ansahen, während die übrige Gruppe sich auf den weißhaarigen Museumsmann konzentrierte.

»Wir haben ihn noch nicht an der Wand, oder? Ich meine, du siehst ihn hier doch nirgendwo?«, fragte Ludvig.

»Nein, wir haben ihn noch nicht«, bestätigte Gabriel.

»Vielleicht wollte er wissen, ob der Einbruch, bei dem die Eulen verschwunden sind, aufgezeichnet wurde.«

»Könnte sein«, gab Ludvig zurück.

»Denke ich auch«, sagte Gabriel, blieb stehen und schaute wie hypnotisiert in dieses fremde Gesicht, das ihn anstarrte.

Einen jungen Mann mit hellem Hemd und runder Brille.

»Das hat doch etwas zu bedeuten? Oder liege ich daneben?«

»Absolut nicht«, sagte der Hacker. »Du liegst kein bisschen daneben, Ludvig.«

»Ich rufe Mia an«, sagte Ludvig und verließ den Raum, um sein Telefon zu holen.

· 68 ·

Der kleine Junge fand den neuen Ort seltsam, und er brauchte einige Zeit, um sich an das viele Fremde zu gewöhnen, aber nach und nach ging es besser. Sie hatten hier nicht so viele Bücher, aber die Wände waren dicker, deshalb redete abends niemand über ihn, und die Frau, die hier bestimmte, war auch ziemlich nett. Helene. Sie sah ihn nicht so seltsam an wie die Leute an dem anderen Ort. Sie behandelte ihn wie einen von den Jugendlichen, die hier lebten, denn hier waren keine Kinder, aber das machte nichts. Er war ja ohnehin lieber allein.

Es gab noch sieben andere, aber nur einen Jungen, Mats, und er mochte Mats gern. Mats erinnerte ihn ein bisschen an Mama, er sprach immer darüber, wie schlecht die Welt war, wie krank im Kopf die Menschen waren.

Mats schminkte sich auch gern, nicht ganz so wie Mama, nur mit Schwarz um die Augen und schwarzem Nagellack. Mats mochte eigentlich alles, was schwarz war. Er hatte nur schwarze Kleidung und an den Wänden Plakate von Bands, deren Mitglieder Schwarz trugen, mit weißer Schminke im Gesicht und Stachelarmbändern. Metal. Das spielten diese Bands. Der kleine Junge sagte nicht viel, er hörte meistens zu, wenn Mats in seinem Zimmer Musik hörte und zeigte und erklärte. Es gab so viele Arten von Metal. Es gab Speedmetal und Death Metal und das, was er am faszinierendsten fand, Black Metal. Er hatte für die Musik nicht besonders viel übrig, es wurde zu viel geheult, aber ihm gefielen die Geschichten, vor allem die über Black Metal. Über Bands, die Ziegen opferten und nackte Menschen am Kreuz auf der Bühne hatten, und Texte, bei denen es um Satan und Tod ging.

Nach einem Jahr fing der kleine Junge langsam an, sich ein wenig zu Hause zu fühlen. Nicht wie früher bei Mama natürlich, aber dennoch, hier war es besser als in dem anderen Haus. Gärtnerei Hurumlandet. Es gab hier Treibhäuser, und er lernte, wie Pflanzen und Blumen gepflegt und behandelt wurden, und auch der Unterricht gefiel ihm, denn obwohl er jünger war als die anderen, war er doch viel tüchtiger, es kam oft vor, dass die Lehrer ihn nach der Stunde beiseitenahmen.

Hast du das alles schon gemacht?

Ich glaube, wir müssen dir wirklich neue Bücher besorgen.

Er mochte alle Fächer. Englisch, Norwegisch, Mathematik, Sozialkunde, Geografie, jedes Mal, wenn er ein neues Buch öffnete, war es, wie in eine neue Welt einzutauchen, und er konnte davon nicht genug bekommen. Der kleine Junge mochte vor allem Rolf, einen der Lehrer da draußen, Rolf war der, der ihn am meisten lobte. Ihm Aufgaben gab, die die anderen nicht bekamen. Lächelte immer wieder strahlend, wenn er sie gelöst hatte. Es war Rolf, der ihm einen eigenen Rechner besorgte, so einen hatten nicht alle, und eine Zeitlang konnte er fast nicht schlafen, irgendwie war das nicht nötig, denn es gab so viel zu lernen. Er saß gerne die ganze Nacht zwischen all seinen Büchern vor dem Rechner und konnte es fast nicht erwarten, dass er neue Aufgaben bekam.

Aber vor allem war er gern mit Mats zusammen. Den Mädchen ging er, so gut er konnte, aus dem Weg. Denn die waren so, wie Mama gesagt hat, außen lächelnd, aber innen verlogen und verfault, also war es besser, einen Bogen um sie zu machen. Mats mochte Mädchen auch nicht. Mats mochte eigentlich gar nichts, außer Metal natürlich, und er mochte auch keine Bücher lesen, es sei denn, sie handelten von Ritualen und Blut und Satan und solchen Dingen und wie man Menschen von den Toten auferstehen lassen konnte.

»Helene ist blöd«, hatte Mats eines Abends zu ihm gesagt, dort in seinem Zimmer, ohne dass der kleine Junge ihm so ganz zustimmte.

Für ihn war Helene einer der liebsten Menschen, die ihm über den Weg gelaufen waren, seit er damals abgeholt worden war, aber er sagte nichts. Er wollte nicht mit Mats diskutieren aus Angst, dass er dann nicht mehr dessen Zimmer besuchen dürfte.

»Aber ihr Bruder, der ist spitze.«

»Henrik? Der aus dem Lebensmittelladen?«

»Ja«, sagte Mats lächelnd.

»Wieso ist der spitze?«

»Weißt du, dass der mal in einer Sekte war?«

»Nein«, sagte der kleine Junge und wusste nicht so genau, was eine Sekte war, aber Mats lächelte noch immer strahlend, und da musste es doch etwas Gutes sein.

»In Australien«, erzählte Mats. »Als sie klein waren. Die Sekte hieß The Family. Die haben mit Kindern experimentiert und so. Haben denen eingeredet, eine Frau namens Ann wäre die Mutter von allen. Sie mussten genau die gleichen Kleider anziehen und genau die gleiche Frisur haben. Sie wurden mit Medikamenten vollgestopft, Anatensol, Haloperidol, Tofranil. Sogar mit LSD. Stell dir das mal vor! Die Kinder mussten auf LSD trippen, während sie ganz allein in winzige dunkle Räume eingesperrt wurden.«

Der kleine Junge, der jetzt schon gar nicht mehr so klein war, hatte diese Namen noch nie gehört, aber Mats wusste viel über Medikamente, er hatte Tabletten, die er jeden Tag nehmen sollte, nur tat er das nicht immer, aber jedenfalls, zweifellos war er hier der Fachmann.

»Die sind total durchgedreht, waren total krank im Kopf«, sagte Mats lächelnd. »Und vor allem der Bruder, Henrik. Der hielt sich für eine Eule.«

»Eine Eule?«

»Der Vogel des Todes.«

Der kleine Junge, der jetzt schon gar nicht mehr so klein war, hörte fasziniert zu, wenn Mats erzählte.

Darüber, wie Henrik, der Bruder mit dem Lebensmittelladen, der eigentlich wie ein ganz normaler Mann wirkte, sich mit Federn beklebt und Rituale in einem kleinen Schuppen ganz hinten am Zaun durchgeführt hatte, er hatte Vögel getötet und Leute von den Toten auferstehen lassen.

»Das ist jetzt lange her, aber es ist die pure Wahrheit«, sagte Mats. »Jetzt ist er wohl ganz normal, aber eine Zeitlang war er total abgefuckt. Genau wie du.«

»Genau wie ich?«

Er hatte nicht begriffen, wie Mats das meinte.

»Wie du, ja. Ich meine, hallo? Dein Leben lang ganz allein mit deiner Mutter in einem Haus eingeschlossen? Bei so einer kranken Alten hausen? Verdammt, wir sind uns so ähnlich, du und ich. Du siehst nicht aus wie ein Idiot, aber in deinem Kopf bist du krank, und das finde ich toll. Fuck die ganzen Normalos. Eine Eule, verdammt. Sich Federn ankleben, das ist doch total cool!«

Der kleine Junge hatte nicht so viel empfunden, damals im Moor, nachdem Mats ihm gezeigt hatte, wie man Leute von den Toten auferstehen lässt. Sie hatten einen kleinen Vogel aus einem Nest geholt, und Mats hatte ihn mit einem Schnürsenkel erwürgt, und dann hatten sie ihn in ein Fünfeck aus Kerzen gelegt, während Mats aus einem seiner Bücher seltsame Wörter vorgelesen hatte.

Er hatte nicht so viel dabei empfunden.

Und da hatte er ihn getötet.

Mit einem Messer, das er aus der Küche gestohlen hatte. Vor allem aus Neugier eigentlich und um zu sehen, wie die schwarz geschminkten Augen ihn anstarrten, als das Blut in den dunklen Matsch sickerte.

Mats hatte versucht, etwas zu sagen, aber er hatte nichts herausgebracht, hatte nur diese großen Augen, die zu ihm hochstarrten, bis er sich am Ende nicht mehr bewegte.

»So reden wir nicht über Mama.«

Keine Gefühle. Nur ein bisschen neugierig. Der Atem, der plötzlich nicht mehr aus seinem Mund gekommen war. Die Augen, die sich nicht schlossen, obwohl er nicht mehr lebte. Der Tod. Eigentlich ein bisschen enttäuschend.

Aber das mit dem Vogel, nein, das hatte ihm nicht gefallen.

Er hatte ihn vorsichtig durch den Wald getragen, nachdem er Mats zu einem Loch im Moor gerollt und gesehen hatte, wie sein Körper in dem schwarzen Schlamm verschwunden war, und dann hatte er den Vogel vergraben, an einer schönen Stelle, wo es Blumen gab und das Licht der Sonne durch die Zweige strömte. Er hatte ein Kreuz aus Stöckchen gemacht, nicht so eins, das auf dem Kopf stand wie auf den Plakaten in Mats' Zimmer, sondern ein normales Kreuz, wie auf den Friedhöfen, und später an dem Abend, als er unter die Decke gekrochen war, hatte er gemerkt, dass er ein bisschen enttäuscht war. Weil es nicht gewirkt hatte.

Er hatte wieder so empfunden, einige Jahre später, er war jetzt ein Teenager und wurde von den Lehrern noch immer gelobt. Rolf war nicht mehr da, aber da waren andere, und sie gaben ihm noch immer Bücher, die die anderen Jugendlichen gar nicht lesen konnten. Er hatte jetzt ein Moped und konnte fahren, wohin er wollte. Und er war natürlich zum Haus zurückgefahren. Zurück zu Mama. Es hatte im Haus gestunken, die Fensterscheiben waren eingeschlagen, und es schienen Tiere dort zu hausen, aber dann hatte er angefangen aufzuräumen. Wenn er nicht im Klassenzimmer saß oder sich um Pflanzen kümmern musste, fuhr er zum Haus, und nach einigen Monaten sah es dort wieder ziemlich schön aus.

Das gleiche Gefühl. Wie damals bei dem Vogel. Zuerst hatte er gedacht, das Tier sei vielleicht zu klein, deshalb hatte er sich eine Katze gesucht. Er hatte es genauso gemacht wie damals Mats, die Kerzen und die Worte, aber sie war noch immer nicht zurückgekehrt. Dann hatte er es mit einem Hund versucht, aber auch das hatte nicht gewirkt.

Die Eule. Der Todesvogel.

Er hatte sich im Laden Leim gekauft und auf einem Hof in der Nähe, wo es Hühner gab, Federn gestohlen, dort, wo sie immer Eier kauften. Hatte sich eingeschmiert. Hatte die Federn richtig fest auf seine Haut gedrückt, während er die Hundepfoten in die Richtung zeigen ließ, die Mats ihm gesagt hatte, auf die richtigen Punkte im Pentagramm, nach den Skizzen in seinen Büchern, aber es hatte nicht gewirkt.

An dem Abend nach dem Hund hatte er sich gar nicht wohlgefühlt. Er hatte im Bett gelegen und nicht schlafen können. Der Hund hatte schöne Augen gehabt. Genau wie die Katze. Er hatte an die Decke gestarrt und sich entschieden. Die Tiere, das war nicht richtig. Es war, wie Mama gesagt hatte. Es waren die Menschen, die verrottet waren. An den Tieren gab es nichts auszusetzen. Sie lebten einfach in der Natur. Um die Tiere musste man sich kümmern. Sie hatten keinem etwas Böses getan.

Es musste wohl ein Mensch sein.

Damit es wirkte.

Ein Spiegelbild.

Von Mama.

Miriam Munch stand vor der Wohnung in der Oscars gate in Frogner auf der Straße und wartete. Sie war hin- und hergerissen. Zuerst war sie ein rebellischer Teenager gewesen und hatte zusammen mit Freundinnen bei Demos gegen berittene Polizei gekämpft, ohne eine Krone auf dem Konto. Dann war sie Arztgattin mit Wohnung in Oslos bester Gegend geworden, mit videoüberwachtem Eingangstor und Blick auf die deutsche Botschaft und Geld genug, um sich alles zu kaufen, was sie wollte. Und jetzt? Sie zog ein wenig nervös an ihrer Zigarette und merkte, wie es in der Magengegend prickelte.

Schwarze Kleider. Sturmhaube im Rucksack. Nichts an ihr, das auf ihre Identität hingewiesen hätte. Sie hatte es fast vergessen, aber alles war ziemlich bald wieder da gewesen, dort unten in Ziggys Wohnung, die Aktionen gegen die Übermacht und wie die abzulaufen hatten.

Lebendig. So kam sie sich jetzt vor. Lebendig und wie ein Teil von etwas Wichtigem. Es war so lange her. Und sie als Mutter? Natürlich, nichts war so schön wie die Sicherheit in Frogner, zu wissen, dass Marion gefahrlos im Garten spielen konnte, ohne Injektionsnadeln zu finden oder auf dem Weg zur Schule überfallen zu werden. Aber sie selbst? Was war mit ihr?

Sie hatte sich schon lange nicht mehr so wohlgefühlt.

Miriam verzichtete auf eine weitere Zigarette und hielt Ausschau nach dem Auto, das jeden Moment kommen musste.

Ein plausibles Alibi?

Ja.

Sie hatte schon mit Julie gesprochen.

Schluss mit irgendeinem Typen.

Brauchte Hilfe.

Kein Problem.

Miriam steckte sich nun doch eine neue Zigarette an und konnte sie fast aufrauchen, bis das Auto, auf das sie gewartet hatte, um die Ecke bog und vor ihr hielt.

Sie warf die Kippe weg und stieg ein.

»Alles in Ordnung?«, fragte Jacob.

»Klar doch«, sagte Miriam. »Wo ist Ziggy?«

»Der ist mit Geir gefahren, schon vor einer Viertelstunde.«

»Ach so«, sagte Miriam.

»Dann geht's los. Alles klar?«

»Ich freu mich«, sagte Miriam lächelnd und legte den Sicherheitsgurt an, während der Mann mit der runden Brille schaltete, zum Uranienborgvei fuhr und Hurumlandet ansteuerte.

• 70 •

Mia Krüger stellte die weiße Plastiktasse in den Automaten, drückte auf den Knopf und wartete, während das, was angeblich Kaffee war, der einwandfrei antiquierten Maschine entströmte. Sie schüttelte den Kopf, aber etwas Besseres würde sie hier nicht bekommen. Sie balancierte die heiße Plastiktasse zurück über den Gang und in den kleinen Raum, wo Anette und Kim mit dem ungewöhnlich düster dreinschauenden Munch saßen.

»Okay«, sagte Munch. »Kim?«

Mia hielt die Tasse an den Mund und trank einen Schluck. Es schmeckte noch scheußlicher, als es aussah.

»Henrik Eriksen war nicht hier«, sagte Kim.

»Was?« Mia warf Munch einen fragenden Blick zu.

»Im Sommer. Als das Mädchen verschwunden ist«, fügte Kim hinzu.

»Haus in der Toskana«, sagte nun Anette. »Drei Monate, jeden Sommer, er war nicht im Lande.«

»Dann liegt also nichts gegen ihn vor«, sagte Kim. »Er war nicht hier, als es passiert ist. Ich meine …«

»Aber der Mann beklebt sich doch mit Federn, hält sich für einen Vogel …«, wandte Mia ein, aber Munch zuckte nur mit den Schultern und stützte den Kopf in die Hand.

»Sein Anwalt sagt«, fuhr Anette fort, »dass er Zeugen dafür hat, dass er den ganzen Sommer da unten war. Wir haben nichts gegen ihn.«

»Aber Helene Eriksen hat das doch bestätigt? Ich meine, das mit den Federn? Die Sekte, in der sie waren? Dass er krank im Kopf war und eine Eule sein wollte. Jetzt kommt schon, Leute, ich begreife nicht, was wir …«

»Er war nicht in Norwegen«, sagte Anette.

»Toskana«, sagte Kim.

»Ja, aber er kann doch zurückgeflogen sein?«

»Nein, sorry«, sagte Anette. »Er war die ganze Zeit da unten.«

»Woher wollen wir das denn wissen?«, fragte Mia.

Anette schob ein Blatt Papier zu Munch hinüber.

Munch sah es an und nickte. »Seine Telefonliste«, seufzte er.

»Und ihr seid euch wirklich sicher?«, fragte Munch endlich.

»Hundertprozentig«, sagte Anette und nickte.

»Er war nicht hier«, sagte Kim.

Mias Telefon vibrierte in ihrer Tasche, ungefähr zum hundertsten Mal in der vergangenen Stunde. »Was machen wir jetzt? Müssen wir sie laufen lassen?«

Ludvig hatte die ganze Zeit versucht, sie zu erreichen, und eine MMS mit einem Bild geschickt.

Warum gehst du nicht ans Telefon?

Wer ist dieser Typ?

Siehst du den Blick?

In die Kamera?

»Ja, uns bleibt nichts anderes übrig«, sagte Anette. »Wir können Helene Eriksen vielleicht noch festhalten, weil sie *glaubt,* ihr Bruder könnte es gewesen sein, aber wie lange kommen wir damit durch?«

»Gut«, sagte Munch. »Wir lassen sie laufen.«

Eine Schulklasse. Sie war selbst da gewesen. Im Naturhistorischen Museum. Aller Augen auf den Museumsführer gerichtet und auf irgendein Tier in einem Schaukasten. Mit einer Ausnahme. Ein junger Mann mit einer runden Brille und einem weißen Hemd. Mit einem neugierigen Blick. Der sich auf die Überwachungskamera konzentrierte.

»Wir können sie über Nacht hierbehalten«, sagte Anette.

»Ich brauche noch ein paar Minuten mit Helene Eriksen«, sagte Mia.

»Warum?«, fragte Munch.

»Ich will wissen, wer das ist.« Sie schob Munch das Telefon hin, und der kniff die Augen zusammen.

»Was ist das?«

»Ein Überwachungsfoto aus dem Naturhistorischen Museum.«

»Also dann … Wir behalten sie über Nacht hier.«

»Holger?«, fragte Anette. »Was ist los?«

»Ach nichts. Brauche nur … ein Schluck Wasser«, murmelte Munch und verließ den Raum.

Die drei anderen wechselten vielsagende Blicke.

Mia erhob sich ebenfalls und ging in den Vernehmungsraum, wo Helene Eriksen saß und wartete.

»Wer ist das?«, fragte Mia und zeigte ihr das Display.

»Was?«, murmelte Helene.

»Dieser Mann«, sagte Mia und zeigte auf das Foto, das Ludvig ihr geschickt hatte.

Helene Eriksen nahm ungläubig das Telefon in die Hand.

»Sie haben einen Schulausflug gemacht, richtig? Ins Naturhistorische Museum. Im August.«

»Woher haben Sie das?«, murmelte Helene.

»Wer ist das?«

Helene runzelte die Stirn und sah zu Mia auf, dann betrachtete sie wieder das Foto.

»Meinen Sie Jacob?«

»Er heißt Jacob?«, fragte Mia. »Warum war er mit auf dem Ausflug? Er gehört ja nicht zu den Bewohnern, oder? Und angestellt ist er auch nicht.«

»Warum stand er auf keiner der Listen, die wir bekommen haben? Sie sollten uns eine Liste über alle Bewohner und Angestellten schicken, aber dieser junge Mann war nicht dabei.«

»Jacob hat früher bei uns gewohnt«, sagte Helene langsam und musterte noch einmal das Foto. »Aber das ist schon lange her …«

»Und trotzdem war er bei diesem Ausflug dabei?«

»Ja, ja, er kommt oft zu Besuch. Jacob war der Jüngste

von allen und einer von denen, die am längsten bei uns gewohnt haben. Er gehört sozusagen zur Familie. Er kommt oft vorbei, zum Glück, wir freuen uns darüber, und er hilft uns bei Computerproblemen und solchen Dingen, nicht gegen Bezahlung, er ist ja nicht angestellt, aber …«

»Computer? Damit kennt er sich aus?«

»Ja.« Jetzt lächelte Helene Eriksen ein wenig. »Er ist ein Genie. Ein Wunderkind. Einfach unglaublich, wenn man bedenkt, was er durchgemacht hat.«

»Wie heißt er mit Nachnamen?«, fragte Mia und versuchte, Helene Eriksen nicht zu zeigen, wie nervös sie war.

»Marstrander.«

»Jacob Marstrander?«, fragte Mia.

»Ja.« Helene nickte verwirrt. »Sie glauben doch wohl nicht, dass …«

· 71 ·

Irgendwie mochte Miriam die Lichter entlang der E 18. Sie wusste nicht genau, weshalb, aber sie hatte diese Lichter immer schön gefunden, eine Kindheitserinnerung vermutlich. Sie auf dem Rücksitz des alten Familienvolvo, auf dem Weg zu den Großeltern. Der warme gelbe Schein der Laternen. Mama und Papa. Wie die beiden miteinander flirteten, gutmütiges Gekabbel, sie wollte Jazz hören, er Klassik. Diese Geborgenheit, die sie verspürt hatte, bis sie eines Tages plötzlich verschwunden war, sich nun aber wieder einstellte und ihr davon ganz warm ums Herz wurde.

»Mehr Kaffee?«, fragte Jacob und schob sich die runde Brille auf die Nase.

»Hab noch ein bisschen, reicht erst mal«, sagte Miriam lächelnd und trank einen Schluck aus der Metalltasse, sie mussten wach bleiben, das hier konnte schließlich die ganze Nacht dauern.

»Ich hab zwei Thermosflaschen voll.«

Es war noch immer winterlich kalt draußen. Aber Miriam fühlte sich innerlich warm. Legte den Kopf auf die Nackenstütze und schaute wieder nach oben. Diese Naivität, die man als Kind hatte, sie musste jetzt fast ein wenig lächeln, wie unschuldig und schön alles gewesen war. Mamas Hand, die Papa vorsichtig über die Haare strich. Sein Lächeln, mit dem er sie angeschaut hatte. Die Ewigkeit. So war es, Kind zu sein. Jeder Augenblick dauerte ewig. Sie leerte die Kaffeetasse und lächelte, schläfrig jetzt, Momentaufnahmen von den schönen Ausflügen, während sie weiterfuhren. Sie hatte in letzter Zeit oft daran gedacht. Wie sie es früher nicht erwarten konnte, erwachsen zu werden. Selbst entscheiden. Sich nicht an die Regeln halten müssen. Ganz frei sein. Aber jetzt wünschte sie manchmal, es gäbe einen Weg zurück. Und dass sie damals begriffen hätte, wie gut es ihr ging. Sie lächelte wieder und schenkte sich aus der Thermoskanne nach.

»Ist das nicht seltsam?«, fragte Jacob.

»Was denn?«, fragte Miriam, der die Augen fast zufielen.

»Na, dass man manchmal zu viele Pläne macht, obwohl das alles gar nicht nötig gewesen wäre.«

Er lächelte, aber sein Gesicht war irgendwie verzerrt, es war fast, als ob Miriam es nicht klar sehen konnte.

»Verstehst du, wie ich das meine?«

»Nein, nicht ganz«, sagte Miriam und trank noch einen Schluck Kaffee.

Sie musste wach bleiben, einen klaren Kopf haben. Vielleicht würde sie die ganze Nacht hier verbringen. Sie fühlte sich nicht ganz wohl. Sie trank noch mehr Kaffee, als Jacob sich wieder zu ihr umdrehte.

»Das mit dem Kaffee zum Beispiel«, sagte er. »Ich hab auch Cola, Mineralwasser, stilles Wasser, also für den Fall, dass du keinen Kaffee magst?«

Miriam Munch begriff nicht, wovon er da redete. Sie dachte wieder an Mama. Sie hatte immer Billie Holiday hören wollen.

»Aber du hast ja sofort Kaffee gewollt, und da war alles andere sozusagen überflüssig.« Jacob lachte kurz auf und schüttelte den Kopf. »Ich hätte die Zeit anders nutzen können, wenn du verstehst?«

Miriam schaute wie in Zeitlupe zu ihm hinüber, aber sein Gesicht war nicht mehr da.

»Sind wir … bald da?«, murmelte sie. »Sind wir bald bei den anderen?«

Der letzte Satz schien eine Ewigkeit zu brauchen, um aus ihrem Mund zu kommen.

»Ach, die müssen eben ohne uns zurechtkommen.«

»Wie … meinst du das?«

»Wir haben Wichtigeres zu erledigen, stimmt's?«

Der Mann mit der runden Brille drehte sich wieder zu ihr um. Er lächelte.

Aber das sah Miriam Munch nicht.

Sie war eingeschlafen.

• Teil VIII •

Der Schweizer Hugo Lang war zweiundsechzig Jahre alt, aber er kam sich fast vor wie ein Kind. Es kribbelte vor Freude ganz wunderbar in seinem Körper, das hatte er nicht mehr erlebt, seit er das vorige Mädchen auf dem Bildschirm gesehen hatte.

Sie beide zusammen. Die junge Frau unten im Keller und er. Zwei einsame Menschen, die einander gefunden hatten. Noch nie hatte er eine solche Befriedigung erlebt. Sie waren füreinander geschaffen. Er hatte ihre Haare gestreichelt, wenn sie geschlafen hatte. Er hatte gelächelt, wenn sie im Rad lief, sie machte das ja so gut, ließ das Essen aus dem Loch rieseln, aber dann, ganz plötzlich, nichts mehr, und die Sehnsucht klaffte in ihm wie ein schwarzes Loch. Er hatte versucht auszugleichen, ein eigenes Treibhaus mit teuren Orchideen und seltenen Kolibris angeschafft, es hatte gekostet, und an den ersten Tagen hatte er sich auch ein bisschen wohler gefühlt, aber schon bald hatte sich die Sehnsucht wieder eingestellt.

Und jetzt war sie wieder da. Nicht dieselbe natürlich, aber fast dieselbe, er mochte sie schon, vielleicht noch mehr als die davor, die ihn ja trotz allem verlassen hatte.

Hugo Lang zog seinen Sessel näher an den großen Schirm.

Miriam Munch.

Ein seltsamer Name, das hatte er zuerst gedacht, aber dann hatte er ein wenig über sich gelacht, denn Namen spielten doch keine Rolle, seine Freundin, das war sie, gefangen da unten, nur seinetwegen, damit er mit ihr zusammen sein konnte. Damit sie *zusammen sein* könnten. Am ersten Tag hatte er sich ein wenig über sie geärgert, denn sie hatte gar nichts gemacht. Sie hatte nur dort gesessen. Finger, die zitterten wie Espenlaub, die dünnen Hände, die den schmalen Leib umklammerten. Augen, die sich fast nie schlossen, verwirrte, verängstigte Augen, die nicht begriffen, wo sie waren. Sie weinte auch. Tränen über die schönen weißen Wangen. Und dieses verzweifelte Hämmern an die Tür oder an die Fenster, oder was das nun war, und das hatte ihm nicht so gut gefallen, denn er hatte doch im Schlafrock dagesessen, und im Kamin brannte ein Feuer, ein Gläschen Cognac, total unnötig, eigentlich, dass sie das nicht gemeinsam genießen konnten, aber schließlich hatte sie aufgegeben, und jetzt war alles gut.

Hugo Lang lächelte und fuhr auf dem Bildschirm mit einer Hand über ihre Wange. Er hatte die vorige so gerngehabt. Die etwas Jüngere mit der Tätowierung, und einen Moment lang hatte er gedacht, besser könne es nicht werden, doch schon nach zwei Tagen wusste er, dass das hier doch noch besser war.

Am ersten Tag war sie noch nicht so gut gewesen.

Hatte es nicht begriffen. Was sie zu tun hatte.

Aber dann war er gekommen, der Federmann, hatte den geschlossenen Raum betreten, und danach hatte sie ihre Pflicht getan.

War im Rad gelaufen.

Hatte gegessen, was aus dem Loch kam.

Hugo Lang nippte wieder an seinem Cognac und schob den Ledersessel noch näher. Legte die Hand an den Bildschirm und strich ihr über die Haare, ehe er behutsam die Lippen auf den Bildschirm legte und sie küsste.

Nicht aufdringlich oder ungehörig, nein, nein.

Nur ein Küsschen auf die Wange.

Er ließ sich im Sessel zurücksinken, hob sein Glas, trank ihr zu und lächelte vor sich hin.

• 73 •

Holger Munch spülte die Kopfschmerztabletten mit einem Schluck Leitungswasser hinunter und musterte sich keuchend im Spiegel über dem Waschbecken.

Was zum Teufel?

Er spritzte sich kaltes Wasser ins Gesicht. Er hatte keine Ahnung, woher dieser plötzliche Schmerz kam. Immer wieder, jetzt schon seit Tagen, und er wollte einfach nicht verschwinden. Vielleicht hatte der Arzt doch recht. Weniger rauchen. Lag es daran?

Munch trocknete sich das Gesicht mit dem Pulloverärmel ab und atmete durch, während er darauf wartete, dass die Tabletten wirkten. Fünf Minuten Pause in der Besprechung. Die anderen warteten schon auf ihn. Ruhelos. Das waren sie, seit dieser Name gefallen war.

Jacob Marstrander.

Munch hatte anfangs seine Zweifel gehabt, in diesem Fall hatte es schon so viele Wendungen gegeben, aber jetzt war er sicher, sie suchten diesen Jacob.

Das Problem war allerdings, dass Jacob Marstrander wie vom Erdboden verschluckt war. Schon drei Tage und noch immer nichts. Sie hatten seine Wohnung im Ullevålsvei auf den Kopf gestellt, ohne Ergebnis. Sie hatten sein Büro durchkämmt, eine kleine Einmannfirma, JM Consult, hatten aber keinen Hinweis gefunden, wo er sich aufhalten könnte.

Ein kranker Teufel.

Munch trank aus dem Wasserhahn und merkte, dass die Tabletten endlich anfingen zu wirken. Er warf einen letzten Blick in den Spiegel, fuhr sich mit der Hand durch das Gesicht, setzte ein kleines Lächeln auf und ging ruhig zurück in den Besprechungsraum.

»Okay, wo waren wir?«, fragte er und nahm seinen Platz neben dem Bildschirm ein. »Ludvig?«

»Noch immer nichts von den Flughäfen«, sagte der. »Er kann natürlich versucht haben, mit dem Flugzeug oder dem Auto abzuhauen, aber wir haben bei keinem Grenzübergang etwas registriert.«

»Er ist also noch im Land?«

»Das wissen wir nicht«, sagte Kim. »Aber Interpol ist informiert.«

»Gut«, nickte Munch.

»Und das Foto von Marstrander?«

»Ist heute früh an alle Zeitungen gegangen, das wolltest du doch?«, fragte Anette.

»So hatten wir es abgemacht, oder?«, fragte Munch.

»Nicht einstimmig, nein«, brummte Curry.

»Hör jetzt auf, Curry, das reicht«, seufzte Anette.

»Wir waren uns einig«, warf Ludvig ein.

»Ich sage ja nur, dass es idiotisch ist«, murmelte Curry.

»Das passiert doch jedes Mal. Das Bild geht an die Medien, und unsere Leitungen werden lahmgelegt von wohlmeinenden Trotteln, die glauben, dass eine seltsame Gestalt um ihre Garage geschlichen ist. Ich meine …«

»Als ich zuletzt nachgesehen habe, habe ich diese Einheit geleitet«, sagte Munch streng. »Und ich habe angeordnet, dass wir heute sein Bild herausgeben.«

»Das schon«, sagte Curry. »Ich dachte nur …«

»Es steht schon im Netz«, sagte Ylva und hielt ihr Telefon hoch.

»Gut. Dann hoffen wir, dass das etwas bringt …« Munch merkte, dass die Kopfschmerzen langsam zurückkehrten. Er trank einen Schluck aus der Wasserflasche auf dem Tisch. »Ansonsten alles okay?« Er schaute in die Runde. »Wo ist übrigens Mia heute?«, fragte er dann.

»Hat eine SMS geschickt. Sie muss noch was erledigen, kommt später«, antwortete Ludvig.

»Was denn?«

»Das hat sie nicht gesagt.«

»Na gut«, sagte Munch gereizt. »Drei Tage und keine einzige Spur von Jacob Marstrander. Das ist einfach nicht gut genug, Leute. Irgendwer muss doch etwas wissen! Irgendwer muss mitbekommen haben, dass er etwas getan oder gesagt hat! Wurde sein Auto beim Verlassen der Stadt registriert?«

»Nichts von den Mautgesellschaften«, sagte Kim.

»Sein Telefon?«

»Laut Telenor wurde das zuletzt am Freitag bei ihm zu Hause benutzt«, sagte Gabriel Mørk. »Seither ist Funkstille.«

»Und der Computer, den wir in seinem Büro gefunden haben?«

»Der ist ganz leer«, sagte Gabriel.

»Sollen wir noch mal die Bewohnerinnen durchgehen?«, fragte Kim. »Wir waren zwar erst vorgestern da, aber vielleicht hat eins von den Mädchen etwas verschwiegen?«

»Einen Versuch ist es wert«, sagte Munch. »Machst du das?«

Kim nickte.

»Dieser Flyer, den wir gefunden haben«, sagte Ylva vorsichtig. »Schluss mit Hof Løken. Diese Tierrechtsleute.«

»Hast du da irgendwas gefunden?«

»Nein, noch nicht, aber es ist doch komisch ...«

Je schlimmer seine Kopfschmerzen wurden, desto unwirscher wurde Munch.

»Sieh noch mal nach«, sagte er schroff. »Womit hingen die noch zusammen?«

»Der Tierbefreiungsfront.«

»Gut. Versuch es noch mal. Vielleicht geht uns da ja irgendwas ins Netz. Drei Tage, Leute, das ist einfach nicht gut genug.«

Munch trank einen Schluck Wasser, als das Telefon vor ihm auf dem Tisch vibrierte.

Marianne?

Munch bat um Entschuldigung und lief auf den Raucherbalkon.

»Hallo?«

»Holger?«

Er konnte es ihrer Stimme anhören. Noch immer, nach all den Jahren.

Dass etwas überhaupt nicht stimmte.

Ihre Stimme zitterte.

»Ja, ich bin's, Marianne, ist etwas passiert?«

»Hast du etwas von Miriam gehört?«

»Was, nein. Seit einigen Tagen nicht, wieso fragst du? Ist etwas passiert?«, fragte Munch noch einmal und steckte sich eine Zigarette an.

»Sie wollte Marion gestern Abend abholen, und jetzt kann ich sie nicht erreichen.«

»Ist Miriam verschwunden?«

»Ich weiß nicht«, sagte Marianne. »Ich meine, ich will ja keine Probleme machen, aber ich wusste nicht, wen ich sonst anrufen sollte.«

»Natürlich musst du mich anrufen«, sagte Munch.

»Kannst du denn reden?«

»Sicher, Marianne. Es ist bestimmt ganz harmlos«, sagte Munch beruhigend. »Du weißt doch, wie Miriam sein kann …«

»Sie ist aber keine fünfzehn mehr, Holger«, fiel Marianne ihm ins Wort. »Ich mache mir wirklich Sorgen. Sie wollte gestern Abend herkommen. Und ich kann sie nicht erreichen. Sie hat mich belogen, Holger.«

»Wie meinst du das?«

»Sie hat gesagt, sie müsste sich um Julie kümmern, aber ich habe Julie angerufen, und ja, sie wollte nicht gleich raus mit der Sprache, aber das war nur ein Vorwand.«

»Was für ein Vorwand?«

»Für eine andere Aktion. Wie früher. Eine illegale Aktion. Sie musste sich gar nicht um Julie kümmern, sie hat das nur als Ausrede benutzt.«

Munch kam jetzt nicht mehr mit. »Was denn für eine Aktion, Marianne?«

»Es hat gedauert, aber am Ende konnte ich es aus ihr herausholen, aus Julie meine ich.«

Munch begriff noch immer nicht, wovon hier eigentlich die Rede war. »Was denn?«

»Dass sie sich wieder engagiert. Hörst du mir überhaupt zu, Holger?« Ihre Stimme war jetzt schrill.

»Ganz ruhig, Marianne«, sagte er und zog wieder an der Zigarette. »Es gibt bestimmt keinen Grund zur Sorge. Wir haben das doch schon häufiger erlebt. Typisch Miriam. Rebellion. Du weißt doch, wie sie ist, immer muss sie …«

»Verdammt, Holger, sie ist keine fünfzehn mehr. Ich habe Angst. Sie ist verschwunden. Verstehst du, was ich sage?«

»Reg dich ab, Marianne. Natürlich verstehe ich, was du sagst. Sie wollte zu einer Aktion. Was für einer Aktion?«

»Tierrechte«, sagte Marianne. »Irgendwo draußen in Hurum. Aber sie wollte gestern Abend wieder zurück sein.«

»Erzähl mir alles der Reihe nach und in aller Ruhe. Was hatte sie vor?«

»Julie hat gesagt, dass etwas nicht nach Plan gelaufen ist«, sagte jetzt Marianne. »Deshalb wurde sie abgebrochen, die Aktion. Drei Tage untertauchen, das hatten sie abgemacht, falls etwas fehlschlug.«

»Sie ist also untergetaucht?«, fragte Munch leicht verwirrt.

»Nein, Holger. Miriam ist mit dem gefahren, von dem ihr das Bild ins Netz gestellt habt.«

»Mit wem?«

»Mit dem, den ihr sucht. In deinem Fall.«

Marianne hatte immer leiser gesprochen, und ihre Stimme war nur noch ein Flüstern. »Ich habe Angst, Holger«, sagte Marianne.

»Miriam ist zu einer Aktion gefahren mit Jacob Marstrander?«

»Ja«, sagte Marianne mit schwacher Stimme.

Was zum Teufel?

»Wann hast du mit Julie gesprochen?«

Das konnte doch nicht wahr sein.

»Vor fünf Minuten. Ich habe eben aufgelegt.«

Wie konnte ...? Was hatten die beiden ...?

»Und Julie hat bestätigt, dass Miriam in seinem Auto saß?«

Verschwunden. Vor drei Tagen.

»Julie hat mir von ihm erzählt. Dass sie Angst hatte. Dass etwas passiert sein muss. Sie können auch ihn nicht erreichen.«

Das ist alles nicht wahr.

»Ist Julie jetzt zu Hause?«

Ruhige Stimme. Mach Marianne nicht noch mehr Angst.

»Ja, unten in der Møllergate, du weißt doch, wo sie wohnt?«

Miriam.

»Ja, klar, natürlich weiß ich das.«

Tierbefreiungsfront.

»Sprichst du mit ihr?«

Verdammte Hölle.

»Natürlich, Marianne. Ich lege jetzt auf und rufe Julie an. Dann melde ich mich wieder.« Munch legte auf und eilte zu seinen Kollegen zurück.

»Curry. Kim. Ihr kommt mit mir«, rief er atemlos.

Zwei erstaunte Gesichter.

»Alles klar? Und ihr anderen, ich brauche alles, was wir über eine Tierrechtsaktion finden könnten, die vor einigen Tagen in Hurum stattfinden sollte. Tierbefreiungsfront. Ich brauche alles, was ihr finden könnt. Fangt an mit Julie Vik.

447

Sie ist eine Verbindung zur Aktion. Ich brauche das sofort. Jetzt.«

»Was sollen wir …«, begann Ludwig, aber Munch war schon aus der Tür gestürzt.

· 74 ·

Miriam Munch wurde wach, weil sie fror. Sie machte sich so klein sie konnte, rollte sich zusammen und zog die dünne Decke fester um ihren zitternden Leib. Endlich war sie eingeschlafen, erschöpft, nachdem sie viele Stunden auf Händen und Knien gekrochen war, aber der Hunger und die Kälte, die durch die Spalten in den Wänden drang, hatten sie aus dem Schlaf gerissen, zurück in diesen Albtraum. Sie war noch immer vollkommen benommen, so musste es sein, denn sie begriff noch immer nicht, auf welche Weise sie hier unten gelandet war. Sie hatte im Auto gesessen. Auf der Fahrt über die E 18. Sie hatte an ihre Eltern gedacht. War wieder ein Kind gewesen. Der Kontrast zu dem Raum, in dem sie sich nun befand, hätte nicht größer sein können.

Ein Scherz. Das hatte sie gedacht, als sich der erste Schock gelegt hatte. *Wo war sie?* Kalter Boden. Ein dunkler Kellerraum. *Wer erlaubte sich diesen Scherz mit ihr?* Schrift an der Wand. Ein seltsames riesiges Rad. *Was war falsch gelaufen? Wo waren die anderen alle?*

Wie im Traum hatte sich die quietschende Tür geöffnet, und das gefiederte Wesen war hereingekommen. Anfangs hatte sie sich nur fasziniert umgeschaut, die Angst war später gekommen. Jemand hatte einen seltsamen Raum gebaut. Tief unter der Erde. Miriam hatte sich wie Alice im Wunderland gefühlt. Sie war zu einem kleinen Tier geworden. Es gab ein großes Rad, in dem sie laufen konnte. Eine Wasserflasche an der Wand mit einer Tülle, aus der sie trinken konnte.

Nein, nein, nein.

Bestimmt war das ein böser Traum, und sie würde bald aufwachen.

Hilf mir.

Bitte.

Jemand.

Hilfe.

Miriam kniff die Augen zusammen und versuchte, den Hunger zu verdrängen. Die Übelkeit. Sie hatte sich übergeben. In einer Ecke. Nachdem sie in dem großen Rad gewesen war. Ihre Handflächen und ihre Knie brannten, aber sie würde nicht mehr weinen, das hatte sie beschlossen, nicht mehr zu weinen. Sie hatte versucht, die braunen Stücke zu zerkauen. Die aus der Wand gekommen waren. Die Essen darstellen sollten. Sie hatte etwas davon hinuntergeschluckt, aber es war wieder hochgekommen. Tierfutterbrocken auf dem kalten Zement. Sie wollte nicht mehr. Sie konnte nicht mehr. Sie wollte sich nicht bewegen. Sie würde einfach so liegen bleiben, zusammengekrümmt.

Wenn es nur nicht so kalt wäre.

Miriam setzte sich vorsichtig auf und versuchte, Wärme in ihre kalten Hände zu hauchen. Sie musste einfach aufstehen, kam mühsam auf die Füße und schlang sich mehrmals die Arme um den Brustkorb, versuchte, die steifen, schmerzenden Beine zu bewegen, um den Kreislauf in Gang zu bringen.

Miriam fuhr zusammen, als die Tür geöffnet wurde und die gefiederte Gestalt wieder im Türrahmen erschien.

Sie zog sich ängstlich in eine Ecke zurück.

»Du machst das nicht besonders gut«, sagte der Federmann und richtete die Pistole auf sie.

»Jacob, ich …«, begann Miriam, aber ihre Stimme ließ sie im Stich.

»Fresse halten«, sagte der Gefiederte. »Warum schaffst du gar nichts? Ich hab dir doch erklärt, wie das hier drinnen läuft. Mehrmals. Und du schaffst es trotzdem nicht? Anfangs warst du ja gut, aber jetzt kapierst du das nicht mehr. Muss ich alles noch mal erklären?«

Der Federmann trat einen Schritt auf sie zu und zielte mit der Pistole auf ihr Gesicht.

»Nein, bitte«, stammelte sie und hob die Hände.

»Spinnst du, oder was?« Seine Augen waren tiefschwarz. Er schüttelte den Kopf, und seine gefiederte Hand hielt die Pistole mit festem Griff. »So schwer ist das doch nicht.«

»Nein, nein«, stotterte Miriam.

»Du glaubst vielleicht, irgendwer kommt, um dich zu retten, ist es deshalb? Einer von deinen Liebhabern?« Er grinste. Weiße glänzende Zähne in dem gefiederten Gesicht. »Oder dein Papa? Der Papa bei der Polizei? Glaubst du, der kommt dich retten? Seine Kleine?«

Miriam Munch schlotterte.

»Niemand kommt«, sagte die gefiederte Gestalt. »Die sind ja vielleicht clever, aber lange nicht so clever wie ich. Die finden dich nie. Ich könnte dich hier und jetzt erschießen, aber das wäre nicht lustig für das Publikum.«

Miriam begriff nicht, wovon er redete.

»Das ist meine Show, das hier, ich hab mir alles ausgedacht, clever, findest du nicht? Man muss erfinderisch sein, eine Vorstellung geben, die etwas wert ist, etwas ganz Besonderes, etwas, wofür die Leute bezahlen.«

Miriam begriff noch immer nicht, wovon er redete.

»Du hast Glück, das hast du«, sagte lächelnd der gefiederte Junge, der vor wenigen Tagen noch Jacob mit der runden Brille gewesen war und jetzt ein ganz anderer war, einer, den Miriam nicht wiedererkannte, mit straffem Lächeln und kalten, seelenlosen Augen.

»Ganz großes Glück sogar«, fuhr Jacob fort. »Du bist jetzt ein Star, es gibt Leute, die Millionen bezahlt haben, um dich auftreten zu sehen. Und dabei warst du zuerst gar nicht die Auserwählte.«

Der Federmann kratzte sich mit der Pistole am Kopf und lachte plötzlich auf.

»Na, was sagst du? Du warst nicht einmal die Auserwählte, die andere hatte drei Stimmen bekommen. Aber das ist meine Show, ich hab mir das alles ausgedacht. Das Rad! Die Schrift an der Wand! Warum soll ich dann nicht entscheiden? Und ich hab dich ausgesucht, weil ich dich mag. Du bist etwas Besonderes. Dein Papa ist bei der Polizei. War das nicht nett von mir?«

Miriam nickte vorsichtig, obwohl sie noch immer nicht die geringste Ahnung hatte, wovon er da redete. »Jacob ...«, begann sie zaghaft, sie hatte das Gefühl, Sandpapier im Mund zu haben.

»Nein, nein, nein«, sagten die kalten Augen und richteten die Pistole wieder auf sie. »Wir reden nicht. Wir hören nur zu.«

Miriam verstummte und starrte wieder zu Boden.

»Das war jetzt das letzte Mal, dass ich reingekommen bin«, sagte der Gefiederte. »Jetzt tust du, was ich sage, sonst muss ich eben die andere holen. Die Leute müssen doch das kriegen, wofür sie bezahlt haben, findest du nicht?«

»Doch«, murmelte Miriam, ohne den Blick zu heben.

»Soll ich dich erschießen, oder tust du, was ich sage?«

»Ich tu, was du sagst«, flüsterte Miriam.

»Schön.« Er senkte die Pistole und zeigte noch einmal seine weißen Zähne. Er kicherte leise, dann schloss er die schwere Tür und ließ sie allein in dem kalten, finsteren Raum zurück.

• 75 •

Mia konnte zwar nicht sagen, warum sie so empfand, aber mit diesem weißen Haus weit draußen im Ödland stimmte etwas nicht. Seit ihrem ersten Besuch dort hatte sie den Drang verspürt, wieder hinzufahren. Jim Fuglesangs Haus, umgeben von nichts. Bäume im Frost. Stille. Keine beruhigende Stille wie draußen auf Hitra. Am Meer. Unter den kreischenden Möwen. Eine andere Art Stille, die sie zwang, ihre Sinne zu schärfen. Sich vorsichtig umzusehen, während sie langsam vom Auto zu dem weißen Haus ging. Diesmal war sie bewaffnet, und das machte sie ruhiger. Beim ersten Mal hatte sie sich wehrlos gefühlt, weil sie unbewaffnet gewesen war, aber nun war sie vorbereitet.

Mia ging auf das kleine Haus zu, blieb dann aber stehen und überlegte sich die Sache anders, folgte dem kleinen Pfad, der in den Wald führte. Sie war im Haus gewesen. Da war es nicht. Das, wonach sie suchte.

Vierzehn Minuten bei gutem Wetter.

Jim Fuglesang hatte Bilder gemacht. Vor vielen Jahren.

Fotos, die er in ein Album geklebt hatte. Eine Katze. Und ein Hund. In Fünfecke aus Kerzen, auf Betten aus Federn gelegt.

Und ja, sie war nicht wie alle anderen, sie konnte diesen seltsamen Sog nicht erklären, der sie zurück an diesen Ort weit draußen im Ödland lockte, aber das hier war etwas Konkretes, und das machte alles leichter für sie. Es spielte eigentlich keine Rolle, was sie spürte. Ob sie es verstand oder nicht. Denn Jim Fuglesang hatte Fotos von Tieren an einem Ort gemacht, der in direkter Verbindung zu dem Mord an Camilla Green stand. Und der war irgendwo hier in der Nähe passiert.

Sechzehn Minuten zurück.

Sie hatte beim ersten Mal hier draußen eigentlich schon genug gesehen, es gab nur einen Weg zum Haus und einen Weg in den Wald. Er konnte die Fotos natürlich anderswo gemacht haben. Überall eigentlich, aber dennoch. Vierzehn Minuten bei gutem Wetter, sechzehn zurück. Mia musste einfach davon ausgehen, dass sich diese Beschreibung auf einen Ort bezog, der dem Mann mit dem weißen Fahrradhelm vertraut war. Gutes Wetter. Er war an diesen Weg gewöhnt, war ihn auch bei schlechtem Wetter gegangen. Zurück. Zurück musste »nach Hause« bedeuten. Abwärts auf dem Hinweg. Aufwärts auf dem Rückweg. Mia zog sich die Mütze über die Ohren und war sicher, dass er diesen Weg hier gemeint hatte.

Ein Weg zu einem Weiher.

Verdammt, warum war sie so nervös?

Sie fürchtete sich doch sonst nie.

Vier weiße Steine.

Mia wäre fast zusammengefahren, als sich der Wald vor

ihr öffnete und sie die Steine am Ufer des dunklen Weihers sah. Vier weiße Steine, ordentlich ausgelegt vor dem, was vielleicht einmal ein Steg gewesen war, und dann, ihr Herz hämmerte jetzt noch heftiger, das Boot, das einmal neu gewesen war und jetzt verfault und halb versunken am Ufer lag.

Ein rotes Holzboot. Mit weißen Buchstaben unter dem fauligen Dollbord.

Maria Theresa.

Mia Krüger hob den Blick und entdeckte das kleine Haus einige Hundert Meter weiter. Am anderen Ufer. Grau, als ob das Wetter alle Farbe aus den Wänden getilgt hätte, die Fenster mit Brettern vernagelt, unbewohnt, verlassen, aber dennoch …

Aus dem Schornstein stieg Rauch.

Miriam zog das Telefon aus ihrer Jackentasche.

Vierzehn Minuten bei gutem Wetter.

Sechzehn Minuten zurück.

Vier weiße Steine.

Ein rotes Boot.

Maria Theresa.

Fuck.

Mia gab mit zitternden Fingern Munchs Nummer ein, aber das kleine Gerät wollte ihr nicht gehorchen.

Kein Netz.

Verflucht.

Sie machte noch einen Versuch, hielt das Telefon hoch, lief hin und her, weg vom Weiher, zu dem verrotteten Steg, noch immer nichts. Mia fluchte leise, steckte das Telefon wieder in die Tasche, blieb stehen und sah sich die Umgebung an, ehe sie sich für den Weg am linken Ufer entlang entschied.

Graue Bretter in einem verlassenen Haus.

Rauch aus dem Schornstein.

Bäume, die sie nicht mehr durchlassen wollten.

Kein Weg mehr.

Dickicht.

Noch immer kein Netz.

Zweige im Gesicht.

Verdammter Dreck.

Ihr Herz galoppierte wieder los, als Mia endlich das verlassene graue Haus erreichte.

Verrammelte Fenster.

Geschlossen.

Ein alter grüner Volvo.

Mia schlich über den kleinen Hofplatz und lugte durch die Autofenster. Eine Thermosflasche. Limonadenflaschen. Mia beugte sich vor und öffnete vorsichtig die Autotür, rutschte hinüber auf den Beifahrersitz, ein schwarzer Rucksack im Fußraum. Kleenex, Lippenstift, eine Brieftasche, ein Führerschein, auf dem eine schöne junge Frau mit ernster Miene in die Kamera schaute.

Mia erschrak, als sie dieses Gesicht erkannte.

Miriam?

Was zum Teufel?

· 76 ·

Miriam kniete auf dem kalten Kellerboden und versuchte, die harten kleinen Stücke zu kauen, die aus dem Loch in der Wand gefallen waren. Tierfutter. Als er sie zum ersten Mal zum Essen gezwungen hatte, hatte sie sich erbrochen, und sie hatte sich entschlossen, nie wieder so einen schrecklichen Brocken in den Mund zu stecken, aber jetzt konnte sie nicht mehr. Sie hatte solchen Hunger. Ihr Körper schrie nach Nahrung. Sie war in dem großen Rad fast in Ohnmacht gefallen, hatte auf allen vieren kriechen müssen, damit es sich drehte, sie hatte Blasen an den Handflächen und blutende Wunden an den Knien. Sie brauchte irgendetwas im Magen, sonst würde sie zusammenbrechen. So kam ihr das vor. *Dann würde sie hier unten in dem kalten Keller sterben.*

Wenn sie nicht bald etwas essen könnte.

Sie klaubte ein halbes Dutzend Brocken auf und steckte sie in den Mund. Versuchte, nicht daran zu denken, was sie da wirklich zu sich nahm, wollte sie zerkauen, sich nichts anmerken lassen. Sie hielt den Kopf unter die Tülle der großen Wasserflasche und schluckte, so gut sie konnte, und diesmal kam es nicht wieder hoch. Zum Glück.

Sie legte sich weitere Brocken auf die Zunge und wiederholte die Prozedur, während sie versuchte, an etwas anderes zu denken, den Kopf unter die Flasche hielt und abermals schluckte.

Helft mir.

Miriam Munch wickelte sich in die Decke ein und schloss die Augen. Das hier war nicht die Wirklichkeit. Sie war eigentlich gar nicht hier. Sie war an einem ganz anderen Ort. Sie war zu Hause. Am Frühstückstisch. Marion war gerade aufgewacht. Es duftete nach frisch gebrühtem Kaffee. Marion war noch müde. Wollte nur auf Mamas Schoß sitzen. Nicht in die Schule gehen. Es gab keine Käfer, die über den Zementboden krochen. Keinen eiskalten Winter, der viel zu früh durch die Ritzen in den Wänden drang. Sie hatten

Fußbodenheizung. Marion wollte einen Pferdeschwanz. Johannes lächelte sie beide an, würde nicht verreisen. Nicht nach Australien fliegen. Es gab nur sie drei. Sie würden den ganzen Tag zu Hause bleiben. Sie hatten frei. Sie würden sich einen Film ansehen und Popcorn essen.

Warum kommt denn niemand?

Hilfe.

Bitte.

Miriam registrierte kaum, dass die Tür geöffnet wurde, und plötzlich stand der Gefiederte mit der Pistole in der einen und einem Gegenstand in der anderen Hand vor ihr.

»Es gibt eine Programmänderung.«

»Was?«, murmelte Miriam und weigerte sich, die imaginäre Wärme ihrer Küche zu Hause zu verlassen.

»Aufstehen«, sagte der Mann und versetzte ihr einen Tritt.

Sie setzte sich langsam auf und zog die Decke fester um sich.

»Es gibt eine Programmänderung«, sagte der Federmann mit den schwarzen Augen noch einmal. »Ich hab es gewusst, ich hätte die andere nehmen sollen. Du taugst doch zu nichts, und jetzt ist alles ruiniert.«

Er hielt ihr eine blonde Perücke hin.

»Aber wir können es noch immer schaffen«, sagten seine schwarzen Augen. »Setz die mal auf. Ich will sehen, wie sie dir steht.«

»Jacob, bitte«, sagte Miriam verzweifelt.

»Aufsetzen«, sagte Jacob wütend und gab ihr die Perücke. »Ich hab sie unterschätzt. Ein Bild? Von mir? Wie haben die mich gefunden, was glaubst du?«

»Wieso gefunden?«, murmelte Miriam, ohne zu wissen, ob er sie überhaupt hörte.

Sie zog sich langsam die Perücke über den Kopf. Der Federmann musterte sie skeptisch.

»Du hast Ähnlichkeit«, sagte er dann lächelnd. »Das ist gut. Dann war es doch nicht umsonst.«

Miriam wollte etwas erwidern, aber sie brachte kein Wort heraus.

»Mach dir da mal keine Gedanken«, sagte er. »Ich komm schon zurecht. Es ist zwar ein bisschen zu früh, denn sie haben für drei Monate bezahlt, aber so schlimm ist es auch wieder nicht, wenn wir nur das Wichtigste erledigen können.«

»Was ... hast du mit mir vor?«, stammelte Miriam, diesmal lauter, denn der Federmann reagierte und sah sie neugierig an.

»Dich umbringen, was hast du denn gedacht? Ich wollte ja warten, aber jetzt haben sie ein Bild von mir ins Netz gestellt, also bringen wir das besser hinter uns, bevor die Polizei kommt.«

Der Mann mit den Federn lächelte kurz. »Komm.« Er strich ihr vorsichtig über die Perücke. »Ich hab draußen schon alles vorbereitet.«

· 77 ·

Mia Krüger stieg aus dem Auto und zog die Pistole aus dem Schulterholster. Diesmal war sie bewaffnet. Zum Glück. Ein Gefühl hatte sie hergeführt. Jim Fuglesangs Haus. Die Fotos. Vier weiße Steine. Ein rotes Boot. Ein einsames Haus am anderen Ufer des düsteren Weihers. Jacob Marstranders Versteck. Das musste es sein. Aber ...

Miriam?

Sie konnte da keinen Zusammenhang sehen.

Miriam Munch?

Und Jacob Marstrander?

Was zum Teufel wollte Miriam hier draußen?

Mia duckte sich und schlich vom Auto weg, ohne die Tür des verlassenen Hauses aus den Augen zu lassen.

Rauch aus dem Schornstein. Noch immer kein Lebenszeichen. Mia blieb geduckt und hielt Ausschau nach einer Stelle, wo sie vielleicht Empfang hätte. Eine kleine Anhöhe. Irgendetwas. Sie zog ihr Telefon aus der Tasche, noch immer die Glock in der anderen Hand.

Kein Netz.

Sie fluchte leise und dachte gereizt an die Werbung, in der die Telefongesellschaften mit ihrer fantastischen Erreichbarkeit protzten. Leicht bekleidete junge Frauen auf Berggipfeln, lachende Jungs mit Wasserskiern auf den Wellen, wo waren sie, wenn man sie verdammt noch mal brauchte? Sie hielt das Telefon hoch, aber noch immer nichts.

Scheiße.

Sie entdeckte in nicht allzu weiter Ferne eine Böschung und schlich sich langsam aufwärts, noch immer die Tür des alten Hauses im Blick.

Nur noch ein paar Meter, dann passierte plötzlich etwas auf ihrem iPhone. Netz. Nein, wieder weg. In Dreiteufels…

Munchs Nummer wählen.

Nein.

Ludvigs.

Verdammt.

Aber dann kam sie plötzlich durch.

»Grønlie?«

»Hier ist Mia«, flüsterte Mia. »Kannst du mich hören?«

»Hallo?«, fragte Ludvig irgendwo in weiter Ferne.

»Hörst du mich?«, rief Mia, so laut sie wagte.

»Mia? Bist du das? Holger ist ...«

»Ich hab Marstrander gefunden«, unterbrach Mia ihn. »Und aus irgendeinem Grund ist Miriam hier. Du musst ...«

»Hallo?«, fragte Ludvig wieder.

»Hörst du, was ich sage, Ludvig?«

»Bist du noch dran?«

»Ja, verdammt. GPS mich, zum Henker, orte mein Telefon. Ich hab ihn gefunden. Marstrander. Ich bin ziemlich sicher. Und aus irgendeinem Grund ist ...«

»Mia? Ich höre nichts mehr«, sagte Ludvig und wurde immer leiser.

»Ludvig? Verdammt«, fluchte Mia laut und hörte die Schritte im gefrorenen Heidekraut hinter sich nicht.

»Hast du mich verstanden, Ludvig?«

»Hallo, Mia?«

»Orte mich, Ludvig«, sagte Mia verzweifelt und konnte sich gerade noch umdrehen, als eine gefiederte Hand auf ihr Gesicht zuschoss.

Instinktiv wehrte sie mit dem linken Arm ab. Metall an ihren kalten Fingern, die verzweifelt versuchten, ihren Kopf abzuschirmen.

»Mia?«

Aus dem Telefon in weiter Ferne. Ein Gegenstand kam durch die Luft auf sie zugeschossen, diesmal mit größerer Wucht, sie konnte ein Grinsen in dem Schatten erahnen, als ihre Hand nachgab, Metall auf Haut und Knochen.

Kalt.

Sie hörte ein Geräusch.

Jemand dort unten auf dem Hofplatz.

Miriam.

Mit gefesselten Händen.

Jetzt kam der Schmerz. Blut an der Schläfe, über die Augen, in den Mund.

Verbundene Augen. Blonde Perücke.

Das Telefon im Heidekraut, das noch immer ihren Namen rief.

»Mia, bist du da?«

Keine Angst haben, Miriam.

Schweres Metall durch die Luft.

Ich passe auf dich auf.

Zum dritten Mal.

Alles wird gut, Miriam.

Aber dann.

Zum vierten Mal.

Und sie konnte sich nicht länger wach halten.

· 78 ·

Ein endloser Tränenstrom über die weißen Wangen dieses Mädchens, das er seit vielen Jahren nicht gesehen hatte, und Holger Munch wusste nicht, wie er diesen Tränenstrom stoppen sollte.

Fresse halten.

Das hätte er am liebsten gebrüllt.

Halt verdammt noch mal die Fresse und erklär mir, was hier abläuft.

»Julie«, sagte Munch ruhig und rang sich ein Lächeln ab. »Alles wird gut. Reg dich nicht auf. Wir finden sie bald.«

»Aber ich wusste doch nicht«, schluchzte die junge Frau.

»Natürlich wusstest du das nicht, Julie. Das ist nicht deine Schuld, aber jetzt musst du uns erzählen, was du weißt, okay?

»Es ist schiefgegangen«, schluchzte Julie und konnte endlich etwas formulieren, was an einen ganzen Satz erinnerte.

»Was ist schiefgegangen?«, fragte Munch und streichelte vorsichtig ihre Hand.

»Die ganze Aktion«, murmelte Julie und schaute ihm zum ersten Mal in die Augen, seit er die Wohnung in der Møllergate betreten hatte.

»Miriam war also dabei, bei der Aktion? Sie war dabei?«

»Ja«, nickte Julie und schielte verstohlen zu den beiden Ermittlern hinüber, die hinter Munch an der Wand lehnten.

»Warum?«, fragte Munch, begriff aber sofort, dass das die falsche Frage war.

»Wie meinen Sie das?«, fragte Julie.

»Jacob Marstrander«, sagte Munch ruhig. »Ich meine nur, ja, wieso kennen die sich? Wieso kennt Miriam diesen Jacob?«

»Ich verstehe nicht, was Sie meinen«, sagte Julie und wischte sich eine Träne von der Wange.

»Ich habe noch nie von ihm gehört, einer von ihren Freunden vielleicht, und ich …«

»Ziggy«, sagte Julie vorsichtig. »Ziggy Simonsen, Sie wissen doch? Er hat gesagt, dass … er ist doch mit Jacob befreundet. Sie wissen doch, wer Ziggy ist, oder hat sie nichts gesagt?«

»Doch, doch …«, sagte Munch.

»Das wissen Sie nicht, oder?«

»Doch, doch, ich …«

»Sie wollte es Ihnen sagen«, sagte Julie und fuhr sich mit dem Pulloverärmel über ihr Gesicht. »Hat sie das nicht?«

Munch schaute kurz Curry und Kim an, die beide nickten.

Neuer Name.

Ziggy Simonsen.

Curry zog das Telefon aus der Tasche und verließ den Raum.

»Sie hat Ihnen nichts gesagt?«

»Nein, das hat sie nicht«, sagte Munch, als sein Telefon in seiner Tasche klingelte. »Aber ich muss wissen, was du weißt«, sagte er gereizter als beabsichtigt. »Miriam kennt also Jacob. Und beide sind verschwunden. Du begreifst, dass das wichtig für uns ist?«

Nun klingelte ein Telefon im Raum.

»Munch?«, sagte Kim und legte ihm die Hand auf die Schulter.

»Was?«, bellte Munch, als Kim ihm das Telefon reichte. Plötzlich hatte er Ludvig im Ohr.

»Was?«, brummte Munch.

»Mia«, sagte Ludvig. »Sie hat sie gefunden. Miriam. Und Marstrander. Wir wissen, wo sie sind.«

»Wer?«

»Holger! Hörst du zu? Wir haben sie gefunden.«

Munch erhob sich.

»Wo?«

»Ihr Telefon. Sie hat mich vorhin angerufen und gesagt, ich sollte sie per GPS orten lassen. Holger? Wir haben sie. Wir haben die genaue Position. Hurum. Da sind sie, Holger.«

»Besorg einen Hubschrauber«, sagte Munch und stürzte zur Tür.

»Was?«, fragte Ludvig.

»Wir sind unterwegs. Besorg einen verdammten Hubschrauber. SOFORT! Wir sind in drei Minuten da.«

»Grønland?«, fragte Kim.

»Schneller als die schwarze Hölle«, rief Munch und rannte die Treppe hinunter.

· 79 ·

Der Schmerz in ihrer Hand war kaum zu ertragen. Wie lange sie ohnmächtig gewesen war, wusste sie nicht.

Mia Krüger öffnete die Augen und erhob sich langsam und versuchte zu begreifen, wo sie war. Die Kälte. Der bereifte Boden. Ihr Körper wollte nicht, aber sie zwang sich aufzustehen. Blieb schwankend und mit gesenktem Kopf stehen, während die Wirklichkeit langsam zu ihr zurückkehrte.

Miriam.

Sie war Jim Fuglesangs rätselhaften Hinweisen gefolgt. Die Fotos. Vier weiße Steine. Ein rotes Boot. Hatte dieses verfallene Haus gefunden. Nicht begriffen, was sie da entdeckt hatte, bis es zu spät war. Jacob Marstrander. Und Miriam war dort gewesen? Kein Netz. Zu nervös, um vorsichtig zu sein. Er hatte sie von hinten überfallen. Schläge auf den Kopf. Zum Glück hatte sie den Arm gehoben.

Verdammt.

Mia trat einen Schritt vor, aber sie hatte ihre Bewegungen nicht unter Kontrolle. Ihr Kopf versuchte ihr etwas zu sagen, aber ihr Körper wollte nicht gehorchen, sie stolperte durch das kalte Heidekraut und spürte abermals den stechenden Schmerz. Sie konnte den Arm nicht bewegen. Und nicht das Auge. Es ging nicht. Das linke Auge. Blut. Sie schmeckte Blut.

Dilettantin!

Die Pistole?

Mia taumelte. Schatten vor den Augen, aber jetzt wusste sie es wieder. Die Schläge gegen den Kopf.

Sie taumelte weiter, ohne zu wissen, in welche Richtung sie sich bewegte. Die Glock? Hatte er ihre Pistole an sich gerissen?

Miriam?

Er hatte sie gefangen gehalten. Federmann.

Warum zum …?

Wieder stolperte sie, schob die linke Hand unter die Jacke.

Gebrochen, alle Finger.

Mia schob die rechte Hand in ihren Hosenbund und kniff die Augen zusammen. Rechts, ja rechts konnte sie sehen. Wusste, wo sie war. Die Glock 17. Er hatte sie mitgenommen, sie sah sie jedenfalls nirgendwo, aber die Wärme stieg in ihr hoch, als sie den Kolben im Hosenbund spürte.

Die kleine. Die Glock 26. Sie war schon einmal hier draußen gewesen, hatte sich wehrlos gefühlt, das sollte nicht wieder vorkommen, deshalb hatte sie sich mit beiden bewaffnet. Mia zückte die Pistole und begriff endlich, wo sie sich befand. Das Haus. Der Wagen. Ein Weg, der in den Wald führte.

Jacob Marstrander.

Mia verdrängte den Schmerz und ging in die Richtung, in der die beiden vermutlich verschwunden waren.

Was zum Teufel machte Miriam hier draußen?

Auf dem Weg zum Weiher.

Zurück zu Fuglesangs Haus.

Nein.

Der Pfad.

Mia entsicherte die Glock und hielt sie im Anschlag, als ihre Beine endlich ihrem Kopf gehorchten und sie auf den Waldrand hinter dem Haus zutrugen, wo die beiden vermutlich verschwunden waren.

Wie lange war sie weg gewesen?

Nach wenigen Hundert Metern musste sie einem plötzlichen Brechreiz widerstehen. Alles in ihr wollte hinaus. Sie musste sich an einen Baum lehnen.

Richtiger Weg, Mia.

Verdammt.

Sie musste weiter, ihre Schritte wurden jetzt fester, sie mussten noch immer dort sein, irgendwo dort im Wald, sein Körper mit Federn beklebt, Miriam mit gefesselten Händen und verbundenen Augen. Mia zwang ihre Füße zum Weitergehen, und dann, plötzlich, sah sie die beiden.

Zwischen den Bäumen. Eine Lichtung.

Miriam auf den Knien.

Vor etwas, das …

Sie sah es nicht deutlich, aber sie begriff trotzdem.

Die Opferstätte.

Kerzen im Fünfeck. Federn auf der Erde.

Verdammt.

Mia bog vom Weg ab und schlich sich vorsichtig im Schutz der Bäume an den Rand der Lichtung.

Offenes Gelände.

Keine Kleider.

Etwas um den Hals.

Miriam kniete nackt und mit gefesselten Händen auf der Lichtung.

Mia hob die Glock vor die Augen, aber ihre Hand zitterte und der Lauf zeigte ebenso auf Miriam wie auf das gefiederte Tier.

Verdammt.

Was machte er da nur?

Noch ein bisschen weiter, ganz langsam jetzt.

Die Lichtung war nicht groß. Mia schaute sich um, verschaffte sich einen Überblick. Bäume im Halbkreis um die Lichtung. Und hinter Miriam, sie musste blinzeln, die Perspektive funktionierte nicht so ganz.

Ein Steilhang.

Er hatte eine Opferstätte auf der Lichtung eingerichtet, nah am Abgrund.

Verdammt.

Mia kroch langsam zwischen den Bäumen weiter, endlich gehorchte ihr Körper ihr wieder. Sie konnte sich bewegen. Sie robbte durch das Heidekraut, kam immer näher, aber dann erhob sich der Gefiederte und trat hinter die nackte Frau.

Verdammt.

Packte das Seil um ihren Hals.

Erwürgt und in ein Fünfeck aus Kerzen gelegt.

Mia kämpfte sich weiter vor und wusste, es galt jetzt oder nie, er würde sie umbringen, wenn sie nicht eingriff. Sie hob wieder die Glock, konnte aber noch immer nicht genau sehen, worauf die zielte.

Dann, plötzlich, am Himmel ein Geräusch. Der Federmann sprang auf, blieb stehen und schaute verdutzt in die Wolken.

Ein Brummen.

Ein Hubschrauber.

Sie hatten ihre Nachricht doch verstanden.

Sie hatten sie gefunden.

Aber dann.

Das, was als Film in den folgenden Wochen in jeder einzelnen Nacht in Mia Krügers Kopf ablaufen würde.

Schweißnasses Kissen.

Mit einem Schrei hochgeschreckt.

Alles in Zeitlupe.

Wie der Federmann verwundert zu diesem Geräusch hochschaute, das alles in dem stillen Wald übertönte.

Miriam, die sich aufrichtete.

Die Hände auf den Rücken gefesselt.

Ein Hubschrauber.

Das Geräusch von Hilfe.

Und dann fing sie an zu laufen.

Mia hob die Glock und stürzte auf die Lichtung.

Nein, nein.

»Miriam!«

Der Gefiederte, total verwirrt über diese neuen Ereignisse, den Hubschrauber in den Wolken, Mia, die plötzlich auf ihn zugerannt kam, ihre Pistole plötzlich in seinen Händen, die Glock, die er ihr weggenommen hatte, während er noch immer zu begreifen versuchte, was hier vor sich ging.

»Miriam!«

Der Film ging weiter.

Die gefesselten Hände, die nackten Beine, die auf den Abgrund zusteuerten.

Nein, Miriam, nein.

Der Hubschrauber war jetzt zu sehen. Der Federmann richtete die Pistole auf sie, aber Mia bemerkte gar nicht, dass die Schüsse den Boden vor ihren Füßen trafen.

»Miriam!«

Mia lief über die Lichtung. Das Geräusch der Rotoren des Helikopters, der jetzt über dem Abgrund schwebte.

Und dann war sie verschwunden.

Mia bemerkte es nicht einmal. Metall, das ihre Beine und Schultern traf.

Über die Kante.

Der Federmann. Die Augen, die nicht begriffen, als Mia ihn endlich klar sah und ihr Magazin in ihn leerte.

»Miriam!«

Finger, die die Pistole losließen, als er auf dem kalten Boden in die Knie sank.

Sie konnte seine Augen nicht sehen, Munchs Augen, aber sie spürte seinen Blick aus dem Metalltier mit den Rotoren dort oben, als er die nackte Frau durch die Luft fallen sah.

Mia sah, wie die ersten drei Schüsse trafen.

Ein Blick hinter zitternden Federn.

Dann war er nicht mehr da.

Nahezu bewusstlos erreichte sie die Kante und sah dort unten den Körper liegen, unnatürlich verrenkt.

Miriam.

Mia schwankte, die Pistole glitt ihr aus der Hand.

Nein.

Bitte.

Das Geräusch des Hubschraubers verschwand.

Liebe Miriam.

Sie war nicht mehr da.

• Teil IX •

· 80 ·

Als hätten die Kirchturmglocken ihn gerufen, kam der Schnee. 22. Dezember, und die Zeitungen brachten immer neue Schlagzeilen. *Keine weißen Weihnachten dieses Jahr?* Aber nun kam er eben doch, rieselte herab, große leichte Flocken, im Rhythmus der dumpfen Schläge der Friedhofsglocke der Gamle-Aker-Kirche. Beerdigung. Und bald Weihnachten. Mia Krüger hatte sich kaum je elender gefühlt, als sie ihre Jacke fester zuzog und zwischen den Gräbern auf die große Kirchentür zulief.

Dort waren sie alle. Kim. Curry. Mikkelson. Anette. Ludvig. Dunkle Anzüge. Dunkle Mäntel. Düstere Gesichter. Sie konnte Munch nirgendwo sehen. Bestimmt war er schon drinnen. Bestimmt hatte er sich um alles gekümmert. Sarg. Kränze. *Ein letzter Gruß von Freunden und Kollegen.* Mia hatte seit fast zwei Monaten nicht mehr mit Munch gesprochen, aber sie nahm an, dass es sich so verhielt, und als sich die rostrote Tür öffnete und die Trauergemeinde langsam in die Kirche ging, wurde ihre Annahme bestätigt. Sie konnte seinen Rücken ganz vorn sehen, den gesenkten Kopf, neben dem weißen, mit Blumen geschmückten Sarg.

Mia war nie religiös gewesen, aber sie fand die Trauerfeier schlicht und schön.

Orgelmusik. Einige Worte des Geistlichen. Eine Ansprache von Munch, der bewegt wirkte und besser aussah, als sie erwartet hatte.

Es hätte noch viel schlimmer kommen können.

Bei diesem Gedanken ertappte sie sich, als der Sarg an ihr vorübergetragen wurde, sechs Männer, darunter Munch und Mikkelson.

Es hätte Miriam sein können.

Danach schämte sie sich ein bisschen, als der Sarg in das Grab hinabgelassen wurde. Eine kleine Trauergemeinde, vor allem alte Kollegen, hier und da ein Gesicht, das sie nicht kannte, aber nicht viele, er war eben so gewesen, Per Lindkvist, für dieses Leben hatte er sich entschieden. Zuerst Ermittler und dann erst Privatmensch. Fünfundsiebzig Jahre, für Munch war er wie ein Vater gewesen. Ein großartiger Polizist, und er hatte alles für seinen Beruf geopfert, hatte durchaus Probleme gehabt, als er das Pensionsalter erreicht hatte, aber immerhin hatte er lange gelebt und zwar so, wie er es gewollt hatte.

Mia hatte wieder ein schlechtes Gewissen, als der Sarg im Boden verschwand.

Es hätte viel schlimmer kommen können.

Ein Händedruck hier, ein Nicken dort, als sich die Versammlung langsam auflöste. Es sollte noch eine Zusammenkunft geben, Bier und einige Lieder im Justisen, wie Lindkvist es sich gewünscht hätte, aber Mia mochte nicht daran teilnehmen.

Sie hatte ihn zwar gekannt, aber nicht gut.

Ein legendärer Ermittler.

Ein guter Freund für die älteren Kollegen.

Aber sie brachte es nicht über sich. Wollte nur nach Hause. Noch zwei Tage bis Weihnachten. Sie war hier, um die letzte Ehre zu erweisen, es ging ihr aber auch um etwas anderes.

Kurz mit Holger zu reden.

Der Kollege hatte darum gebeten, nach dem, was zwei Monate zuvor mit Miriam passiert war, in Ruhe gelassen zu werden, und Mia hatte das natürlich respektiert, wie alle anderen auch.

Sie zog sich zurück und ging erst zu ihm, als er wieder allein dastand, unter einem verschneiten Baum, ein Stück entfernt von dem Grab, zu dem sie eben erst den Sarg geleitet hatten.

»Hallo, Holger?«, sagte sie vorsichtig und blieb ein Stück von ihm entfernt stehen.

»Hallo, Mia«, sagte Munch und lächelte matt, dann nickte er.

»Wie geht es?«, fragte Mia.

Die Frage fühlte sich in ihrem Mund seltsam an, aber sie wusste nicht, was sie sonst sagen sollte.

»Besser«, sagte Munch.

»Miriam?«, fragte Mia vorsichtig.

Munch wirkte abwesend.

»Sie kommt durch, aber viel mehr können sie nicht sagen.«

»Worüber?«

Munch überlegte kurz, ehe er weiterredete.

»Sie kann noch nicht gehen, und sie wissen nicht, ob das wieder möglich sein wird. Aber sie spricht jetzt ein wenig, ab und zu ein Wort. Und gestern hat sie mich erkannt.«

»Wie schön«, sagte Mia, unsicher, ob das der richtige Kommentar war.

»Ja, nicht wahr?«, sagte Munch.

Sie schwiegen für einen Moment, die Schneeflocken tanzten um sie herum.

»Wir hatten Interpol da, und sie haben alle fünf geschnappt«, sagte Mia. »Alle, die Zugang zur Übertragung gekauft hatten. Einen Franzosen. Einen reichen Schweizer. Es wurde ganz groß berichtet, ich weiß nicht, ob du das gesehen hast. CNN, sogar Primetime in den USA. Wir haben richtig Ordnung geschaffen.«

»Ach? Na gut, gut so«, sagte Munch, schien aber gar nicht richtig zugehört zu haben.

»Und Simonsen, der Milliardär«, sagte Mia jetzt ein wenig unsicher. »Ich habe auch den vernommen. Die Sache in Sandefjord damals? Als sie die Kinder, Helene Eriksen und ihren Bruder, nach Australien geschickt haben? Alles, was der Pastor gesagt hat, hat sich als wahr erwiesen. Ihre Mutter war wohl auch ein bisschen neben der Spur, nicht gesund. Sie hatte ihn überredet, die Kinder wegzuschicken, um das Vermögen an sich zu reißen, weißt du? Sie ist bei einem Verkehrsunfall ums Leben gekommen, und ich habe mich bei den Kollegen in Sandefjord erkundigt, aber die wussten nicht mehr, dass …«

Munch sah sie nicht an, er ließ die Zigarette zwischen seinen Fingern glimmen, ohne zu rauchen, sein Blick war in weite Ferne gerückt.

»Also, ja, er sagt jedenfalls, als er erfuhr, dass sie gar nicht in Sicherheit waren, sondern bei dieser Sekte, da hat er ihnen geholfen. Mit Geld. Eine Gärtnerei für sie, einen Laden für ihn, ja, die beiden haben jedenfalls die Wahrheit gesagt …«

Munch schaute zwischen seinen Fingern hindurch, die

Zigarette war erloschen, und er schnippte sie weg, zog die Schachtel aus der Tasche und schob sich eine neue zwischen die Lippen.

»Wir erfahren zum jetzigen Zeitpunkt nicht mehr«, sagte Munch. »Aber Marianne und ich hoffen das Beste, mehr können wir nicht tun.«

Er lächelte sie jetzt an, aber sein Blick war noch immer abwesend.

»Ob sie wieder gehen kann?«

Munch drehte sich zu ihr um. »Ich glaube daran. Ich glaube das.«

»Sag Bescheid, wenn ich irgendetwas tun kann«, sagte Mia. »Und grüß von mir. Sag, dass ich sie gern besuchen komme.«

Das Feuerzeug näherte sich mit seiner Flamme dem Ende der Zigarette, ohne dass sie sich trafen.

»Das werde ich«, sagte Munch endlich. »Danke, Mia. Danke, dass du gekommen bist.«

Sie hätte ihn gern umarmt, aber es gab nur einen ungeschickten Händedruck zum Abschied. Mia zog ihre Mütze über die Ohren, ignorierte auf dem Weg zum Friedhofstor alle Blicke und schlug den Weg nach Bislett ein. Der Schnee fiel immer dichter.

Zwei Tage waren es noch bis Weihnachten. Sie hatte sich versprochen, es zu versuchen, aber jetzt wusste sie nicht, ob sie es schaffen würde. Der Heilige Abend. In einer kalten Wohnung. Allein. Schon wieder. Aber sie konnte nicht verschwinden. Miriam in einem Bett dort oben in Ullevål. Ohne sich bewegen zu können. Höchstens ein paar Worte sprechen. Sie könnte Munch das nicht antun. Zu verschwinden. Nicht jetzt.

Mia überquerte die Straße und schützte ihr Gesicht vor dem Schneetreiben. Weißes Oslo, ein Heiliger Abend, über den sich alle freuen könnten. Sie ging mit schweren Schritten die Sofies gate hinunter und zog die Schlüssel aus der Tasche.

Mia sah sie nur für einen Moment, eine Frau in einer roten Daunenjacke auf der Treppe, als ob sie schon lange dort gestanden und nur auf sie gewartet hätte, eilige Hände, die etwas an der Türklinke befestigten, dann lief die Frau wieder die Treppe hinunter.

Und verschwand im Schneegestöber.

Samuel Bjørk

Hinter dem Pseudonym Samuel Bjørk steht der
norwegische Autor, Dramatiker und Singer-Songwriter
Frode Sander Øien. Er wurde 1969 geboren, schrieb
im Alter von 21 Jahren sein erstes Bühnenstück und
veröffentlichte seitdem zwei hochgelobte Romane sowie
sechs Musikalben. Sein erster Thriller, »Engelskalt«,
wurde ein Bestseller. Derzeit lebt und arbeitet er in Oslo.

<u>Mehr von Samuel Bjørk:</u>

Engelskalt. Thriller ( auch als E-Book erhältlich)

GOLDMANN
Lesen erleben

Unsere Leseempfehlung

440 Seiten
Auch als E-Book
und Hörbuch
erhältlich

Ein abgelegenes Bauernhaus in Somerset wird zum Schauplatz eines brutalen Mordes: Zwei Frauen, Mutter und Tochter, werden eines Nachts von einem skrupellosen Mörder hingerichtet. Chief Superintendent Ronnie Cray bittet den erfahrenen Psychologen Joe O'Loughlin um Hilfe, der gleich mit mehreren verdächtigen Personen konfrontiert ist, die alle ein Motiv hätten. Spätestens aber, als eine weitere Leiche gefunden wird, auf deren Stirn der Buchstabe „A" eingeritzt ist, weiß O'Loughlin, dass er es mit einem verstörten und gefährlichen Täter zu tun hat. Jemand, der sich rächen will, für etwas, das ihm einst angetan wurde. Jemand, der vor niemandem haltmacht, auch nicht vor O'Loughlins Familie ...